Marie Louise Fischer

Von Marie Louise Fischer
sind als Heyne-Taschenbücher erschienen

Ich spüre dich in meinem Blut ·
Band 01/5
Frucht der Sünde · Band 01/14
Wenn das Herz spricht · Band 01/296
Das Geheimnis des Medaillons ·
Band 01/330
Frauenstation · Band 01/427
Alle Liebe dieser Welt · Band 01/471
Mit den Augen der Liebe ·
Band 01/505
Wildes Blut · Band 01/770
Der junge Herr Justus ·
Band 01/820
Verbotene Liebe · Band 01/829
Die Ehe des Dr. Jorg · Band 01/845
Liebe meines Lebens · Band 01/894
Gehirnstation · Band 01/926
Kinderstation · Band 01/945
Das Mädchen Senta · Band 01/963
Die Ehe der Senta R. · Band 01/5001
Zerfetzte Segel · Band 01/5004
Eine Frau in den besten Jahren ·
Band 01/5011
Für immer, Senta · Band 01/5040
Und sowas nennt ihr Liebe ·
Band 01/5061
Versuchung in Rom · Band 01/5088
Küsse nach dem Unterricht ·
Band 01/5106
Unruhige Mädchen · Band 01/5127
Da wir uns lieben · Band 01/5138
Die tödlichen Sterne · Band 01/5156
Das Herz einer Mutter ·
Band 01/5162
Liebe, gefährliches Spiel ·
Band 01/5187
Eine Frau mit Referenzen ·
Band 01/5206
Die silberne Dose · Band 01/5211
Bleibt uns die Hoffnung ·
Band 01/5225
Wilde Jugend · Band 01/5246

Irrwege der Liebe · Band 01/5264
Unreife Herzen · Band 01/5296
Die Schatten der Vergangenheit ·
Band 01/5329
Herzen in Aufruhr · Band 01/5351
Gisela und der Frauenarzt ·
Band 01/5389
Ein Herz verzeiht · Band 01/5438
Geliebte Lehrerin · Band 01/5481
Mit der Liebe spielt man nicht ·
Band 01/5508
Kinderärztin Dr. Katja Holm ·
Band 01/5569
Nie wieder arm sein · Band 01/5639
Mädchen ohne Abitur ·
Band 01/5717
Alles was uns glücklich macht ·
Band 01/5773
Flucht aus dem Harem ·
Band 01/5836
Jede Nacht in einem anderen Bett ·
Band 01/5871
Hasardspiel der Liebe · Band 01/5908
Wichtiger als Liebe · Band 01/5993
Dreimal Hochzeit · Band 01/6067
Gefährliche Lüge · Band 01/6121
Auf offener Bühne · Band 01/6167
Geliebter Heiratsschwindler ·
Band 01/6220
Der Mann ihrer Träume ·
Band 01/6263
Vergib uns unsere Schuld ·
Band 01/6308
Die andere Seite der Liebe ·
Band 01/6393
Glück ist keine Insel · Band 01/6455
Der Traumtänzer · Band 01/6528
Plötzlicher Reichtum · Band 01/6612
Ein Mädchen wie Angelika ·
Band 01/6698
Millionär mit kleinen Fehlern ·
Band 01/6775

MARIE LOUISE FISCHER

DIE EHE DES DR. JORG

Roman

WILHELM HEYNE VERLAG
MÜNCHEN

HEYNE ALLGEMEINE REIHE
Nr. 01/845

21. Auflage

Genehmigte Taschenbuchausgabe
Copyright © 1968 by Kindler-Verlag GmbH, München
Printed in Germany 1987
Umschlagfoto: Foto Bublitz
Umschlaggestaltung: Atelier Heinrichs, München
Gesamtherstellung: Ebner Ulm

ISBN 3-453-00180-X

I

Das Rasseln des Weckers riß Dr. Richard Jorg aus tiefstem Schlaf. Ohne die Augen zu öffnen, streckte er den linken Arm aus, tastete nach dem Läutwerk und stellte es ab. Er drehte sich, genoß die wohlige Wärme des Bettes, räkelte sich tiefer in die Kissen.

Ganz allmählich erwachte er zu vollem Bewußtsein. Er hörte, wie seine Frau leise hereinkam.

»Du mußt aufstehen, Richard«, sagte sie so nahe seinem Ohr, daß ihre Locken ihn kitzelten. »Es ist höchste Zeit.«

»Schon?« murmelte er schlaftrunken.

»Es ist gleich sechs«, sagte sie eifrig. »Du mußt...«

Aber da hatte er sie auch schon an sich gezogen und verschloß ihren Mund mit einem langen Kuß. Sie zappelte in seinen Armen, stemmte ihre Fäuste gegen seine Brust und versuchte ihn in die Lippen zu beißen. »Nicht jetzt, Richard«, protestierte sie. »Doch nicht jetzt!«

Er öffnete die Lider, sah ihr kleines helles Gesicht mit den runden braunen Augen unter den sanft gebogenen Wimpern ganz nahe vor sich. Ihr über alles geliebtes Gesicht.

»Und warum nicht?« fragte er, ohne sie loszulassen.

»Weil du aufstehen mußt, Richard.«

Aber er spürte, wie ihr Körper unter seinen zärtlichen Händen schon weich wurde, nachgab. Nur noch wenige Augenblicke, und ihr Widerstand würde gebrochen sein.

»Du kommst zu spät in die Klinik«, sagte sie nur noch. Aber es klang nicht mehr wie ein Protest.

»Das laß nur meine Sorge sein, Liebling.«

»Das Wetter ist schauderhaft, du mußt ganz vorsichtig fahren. Also, wirklich, Richard, warum können wir nicht... du bist schrecklich!«

Er lächelte sie an. »Möchtest du, daß ich mich ändere?«

»Nein«, sagte sie atemlos. »Nein, Richard...« Sie schlüpfte zu ihm unter die Decke, preßte ihren Kopf mit dem verwuschelten Haar fest an sein Herz.

Er wollte sie wieder küssen, aber in diesem Augenblick begann drüben in der Küche der Wasserkessel zu pfeifen, erst zart und zurückhaltend, dann immer heftiger und fordernder. Der Pfiff steigerte sich zu einem ohrenbetäubenden, anhaltenden Crescendo.

»Evchen wird wach werden!«

Mit einem dumpfen Plopp schoß drüben die Pfeife des Wasserkessels in die Luft. Sie hörten sie auf den Küchenfliesen aufschlagen.

»Na siehst du«, grinste er. »Erledigt sich alles von selbst.«

»O Richard«, rief Inge. »Wie komisch! Was sind wir doch für Kindsköpfe! Ein uraltes Ehepaar wie wir...«

»Aus dem Munde der Unmündigen kommt die Wahrheit«, sagte er. »Aber was hilft's... aufstehen müssen wir ja doch. Also, machen wir's kurz und schmerzlos.«

Er schwang seine langen Beine aus dem Bett. »Tummle dich, Alte. Wir holen's nach, verlaß dich drauf.«

Sie turnte über das Fußende des Bettes und angelte nach ihren Pantöffelchen, während Richard schon seinen Morgenrock angezogen hatte und ins Bad hinübereilte.

Inge trat an ihren Toilettentisch, preßte die Hände gegen die erhitzten Wangen, fuhr sich mit dem Kamm durch die seidigen Locken, zog ihren hellen geblümten Morgenrock glatt, lief dann in die Küche.

Sie hatte gerade den kleinen Tisch in der Eßecke fertig gedeckt, als Richard Jorg hereinkam, nach Rasierwasser duftend, pfeifend und fröhlich.

»Sag mal«, meinte er und setzte sich, »hat es dir eigentlich nie leid getan? Ich meine, daß du dich für mich entschieden hast? Wenn du einen soliden Beamten geheiratet hättest, brauchtest du nicht drei Abende in der Woche allein zu sein, weil dein Mann Dienst hat. Sonntags hättest du ihn immer bei dir. Und außerdem verdient jeder tüchtige Autoschlosser heute mehr Geld als ich.«

Sie legte den Finger an die Nase und sagte mit gespieltem Ernst:

»Mir scheint, verehrtester Herr Doktor, Sie leiden an Minderwertigkeitskomplexen. Ein schwerer Fall. Was für eine Therapie schlagen Sie vor?«

Dr. Jorg ging sofort auf das Spiel ein. »Sie müssen mal mit meiner Frau reden, Herr Professor«, sagte er. »Sie ist so verdammt kühl und abweisend. Ich muß sie jedesmal regelrecht verführen, bis sie ...«

»Du Scheusal!« Inge sprang so heftig auf, daß der Küchentisch wackelte und Dr. Jorg rasch zugreifen mußte, um Kanne und Kaffeetasse in Sicherheit zu bringen. »Wie kannst du so etwas sagen!« Sie lief zu ihm, schwang sich auf seine Knie, schlang ihm seinen Armen um seinen Hals und küßte ihn auf den Mund, lange, innig und voll zärtlicher Leidenschaft ...

Dr. Richard Jorg glaubte diesen Kuß noch auf den Lippen zu spüren, als er fünfzehn Minuten später am Steuer saß und seinen Wagen startete.

Es war ein kalter, düsterer Wintermorgen. Die Scheinwerfer durchdrangen den Bodennebel und die Finsternis nur meterweit.

Normalerweise brauchte Dr. Jorg von dem Vorort Baldham, in dem er mit seiner Familie wohnte, gut zwanzig Minuten bis zur Unfallklinik in der Stadt. Aber an diesem Morgen dauerte die Fahrt wesentlich länger. Er konnte kilometerweit nur Schritt-Tempo fahren. Erst als er die Peripherie Münchens erreicht hatte, wurde es besser. Der Bodennebel löste sich auf, Straßenlaternen und Fenster leuchteten beruhigend.

Er wollte gerade in das Portal des großen, modernen Unfallklinik-Gebäudes einbiegen, als ein Krankenwagen mit Blaulicht und Martinshorn heranraste, mit quietschenden Reifen rechts einbog und in der Einfahrt verschwand. Ehe Dr. Jorg ihm folgen konnte, kam schon der zweite Unfallwagen in rasender Fahrt hinterher.

Dr. Jorg unterdrückte einen Fluch. Der Tag fing ja gut an. Kein Wunder bei diesem Wetter.

Er gab Gas, fuhr in den Hof der Klinik ein, stoppte, sprang aus seinem Auto und schloß es ab. Im Vorbeilaufen sah er, wie eine Trage aus der Hintertür des zweiten Unfallwagens in den Vorbereitungsraum der Klinik geschoben wurde. Der erste Unfallwagen schoß schon wieder aus dem Hof hinaus. Dr. Jorg nahm die Stufen zum Haupteingang mit wenigen großen

Schritten, rannte ins Ärztezimmer, warf Ulster und Jacke ab und schlüpfte in seinen Kittel.

Er säuberte sich im großen Waschraum die Hände und hastete in den Vorbereitungsraum.

»Na endlich«, sagte sein Kollege vom Nachtdienst, ein großer, hagerer Mann, zehn Jahre älter als Dr. Jorg. »Ich dachte, ich müßte noch mal 'ran.«
»Entschuldigen Sie bitte, Kollege.«
»Macht nichts. Bei diesem Wetter! Hauptsache, Sie sind da.«

Dr. Jorg warf einen Blick über den Vorbereitungsraum. Vier Tragen standen da, auf denen man im ersten Moment nichts anderes erkennen konnte als blutverschmierte menschliche Bündel.

»Was ist passiert?« fragte er.
»Schauen Sie sich's an, Kollege. Schöne Schweinerei.«

Ein Beamter der Funkstreife, der sich bis jetzt im Hintergrund gehalten hatte, salutierte leicht. »Verkehrsunfall auf der Olympiastraße«, meldete er. »Einen englischen Sportwagen hat's auf die linke Straßenseite geschleudert. Er ist dabei frontal gegen einen VW geprallt.«

»Na, viel Spaß«, sagte der Kollege und zog sich zurück.

Niemand sonst hatte Dr. Jorgs Eintritt beachtet. Die Krankenpfleger waren damit beschäftigt, die Kleidung der Verletzten aufzuschneiden und zu entfernen. Zwei Schwestern taten das gleiche bei einer Frau, die auf der hintersten Trage in nächster Nähe der Rampentür lag.

Oberarzt Dr. Müller und der Assistent Dr. Köhler hatten bereits mit der Untersuchung begonnen. Dr. Jorg war Stellvertreter des Oberarztes. Ein seit Jahren erprobtes, gut eingespieltes Team.

Dr. Jorg versäumte nicht eine Sekunde. Er wandte sich sofort der ihm am nächsten stehenden Trage zu. Der Verletzte war schon entkleidet, ein blonder junger Mann mit gut ausgebildeter Muskulatur. Sein Gesicht zeigte Schürfspuren, geronnenes Blut und Straßenschmutz. Der linke Arm lag völlig verdreht, mit der Handfläche nach oben. Es sah aus, als gehörte der Arm gar nicht zu dem Mann. Der Patient war bewußtlos.

»Das ist der Fahrer des Sportwagens«, sagte der Polizist. »Er wurde acht bis zehn Meter aus dem Auto 'rausgeschleudert.«

Dr. Jorg hob die Augenlider des Bewußtlosen nacheinander an. Der Pupillen-Reflex war noch da. Aber das hatte so kurz nach dem Unfall nicht allzuviel zu besagen. Er hob den linken Arm des Verletzten und ließ ihn fallen; er schien nur noch durch Haut mit dem Körper verbunden zu sein. Auch der linke Fuß und der Unterschenkel waren gebrochen.

»Kopf röntgen«, sagte Dr. Jorg zu dem neben ihm stehenden Pfleger. »In drei Ebenen. Alles andere hat Zeit. Verständigen Sie den Anästhesisten.«

Während zwei Pfleger die Trage behutsam aufhoben und zum Aufzug transportierten, wandte sich Dr. Jorg an den Oberarzt, der einen anderen Verletzten untersuchte.

»Verdacht auf Schädelbasisfraktur«, sagte Dr. Jorg. »Reflexe sind erhalten. Ich habe ihn zum Röntgen geschickt.«

Dr. Müller nickte leicht. »Schauen Sie sich mal diesen Mann hier an. Es ist der Beifahrer des VW.«

Der Verletzte sah aus geweiteten, erschreckten und doch stumpfen Augen zu den Ärzten auf.

»Können Sie sich an den Unfall erinnern?« fragte der Oberarzt. »Waren Sie bewußtlos?« Er tastete dabei nach dem Puls des Verletzten, der schwach und sehr schnell ging.

»Unfall?« murmelte der Schwerverletzte verständnislos. »Ich weiß nicht. Wo bin ich hier?«

»Schockzustand«, sagte Dr. Jorg leise.

Der Oberarzt nickte. Ein schwerer Wundschock war bei solchen Verletzungen nichts Ungewöhnliches.

Dr. Jorgs Augen überflogen den Körper des Patienten. Schnittwunden, Quetschungen, außerdem ein schwerer Oberschenkelhalsschaftbruch.

Dr. Jorg winkte eine Schwester herbei. »Dolantin«, befahl er und legte eine Staubinde an den linken Arm des Verletzten, während die Schwester die Spritze aufzog. Dr. Jorg spritzte eine Ampulle Dolantin. »Infusion«, sagte er dann. »Plasma-Expander.«

Die Schwester schüttete den Blutersatz in einen gläsernen Behälter, Dr. Jorg schoß den dünnen Schlauch an die Vene. Nur auf diese Weise konnte der Kreislauf des Schwerverletzten gestützt werden.

»So«, sagte Dr. Jorg. »Bleiben Sie bitte bei dem Patienten. Kontrollieren Sie den Puls. Wenn er sich einigermaßen erholt hat, kommt er zum Röntgen. Schädelaufnahmen, das rechte Bein in zwei Ebenen.«

»Jawohl, Herr Doktor.«

Dr. Jorg wandte sich zu der Patientin auf der Trage neben der Tür. Dr. Köhler hatte sie untersucht. Ein schönes junges Mädchen. Ihr blondes Haar war verklebt, ihr Gesicht durch eine große Schnittwunde auf der rechten Wange entstellt. Sie blickte verstört ins Leere.

Dr. Jorg zog es das Herz zusammen. Unwillkürlich trat das Bild seiner jungen Frau vor sein inneres Auge. Wenn Inge so vor ihm läge . . .

»Commotio leichteren Grades«, erläuterte der Assistenzarzt. »Und natürlich noch Schock. Kann sich an nichts mehr erinnern, spricht aber schon bedeutend klarer als vorhin. Ich habe Dolantin gegeben.«

Dr. Jorg räusperte sich. »Erbrechen?« fragte er.

»Einmal. Außer Hautabschürfungen und dem Schnitt da in der Wange hat sie nichts abbekommen.«

»Nichts?« fragte Dr. Jorg. »Ich denke, das genügt. Gehen Sie in den zweiten Operationssaal und versorgen Sie zunächst die Schnittwunde. Etwaige Kontrollaufnahmen vom Schädel und so weiter haben bis morgen Zeit.«

Das Mädchen begann zu sprechen, mit einer Stimme, die von weither zu kommen schien. »Wo ist Peter?« fragte sie. »Mein Freund . . .«

Dr. Jorg beugte sich über die Patientin. »Machen Sie sich keine Sorgen. Mit ihm ist alles in Ordnung.«

Er gab den Pflegern einen Wink, die Trage hinauszubringen.

Dr. Jorg folgte dem Oberarzt ins Röntgenzimmer. Die Aufnahme vom Schädel des Sportwagenfahrers mußte jetzt fertig sein.

Das Röntgenbild lag in der Dunkelkammer auf der Mattscheibe. Es zeigte einen Wust von Schattierungen und komplizierten Linien.

»Schädelbasisbruch«, sagte Dr. Jorg gepreßt. »Wie ich befürchtet hatte.«
»Ja, leider«, sagte Dr. Müller.
Sie betrachteten noch die Aufnahmen von den beiden anderen Ebenen des Schädels. Dann verließen sie wortlos das Zimmer und fuhren zum Erdgeschoß hinauf, wo der blonde junge Mann in tiefer Bewußtlosigkeit lag. Er war unruhig geworden, die Pfleger hatten ihn auf dem Untersuchungsbett anschnallen müssen. Der Puls ging jetzt sehr schnell, die Atmung unregelmäßig.
»Sieht übel aus«, sagte Dr. Köhler. Er bemühte sich fortwährend, den Kreislauf des Patienten zu stützen.
Dr. Müller und Dr. Jorg untersuchten die Pupillen. Die rechte war klein, die linke weit und starr. Sie sahen sich an. Beide wußten Bescheid.
»Subdurales Hämatom«, sagte Dr. Jorg.
Dr. Müller nickte.
Die starre, erweiterte Pupille war ein sicheres Symptom für einen verstärkten Hirndruck auf der linken Seite. Dieser Hirndruck konnte nur von einer Blutstauung unter der Hirnhaut, einem subduralen Hämatom, herrühren. Bei dem Unfall mußten Hirngefäße verletzt worden sein. Das Blut staute sich, weil es keinen Ausweg fand.
»Wir müssen eine Trepanation zur Entlastung vornehmen«, sagte Dr. Jorg.
»Ja«, entschied Dr. Müller. »Operation. Wollen Sie das machen, Kollege?«
Dr. Jorg begriff, daß der Oberarzt den Fall für hoffnungslos hielt. Aber man mußte alles versuchen.
»Alles fertig machen zur Operation«, ordnete er an.
»Äußerste Beeilung, wenn ich bitten darf!«
»Viel Glück, Kollege«, sagte Dr. Müller. »Ich schicke Ihnen einen Assistenten.«
Dr. Jorg ging in den Waschraum, bürstete und wusch seine Hände zehn Minuten lang unter fließendem heißem Wasser. Für eine Hirnoperation brauchte er Fingerspitzengefühl. Mit Gummihandschuhen war da nichts zu machen.
Der Assistent kam herein. Dr. Jorg erläuterte ihm mit wenigen präzisen Worten den Fall. Eine Lehrschwester half den beiden Ärzten in die sterilen grünen Kittel, knöpfte sie von hinten zu, setzte ihnen die sterilen grünen Kappen auf und band ihnen den Atemschutz vor, die sogenannte »Schnauze«. Dr. Jorg setzte sich noch eine kleine Stirnlampe auf. Hintereinander betraten die beiden Ärzte den OP.
Der Patient lag im schattenlosen Licht der Operationslampen. Sein Körper war mit sterilen Tüchern abgedeckt, das Kopfhaar völlig abrasiert, die ganze Schädeldecke mit Benzin und Alkohol gereinigt. Die Verletzung war jetzt deutlich sichtbar; ein etwa drei Zentimeter langer Bruch der Schädeldecke.
Dr. Jorg setzte sich auf den drehbaren Operationssessel hinter den Kopf des Patienten, der auf einer aufgeblasenen weichen Stütze lag.
Der Anästhesist hatte eine Dauertropf-Infusion am Knöchel des Patienten angelegt. Eine Hohlnadel, die in die Vene führte, war durch ein Schlauchsystem mit einem Behälter verbunden. So konnten dem Patienten die notwendigen Medikamente tropfenweise zugeführt werden.

Außerdem hatte der Narkosearzt eine Intubation durch den Mund direkt in die Luftröhre eingeführt ... ein biegsames Rohr, das mit dem Narkosegerät in Verbindung stand. Da der Patient in tiefer Bewußtlosigkeit lag, war eine Narkose zwar nicht nötig; aber man konnte ihm auf diesem Wege während der ganzen Operation Sauerstoff zuführen.

Dr. Jorg warf dem Anästhesisten einen fragenden Blick zu. »Wie sieht's aus?«

»Schlecht, leider. Ich habe alles versucht, den Kreislauf anzuregen. Aber...« Der Anästhesist zuckte mit den Schultern.

»Tun Sie weiter, was Sie können«, sagte Dr. Jorg. Er wandte sich an die OP-Schwester: »Skalpell!« Dann führte er den ersten bogenförmigen Schnitt aus. Es blutete unerwartet stark. »Sauger!« forderte Dr. Jorg.

Der Anästhesist betätigte den Sauger. Das blutende Gefäß wurde sichtbar. Dr. Jorg ergriff es mit der Pinzette. »Strom!«

Der Assistent legte die elektrische Nadel an das Gefäß und verödete es. Die Blutung war gestillt.

Dr. Jorg hatte den Hautlappen jetzt zurückpräpariert, halbmondförmig klappte er ihn herunter. Der Knochendeckel lag frei und mit ihm die Bruchstelle.

Die OP-Schwester reichte ihm den elektrischen Bohrer. Dr. Jorg legte zwei Bohrlöcher an, so daß ein Rechteck entstand, dessen eine Seite die Bruchstelle bildete.

»Handsäge!«

Die OP-Schwester reichte sie Dr. Jorg. Er sägte vorsichtig von Bohrloch zu Bohrloch und hob das Knochenstück heraus. Eine jüngere Schwester nahm es in Empfang und legte es in physiologische Kochsalzlösung.

Jetzt sah man die Hirnhaut. Sie war stark gespannt. Blauschwarz schimmerte die Blutung durch.

Der Assistent spülte das Operationsgebiet, entfernte Knochensplitter.

Dr. Jorg nahm das haarscharfe kleine Skalpell und ritzte die starke Dura an, die Hirnhaut. In dickem Schwall spritzte das gestaute Blut heraus. Nach und nach verschwand der Hirndruck.

Zwar konnte in dieser Minute niemand sagen, der Patient sei endgültig gerettet. Aber dem sicheren Tod war er zunächst einmal entrissen.

Der Assistent begann die blutenden Gefäße elektrisch zu verschorfen, bis das Operationsgebiet keine Nachblutung mehr zeigte.

Dr. Jorg füllte Hirnflüssigkeit auf und vernähte die Dura. Dann stand er auf und ging. Seine Arbeit war getan. Das Einfügen des Knochendeckels und die Kopfhautnaht konnte er dem Assistenten überlassen.

»Versorgen Sie auch noch den Arm und den linken Fuß«, sagte er, bevor er den OP verließ. »Der Junge wird sie ja hoffentlich noch brauchen.«

Im Waschraum half ihm die Lehrschwester aus dem blutverschmierten Kittel. Dr. Jorg bestellte sich eine Tasse Brühe und eine Schnitte Brot, wusch sich die Hände und zündete sich eine Zigarette an.

Doch das war die einzige Erholungspause, die sich Dr. Richard Jorg an diesem Vormittag gönnen durfte.

Danach ging es ununterbrochen weiter. Knochenbrüche, Schnittverletzungen, Quetschungen. Eine Frau, die versucht hatte, sich zu vergiften. Ein Kind mit schweren Verbrennungen.

Dr. Jorg war ganz überrascht, als plötzlich Dr. Willy Markus vor ihm stand, um ihn abzulösen.

»Nanu?« sagte er. »Ist es schon zwei Uhr?«

»Zwanzig vor«, erklärte der Kollege und Studienfreund und zeigte lächelnd seine weißen, ebenmäßigen Zähne. »Aber einen Junggesellen wie mich macht ein Sonntag im Winter sowieso halb verrückt. Ich hatte nichts Besonderes vor heute mittag. Und da dachte ich, dir läge viel daran, so schnell wie möglich zu deiner Frau nach Hause zu kommen.«

»Danke, Willy. Vielen Dank.«

»Laß nur. Und grüß Inge von mir.«

»Wird gemacht. Servus.« Richard Jorg ging zum Ärztezimmer, zog sich um und eilte hinaus zu seinem Wagen. Er war dem Kollegen ehrlich dankbar.

Früher waren sie unzertrennlich gewesen. Richard Jorg und Willy Markus. Als Junggesellen hatten sie zusammen gewohnt, sich immer blendend verstanden, manche Verrücktheit miteinander ausgeheckt. Bis Willy Markus seinem Freund eines Tages seine Freundin Inge vorstellte. Ein bildschönes blondes, blutjunges Mädchen. Sie hatten sich angesehen, Inge und Richard Jorg, und beide waren ein bißchen verlegen geworden.

Willy Markus hatte es zunächst nicht bemerkt, er schlug in aller Harmlosigkeit einen Ausflug zu dritt vor. Man kam danach noch öfter zusammen, obwohl Richards Befangenheit Inge gegenüber immer größer wurde. Er wehrte sich gegen die Liebe, die heimlich in ihm wuchs, er hatte alles andere vor, als seinem besten Freund das Mädel auszuspannen.

Doch nach Wochen war Willy Markus zu ihm gekommen und hatte gesagt: »Du Richard... ich komme mit Inge nicht mehr recht klar. Wir haben uns im Grunde nichts mehr zu sagen, und ich fürchte, alter Junge, daran bist du schuld. Halt, sag jetzt nichts. Sie hat mir gestanden, daß sie dich liebt. Und du hast auch Feuer gefangen, mach mir nix vor. Was sollen wir uns lange drumherumquälen... passiert ist passiert. Ich strecke die Waffen, meinen Segen habt ihr. Wenn ihr 'nen Trauzeugen braucht...«

So rasch und so einfach war das gegangen. Willy Markus benahm sich großartig. Aber ein Knacks in der Freundschaft war geblieben.

Er zündete sich eine Zigarette an, bevor er sich ans Steuer setzte. Der Wagen sprang nicht gleich an, er mußte die Starterklappe ziehen. Dann fuhr er an und kurvte auf die Straße hinaus.

Draußen vor der Stadt lastete immer noch der Nebel. Dr. Jorg nahm Gas weg und schaltete das gelbe Nebellicht ein. Nach einiger Zeit lichteten sich die Schwaden etwas. Er sah, daß ein rotes Kabriolett wenige Meter vor ihm fuhr. Am Steuer saß eine Frau. Er konnte nur erkennen, daß sie dunkles Haar hatte und eine Pelzkappe trug.

Die Fahrbahn war naß und glänzend. Dr. Jorg mochte nicht überholen, es war zu glatt. Er wollte gerade in den zweiten Gang zurückschalten, um noch langsamer zu fahren, als die Dame vor ihm plötzlich ihr Tempo beschleunigte. Der Abstand zwischen den beiden Autos vergrößerte sich.

Das rote Kabrio hatte jetzt das Ufer eines kleinen Sees erreicht. Die Böschung fiel steil zum Wasser ab, die Straße war durch ein Geländer abgesichert. Eine scharfe Kurve kam heran.

Dr. Jorg sah, wie der Wagen vor ihm bremste und gleichzeitig ins Schleudern geriet. Das Heck schlingerte hin und her, die Fahrerin verlor die Gewalt über das Steuer. Das rote Kabrio scherte nach rechts aus, durchbrach das Geländer und stürzte in die Tiefe.

Der ganze Vorgang hatte sich in Sekundenschnelle abgespielt. Wäre nicht das zersplitterte Geländer gewesen ... Dr. Jorg hätte sich einbilden können, einer Täuschung zum Opfer gefallen zu sein.

Er brachte seinen Wagen zum Stehen, sprang hinaus, lief zum Geländer, starrte in die Tiefe. Das rote Kabriolett schwamm mit dem Verdeck nach oben auf dem Wasser. Wahrscheinlich hatte es sich im Fallen überschlagen und war dann doch mit der Bauchseite unten angekommen. Aber es sank von Sekunde zu Sekunde tiefer, das Wasser drang unerbittlich ein.

Was tun? Die Funkstreife oder die Feuerwehr verständigen? Ehe die kamen, war es zu spät. Wenn die Fahrerin nicht selbst genug Geistesgegenwart besaß, sich aus dem versinkenden Fahrzeug zu befreien, war sie verloren.

Angestrengt spähte Dr. Jorg in die Tiefe. Die Fenster des Wagens waren noch über Wasser. Aber im Inneren war nicht die geringste Bewegung zu erkennen.

Er raste zu seinem Auto zurück, riß sein Fahrtenmesser aus dem Handschuhkasten, hastete die Straße entlang bis zum Ende des Geländers und stolperte den Abhang zum See hinunter.

Das Auto war in der Zwischenzeit schon sichtbar tiefer gesunken.

Dr. Jorg zögerte den Bruchteil einer Sekunde. Dann streifte er Schuhe und Mantel ab und watete in das eiskalte Wasser hinein.

Die Kälte drang ihm sofort bis auf die Knochen. Aber er überwand sich mit zusammengebissenen Zähnen, watete weiter, bis er den Boden unter den Füßen verlor, schwamm dann in kräftigen Stößen auf das immer tiefer sinkende Fahrzeug zu, packte den Türgriff, schwang sich auf den vorderen Kotflügel, der schon tief unter Wasser gedrückt war, und schlitzte das Verdeck des Autos auf.

Jetzt sah er die Fahrerin. Sie hing ohnmächtig über dem Steuer. Ihr Körper lag schon bis zur Brust im Wasser.

Es gelang ihm mit unendlicher Anstrengung, den leblosen Körper in den vor Nässe schweren Kleidern hochzustemmen und auf den unzerstörten Teil des Verdecks zu legen. Lieber Gott, betete er innerlich, nur noch ein paar Minuten! Laß das Auto nicht jetzt versinken, nicht jetzt! Nur noch ein paar Minuten ... Er wußte: Wenn das Auto zu früh unterging, würde der Strudel sie beide unweigerlich mit hinabziehen.

Mühsam kletterte Dr. Jorg auf den Kofferraum, packte die leblose junge Frau unter den Achseln und zerrte sie hoch.

Er zog die Bewußtlose ins Wasser und schwamm auf dem Rücken dem Ufer zu, mit Beinstößen, die ihm das letzte an Energie abforderten. Er hatte gerade wieder Boden unter den Füßen gewonnen, als das Auto gurgelnd in der Tiefe des Sees verschwand.

Auf seinen Armen trug er die Gerettete zum Ufer, erreichte keuchend und zitternd, völlig am Ende seiner Kräfte, die Böschung, glaubte schon, es geschafft zu haben... da glitt er auf einem nassen Stein aus. Er drehte sich im Kampf um sein Gleichgewicht um sich selber, die junge Frau entglitt seinem Griff. Beide stürzten zu Boden.

Dr. Jorg spürte einen jähen, heftigen Schmerz an der Stirn. Ein Feuerwerk roter und gelber Sterne blitzte vor ihm aus und erlosch. Nacht umfing ihn. Er verlor das Bewußtsein.

Später, viel später hörte Dr. Richard Jorg eine vertraute Männerstimme über sich: »Mensch, Richard, alter Junge!«

Er riß die Augen auf. Dr. Willy Markus lächelte besorgt auf ihn herab.

»Wo bin ich?« fragte Dr. Jorg mühsam.

»Na, schau dich mal um. Du solltest dich doch hier auskennen. Nein, liegenbleiben, bitte... Ich habe nicht gesagt, daß du gleich aufstehen sollst.«

Dr. Jorg sah weiße Kittel um sich, bekannte Gesichter, helles, schattenloses Licht. »Bin ich...«, stammelte er.

»Sehr richtig, alter Junge.« Markus grinste. »Du bist in der Unfallklinik! Im Vorbereitungsraum, wenn du es genau wissen willst.«

»Was... was ist denn passiert?«

»Genau das möchte ich von dir wissen«, erwiderte der Kollege.

»Wasser... kaltes, trübes Wasser...«

»Sehr richtig!« Dr. Markus reinigte mit einer Desinfektionsflüssigkeit das Gesicht des Kollegen. »Eigentlich hätten wir einen Schnappschuß von dir machen sollen«, meinte er. »Wie du aussahst, als sie dich hier hereinschoben... ich dachte, mich laust der Affe.«

Die scharfe Flüssigkeit brannte in der Wunde. Dr. Jorg zuckte zusammen.

»Nur eine Platzwunde«, sagte Dr. Markus beruhigend. »Du hast Glück gehabt. Ein Pflaster drauf, und schon ist's passiert!« Er legte die Staubinde um Richards linken Arm. Die Injektionsnadel drang in die Vene.

»Was machst du denn da?« fragte Dr. Jorg.

»Ich verpasse dir eine Ampulle Dolantin. Scheinst ja einen argen Schock bekommen zu haben. Bleib still liegen, hörst du? Ärzte sind bekanntlich die schwierigsten Patienten.«

»Wo ist diese Frau?« fragte Dr. Jorg. »Die aus dem Wagen... im See...« Langsam, ganz langsam kam die Erinnerung wieder.

»Die du gerettet hast, meinst du wohl.«

»Ich habe...«

»Genau. Du bist der Held des Tages. Du sahst eine junge Dame im See versinken, und schon hast du dich wie ein Kavalier in die Fluten gestürzt. Meine Hochachtung, alter Junge.«

»Ja, so war es«, murmelte Dr. Jorg. »Jetzt weiß ich wieder alles. Ich habe das Verdeck aufgeschnitten und sie 'rausgeholt. War ein verdammtes Stück Arbeit.«

»Kann ich mir denken.« Dr. Markus zog die Spritze heraus, nahm die Staubinde ab und gab beides einer Schwester. Er begann den Leib des Patienten abzutasten. »Schmerzen?« fragte er.

»Ach, woher denn?«
»Na, erlaube mal. Du könntest dich doch verletzt haben.«
»Aber wie denn? Wasser hat schließlich weder Kanten noch Ecken. Wenn ich nicht auf den blöden Steinen am Ufer ausgerutscht wäre ... also wirklich, Willy, mir fehlt nichts, außer dieser kleinen Beule an der Stirn.«
»Na schön. Dann werde ich dich jetzt mal zum Röntgen schicken.«
»Röntgen?« Dr. Jorg fuhr auf. »Bist du denn wahnsinnig? Wegen dem kleinen Bums?«
»Bloß als Vorsichtsmaßnahme. Du solltest doch selbst am besten wissen ...«
»Na hör mal. Seit wann wird hier jeder geröntgt, der sich den Schädel gestoßen hat?«
»Nicht jeder. Aber bei dir möchte ich ganz sichergehen.« Dr. Markus grinste. »Schließlich bist du ein besonders wertvolles Mitglied der menschlichen Gesellschaft.«
»Laß die Witze!«
»Ganz im Ernst, alter Junge.«
Dr. Jorg zog sich die rauhe Wolldecke um die nackten Schultern. »Alles, was ich brauche, ist ein heißes Bad und ein Aspirin! Wenn ihr mich noch länger hier so herumliegen laßt, hole ich mir den Tod! Und falls du mich wirklich ins Röntgenzimmer schleppen willst, springe ich von der Trage ... laß dir das gesagt sein!«
»Na schön«, sagte Dr. Markus. »Auf deine Verantwortung.«
»Und tu mir einen Gefallen: Sieh zu, daß meine Sachen im Trockenraum wieder in Ordnung gebracht werden. Wo sind übrigens mein Mantel und meine Schuhe? Ich hatte sie ausgezogen, bevor ich ...«
»Alles da. Keine Sorge.«
»Um so besser. Übrigens, in der Tasche vom Mantel müssen meine Zündschlüssel sein. Kannst du jemanden losschicken, der mein Auto holt?«
Dr. Markus hob die schwarzen glänzenden Augenbrauen. »Du hast doch nicht etwa vor, allein nach Hause zu fahren?«
»Doch. Sobald ich mich einigermaßen erholt habe.«
»Also hör mal ...«
»Ich bin nicht krank.«
Dr. Markus zuckte die Achseln. »Schon möglich«, sagte er. »Deinem Dickschädel kann ein kleiner Stoß bestimmt nichts ausmachen.«
Dr. Jorg wandte sich an die Krankenpfleger. »Ab geht's«, befahl er. »Ins Bad!«
Dr. Markus lief ihm nach. »Hör mal«, sagte er. »Wird Inge sich keine Sorgen machen, daß du nicht nach Hause gekommen bist? Soll ich sie nicht wenigstens anrufen?«
Dr. Jorgs Augen wurden dunkel. Wie hatte er seine Frau vollkommen vergessen können? Das war noch nie zuvor geschehen.
»Doch«, sagte er betroffen, »tu das ...«
»Wird gemacht.«
»Aber bitte, erzähl ihr nichts von dem Unfall. Sag einfach, ich hätte noch länger hier zu tun. Ich möchte sie nicht beunruhigen.«

»Ob das richtig ist?« fragte Dr. Markus zögernd.

»Laß das meine Sorge sein. Schließlich bin ich mit ihr verheiratet und nicht du!«

Dr. Markus sah ihn ganz verdutzt an. So hatte Richard Jorg noch nie mit ihm gesprochen. In einem so schroffen, beinahe haßerfüllten Ton. Na ja, der Schock, dachte Willy Markus. Er wird schon wieder vernünftig werden.

Gegen sechs Uhr abends erwachte Dr. Jorg. Er hatte gebadet, in einem Ärztezimmer geschlafen und fühlte sich wesentlich besser. Nichts war zurückgeblieben als dumpfer Kopfschmerz und eine innere Unruhe, die es ihm nicht erlaubte länger liegenzubleiben.

Er klingelte einer Schwester, verlangte seinen Anzug, seinen Mantel, seine Schuhe, bat um eine Tasse Kaffee. Er nahm eine Tablette.

Gerade als er das Zimmer verlassen wollte, trat Dr. Markus ein. »Wollte bloß mal sehen, wie es dir geht.«

»Hast du eine Zigarette für mich?« fragte Dr. Jorg.

Dr. Markus reichte ihm ein Päckchen. »Kannst du behalten. Habe ich extra für dich besorgen lassen.«

»Danke«, sagte Dr. Jorg. Er riß das Päckchen auf, steckte sich eine Zigarette zwischen die Lippen, hielt dem Kollegen das Päckchen hin, der sich ebenfalls bediente und dann sein Feuerzeug aufspringen ließ.

»Streichhölzer habe ich auch nicht«, sagte Dr. Jorg.

»Kriegst du sicher von einer Schwester, wenn du schön ›Bitte! Bitte!‹ machst. Hier ist übrigens dein Zündschlüssel. Das Auto steht im Hof.«

»Danke«, sagte Dr. Jorg und ließ die Schlüssel in die Hosentasche gleiten.

»Ich habe Inge gleich angerufen«, sagte Dr. Markus. »Ich habe ihr nichts von dem Unfall erzählt, obwohl ...« Er unterbrach sich.

»Danke«, sagte Dr. Jorg.

»Du mußt ihr jetzt nur noch plausibel machen, warum du die nächsten Tage frei hast.«

Dr. Jorg runzelte die Stirn. »Habe ich?«

»Strenger Befehl vom Chef. Du hast nicht eher wieder zum Dienst zu erscheinen, bis du vollkommen auskuriert bist.«

Dr. Jorg wollte aufbegehren. Aber dann sagte er mit erzwungener Gelassenheit: »Na, wenn schon. Ich denke, ich werd's einige Zeit ohne den Rummel hier aushalten können.«

»Bestimmt.«

Dr. Jorg drückte seine Zigarette aus. »Also dann ... Dank für alles. Wiedersehen.«

»Richard«, sagte Dr. Markus und hielt den Kollegen am Arm fest.

»Was gibt's?«

»Möchtest du dich nicht doch noch röntgen lassen? Es dauert ja nur ein paar Minuten, und ...«

Dr. Jorg brauste auf. »Ich begreife nicht, warum du mir das dauernd einreden willst!«

»Weil ich in Sorge um dich bin«, sagte Dr. Markus ruhig.

»Sag lieber, weil du mich ausschalten willst!«

»Aber Richard! Spinnst du plötzlich?«

»Meinst du, ich hätte nicht längst bemerkt, daß du gegen mich intrigierst?« schrie Dr. Jorg. »Du willst Oberarzt werden, du willst mich hier mies machen, du willst dich rächen wegen Inge ... Glaubst du, ich bin blöd und sehe das nicht?«

»Richard!« rief Dr. Markus entsetzt. »Was redest du denn da? Alles kann man mir vorwerfen, wirklich alles ... aber doch nicht, daß ich ein Streber bin!«

Plötzlich glätteten sich Dr. Jorgs verzerrte Züge. »Entschuldige«, sagte er. »Ich weiß wirklich nicht, was da über mich gekommen ist. Mir scheint, ich bin wirklich noch ein bißchen durcheinander. Ich habe es nicht so gemeint.«

»Schon gut«, sagte Dr. Markus verletzt.

Die beiden Männer sahen sich noch einen Augenblick schweigend an. Jeder suchte nach Worten, um die plötzlich entstandene Feindschaft zu überbrücken. Aber sie begriffen beide, daß sie sich nichts mehr zu sagen hatten.

Dr. Jorg drehte sich um und ging.

2

Die Heimfahrt verlief glatt und ohne Zwischenfälle.

Aber als er den Wagen vor seinem kleinen Haus parkte, überkam ihn ein seltsames Gefühl. Es war ihm, als wäre er nicht nur einen Tag, sondern sehr lange, eine Ewigkeit nicht mehr hier gewesen. Er blickte hoch, zählte die Fenster, betrachtete lange den gelben Verputz, der an einigen Stellen abzubröckeln begann ... und immer stärker wurde dieser merkwürdig beklemmende Eindruck.

Alles schien verändert.

Er klingelte nicht wie sonst, um seine Ankunft anzukündigen, sondern schloß einfach die Haustür auf. Fast wunderte er sich, daß der Schlüssel paßte.

Auch der Hausflur war verändert. Er schien enger und dunkler, als er ihn in Erinnerung hatte. Zum erstenmal sah er, daß der Garderobenspiegel nicht blankgeputzt, daß der Teppich abgestoßen war. Und es ärgerte ihn.

Aus dem Wohnzimmer drangen die Stimmen seiner Frau und seiner kleinen Tochter. Ihre Fröhlichkeit traf ihn wie eine Kränkung. Es kostete ihn Überwindung, hineinzugehen.

Inge und Evchen hockten auf dem Fußboden, mitten in einer Puppenschneiderei, die blonden Köpfe eng beieinander, plaudernd und sehr vergnügt.

Dr. Jorg erstarrte. Der Anblick seiner Familie ließ ihn seltsam kalt.

In ihm war keine Freude mehr, keine Zärtlichkeit. Es war ihm, als sähe er auf zwei fremde Wesen, die ihm niemals etwas bedeutet hatten.

Jetzt erst sah Inge ihn in der Tür stehen, war fast im gleichen Augenblick auf den Beinen, lief zu ihm hin und umschlang ihn. »Richard«, rief sie, »Liebster, da bist du ja schon! Wir hatten dich gar nicht kommen gehört!«

»Tut mir leid, wenn ich euch gestört habe«, erwiderte er gepreßt.

»Wie kannst du so etwas denken! Nur ... Willy Markus hatte gesagt, es könnte spät werden, und deshalb ...«

Sie hob ihr Gesicht zu ihm auf, ihr liebevolles kleines Gesicht mit den braunen weit auseinanderstehenden Augen, den winzigen Sommersprossen auf der kecken Nase. Aber Dr. Richard Jorg empfand nichts bei diesem Anblick, gar nichts, geradeso, als wenn jedes Gefühl in ihm abgestorben wäre. Er mußte an sich halten, sie nicht brutal von sich zu stoßen.

Jetzt erst entdeckte sie das Pflaster auf seiner Stirn. Ihre großen Augen weiteten sich noch. »Was ist mit dir, Richard? Hast du dich verletzt?« fragte sie erschrocken.

»Gestoßen«, sagte er ablehnend, »nichts von Belang.«

»Aber ... wie ist denn das passiert?!«

»Nur einfach so.«

Sie strich zart mit den Fingerspitzen über das Pflaster, zog ihre Hand aber sofort zurück, als er zusammenzuckte.

»Tut es weh, Liebster?«

»Nicht der Rede wert!« Er war erleichtert, als es ihm gelang, sie mit sanftem Druck von sich zu schieben.

Aber inzwischen war Evchen auf ihn zugekrabbelt. »Papa! Papi!« schrie die Kleine vergnügt und zog sich an seinem Hosenbein in die Höhe.

Inge hob ihr Töchterchen hoch, hielt sie dem Vater entgegen. »Gib Papi ein Küßchen, Liebling«, sagte sie, »aber ganz zart ... Papi hat Weh-Weh!«

Evchen schob ihre vollen runden Lippen zu einem Schnütchen vor, und Dr. Richard Jorg sah mit Ekel, daß ihr Mündchen mit Schokolade verschmiert war. Aber es gab keine Möglichkeit, dieser schmatzenden feuchten Berührung auszuweichen.

Danach aber wandte er sich rasch beiseite, rieb sich die Wange. »Ich glaube, du solltest sie waschen«, sagte er gezwungen.

Inge sah von ihrem Mann auf das Kind, das immer noch verlangend die Ärmchen nach seinem Vater ausstreckte. Sie war wie vor den Kopf geschlagen. Es war das erstemal, daß Richard Jorg sein Töchterchen nicht in die Arme nahm, es nicht abküßte und mit ihm spielte und spaßte.

»Nun steh nicht da wie eine Meduse«, sagte er, »sieh lieber zu, daß ich endlich etwas zu essen bekomme!«

»Ja, natürlich ... sofort ...«, sagte sie verwirrt und wollte, mit dem Kind auf dem Arm, aus dem Zimmer.

Dr. Jorg wies auf die Puppenschneiderei — Schere, Nadel, Faden und zahllose Stoffetzchen, die über den Fußboden verstreut waren. »Und das da soll einfach so liegenbleiben?«

Seine junge Frau starrte ihn an. Noch nie hatte er in einem solchen Ton mit ihr gesprochen. Flammender Zorn stieg in ihr auf. »Was willst du nun wirklich«, fragte sie bebend, »daß ich aufräume oder dir etwas zu essen mache?«

Er explodierte. »Daß du diesen verdammten Haushalt in Ordnung hältst!« brüllte er. »Und ich finde, das ist nicht zuviel verlangt! Du hockst den ganzen Tag hier herum, während ich mich abplage, damit ihr ein gutes Leben führen könnt! Und was finde ich, wenn ich nach Hause komme? Ein Durcheinander, daß es einen grausen kann!«

Seine Wut verrauchte so schnell, wie sie ausgebrochen war. Kaum hatte er zu Ende gesprochen, als er schon gar nicht mehr begriff, was in ihn gefahren war. Er hätte gern alles zurückgenommen, aber dazu war es zu spät.

Inge hatte das Kind zu Boden gesetzt und begann hastig, alle Utensilien einzusammeln und in den großen bunten Karton zu stopfen. Dann verließ sie, immer noch schweigend, Evchen an der Hand, das Wohnzimmer. Wenig später hörte er ein Weinen – aber er konnte nicht ausmachen, ob es von seiner Frau oder seinem Kind kam.

Er warf sich in einen Sessel, streckte die Beine weit von sich, zündete eine Zigarette an. Er überlegte, ob er sich bei Inge entschuldigen sollte.

Aber wozu denn? dachte er. Sie ist wirklich die Unordnung in Person. Alles, was ich gesagt habe, war ja vollkommen richtig. Ich bin bisher viel zu nachsichtig mit ihr gewesen. Es war längst an der Zeit, ihr mal die Meinung zu sagen.

Aber es hielt ihn nicht in dem kleinen Zimmer. Er fühlte sich beengt, als wenn die vier Wände ihn erdrücken wollten. Kaum daß er seine Zigarette ausgeraucht hatte, stand er auf und ging in die Küche hinüber.

Inge hatte Brot, Butter, kalten Braten und eine Flasche Bier auf den Tisch gestellt. Sie war gerade dabei, eine Scheibe Braten für Evchen in winzige Stückchen zu schneiden. Das Kind saß mit verweinten Augen auf seinem Stühlchen.

Einen Augenblick sah er auf Inges gesenkten Kopf. Er glaubte, sie gekränkt und verletzt zu haben, und dieses Gefühl tat ihm seltsamerweise wohl, schaffte ihm geradezu eine gewisse Erleichterung.

Aber da sah sie ihn an und lächelte. »Verzeih mir«, sagte sie, »du hattest ganz recht! Ich bin wirklich eine Schlampe, aber ich werde mich bessern ... großes Ehrenwort!«

Er wußte nicht, was er darauf erwidern sollte, setzte sich wortlos zu Tisch, schenkte sich ein Glas Bier ein.

»Das ist der Braten von heute mittag«, sagte sie, »er ist ein bißchen trocken geworden, weil ich ihn zu lange im Rohr gelassen habe ... ich dachte ja immer, du müßtest jeden Augenblick kommen.«

»Mach mir nur Vorwürfe!«

»Aber das tue ich doch gar nicht, Richard, ich versuche nur, dir zu erklären ... Liebster, warum müssen wir uns heute dauernd zanken?«

»Meine Schuld ist es nicht.«

Evchen war noch zu klein, um zu verstehen, was zwischen den Eltern vorging. Aber sie spürte das Unheil, das in der Luft lag. Der böse und gereizte Ton, den sie bisher nie gehört hatte, erschreckte sie. Sie begann wieder zu weinen.

»Evchen«, sagte Inge verzweifelt, »bitte, sei brav ... iß dein Brot! Papi ist ja nicht böse ...«

»Zum Kotzen!« sagte er laut, schob seinen Teller mit einer brüsken Bewegung von sich und sprang auf.

Er stürzte zur Tür hinaus, ohne sich noch einmal umzusehen.

Eine Stunde später saß Inge Jorg im Wohnzimmer vor dem Fernseher. Allein.

Eine Revue-Sendung lief, und Inge war jung genug, um normalerweise an

Tanz und Schlagern Freude zu haben. Aber an diesem Abend nahm sie nichts von dem wahr, was sich vor ihr auf der Mattscheibe abspielte.

Sie dachte an Evchen, die sich in den Schlaf geweint hatte, und an ihren Mann, der sich so seltsam benommen hatte. Nie zuvor hatte sie ihn so erlebt, und nie hatte sie sich nur vorgestellt, daß er sich so benehmen könnte.

Es war ihr, als wenn sie mit einem wildfremden Mann verheiratet wäre – nicht mehr mit dem fröhlichen, verliebten, verständnisvollen Richard Jorg, wie sie ihn gekannt hatte, sondern mit einem ganz anderen, von dessen Existenz sie bisher nichts geahnt hatte.

Ihre Mutter und ihre Freundinnen hatten ihr oft erzählt, daß die Männer erst in der Ehe plötzlich ihr wahres Gesicht zeigen – aber es war doch nicht möglich, daß ein Mensch sich an einem einzigen Tag so vollständig änderte! Noch am Morgen war er doch ganz wie immer gewesen. Wie war es möglich, daß er jetzt plötzlich so verwandelt war!?

Irgend etwas mußte geschehen sein im Lauf dieses Tages, irgendeine fremde feindliche Macht mußte von ihm Besitz genommen haben.

Dann wurde ihr bewußt, daß der Fernsehapparat noch immer lief. Sie wusch sich im Bad, huschte leise ins Schlafzimmer, schlüpfte in ihr Nachthemd und unter die Decke. Sie lag ganz still und hielt den Atem an.

Richard hatte kein Wort gesagt, aber sie spürte, daß er noch nicht schlief.

»Richard«, flüsterte sie, und ihre Hand tastete zu ihm hinüber.

»Hm«, murmelte er undeutlich.

Sie nahm allen Mut zusammen und rutschte hinüber, schlang ihre Arme um ihn und kuschelte ihren Kopf an seine Brust.

Aber er zog sie nicht wie sonst enger an sein Herz, sondern er lag, ohne sich zu bewegen, still und stumm, wie versteinert.

Sie streichelte ihn mit sanften zärtlichen Händen. »Richard«, flüsterte sie, »Richard ... weißt du denn nicht, wie sehr ich dich liebe?«

Sie spürte seine Lippen auf ihrer Stirn, trockene, harte Lippen. »Ich dich auch«, sagte er gepreßt, »aber geh jetzt schön brav wieder in dein Bett. Ich bin furchtbar müde.«

»Bist du mir noch böse?«

»Nein«, sagte er, »aber verschwinde jetzt. Bitte.« Er rollte sich zur Seite.

Jetzt erst begriff sie, daß es ihm ernst war mit seiner Abweisung. Sie kroch in ihr Bett zurück, tief gedemütigt. Sie preßte die Zähne so fest zusammen, daß ihre Kiefer schmerzten.

Jetzt nur nicht weinen, dachte sie, nur das nicht jetzt noch! Lange lag sie mit weitoffenen Augen im Dunkeln, kaum einen halben Meter entfernt von dem Mann, den sie liebte, und doch durch einen Abgrund von ihm getrennt.

Sie wußte, daß auch er nicht schlief, aber sie wagte es nicht, noch einmal das Wort an ihn zu richten.

Am nächsten Morgen sah alles anders aus.

Der Schlaf hatte Inge Jorg Vergessen und Entspannung geschenkt. Sie mußte über sich selber lächeln, wenn sie daran dachte, welch eine Tragödie sie aus der schlechten Laune ihres Mannes gemacht hatte. Er war einfach übermüdet und erschöpft gewesen, und sie, statt darauf einzugehen und

Rücksicht auf ihn zu nehmen, hatte erwartet, daß er genauso munter wie sie selber wäre, die den ganzen Tag nicht viel anderes getan hatte, als auf ihn zu warten.

Sie sprang aus dem Bett, eilte in die Küche, setzte Kaffeewasser auf, deckte den Frühstückstisch. Sie nahm die Pfeife vom Kessel, noch bevor das Wasser kochte, sah sich noch einmal um, ob auch alles in Ordnung war, und eilte dann ins Schlafzimmer. Richard schlief. Das blonde Haar stand verstrubbelt über seiner hohen Stirn, er wirkte im Schlaf wie ein trotziger Schuljunge.

Sie beugte sich über ihn, küßte ihn auf die Augen, die Stirn, die Nase, den Mund. »Richard«, flüsterte sie nahe an seinem Ohr, »aufstehen!«

Als er nur knurrte, fügte sie vergnügt hinzu: »Es ist Zeit zur Schule!«

Er streckte die Arme nach ihr aus wie sonst, machte keinen Versuch, sie an sich zu ziehen, sondern öffnete die Augen und sah sie an – mit einem Blick, der aus unendlicher Ferne zu kommen schien.

»Warum weckst du mich?«

»Es ist gleich sechs. Du mußt aufstehen.«

»Aber ich brauche doch heute gar nicht zum Dienst.«

»Nicht? Davon hast du mir ja kein Wort erzählt. Das ist ja herrlich!«

»Bestimmt«, sagte er und hatte die Augen schon wieder geschlossen, »endlich kann ich mal ausschlafen!« Er rollte sich zur Seite, wühlte seinen Kopf tiefer in sein Kissen.

Sie hatte keine Lust mehr zu schlafen. Sie trank den Kaffee, der eigentlich für ihren Mann bestimmt gewesen war und rauchte eine Zigarette.

Richard war nicht mehr zufrieden mit ihr. Aber sie würde ihm schon zeigen, was für eine gute Hausfrau sie war. Sie entschloß sich, im Wohnzimmer heute morgen einen ganz gründlichen Hausputz zu veranstalten, und wenn er dann aufstand, würde alles blitzen und blinken, so daß er sie einfach loben mußte!

Unternehmungslustig stand sie auf, räumte das Geschirr in den Spülstein, zog einen blauen Baumwollkittel an, band sich ein buntes Tuch um das lockige Haar und machte sich im Wohnzimmer an die Arbeit. Sie räumte sämtliche Stühle und Sessel heraus, rollte den Teppich zusammen und fuhrwerkte voller Begeisterung herum. Sie merkte gar nicht, wie die Zeit verging und daß es allmählich draußen hell wurde. Plötzlich stand ihr Mann – in Schlafanzug und Hausschuhen – in der Tür, sah sich mit gerunzelter Stirn um.

»Richard«, sagte sie unbefangen, »du bist schon auf? Warte eine Sekunde, ich mache dir rasch das Frühstück!«

»Darf ich fragen, was das hier werden soll, wenn es fertig ist?«

»Ich mache Hausputz!«

»Ausgerechnet heute, wo ich dienstfrei habe?«

»Aber ich bin doch in einer halben Stunde fertig, und dann hast du es hier ganz gemütlich!«

»Ich möchte lieber wieder ins Bett.«

»Ach so!« sagte sie verwirrt. »Also dann mache ich wohl lieber erst das Schlafzimmer!«

»Na, dann kann ich mich ja grad so gut anziehen!« Er drehte sich auf der Türschwelle um und schlurfte ins Bad.

Beinahe wäre sie ihm nachgelaufen, aber dann tat sie es doch nicht. Schon wieder traten ihr die Tränen in die Augen, diese blöden Tränen! Sie wischte sich mit dem Handrücken darüber.

Es hatte keinen Zweck. Sie konnte es ihm nicht recht machen. Das Beste war es, beschloß sie, ihn sich einfach ausknurren zu lassen. Er würde schon von selber wieder zur Vernunft kommen.

Sie bereitete ihm das Frühstück, leistete ihm dabei aber keine Gesellschaft, und er machte auch keine Anstalten, sie dazu aufzufordern. Sie putzte das Wohnzimmer weiter, jetzt aber nicht mehr so gründlich, sondern schnell, damit er einen Raum hatte, wo er sich aufhalten konnte. Dann holte sie ihr Töchterchen herunter, wusch es, zog es an, gab ihm zu essen. Sie wollte es zu ihrem Mann bringen, aber als sie einen Blick ins Wohnzimmer tat, saß er, anscheinend in ein Buch vertieft, und da wagte sie nicht, ihn zu stören. Sie hielt es für besser, das Kind bei sich zu behalten.

Kurz vor Mittag – Inge wollte gerade den Auflauf aus dem Rohr nehmen – klingelte es an der Wohnungstür. Sie lief hin und öffnete.

Eine junge Dame stand draußen – hochelegant von den Spitzen ihrer hochhackigen Pumps bis zu dem kleinen Hut auf ihrem dichten blauschwarzen Haar. Sie trug einen schwarzen Mantel mit einem hellen Nerzkragen, eine große Krokodilledertasche unter dem Arm.

Inge fühlte sich auf einmal sehr schäbig, fast unangezogen in ihrem einfachen Kittel. »Sie wünschen?« fragte sie.

»Ich bin Olga Krüger«, erklärte die Fremde in einem Ton, als wenn Inge ihren Namen unbedingt kennen müßte.

»Ich weiß nicht...«, sagte Inge unsicher.

»Ich möchte zu Herrn Dr. Jorg.«

»Ach so...«, sagte Inge, aber sie war immer noch so verwirrt, daß sie gar nicht daran dachte, das elegante Fräulein Krüger hereinzubitten.

Sie trat unaufgefordert, mit größter Selbstsicherheit näher, drückte die Tür hinter sich ins Schloß. »Würden Sie mich bitte dem Herrn Doktor melden?«

Inge begriff plötzlich, daß die Fremde sie für eine Hausangestellte zu halten schien, und das Blut schoß ihr in die Stirn. »Mein Mann«, sagte sie mit Nachdruck, »fühlt sich nicht ganz wohl.«

»Oh, er ist doch nicht ernsthaft krank?«

»Nein, nein, nur...«

Olga Krüger lächelte, und regelmäßige perlweiße Zähne leuchteten zwischen ihren vollen, sehr sorgfältig nachgezogenen Lippen. »Ich bin nämlich die Frau, der er gestern das Leben gerettet hat... sicher hat er Ihnen doch davon erzählt?«

Inge rang nach Atem. »Ja natürlich«, behauptete sie – um keinen Preis wollte sie sich der anderen gegenüber eine Blöße geben.

»Das war eine wirkliche Heldentat«, sagte Fräulein Krüger, »Sie können sehr stolz auf Ihren Mann sein!«

Inge gab sich einen Ruck. »Bitte, kommen Sie herein... hier geradeaus geht es ins Wohnzimmer!« Sie ging voran, öffnete die Tür. »Richard«, sagte sie mit erstickter Stimme, »ein Fräulein Krüger möchte dich besuchen, es ist die Dame, der du gestern das Leben gerettet hast!«

Richard Jorg blickte befremdet auf. Dann legte er rasch das Buch beiseite und erhob sich. Er verbeugte sich steif.

»Ich freue mich, daß es Ihnen schon wieder so gut geht ...«

»Ja, nicht wahr?« sagte Olga Krüger lächelnd. »Es ist wie ein kleines Wunder ... ich habe nichts, aber auch gar nichts davongetragen. Nicht einmal eine Erkältung oder eine Gehirnerschütterung.« Sie reichte ihm die Hand. »Trotzdem, Herr Doktor, wenn Sie nicht gewesen wären, wäre ich umgekommen! Ich weiß gar nicht, wie ich Ihnen danken soll!«

»Ich habe nur meine Pflicht getan.«

»Sagen Sie das doch nicht! Ich kenne niemanden, der einen solchen Mut aufgebracht hätte!«

Evchen begann nach der Mutter zu schreien, aber Inge rührte sich nicht vom Fleck. Sie stand wie gebannt und beobachtete ihren Mann und diese schöne fremde Frau.

»Irgendwie möchte ich meine Dankesschuld loswerden«, sagte Olga Krüger, »aber ich weiß nicht recht, wie ich das anstellen soll! Darf ich Sie einmal einladen?« Nach einer kleinen Pause fügte sie hinzu: »Sie und Ihre Frau!«

Inge Jorg sah ihren Mann flehend an, versuchte, ihm ihre Gedanken mitzuteilen: Tu es nicht, Richard, sag nein, ich bitte dich! Was geht uns diese Fremde an? Sie wird nur Unfrieden in unsere Ehe bringen!

»Gern«, sagte Dr. Jorg, »sehr gern. Wann?«

»Morgen abend?«

»Warten wir lieber noch ein paar Tage. Ich bin krank geschrieben, und da möchte ich nicht gern ...«

»Ich verstehe«, sagte Olga Krüger, »also sagen wir ... am ersten Abend, an dem Sie Ihren Dienst angetreten haben! Wann wird das sein?«

»Donnerstag!«

»Also abgemacht ... Donnerstag!«

Inge ertrug es nicht länger. Sie entschuldigte sich und eilte aus dem Zimmer.

Die nächsten Tage wurden für Dr. Richard Jorg und seine junge Frau zur Qual.

Er empfand die Enge seines Heims, in dem er sich bisher so wohl gefühlt hatte, die kindliche Hilflosigkeit seines Töchterchens und den unausgesprochenen Vorwurf in den Augen seiner Frau als eine kaum noch erträgliche Belastung. Alles wurde ihm von Stunde zu Stunde unerträglicher, ohne daß er begriff, daß er selber es war, der sich verwandelt hatte.

Inge spürte seine Ablehnung, seine Verschlossenheit, seine gereizte Unruhe, und da sie keine andere Erklärung dafür wußte, mußte sie seine Veränderung in Zusammenhang mit dem Auftauchen Olga Krügers bringen. Sie versuchte sich diesen Gedanken auszureden, machte sich klar, daß die beiden sich doch kaum kannten, daß die Fremde sie nie besucht hätte, wenn schon eine Verbindung zwischen ihr und Richard bestanden hätte, daß er sich ihr gegenüber durchaus nicht verliebt oder auch nur besonders herzlich benommen hatte.

Aber warum hatte er dann zu Hause nichts von dieser Lebensrettung erzählt? Was hatte es überhaupt damit auf sich? Und warum hatte er so bereitwillig ihre Einladung angenommen?

Sie war zu stolz, ihren Mann direkt danach zu fragen, fürchtete, sich durch ihre Eifersucht lächerlich zu machen, mehr noch eine erneute scharfe Zurückweisung.

So lebten sie denn nebeneinander her, in einem beklemmenden Schweigen, jeder in seine eigenen Gedanken versponnen, fast wie Feinde. Beide atmeten auf, als Dr. Jorg nach einigen Tagen endlich wieder seinen Dienst in der Unfallklinik antreten mußte und durfte.

Sein Team war der Nachmittagsschicht zugeteilt, und er verließ nach dem Mittagessen das Haus, eilig, nach flüchtigem Abschied, fast wie auf einer Flucht.

In der Haustür drehte er sich noch einmal um, sagte, als wenn er sich jetzt erst erinnerte: »Ich hole dich also heute abend ab! Laß mich bitte nicht warten.

Inge ballte unwillkürlich die kleinen Hände, um nicht die Beherrschung zu verlieren, erklärte mit zitternder Stimme: »Ich möchte nicht zu dieser Frau!«

Er hob die Augenbrauen. »Nicht? Na, ganz, wie du willst.« Er war schon halb aus der Tür.

Sie ertrug es nicht länger. »Richard!« rief sie verzweifelt.

Aber er drehte sich nicht noch einmal um. »Du kannst mich ja anrufen, wenn du es dir anders überlegt hast«, rief er über die Schulter zurück, »entschuldige bitte, ich hab's eilig!«

Und damit eilte er durch den Vorgarten davon.

Sie stand in der Haustür und sah ihm aus großen Augen nach. Es war ihr, als wenn ihre kleine, festgefügte Welt wie ein Kartenhaus zusammenbräche.

Dr. Jorg war zehn Minuten zu früh in der Klinik, und normalerweise hätte er sich sogleich zur Ablösung gemeldet. Diesmal ließ er sich erst eine Tasse Kaffee geben, rauchte noch eine Zigarette und richtete es so ein, daß er erst Punkt zwei Uhr zum Vorbereitungszimmer aufbrach.

In der Tür traf er mit Oberarzt Dr. Müller zusammen. »Hallo, Dr. Jorg!« sagte der ältere Kollege herzlich. »Wie geht's? Wieder auf den Beinen?«

»Danke. Alles in Ordnung«, erwiderte Dr. Jorg kurz.

»Na, ist ja großartig. Wir haben uns schon Sorgen um Sie gemacht.«

»Absolut unnötig.«

»Wissen Sie übrigens, daß Ihr Hämatom außer Gefahr ist?«

»Ach ja?« Dr. Jorg mußte sich erst besinnen, wovon der Oberarzt überhaupt sprach, dann erst fiel ihm der junge Mann wieder ein, der mit seinem englischen Sportwagen in einen VW gerast war und einen Bluterguß unter der Hirnhaut davongetragen hatte. Er begriff, daß Dr. Müller etwas mehr Begeisterung von ihm erwartete und sagte gezwungen: »Freut mich sehr!«

Er öffnete die Tür zum Vorbereitungszimmer und ließ den Vorgesetzten eintreten, und nun ergab sich keine Möglichkeit mehr zu einem privaten Gespräch.

Dr. Jorg trat zu Dr. Willy Markus, der gerade eine Patientin untersucht hatte. Die Kranke war sehr blaß, hektische rote Flecken standen auf ihren Backenknochen, das rötliche Haar war schweißverklebt.

»Unfall?« fragte Dr. Jorg.

»Nein. Wahrscheinlich Appendizitis. Ich habe die Anamnese der Schwester diktiert.« Dr. Markus drehte sich um und ging.

Dr. Jorg begriff, daß er ihren Zusammenstoß nach dem Unfall immer noch nicht vergessen hatte. Er wußte, daß es vielleicht nur eines einzigen Wortes bedurft hätte, um ihn wieder zu versöhnen. Aber er konnte sich nicht dazu aufraffen, ließ den Freund gehen.

»Bitte, Schwester!« sagte er.

»Patientin ist 21 Jahre«, las die Schwester von ihren Notizen ab, »bisher immer gesund. Hat in der Nacht Übelkeit und Erbrechen gehabt, Druck in der Magengegend. Ist trotzdem heute morgen zur Arbeit gegangen. Schmerz verlagerte sich mehr in den rechten Unterleib, wurde heftiger. Ihr Chef ließ sie in die Unfallklinik bringen.«

»Temperatur?«

»Axillar 38,3, rektal 39. Leukozyten betragen 10 000.«

Mit vorsichtigen Händen tastete Dr. Jorg den Leib der Patientin ab. Die Bauchdecken waren leicht angespannt, sie ließen sich nur wenig eindrücken. Als er den sogenannten MacBurneyschen Punkt berührte, auf der rechten Seite des Unterleibs, etwa fünf Zentimeter vom Nabel entfernt, schrie die Patientin leicht auf.

Dr. Jorg drückte den Unterleib auf der linken, also der gesunden Seite ein, ließ rasch wieder los – auch diesmal reagierte die Patientin.

»Wo hat's weh getan?« fragte Dr. Jorg.

»Hier ... hier unten!« Die Patientin deutete auf die rechte Seite.

»MacBurney positiv, Loslaßschmerz, mäßige Abwehrspannung«, diktierte Dr. Jorg der Schwester.

Die Patientin fühlte sich durch die ihr unverständlichen Ausdrücke sichtlich beunruhigt. »Ist es etwas sehr Schlimmes, Herr Doktor?« fragte sie angstvoll.

»Ach wo«, sagte Dr. Jorg, »Blinddarmentzündung. Klassischer Fall. In spätestens einer Stunde sind Sie den Übeltäter los, und morgen ist alles vergessen.«

Er wandte sich an die Schwester. »Bringen Sie die Patientin in den OP und benachrichtigen Sie die Anästhesie.«

Eine Viertelstunde später betrat Dr. Richard Jorg den OP. Dr. Köhler, den der Oberarzt ihm als Assistenten zugewiesen hatte, folgte ihm. Sie trugen beide grüne Kittel, grüne Kappen und den vorschriftsmäßigen Mundschutz. Sie hatten sich die Hände zehn Minuten lang unter fließendem heißem Wasser gewaschen und sterile Gummihandschuhe übergezogen.

Die Patientin lag in Narkose, der Anästhesist saß neben ihr, überwachte Kreislauf, Blutdruck, Puls. Der Körper der Patientin war von grünen sterilen Tüchern völlig abgedeckt. Nur das Operationsfeld, mit einer braunen Desinfektionslösung bestrichen, lag sichtbar im schattenlosen Licht.

Dr. Jorg sah den Anästhesisten an. »Können wir?«

Der nickte. »Ich bin soweit.«

Dr. Jorg streckte die Hand aus, und die OP-Schwester reichte ihm das Skalpell.

Dr. Jorg zögerte eine Sekunde, bevor er das haarfeine Messer ansetzte –

ein seltsames Wohlbehagen durchströmte ihn. Sonst hatte es ihn immer wieder eine gewisse Überwindung gekostet, einen Eingriff in einen lebendigen, atmenden, menschlichen Organismus vorzunehmen, aber heute empfand er zum erstenmal ein beglückendes Gefühl von Macht.

Er setzte das Skalpell am rechten Unterleib an, zog es etwa drei Zentimeter lang schräg durch die Haut. Das herausströmende Blut erschien ihm prachtvoll, es tat ihm fast leid, daß sein Assistent es sofort stillte.

Er durchtrennte die Muskulatur, dann das Bauchfell, und je tiefer er drang, desto mehr genoß er es.

Dann endlich lag die Bauchhöhle offen vor ihm, er griff mit der rechten Hand hinein, verfolgte den Blinddarm bis zu seinem Anhangteil, dem Appendix. Er war stark gerötet, es handelte sich um eine massive Entzündung.

»Klemmen!«

Der Anhang wurde mit zwei Klemmen gefaßt, der Assistent entfernte ihn mit dem elektrischen Messer. Jetzt war der Darm geöffnet, und es galt zu verhüten, daß die unsterile Wunde mit ihrer Umgebung in Berührung kam.

Dr. Jorg arbeitete wie in einem Rausch. Er stülpte den Stumpf des Darmes ein, brachte dann ringförmig die sogenannte Tabaksbeutelnaht an, die nach Versenkung des Stumpfes zugezogen wurde. Es folgten zwei Z-Nähte, dann wurde der Darm wieder in die Bauchhöhle versenkt. Jeder Handgriff wurde von Dr. Jorg exakt, fast mit schlafwandlerischer Sicherheit ausgeführt. Er vernähte das Bauchfell, die Muskulatur, verschloß das Fettpolster, verklammerte die Haut.

Dann war es vorbei, und Dr. Jorg fühlte sich jäh ernüchtert. Kaum zehn Minuten hatte die Operation gedauert, er hätte noch lange, sehr lange weitermachen mögen.

Aber was zu tun war, war getan. Dr. Köhler legte noch einen sterilen Verband an, und Dr. Jorg sah zu, als wenn es ihm schwerfiele, sich vom Schauplatz zu trennen. Es war ihm, als wenn er etwas vergessen hätte, aber er kam nicht darauf, was es war.

»Zustand der Patientin befriedigend«, meldete der Anästhesist, »Kreislauf in Ordnung, Puls gleichmäßig.«

Da erst fiel es Dr. Jorg ein. Er hatte über der Operation die Patientin vergessen. Das war ihm noch nie passiert, und er erschrak.

Aber er schüttelte das aufkommende Unbehagen sofort wieder ab. Die Operation war gelungen, niemand hätte es besser machen können, und nur darauf kam es schließlich an.

3

Erst als Dr. Jorg kurz nach neun Uhr die Unfallklinik verließ und sich ans Steuer seines Wagens setzte, fiel ihm auf, daß seine Frau nicht angerufen hatte. Aber es beunruhigte ihn nicht weiter, denn im Grunde hatte er gar nicht damit gerechnet. Der Gedanke, doch noch nach Hause zu fahren und sie zum Mitkommen zu überreden, kam ihm nicht. Es war ihm lieber, die unerquickliche Begegnung so lange wie möglich hinauszuschieben.

Er reihte sich in den Verkehr, der um diese Zeit nicht mehr allzu stark war, ein, überquerte die Isar und bog an der Kreuzung rechts nach Bogenhausen ab, wo Olga Krüger wohnte.

Er merkte, daß er an dem Haus schon vorbeigefahren sein mußte, entschloß sich zu parken, sobald er eine Lücke zwischen den an der rechten Seite aufgereihten Wagen fand. Er stieg aus, schloß ab.

Aufmerksam ging er die Straße zurück, bis er die Hausnummer fand, die Olga Krüger ihm angegeben hatte. Sie gehörte zu einem modernen Appartementhaus mit breiten Fenstern, die den Ausblick auf die Grünanlagen an der Isar und über die Stadt freigaben.

Er fand das Türschild mit dem Namen, den er suchte, klingelte. Kaum drei Sekunden später summte der Öffner. Er trat in eine weite, nahezu feudale Halle – der Boden war mit Marmor ausgelegt, es gab eine riesige treibhausartige Nische mit grünen Pflanzen und einen Lift.

Er stieg in den Aufzug, drückte auf den Knopf zum fünften Stock. Erst als die Kabine nach oben schwebte, fiel ihm ein, daß er mit leeren Händen kam. Es wäre vielleicht richtiger gewesen, Blumen mitzubringen. Aber wozu? Schließlich verdankte Olga Krüger ihm tatsächlich das Leben, damit sollte sie wohl zufrieden sein.

Die junge Frau stand schon in der offenen Wohnungstür, als er aus dem Lift stieg. Sie trug ein Kleid aus schwerer matter Seide, das ihre schlanke geschmeidige Figur hervorhob, hatte das schwarze Haar hinter die Ohren zurückgekämmt und auf dem Hinterkopf hochgesteckt.

Zum erstenmal wurde es Dr. Richard Jorg bewußt, wie anziehend sie war. Ihre tiefblauen Augen leuchteten auf, als sie ihn sah. Sie streckte ihm beide Hände entgegen.

»Dr. Jorg«, sagte sie, »wie ich mich freue! Sie kommen allein?«

Die, wie es ihm schien, etwas überschwengliche Begrüßung machte den Arzt befangen. Er übersah die Hände, die Olga Krüger ihm entgegenstreckte, verbeugte sich formell.

»Meine Frau läßt sich entschuldigen«, erklärte er, »sie fühlt sich nicht ganz wohl ...«

»Wie schade!« erwiderte Olga Krüger, aber in ihrer Stimme klang nicht die Spur eines Bedauerns. »Hoffentlich ist es nichts Ernstes?«

Aber sie erwartete offensichtlich keine Antwort auf diese Frage, sondern führte Dr. Jorg in das Wohnzimmer ihres Appartements, einen großzügig geschnittenen, sehr modern und sehr geschmackvoll eingerichteten Raum.

»Bitte, machen Sie es sich bequem, Doktor! Ich denke, wir nehmen zuerst einen Aperitif, ja?« Sie trat schon an die elegante, mit Teakholz verkleidete Hausbar. »Darf ich Ihnen einen Cocktail mixen?«

»Eigentlich«, sagte Dr. Jorg, »wäre mir ein Whisky lieber ...« Er ließ sich in den extravagant geformten Sessel sinken, der sich zu seiner Überraschung als außerordentlich bequem erwies. »Ich habe einen schweren Tag hinter mir ...«

»Oh! Ist etwas Besonderes geschehen?«

»Nur das Übliche. Aber das langt.« Dr. Jorg streckte die langen Beine aus, versuchte sich zu entspannen. Er beobachtete Olga Krüger, die an ihrer

Hausbar hantierte, mit schönen geschmeidigen Bewegungen, die dem Auge wohltaten.

Dann trat sie zu ihm, reichte ihm das schwere, schön geschliffene Glas mit der goldenen Flüssigkeit, in dem die Eiswürfel klirrten. Sie ließ sich ihm schräg gegenüber auf der Couch nieder. »Cheerio!« sagte sie. »Trinken wir auf Sie ... Ihre große Tat, der ich mein Leben verdanke!«

Sie hob ihr langstieliges Glas, in dem eine Olive schwamm, sah ihm tief in die Augen.

Dr. Jorg fühlte sich tatsächlich angenehm wohl, zum erstenmal an diesem Tag, ja eigentlich zum erstenmal, seit er, die leblose Olga Krüger auf den Armen, zu Boden gestürzt war. Er gab sich ganz diesem schläfrigen und gelösten Behagen hin.

Olga Krüger machte es ihm leicht. Sie erzählte von sich, ihrem Leben, das anscheinend sehr gradlinig und komplikationslos verlaufen war. Sie war die Tochter eines Eisenbahners, ein Mädchen mit brennendem Ehrgeiz, das sich zur Chefsekretärin eines großen Werkes hinaufgearbeitet hatte. Später servierte sie eine kalte Platte – Braten, Schinken, Oliven, viele kleine raffinierte Salate, Käsestückchen auf Zahnstocher gespießt, dazu eine Flasche süffigen Rheinwein. Sie aßen beide mit gutem Appetit, rauchten eine Zigarette. Olga Krüger räumte ab, stellte den Plattenspieler ein. »Wollen wir tanzen, Doktor?« fragte sie lächelnd. »Natürlich nur, wenn Sie nicht zu müde sind.«

Er konnte nicht gut ablehnen, erhob sich, half ihr den Teppich zurückrollen. Langsam bewegten sie sich im Rhythmus einer Beguine über das blanke Parkett.

»Sie sollten öfter Tanzen, Richard«, sagte Olga Krüger schmeichelnd. »Sie sind ein ausgesprochenes Talent ...!«

»Das höre ich heute zum erstenmal«, erwiderte Dr. Jorg lächelnd.

Sie hatte die Hände auf seine Schultern gelegt, ihr schlanker, schmiegsamer Körper, ihr schönes Gesicht waren ihm sehr nahe.

»Dann«, sagte sie, »hat dieser Abend für Sie vielleicht doch einen Sinn gehabt!«

»Es ist wunderschön bei Ihnen, Olga!«

»Zuwenig«, sagte sie bedauernd, »alles viel zuwenig ... ein Abendessen, eine Flasche Rheinwein ...«

»Die Whiskies nicht zu vergessen!«

»Ja, auch die! Ein schäbiger Dank für ein geschenktes Leben!«

»Halten Sie mich für einen Mann, der Dank erwartet?«

»Nein, aber gerade darum ... ich bin sehr unzufrieden mit mir, Richard! Früher pflegte man für eine Lebensrettung eine goldene Uhr zu verschenken, nicht wahr?«

Er lachte. »Was sollte ich wohl damit? Schließlich bin ich kein Firmling ...«

Sie ging auf seinen Scherz nicht ein, ihre Augen waren sehr ernst geworden. »Ich kann Ihnen nichts geben, Richard ... nichts als das, was Ihnen schon gehört! Mein Leben!«

Die Platte war abgelaufen, die Musik verklang. Aber sie machte keine Anstalten, sich aus seinen Armen zu lösen, legte den Kopf leicht in den

Nacken, blickte ihn mit halbgeöffnetem Mund an. In ihren Augen stand eine leidenschaftliche Forderung.

Er nahm ihre Hände, löste sie von seinen Schultern. »Es ist spät geworden...«

Eine Sekunde lang stand sie wie erstarrt. »Sie wollen doch nicht etwa ... schon gehen?«

»Doch«, sagte er mit Festigkeit, »es war ein wunderschöner Abend ... aber Sie wissen ja, man soll Schluß machen, wenn es am schönsten ist.« Er zog ihre Hände an seine Lippen, küßte sie auf die Fingerspitzen. »Ich danke Ihnen... für alles!«

Fünf Minuten später schloß Dr. Richard Jorg sein Auto auf, setzte sich ans Steuer, ließ den Motor an und fuhr aus der Parklücke heraus.

Er war sich darüber klar, daß sein Aufbruch fast wie eine Flucht gewirkt haben mußte. Aber er bedauerte es nicht.

In den Armen der anderen hatte ihn plötzlich heiße Sehnsucht nach seiner eigenen Frau gepackt, Reue und schlechtes Gewissen. Er begriff, wie sehr er sie in den letzten Tagen gequält hatte und wie sehr sie sich immer noch, gerade in diesem Augenblick, seinetwegen quälen mußte – Inge, seine kleine Inge, die einzige Frau auf der Welt, die er wirklich liebte!

Er wollte, er mußte zu ihr, sofort, sie um Verzeihung bitten, sie versöhnen, alles wieder gutmachen.

An der Ecke Prinzregentenstraße mußte er nach links einbiegen. Ein Taxi vor ihm nahm ihm die Sicht.

Der Chauffeur war herausgeklettert, riß die Tür auf, beugte sich hinein, richtete sich wieder auf, stand offensichtlich ratlos.

Dr. Jorg hatte schon das Fenster heruntergekurbelt, wollte den Fahrer zurechtweisen, als ihm auffiel, wie ungewöhnlich das Benehmen des Mannes war. Er stieg aus, trat auf ihn zu. »Etwas nicht in Ordnung?« fragte er.

»Kann man wohl sagen! Die alte Dame ist umgekippt! Zufällig sehe ich in den Spiegel, und da rutscht sie zusammen.«

»Was für eine Dame?«

»Mein Fahrgast natürlich! Vor fünf Minuten hat sie mich angehalten und...«

»Lassen Sie mich mal sehen. Ich bin Arzt.«

»Na, da bin ich aber froh, Herr Doktor! Ich habe einen Schreck gekriegt, sage ich Ihnen...«

Dr. Jorg kletterte in das Taxi hinein, fühlte den Puls der alten Dame, die halb vom Sitz gerutscht, dalag. Er war tastbar, aber stark verlangsamt. Er zog die Augenlider hoch, stellte fest, daß die Pupillenreaktion beidseitig vorhanden, aber ebenfalls sehr verlangsamt war.

Dann richtete er sich wieder auf.

»Hat sie's erwischt?« fragte der Chauffeur.

»Nein. Sie ist nur bewußtlos.«

»Sie wollte zum Bahnhof. Soll ich sie trotzdem dorthin fahren? Vielleicht kommt sie unterwegs wieder zu sich.«

»Nein. Bringen Sie sie zur Unfallklinik. Augenblick...!«

Er wandte sich wieder der alten Dame zu. Außer einer schwachen, kaum merkbaren Atemtätigkeit gab sie kein Lebenszeichen von sich.

»Hat sie eine Handtasche bei sich?«

»Ja, doch ... ich glaube wenigstens. So ein schwarzes großes Ding, wenn ich mich recht erinnere. Vielleicht ist sie heruntergerutscht.«

Dr. Jorg tastete den Sitz ab, dann den Boden, fand die Tasche. Sie lag zwischen den Füßen der Bewußtlosen. Er griff hinein, fand zwei leere Medikamentenröhrchen, suchte die Aufschrift bei dem schwachen Licht einer Straßenlaterne zu entziffern. Es handelte sich um ein bekanntes Schlafmittel.

Er pfiff durch die Zähne. »Verdammt noch mal«, sagte er, »habe ich es mir doch gedacht ... ein Suicid.«

»Ein was?«

»Selbstmordversuch.«

»Und da setzt sie sich zu mir ins Taxi! Großer Gott, die Leute haben Nerven!«

»Passen Sie auf, ich werde vorausfahren ... folgen Sie mir, so schnell Sie können!«

Ohne eine Bestätigung des Fahrers abzuwarten, lief er zurück, stieg in sein Auto, fuhr an dem Taxi vorbei, bog nach rechts ab in Richtung Unfallklinik.

Im Rückspiegel sah er, daß der andere Wagen dicht hinter ihm war.

Als die Lichter der Unfallklinik vor ihm auftauchten, atmete er auf. Er fuhr in den Hof, bremste, sprang aus dem Auto, eilte in die Ambulanz hinein, beorderte zwei Krankenpfleger zum Taxi.

Der diensthabende Arzt war gerade damit beschäftigt, den Arm eines Mannes zu verbinden.

»Schnell!« sagte Dr. Jorg. »Ein Suicid! Der Magen muß sofort ausgepumpt werden, sonst...«

»Aber ich kann hier nicht fort«, sagte der junge Arzt hilflos und wies auf eine Reihe wartender Patienten.

»Dann lassen Sie jemanden aus dem Vorbereitungsraum kommen!«

»Unmöglich! Ein schwerer Autozusammenstoß auf der Sonnenstraße ...«

»Verflucht! Dann mache ich es eben selber! Geben Sie mir wenigstens eine Schwester!«

Dr. Jorg wies die Krankenpfleger an, die Trage mit der Bewußtlosen in das Untersuchungszimmer neben der Ambulanz zu bringen, warf Mantel und Jacke über einen Stuhl, krempelte sich die Ärmel auf, wusch sich die Hände.

Die Schwester kam herein, eine ältliche resolute Person.

»Kleiden Sie die Patientin aus, Schwester«, sagte Dr. Jorg, »heiße Tücher!«

Er riß den Schrank auf, fand einen Kittel, zog ihn über. Dann inspizierte er die Mundhöhle, stellte fest, daß die Patientin kein künstliches Gebiß trug, rief: »Magenspülung!«

Er führte die Magensonde ein, verband sie mit einem Gummizwischenstück mit dem Trichter, in den die Schwester lauwarmes Wasser einlaufen ließ. Dann hob er den Trichter, das Wasser lief langsam ein. Er senkte den Trichter, und Wasser, vermischt mit dem Mageninhalt, lief ab.

Die Schwester wiederholte diese Prozedur noch achtmal, bis der Magen völlig ausgespült war. Dr. Jorg überprüfte indessen Blutdruck, Atmung und

Puls. Aber es zeigte sich kein Zeichen von Besserung. Immerhin war jedoch erreicht, daß kein weiteres Gift in die Blutbahn aufgenommen werden konnte.

»Sauerstoff!« ordnete Dr. Jorg an.

Die Schwester reichte ihm die Nasensonde, durch die der Patientin Sauerstoff zugeführt wurde.

Dr. Jorg überprüfte die Reflexe der Patientin. Sie waren kaum noch da.

Jetzt gab es nur noch eine Möglichkeit, die alte Dame dem selbstgewählten Tod zu entreißen. Dr. Jorg mußte Gegengifte spritzen, hochgiftige Substanzen, die im menschlichen Körper Muskelzuckungen und Muskelkrämpfe auslösen. Die richtige Dosierung dieser Toxine hing von der Schwere des Falles ab, sie mußte sehr behutsam und überlegt vorgenommen werden.

Aber Dr. Jorg war erschöpft.

Er zog die Spritze mit dem Gegengift auf, während die Schwester der Patientin eine Staubinde um den Arm legte. In diesem Augenblick stürzte der junge Arzt aus der Ambulanz herein. »Kann ich helfen? Ich bin ...«

»Ja, das können Sie!« unterbrach ihn Dr. Jorg grob. »Ich wäre Ihnen dankbar, wenn Sie jetzt endlich den Fall übernehmen würden!«

»Aber natürlich, Herr Kollege! Ich konnte bis jetzt nur nicht, weil ...«

Dr. Jorg schnitt ihm das Wort ab. »Der Magen ist abgesaugt«, sagte er, »auf Sauerstoff hat die Patientin nicht reagiert. Ich wollte gerade Gegengift injizieren ...«

Er sah auf die Spritze in seiner Hand, spürte, wie ihm kalter Schweiß aus allen Poren brach – er hatte 5 ml aufgezogen, für die alte Dame eine möglicherweise tödliche Dosis!

Er hatte das Gefühl, daß die Schwester und der junge Arzt ihn entgeistert anstarrten, gewann mit äußerster Anstrengung seine Beherrschung zurück.

»Das ist denn doch wohl zuviel«, sagte er gepreßt, »2 ml genügen fürs erste. Wenn die Patientin darauf nicht anspricht, können Sie die Dosis allmählich erhöhen. Ich würde sagen, alle Viertelstunden.«

»Jawohl, Dr. Jorg«, sagte der junge Arzt.

»Wenn sie Zeichen motorischer Unruhe gibt, können Sie die Dosis wieder senken. Und vergessen Sie nicht, ihr eine Spritze zur Unterstützung des Herzmuskels zu geben, später eine Tropfinfusion mit einem Liter physiologischer Kochsalzlösung, um die Ausscheidung durch die Nieren und damit die Entgiftung des Körpers zu beschleunigen.«

»Wird gemacht«, sagte der junge Arzt munter, »und noch einmal vielen Dank, Herr Kollege, daß Sie für mich eingesprungen sind!«

»Keine Ursache«, murmelte Dr. Jorg und verließ mit schleppenden Schritten das kleine Zimmer.

Nur sehr langsam erholte er sich von seinem Entsetzen. Noch nie zuvor war ihm ein solcher Irrtum unterlaufen. Wie war es möglich, daß ihm, gerade ihm so etwas hätte passieren können?

Ihm war, als wenn er am Rande des Wahnsinns stünde.

Mitternacht war vorbei, als Dr. Jörg die Tür seines Hauses aufschloß. Er hatte erwartet, daß Inge längst zu Bett gegangen war. Aber in der Diele brannte Licht.

Dann sah er sie die Treppe heruntereilen, eine zierliche kleine Gestalt in einem Hausanzug aus leuchtendblauem Jersey.

»Richard«, rief sie, »Liebster ... gut, daß du endlich kommst!« Ihr Gesicht war sehr blaß unter den blonden Locken, ihre schönen braunen Augen schienen unnatürlich geweitet.

Sie nahm seine Hand. »Bitte, komm mit nach oben! Evchen ist ...«
Er rührte sich nicht vom Fleck. »Was ist mit dem Kind?«
»Ich weiß es nicht! Sie kam mir den ganzen Tag schon so sonderbar vor. Vor dem Schlafengehen habe ich dann Fieber gemessen ... sie hat 38,2! Bitte, Richard, sieh sie dir an!«

»Nein«, sagte er.

Sie ließ seine Hand los, starrte ihn an. »Du willst nicht?«
»Ich kann nicht, Inge ... glaub mir, ich kann es nicht!« Er schlug beide Hände vor das Gesicht.

Mitleid und Angst um ihren Mann kämpften in ihr mit der Sorge um ihre Tochter.

»Richard«, sagte sie, »Richard ... was ist geschehen?« Sie führte ihn zu einem Sessel.

»Sag es mir«, bat sie, »sag mir alles!«

Es dauerte lange, bis er sprechen konnte. »Ich ... bin«, sagte er schließlich mühsam, »ich habe ... beinahe ... einen Menschen getötet!«

»Du!?«

Sie fühlte, wie er zusammenzuckte, biß sich auf die Lippen, fügte so ruhig, wie es ihr möglich war, hinzu: »Wie war denn das möglich? Ein Verkehrsunfall?«

»Nein. Selbstmord.«

Sie versuchte angestrengt, die Zusammenhänge zu begreifen, aber es gelang ihr nicht. Sie spürte nur seine übermächtige Verzweiflung und den brennenden Wunsch, ihm zu helfen.

Ganz allmählich löste sich seine Verkrampfung unter ihren sanften streichelnden Händen. Alles, was er an diesem Abend erlebt hatte, brach aus ihm heraus, erst bruchstückhaft, undeutlich, fast unverständlich, dann wie eine wahre Sturzflut.

»Du siehst«, schloß er endlich erschöpft, »ich habe versagt ... mörderisch versagt! Ich ... ich tauge nicht länger, Arzt zu sein!«

»Aber, Richard«, sagte sie erschüttert, »Richard ... so darfst du die Dinge doch nicht betrachten!«

»Ich bin kein Mensch, der sich etwas vormachen kann ...«

Sie suchte verzweifelt nach Argumenten, die sie ihm entgegensetzen, mit denen sie ihn beruhigen konnte. »Meinst du nicht«, sagte sie endlich, »daß jedem Arzt mal ein Fehler unterläuft? Früher oder später? Ihr seid doch schließlich auch nur Menschen.«

»Ja, man kann sich irren, das gebe ich ja zu ... man kann eine falsche Diagnose stellen, eine verfehlte Therapie anordnen ... aber man darf sich doch nicht so irren, einfach irren, ohne es selber zu merken! Das ist ja gerade das Unheimliche, begreifst du denn nicht? Daß ich mir überhaupt nicht bewußt geworden bin, eine zu starke Dosis aufgezogen zu haben!«

»Du hättest sie niemals wirklich gespritzt«, behauptete sie verzweifelt, »auch wenn dein Kollege nicht zufällig hereingekommen wäre ... du hättest ganz bestimmt noch rechtzeitig bemerkt, daß du zuviel genommen hast!«

»Nein!«

»Aber woher willst du das wissen? Du prüfst doch bestimmt immer noch einmal den Inhalt der Spritze, bevor du injizierst ... hältst sie gegen das Licht, um dich zu vergewissern, daß keine Luftbläschen drin sind, nicht wahr?«

»Das schon ...«

»Na, siehst du! Dabei wäre es dir aufgefallen!«

»Ich weiß es nicht«, sagte er, durch ihr Vertrauen in ihn beeindruckt, »das Schlimme ist ... ich weiß überhaupt nichts mehr.«

»Dafür aber ich«, sagte sie, »mir scheint, ich kenne dich besser als du selber!«

»Ich hätte nie für möglich gehalten, daß ich ...«

Sie ließ ihn nicht aussprechen. »Du hast auch noch nie in diesem Zustand einen ärztlichen Eingriff vorgenommen! Denk doch auch mal daran ... du hattest deinen Arbeitstag schon hinter dir, du hast bestimmt bei Fräulein Krüger getrunken, nicht wahr?«

»Ja«, sagte er, »ja ...«

»Na, siehst du! Kein Wunder, daß du nicht so klar warst wie gewöhnlich! Nein, Richard, Liebster, glaube mir, du hast gar keinen Grund zu Selbstanklagen! Du machst es dir einfach zu schwer ... jeder andere Arzt in deiner Situation wäre gar nicht mit zur Unfallklinik gefahren, und was dann? Dann wäre die alte Dame wahrscheinlich jetzt schon tot, weil man sich nicht rasch genug um sie gekümmert hätte!«

»Wenn ich das nur glauben könnte.«

»Du kannst es, Richard, glaube mir ... es gibt keinen besseren Arzt als dich.« Als er schwieg, beugte sie sich über ihn, streichelte ihm zärtlich die Stirn.

»Ach, Inge«, sagte er und lehnte seinen müden, schmerzenden Kopf an ihre Brust, »du bist so gut zu mir ... so unendlich gut! Und wie habe ich mich dir gegenüber benommen in den letzten Tagen ... wie ein wahres Scheusal!«

Sie konnte schon wieder lachen. »Scheusal! Ja, mit dieser Bezeichnung hast du den Nagel auf den Kopf getroffen!«

Sie beugte sich zu ihm herab, ihre Lippen fanden sich in einem langen, beglückenden Kuß.

Dann rutschte sie von der Sessellehne. »Bitte, Richard«, bat sie, »bitte, komm jetzt mit nach oben und sieh nach Evchen! Ich mache mir ernstliche Sorgen!«

Tatsächlich hatte sie über dem Gespräch mit ihrem Mann nicht eine Sekunde lang das fiebernde Kind vergessen, aber sie hatte begriffen, daß seine Not die schwerere war.

»Laß mich erst die Hände waschen«, sagte er.

»Ja, natürlich. Ich laufe schon voraus.«

Als er fünf Minuten später nach oben kam, saß Inge am Bett ihres Töchterchens. Ihr blondes Haar schimmerte im Licht der Nachttischlampe. Die bunten Märchenfiguren an den Wänden, die winzigen Möbel, der Puppenwagen neben dem Bettchen und der Teddybär auf der Kommode gaben dem Zimmer eine verspielte, trauliche Atmosphäre. Es schien unvorstellbar, daß Krankheit und Kummer hier jemals Einzug finden konnten.

Inge sah auf, als er eintrat, sagte: »Sie schläft ... ist das ein gutes Zeichen?«

Er lächelte ihr beruhigend zu. »Ich glaube schon!« Er trat näher, öffnete seine Bereitschaftstasche. »Aber ich fürchte, wir müssen unseren Schatz wecken!«

Inge beugte sich tiefer über ihre kleine Tochter, faßte sie bei den Schultern. »Evchen«, sagte sie, »Evchen ... Papi ist da! Wach auf ... Papi will mit dir spielen!«

Verschlafen öffnete Evchen die blauen Augen. Ihr Blick schien aus weiter Ferne zu kommen. Dann erkannte sie den Vater, und ein Leuchten überflog ihr glühendes Gesichtchen. Sie streckte beide Ärmchen aus. »Papi ... Papi!«

»Ja, mein Liebling ... Papi ist da!« Er hob sein Töchterchen aus dem Bett, nahm es hoch, drückte ihr heißes Gesichtchen an seine Wange.

»Papi will schauen, wie es dir geht!«

Evchen packte die Nase des Vaters, zupfte daran und krähte vor Vergnügen, als er eine komische Grimasse zog – das war eines der Lieblingsspiele von Vater und Tochter.

Er lächelte Inge über den Kopf der Kleinen zu. »Sehr elend scheint sie sich wirklich nicht zu fühlen! Aber wir werden sehen ...« Er legte das Kind in ihre Arme, holte einen hölzernen Spachtel und eine kleine Lampe aus seiner Tasche.

»Mund auf, junge Dame«, kommandierte er, »ganz weit ... sooo!«

Rasch schob er den Spachtel auf ihre Zunge, drückte sie herunter, leuchtete in ihren Hals. »Mach mal ah, Evchen ... aaaahhh! Ganz laut!«

Das Kind gab einen Laut von sich, der nur wenig Ähnlichkeit mit dem gewünschten Ah hatte, aber Dr. Jorg gab sich zufrieden. Er zog den Spachtel heraus, knipste die Lampe aus.

»Das genügt, meine Süße ... du kannst dein Mäulchen wieder zuklappen!«

»Was ist?« fragte Inge besorgt.

Er antwortete nicht. »Zieh ihr das Nachthemd aus«, sagte er, »ich möchte eine Auskultation vornehmen!«

Er holte das Stethoskop aus der Tasche. »Jetzt wird's kalt, Evchen«, sagte er, »du mußt nicht erschrecken ...«

Dennoch zuckte das Kind zusammen, als das eisige Metall ihre kleine Brust berührte, verzog das Gesichtchen.

»Nicht weinen, Schatz«, sagte Inge rasch, »der Papi will horchen, wie dein Herzchen schlägt, und wenn du weinst, kann er nicht verstehen, wie es klopf, klopf, klopf macht!«

Dr. Jorg horchte Herz und Lunge ab, erst von der Brust, dann vom Rücken her. Inge beobachtete ihn mit gespannter Aufmerksamkeit.

Endlich richtete er sich auf. »Nichts«, sagte er, »alles in Ordnung ...«

»Aber ... wieso hat sie dann Temperatur?«

»Rachen und Mandeln sind leicht gerötet. Das kann alles mögliche bedeuten, in diesem Stadium ist das noch nicht festzustellen. Ich möchte annehmen, daß sie einen mehr oder weniger starken Schnupfen bekommen wird. Du weißt ja, Kinder fiebern sehr viel rascher als Erwachsene...«

»Soll ich sie wieder anziehen?«

»Warte noch, ich gebe dir was, damit du Rücken und Brust einreiben kannst...« Er kramte in seiner Tasche, reichte ihr eine Dose. »Und dann noch hier diese Tropfen für die Nase ... dadurch schwellen die Schleimhäute ab, und sie tut sich leichter beim Atmen.«

Inge war schon dabei, die Kleine einzureiben. »Ach, Richard«, sagte sie, »ich bin ja so froh ... glaubst du wirklich, daß es nichts Schlimmes wird?«

»Höchstens eine Kinderkrankheit. Aber, wie gesagt... ich tippe eher auf eine tüchtige Erkältung!«

Er gab Evchen selber die Nasentropfen, die ihr anscheinend gar nicht paßten. Inge zog die Kleine an, wickelte sie fest in ihre Bettdecke.

Evchen plapperte noch eine Weile vor sich hin, aber noch bevor ihre Eltern das Zimmer verließen, war sie schon fast wieder eingeschlafen.

»Ach, Richard«, sagte Inge, während sie hinter ihm die Treppe hinunterlief, »du ahnst nicht, wie glücklich ich bin...«

Er drehte sich, unten angekommen, zu ihr um, breitete die Arme aus, und sie flog die letzten Stufen hinunter und an seine Brust.

»Daß du wieder zurückgekommen bist...«, flüsterte sie.

Er verstand sie sehr gut, aber er setzte sich gegen die Rührung zur Wehr, die ihn selber zu überwältigen drohte. »Hattest du geglaubt, ich würde für immer bei dieser Olga bleiben?« fragte er neckend.

»Sag mir, daß du dir nichts aus ihr machst... nicht das geringste! Schwöre es mir!«

Sein Mund berührte ihr seidenweiches Haar, ihr Ohrläppchen, ihren Nacken. »Immer noch eifersüchtig?«

»Nnnein...«, sagte sie, aber es klang durchaus nicht überzeugend.

Er verschloß ihren Mund mit einem Kuß, einem glühenden, zärtlichen, leidenschaftlichen Kuß, der alles, was bisher noch zwischen ihnen gestanden hatte, auflöste und wegschwemmte.

»Richard«, stammelte sie atemlos, »Liebster...« Weich und hingebungsvoll lag sie in seinen Armen.

Er hielt sie fest, ganz fest, als wenn er fürchten müßte, sie zu verlieren. »Ich liebe dich... Inge, meine kleine Inge... ich liebe dich so...«

Und er liebte sie wirklich, in dieser Sekunde vielleicht mehr als je zuvor, war ganz erfüllt von dem heißen Wunsch, ihr seine Liebe zu zeigen, sie ganz zu besitzen, sie alles, was sie entfremdet hatte, vergessen zu lassen.

Er hob sie hoch, eine leichte, warme, bebende Last, trug sie ins Schlafzimmer – und beide glaubten, daß alles gut werden, daß sie die Kraft haben würden, alle Schatten zu überwinden.

Ihre Herzen schlugen im gleichen Rhythmus, ihre Körper drängten zueinander, sie fieberten der Erfüllung entgegen...

Aber es kam ganz anders, als Dr. Richard Jorg und seine junge Frau es erhofft und ersehnt hatten. Ihre Liebe fand keine Erlösung – er war ein Mann, und er hatte versagt, zum erstenmal in seinem Leben.

Das graue Licht des frühen Wintertages drang schon ins Schlafzimmer, als sie immer noch wach lagen, nebeneinander und doch unendlich weit voneinander entfernt. Sie waren aufgewühlt, verstört, fühlten sich zerschlagen und gedemütigt, wagten nicht, einander anzusehen oder sich zu berühren.

»Es hat nichts zu bedeuten«, sagte sie endlich. »Was ist denn schon passiert? Gar nichts. Es ist wirklich dumm von uns, ein Drama daraus zu machen...« Ihre Stimme erstickte, sie konnte die Tränen nicht länger zurückhalten. Sie gab sich krampfhafte Mühe, es ihn nicht merken zu lassen, weinte lautlos in sich hinein.

Aber er hörte es doch. Er streckte den Arm nach ihr aus, zog sie an seine Brust. »Weine nur«, sagte er, »sei froh, daß du weinen kannst. Glaubst du, ich versteh nicht, wie dir zumute ist?«

Ihre Tränen benetzten seine nackte Brust. »Ich liebe dich, Richard«, schluchzte sie, »glaub mir doch... ich liebe dich so!«

»Ich dich auch, mein Kleines. Aber es wäre besser, wenn es anders wäre. Ohne Liebe wäre alles viel leichter zu ertragen, wenn wir keine Sehnsucht nach einander hätten.« Er hielt seine weinende Frau fest umschlungen und starrte in die graue Dämmerung, die wie eine Drohung war.

4

Was die kleine Eva betraf, so bewahrheitete sich die Prognose Dr. Jorgs — außer einem tüchtigen Schnupfen fehlte ihr nichts. Das Fieber war gefallen, und sie fühlte sich dementsprechend elend und war quengelig.

Inge bettete das Kind für den Tag auf die Couch im Wohnzimmer. Die Putzfrau schickte sie fort, bat sie, nachmittags wiederzukommen. Sie wollte nicht, daß ihr Mann, der heute erst mittags Dienst in der Unfallklinik hatte, gestört wurde. Er hatte erst gegen Morgen endlich Schlaf gefunden.

Als er aufstand, war es nahezu Essenszeit. Inge begrüßte ihn fröhlich und unbefangen mit einem Kuß. Beide verloren kein Wort über die Ereignisse der Nacht, gaben sich Mühe, so zu tun, als wenn nichts geschehen wäre. Aber Inges müdes Gesicht, ihre verweinten Augen waren für Dr. Jorg eine ständige qualvolle Erinnerung. Er war erleichtert, als es Zeit wurde, das Haus zu verlassen und zur Klinik zu fahren.

Inge hatte Evchen zu Bett gebracht. Jetzt legte sie sich selber hin, um den versäumten Schlaf nachzuholen. Nachher fühlte sie sich besser. Aber der Druck auf ihrem Herzen blieb. Sie brauchte einen Menschen, mit dem sie sachlich über alles sprechen, der ihr vielleicht sogar eine Erklärung und einen Rat geben konnte.

Sie überlegte lange, ob es richtig war, Dr. Willy Markus anzurufen, hatte Tausende von Bedenken, tat es dann aber doch.

Dr. Markus meldete sich schon nach dem ersten Rufzeichen.

»Du, Inge?« sagte er erstaunt. »Ja, was gibt's?«

»Ich möchte dich gern sprechen«, sagte sie mit Überwindung, »natürlich nur, wenn du Zeit hast...«

»Wegen Richard?« fragte er sofort.

»Ja.«

Einen Augenblick schien er nachzudenken. Dann fragte er: »Also wann... und wo?«

»Im ›Carlton‹? Um vier?«

»Einverstanden. Ich werde pünktlich sein.«

Tatsächlich war Dr. Markus schon vor Inge im »Carlton«, einer vornehmen Teestube in der Briennerstraße. Er hatte Zeitung gelesen, dabei aber doch die Eingangstür im Auge behalten, so daß er sich sofort aus einem der schweren bequemen Sessel erhob, als sie eintrat.

Sie trug ein moosgrünes Winterkostüm mit schwarzem Persianerkragen, einen kleinen Persianerhut auf den blonden Locken, und es war keine Lüge, als er ihr sagte: »Du siehst ganz reizend aus, Inge!«

Aber ihr stand nicht der Sinn nach Komplimenten. »Ich habe nicht viel Zeit«, sagte sie, »Evchen ist erkältet. Die Putzfrau ist jetzt bei ihr, aber spätestens...«

»Nun setz dich erst einmal! Was möchtest du trinken?«

»Tee.«

Er winkte einer der ältlichen adretten Kellnerinnen, gab die Bestellung auf. Sie nestelte nervös an ihren Handschuhen, zog sie aus.

»Also, was ist?« fragte er.

»Eigentlich gar nichts«, sagte sie zögernd, »es ist nur... ich habe den Eindruck, daß Richard sich nicht ganz wohl fühlt.«

»Ach«, sagte Dr. Markus verblüfft, »aber er macht doch Dienst?«

»Ja. Aber das ist es eben. Er will es nicht zugeben. Aber irgend etwas ist mit ihm nicht in Ordnung. Er ist so... verändert. Ich kann es dir schwer erklären.«

»Seit wann?«

Sie fuhr mit dem Zeigefinger über die Tischplatte, zeichnete unsichtbare Figuren. »Erinnerst du dich an den Tag, als du mich angerufen hast, um mir mitzuteilen, daß Richard später nach Hause käme? Ich weiß bis heute noch nicht, was damals eigentlich los war. Jedenfalls kam er mit einem Pflaster auf der Stirn heim... inzwischen ist die Wunde ja fast verheilt...«

»Ich erinnere mich genau«, sagte Dr. Markus, »das war der Tag, an dem er diesem Mädchen das Leben gerettet hat! Und seitdem ist er nicht mehr ganz in Ordnung, sagst du?«

Sie nickte.

»Das ist kein Wunder! Darüber brauchst du dir wirklich keine Sorgen zu machen, Inge, das hätte ich ihm gleich voraussagen können!«

Sie sah überrascht auf, fast ein wenig erleichtert darüber, daß Dr. Markus so rasch eine Erklärung bei der Hand zu haben schien. »Ah, wirklich?« fragte sie.

»Man ist eben nicht ungestraft ein Held...«

»Wie meinst du das?«

»Diese Lebensrettungsgeschichte wird er dir doch sicher erzählt haben...«
Er sah die Verständnislosigkeit in ihren Augen, fügte hinzu: »Oder etwa nicht?«

»Ich weiß natürlich, daß er einer jungen Frau das Leben gerettet hat«, sagte

Inge Jorg vorsichtig – sie war bewußt bemüht, jeden Anschein zu vermeiden, daß in ihrer Ehe etwas nicht stimmen könne. »Olga Krüger. Sie tauchte vor zwei Tagen bei uns auf, um sich bei Richard zu bedanken.«

»Aber was er wirklich für sie getan hat, weißt du nicht? Na, dann will ich es dir erzählen. Ich verrate damit ja kein Geheimnis. Inzwischen hat es in allen Zeitungen gestanden.«

Die Kellnerin brachte den Tee, und Inge Jorg schenkte sich ein.

»Diese Olga Krüger«, sagte Dr. Markus, »ist mit ihrem Auto in den Baldham-See gefahren. Ihr Wagen ist ins Schleudern gekommen und hat das Geländer durchbrochen. Richard wurde zufällig Zeuge des Unfalls. Worauf er die Böschung hinuntersauste, sich in das eiskalte Wasser stürzte, zu dem versinkenden Auto schwamm, das Wagendach aufschnitt, die bewußtlose Frau herauszog und ans Ufer brachte ... na, wenn das keine Heldentat ist!«

Inge Jorg sah ihn aus großen Augen an. »Du wußtest das doch schon, als du mich damals anriefst! Warum hast du es mir nicht gleich erzählt?«

»Weil Richard es mir ausdrücklich untersagt hatte. Er wollte dich nicht beunruhigen.«

Ein warmer Schimmer stieg in Inges blasses Gesicht. Diese Erklärung, aus der sie die ganze sorgende Liebe ihres Mannes fühlte, berührte ihr Herz wie eine Liebkosung.

»Ich bin noch nicht am Ende. Als Richard diese Frau zum Ufer gebracht hatte, glitt er aus und schlug hin. Er wurde bewußtlos.« Dr. Markus hob die Hand, sagte leicht dozierend: »Und hier, liebe Inge, haben wir die Erklärung für sein sonderbares Benehmen ...«

»Ich habe nie gesagt, daß er sonderbar wäre!« protestierte sie. »Nur, daß er sich offensichtlich nicht wohl fühlt.«

»Das kommt auf dasselbe heraus. Durch diesen Sturz hat er natürlich einen Schock bekommen. Normalerweise würden wir einen Patienten in diesem Zustand nie und nimmer am gleichen Abend nach Hause fahren lassen. Aber er bestand darauf, er ist ja Arzt ... was sollte ich machen?«

»Ich werfe doch dir nichts vor, Willy«, sagte sie, »ich suche nur nach der Ursache für seine ... seine ...« Sie suchte vergebens nach dem passenden Wort.

»Leidet er an Schlafstörungen, Kopfschmerzen, Reizbarkeit, Depressionen?«

»Du drückst das alles viel zu kraß aus ...«

»Aber immerhin, die Symptome sind vorhanden. Unter Umständen kann ein solcher Schock auch Störungen der Herz-, Magen-, Darmfunktionen auslösen, Impotenz ...«

Sie konnte ihre Betroffenheit nicht verbergen. »Impotenz?« wiederholte sie.

»Das alles sind natürlich nur mögliche Beschwerden. Sie brauchen nicht aufzutreten, tun es auch nur selten alle auf einmal ...«

Die Kellnerin trat an ihren Tisch, beugte sich zu Inge herab. »Entschuldigen Sie, gnädige Frau ... sind Sie Frau Dr. Inge Jorg?«

Inge fuhr zusammen. »Ja? Warum?«

»Ein Anruf für Sie!«

Inge erhob sich rasch, griff nach ihrer Handtasche. »Entschuldige mich einen Augenblick, Willy ...«

Er sah ihr nach, wie sie, schlank und zierlich in ihrem taillierten Kostüm, über die dicken Teppiche und die kleine Treppe zur Garderobe hinaufeilte.

Er nahm einen Schluck Cognac aus dem bauchigen Glas, zündete sich eine Zigarette an, blies Rauchkringel in die Luft.

Inge Jorg kam viel schneller zurück, als er erwartet hatte. Er sah sofort, daß etwas passiert sein mußte. Ihr Gesicht war geisterhaft blaß, ihre braunen Augen fast schwarz vor Erregung.

»Evchen«, stieß sie atemlos hervor, »es geht ihr schlecht! Sie bekommt keine Luft mehr...«

»Woher weißt du das?«

»Frau Maurer, meine Zugehfrau... sie ist bei dem Kind...«

Dr. Markus warf einen Geldschein auf den Tisch, faßte Inge unter den Arm, zog sie zur Drehtür.

»Ich bringe dich nach Hause«, sagte er, »reg dich nicht auf! In längstens zwanzig Minuten sind wir dort. Unterwegs kannst du mir alles erzählen!«

Frau Maurer, eine junge, resolute Frau, stürzte ihnen entgegen, als sie das Haus betraten.

»Gut, daß Sie endlich da sind, Frau Jorg!« sagte sie. »Ich weiß mir einfach keinen Rat mehr! Die Verantwortung...«

»Wo ist das Kind?« fragte Dr. Markus.

»Im Wohnzimmer!«

Er schob die Frau beiseite, eilte in den Raum. Mit einem Blick erkannte er, daß es Evchen wirklich sehr schlecht ging. Sie bewegte unruhig den Kopf hin und her, schlug mit den Ärmchen um sich. Ihr kleiner Körper wurde von quälendem Husten erschüttert.

Inge Jorg war ihm nachgeeilt, kniete sich neben die Couch, legte ihre Hand auf die heiße Stirn des Kindes. »Evchen... mein Schatz«, sagte sie zärtlich, »mein kleiner Liebling... Mutter ist bei dir! Du brauchst keine Angst zu haben! Jetzt wird alles wieder gut!«

»Ich hab' ihr in den Mund geschaut«, sagte Frau Maurer, »zuerst waren da nur ein paar gelbliche Flecken, später so ein weißer Belag... genau wie bei meinem Ältesten damals, Sie wissen doch noch! Da bin ich gleich zum Telefon!« Evchen wurde von einem quälenden Hustenanfall geschüttelt.

Dr. Markus holte einen hölzernen Spachtel aus seiner Bereitschaftstasche. »Bring sie bitte dazu, daß sie den Mund aufmacht, Inge«, sagte er, »nur für eine Sekunde...«

Dr. Markus fuhr rasch mit dem Spachtel in den Mund, drückte die Zunge des Kindes ein wenig nieder, leuchtete ihr in den Hals.

Rachen und Mandeln waren von einem dicken, grauweißen Belag bedeckt.

»Was ist es?« fragte Inge angstvoll.

»Diphtherie...«

»O mein Gott!« Die Beine versagten ihr, sie ließ sich in einen Sessel sinken. Als Frau eines Arztes wußte sie, wie heimtückisch eine schwere Diphtherie sein kann.

»Reg dich nicht auf, Inge«, sagte Dr. Markus, »wenn das Kind deine Angst spürt, wird alles nur noch schlimmer. Wir bringen sie über den Berg, keine

Sorge! Seit es Penicillin gibt, braucht kein Kind mehr an Diphtherie zu sterben.«

Sie sah ihn fassungslos an. »Wie ist es möglich, daß Richard ... daß er es nicht gemerkt hat?!«

»Das frage ich dich!«

»Er hat sie gestern abend untersucht und ...«

»Gestern war wahrscheinlich eine Diagnose noch nicht möglich. Hat er sie heute morgen noch einmal untersucht?«

»Nein, nein, er war müde und ... niemand von uns hat doch an so etwas gedacht!«

Dr. Markus sprach beruhigend auf das fiebernde Kind ein, streichelte ihr über die Stirn, hob dann ihr Nachthemdchen hoch, tastete ihren Leib ab. Die Leber war kaum merklich vergrößert. Er fühlte ihren Puls. Er ging rasch, aber deutlich spürbar.

Er deckte das Kind wieder zu. »Immerhin, der Kreislauf ist noch nicht angegriffen.«

Dr. Markus beugte sich über seine Bereitschaftstasche, holte eine Ampulle Penicillin und eine Spritze heraus.

Inge schob die Decke und das Nachthemdchen des Kindes zurück, so daß der Oberschenkel bloßlag. Dr. Markus desinfizierte die Injektionsnadel und ein Stückchen Haut des Kindes, zog die Spritze auf, stach ein.

Evchen wimmerte auf.

»Es ist schon vorbei, Schätzchen«, tröstete die Mutter, »schon vorbei ... jetzt wirst du bald wieder ganz gesund!«

Als Dr. Markus die Injektionsnadel herauszog, wurde Evchen von einem neuen Hustenanfall geschüttelt.

»Soll ich sie in ihr Zimmer hinaufbringen?«

»Sie schläft oben? Nein, besser nicht. Leg sie in Richards Bett, sie sollte jetzt auch nachts nicht allein sein. Richard muß dann eben so lange oben oder im Wohnzimmer schlafen ...«

»Ich werde das Bettzeug wechseln ...«

»Gib ihr erst mal ein Zäpfchen. Ich wasch mir inzwischen die Hände.«

Später trugen sie die Kleine in das frisch überzogene Bett des Vaters. Sie wußten, daß es jetzt nichts mehr zu tun gab als abzuwarten. Aber gerade das war das schwerste.

»Wie lange ...?« fragte Inge mit spröder Stimme. »Ich meine ... wann wird das Penicillin wirken?«

»Spätestens in vierundzwanzig Stunden. Wenn sie bis morgen abend nicht fieberfrei ist, gebe ich ihr noch einmal eine Injektion ... das heißt, Richard kann das genausogut wie ich.«

»Ich bin sehr froh, daß du da warst, Willy!«

Ganz allmählich ließ Evchens Unruhe nach, die Augen fielen ihr zu, das Zäpfchen tat seine Wirkung.

»Ich glaube ...«, sagte Inge.

Aber sie kam nicht dazu, den Satz zu Ende zu sprechen. Sie hörten beide, wie die Haustür aufgeschlossen wurde, wandten den Blick zur Tür.

»Mein Mann!« sagte Inge.

Sie sprang auf, um ihm entgegenzugehen. Aber da stand er schon im Raum. Inge brachte kein Wort der Begrüßung hervor, denn der Blick, den er von ihr zu Dr. Willy Markus gleiten ließ, war dunkel vor Qual und Zorn.

»Mich habt ihr wohl noch nicht zurückerwartet, wie?« sagte Dr. Richard Jorg mit seltsam gepreßter Stimme. Er hatte es nicht einmal laut gesagt, aber die Drohung war so spürbar, daß seine Frau unwillkürlich einen Schritt zurückwich.

»Richard, ich ...«, stammelte sie.

»Spar dir deine Worte, du ... du Ehebrecherin!« brach es aus ihm heraus. »Das ist also deine Liebe! Ich genüge dir nicht mehr! Kaum bin ich aus dem Haus, da muß der nächste antanzen!«

Dr. Jorgs Blick flackerte. »Nimm sie mit, Willy«, brüllte er, »ich trete sie dir ab ... schaff mir das Weibsbild aus den Augen! Sonst kann ich für nichts mehr garantieren!«

»Gut«, sagte Dr. Markus ruhig, »wie du willst. Die Frage ist jetzt nur ... was soll mit Evchen geschehen? Es scheint dir entgangen zu sein, daß das Kind schwer krank ist!«

Mit Dr. Jorg ging eine seltsame Wandlung vor. Es war, als wenn sein Gesicht von einer Sekunde zur anderen verfiele.

»Evchen«, stieß er tonlos hervor, »sie ... sie ist ...«

»Diphtherie«, erklärte Dr. Markus, »Inge hat mich gerade noch rechtzeitig benachrichtigt. Wenn du dich selber überzeugen möchtest ...«

Dr. Jorg schwankte zur Couch. Er ließ sich auf die Kante sinken, starrte in das fieberheiße Gesichtchen seines Kindes. Evchens runde Stirn unter den blonden verwirrten Locken war schweißbedeckt, ihre Augen geschlossen. Sie atmete mühsam, mit halbgeöffnetem Mund. Die Schwellung ihres Halses war deutlich zu sehen. »Evchen«, stöhnte er, »Evchen ...«

»Du solltest sie jetzt nicht wecken«, sagte Dr. Markus, »wir sind froh, daß sie endlich eingeschlafen ist ... ein Wunder überhaupt, daß sie von deinem Gebrüll nicht erwacht ist.«

»Mein Gott ... o mein Gott ...«

Dr. Markus trat auf ihn zu, legte ihm freundschaftlich die Hand auf die Schulter. »Du brauchst dir keine Sorgen zu machen, Richard. Ich habe ihr Penicillin gegeben. Puls und Kreislauf waren ganz in Ordnung. Ich bin sicher, sie wird sich schon morgen besser fühlen.«

Es war nicht zu erkennen, ob Dr. Richard Jorg diesen Trost überhaupt begriff. Er war wieder in sich zusammengesunken, hatte die Hände vor das Gesicht geschlagen.

Dr. Markus nahm seine Bereitschaftstasche auf, ließ das Schloß zuschnappen. »Ich gehe jetzt, Inge«, sagte er leise, »du brauchst mich nicht mehr. Richard wird Evchen schon wieder gesundkriegen.«

Sie war über das krankhaft erregte Verhalten ihres Mannes tief beunruhigt, hätte gern noch eine Frage gestellt, aber Richards Anwesenheit verbot es ihr. »Danke, Willy«, sagte sie mit einem verzagten Lächeln, »ich danke dir ... für alles!«

Sie brachte ihn, um das Mißtrauen ihres Mannes nicht wieder zu wecken, nicht einmal zur Haustür. Zögernd blieb sie im Zimmer stehen, sah von ihrem fiebernden Kind zu ihrem Mann, der zusammengebrochen dasaß. Sie wollte ihm Zeit lassen, mit sich ins reine zu kommen, aber nach einer Weile ertrug sie es nicht länger.

»Richard«, sagte sie, »soll ich dir etwas zu essen machen?«

Er schüttelte stumm den Kopf.

»Möchtest du etwas trinken? Ein Bier vielleicht ... oder einen Cognac?«

Er streckte die Hand nach ihr aus, und sie ließ es zu, daß er sie an sich zog.

»Inge«, sagte er gequält, »ich weiß nicht, was eben in mich gefahren ist, das mußt du mir glauben! Ich ...«

Sie strich ihm sanft über das Haar. »Aber ich weiß doch, Richard! Du fühlst dich nicht wohl. Du brauchst dich nicht zu entschuldigen, wirklich nicht.«

»Glaubst du, daß ich«, er sah sie flehend an, »daß ich verrückt werde?«

»Aber nein, Richard, wie kommst du darauf?«

»Aber ich bin doch früher nicht so gewesen, nicht wahr? Ich habe dich doch niemals so angeschrien und ... ich kann dir das nicht erklären, es ist, als ob auf einmal eine fremde Macht von mir Besitz nähme.«

»Das sind bloß die Nerven, Richard. Du hast durch deine Kopfverletzung einen Schock bekommen ... du wirst sehen, in ein paar Wochen ist das völlig vorüber, und du wirst wieder genauso sein wie früher.«

»Ein Schock!« fragte er – und es war kein Unterton in seiner Stimme, der sie gewarnt hätte.

»Ja«, erklärte sie arglos, »Willy sagt ...«

Er ließ sie los, seine Augen flackerten. »Du hast mit Willy über mich gesprochen?«

Sie begriff, daß sie zuviel gesagt hatte, aber jetzt gab es kein Zurück mehr. »Ja, Richard«, gab sie zu, »begreifst du denn nicht, daß ich in Sorge um dich war?«

Er erhob sich mit einem Ruck. »Weil du ein einzigesmal nicht auf deine Kosten gekommen bist, wie?«

»Richard!«

Weder Inge noch Dr. Richard Jorg hatten bemerkt, daß Evchen die Augen aufgeschlagen hatte. Erst als die Kleine in ein wimmerndes Schluchzen ausbrach, wandten sich beide ihr zu.

Inge lief zu ihrem Töchterchen. »Oh, Evchen, mein Schatz«, rief sie, »hat Mutti dich geweckt? Es ist nichts, wirklich nichts, schlaf weiter, mein Schätzchen ... es ist alles gut! Morgen wirst du wieder gesund sein!«

Sie küßte Evchen zärtlich die Tränen von den Wangen.

Erst als die Tür zuschlug, merkte sie, daß ihr Mann gegangen war. »Richard!« rief sie. Sie wollte aufspringen und ihm nacheilen, aber das Kind hielt ihre Hand krampfhaft fest.

Sie saß ganz starr, in angespannter Erwartung, bis sie hörte, daß auch die Haustür zufiel. Wenige Sekunden später drang das Klappen einer Wagentür, das Aufheulen des Motors in das stille Zimmer.

Dr. Richard Jorg fuhr, ohne sich Rechenschaft über sein Tun zu geben, in die Nacht hinaus. Er hatte kein Ziel, nicht einmal eine Ahnung, wohin er sich wenden sollte, er wollte nur fort — fort aus der Enge seines Heims, fort aus den vorwurfsvollen Augen seiner Frau, fort aus der Gegenwart seines kranken Kindes, krank durch seine Schuld.

Er war auf der Flucht vor sich selber.

Ohne es zu merken, hatte er die Richtung zur Innenstadt eingeschlagen, und als er wieder zur Besinnung kam, merkte er, daß er die Isar bereits überquert hatte und sich in Höhe des Englischen Gartens, nahe dem Haus der Kunst befand. Er nahm Gas weg, trat auf die Bremse. Flüchtig stieg der Gedanke in ihm auf, umzukehren und Olga Krüger aufzusuchen. Aber er verwarf diese Idee sofort wieder.

Endlich, ein ganzes Stück hinter dem Siegestor, fand er eine Eckwirtschaft, die das zu sein schien, was er suchte — kein Lärm, keine Musik, nur so viel Licht, wie eben nötig war.

Er trat ein, suchte sich den dunkelsten Platz in der hintersten Ecke, bestellte einen doppelten Cognac, leerte das Glas in einem Zug, bestellte sofort einen zweiten. Als er beim vierten oder fünften angelangt war, begann er sich besser zu fühlen. Jetzt erst fand er den Mut, die Ereignisse des Abends noch einmal vor sich abrollen zu lassen. Sie hatten die schmerzhafte Härte der Wirklichkeit verloren, er konnte daran denken, ohne von Scham- und Schuldgefühl überwältigt zu werden.

Was war denn geschehen? Als er nach Hause kam, hatte er Willy Markus bei seiner Frau gefunden, und er war auffallend geworden. Was war schon dabei? War das nicht sein gutes Recht? Welcher Ehemann hätte sich in dieser Situation anders verhalten? Schließlich wußte er, daß Willy schon seit langem hinter Inge her war, und immerhin war das Zusammentreffen merkwürdig gewesen — ausgerechnet nach der vergangenen Nacht.

Als er mit seinen Gedanken bis zu diesem Punkt gekommen war, schoß ihm heiße Röte bis in die Stirn. Er hatte die Wirkung des Alkohols überschätzt. Er hatte die Demütigung, die er erlitten hatte, doch nicht auslöschen können.

Dr. Jorg bestellte noch einen doppelten Cognac. Er hätte die Kellnerin am liebsten gebeten, ihm die ganze Flasche zu überlassen, wenn ihn nicht ein Rest von Selbstachtung abgehalten hätte.

Verfluchter Unsinn, dachte er, das kann doch jedem Mann passieren — ich möchte wirklich wissen, wem noch niemals eine Nummer schiefgegangen ist! Mit der eigenen Frau — verdammt, ich habe Inge zu sehr verwöhnt, das ist das Ganze! Wer sagt denn, daß es nicht an ihr liegt? Jede Nacht dieselbe Frau, fünf Jahre lang immer derselbe Spaß — wen könnte denn das noch reizen?

Er winkte der Kellnerin, bestellte sich noch einen Cognac, zahlte. Er gab ein üppiges Trinkgeld, und die hochbusige Kellnerin kicherte geschäftsmäßig, als er sie im Hinausgehen auf das Hinterteil klopfte — er grüßte lächelnd nach allen Seiten, fühlte sich stark.

Erst draußen in der eisigen Nachtluft spürte er, daß er nicht mehr so nüchtern war, wie er geglaubt hatte. Er hatte noch genug Verstand, sein Auto stehenzulassen und zu Fuß weiterzugehen. Er schwankte vorwärts, ließ sich treiben, aber schon nach wenigen hundert Schritten spürte er eine quälende Trockenheit im Mund.

Er war in eine schmale Gasse gelangt, an der zu beiden Seiten, fast Tür an Tür, Lokale lagen. Er blieb vor einem beleuchteten Schaukasten stehen, in dem hinter schützendem Glas die Fotos halbnackter Frauen in gekünstelten Stellungen zu sehen waren. »Striptease à la Paris« stand mit triefendroten Buchstaben, wie mit Lippenstift gemalt, quer darüber.

Als er das Lokal betrat, schlug ihm ein Schwall von Hitze, Rauch, Alkohol, Schweiß und Parfümdünsten entgegen. Der Raum war nur schwach beleuchtet, eine kleine Bühne war in rötliches Licht getaucht. Er blieb stehen, um sich zu orientieren.

Ein Kellner, die Serviette unter dem Arm, kam auf ihn zu, führte ihn dienernd, anscheinend in Erwartung eines entsprechenden Trinkgeldes, an einen Tisch auf der Balustrade, nahe der Bühne.

»Danke«, sagte Dr. Jorg und ließ sich erleichtert auf den Stuhl sinken, den der Kellner ihm zurechtschob.

»Was darf ich Ihnen zu trinken bringen?«

»Ein großes Helles, bitte ...«

»Tut mir leid, mein Herr ... Wir haben Weinzwang.«

Dr. Jorg war nahe daran, wieder aufzustehen und zu gehen, aber in diesem Augenblick spielte die Kapelle einen Tusch, und eine verschleierte Tänzerin erschien auf der Bühne. Das Publikum pfiff und johlte.

»Dann bringen Sie mir eine Flasche Champagner!«

Der Kellner verschwand, die Kapelle intonierte eine Art orientalisches Potpourri, die Haremsdame begann sich zu diesen Klängen zu drehen. Ihr nackter Bauch schnellte vor und zurück, dabei ließ sie mit quälender Langsamkeit unter den anfeuernden Rufen der Zuschauer einen Schleier nach dem anderen fallen – zuerst enthüllte sie die Arme, dann die Beine, schließlich den Busen, als Dr. Jorg schon glaubte, weiter könnte sie wohl doch nicht gehen, schlüpfte sie auch noch aus dem Höschen und stand jetzt nackt, nur noch mit der Andeutung eines Feigenblattes bekleidet, mit erhobenen Armen im gleißenden Scheinwerferlicht. Nur ihr Gesicht blieb verschleiert, auch dann noch, als sie mit einer wirbelnden Bewegung ins Dunkel zurücktauchte.

»Gut, wie, unsere Suleima?« fragte der Kellner, der lautlos zum Tisch zurückgekehrt war und sich dicht an Dr. Jorgs Ohr herabgebeugt hatte.

»Warum zeigt sie denn ihr Gesicht nicht?« fragte Dr. Jorg.

»Ach, da ist nichts Besonderes mit los«, erwiderte der Kellner gleichmütig, »und außerdem ... etwas muß ja auch noch der Phantasie überlassen bleiben!«

Die nächsten Tänzerinnen schienen anders darüber zu denken. Sie zeigten alles, aber auch restlos alles, und Dr. Jorg fand sie entschieden schlechter – vielleicht kam das aber auch daher, daß er sich schon an das Überangebot nackten Fleisches gewöhnt hatte. Er warf bald nur noch hin und wieder einen Blick zur Bühne, hielt sich im übrigen an den eisgekühlten Champagner, der zu seiner angenehmen Überraschung wirklich gut war.

Trotzdem fühlte er sich, nachdem er über die Hälfte der Flasche geleert hatte, flau im Magen. Als der Kellner wieder einmal erschien, um sein Glas nachzufüllen, verlangte er die Rechnung. – Sie betrug über hundert Mark. Er bezahlte, ohne mit der Wimper zu zucken, denn nichts war ihm im Augenblick gleichgültiger als Geld.

Dann fühlte er den leichten Druck einer Hand auf seiner Schulter, und eine Wolke schwülen Parfüms stieg ihm in die Nase. »Na, junger Mann«, sagte eine heisere weibliche Stimme, »Sie wollen uns doch nicht etwa schon verlassen?«

Er hob den Blick. Seine Augen glitten über ein giftgrünes Seidenkleid, hinauf zu einem üppigen Busen, quellenden rosa Schultern, einem stark geschminkten Gesicht unter karottenrot gefärbtem Haar.

»Doch«, sagte er mit schwerer Zunge, »wenn Sie nichts dagegen haben!«

»Schade!«

»Kann ich nicht finden!« Er wollte aufstehen, wurde aber wieder auf seinen Stuhl zurückgedrückt.

»Na, bezahlt haben Sie jetzt doch schon, Süßer ... warum wollen Sie's nicht ausnutzen?«

»Weil ich Hunger habe ...«

»Na, wenn das alles ist! Essen können Sie hier genausogut wie überall anders. Vielleicht ein bißchen teurer ... aber das macht Ihnen doch wohl nichts aus?«

»Nicht das geringste!«

»Hab' ich's mir doch gleich gedacht! Dann werde ich Ihnen was bestellen ...«

Die Rothaarige nahm ungeniert an seinem Tisch Platz. »Steak oder Tatar?« fragte sie.

»Ist mir gleich.«

»Dann lieber ein Tatar. Das kann wenigstens nicht zäh sein!« Sie verhandelte mit dem Kellner, der unaufgefordert ein zweites Glas auf den Tisch stellte.

Sie stützte die Ellbogen auf den Tisch, legte das Kinn in die Hände und starrte ihn aus dreisten grünen Augen an. »Na, was ist los, Süßer? Liebeskummer?«

»Wer sind Sie überhaupt?« entgegnete er.

Sie zuckte die Schultern. »Sie können mich Lola nennen ... und wie heißen Sie?«

»Das geht Sie einen Dreck an.«

Sie verzog den grell geschminkten Mund zu einem Lächeln. »Na, höflich sind Sie gerade nicht ... weder höflich noch gut gelaunt. Aber eine Zigarette werden Sie mir wohl trotzdem spendieren ...«

Er schob ihr wortlos die Schachtel über den Tisch.

Genau in dieser Sekunde spürte er zu seiner Überraschung, daß sie ihn faszinierte – vielleicht waren es ihre üppigen Formen, vielleicht ihre absolute Gleichgültigkeit.

»Entschuldigen Sie, Lola«, sagte er in verändertem Ton, »ich bin wirklich schlecht gelaunt ... vielleicht liegt es einfach daran, daß ich mich selten so gelangweilt habe.

»Aha«, sagte sie ruhig, »ich verstehe ... Sie brauchen stärkeren Tobak.«

»Genau.«

Sie beugte sich über den Tisch, so daß er ungewollt einen tiefen Einblick in ihr üppiges Dekolleté tun mußte, fragte vertraulich: »Soll ich eine Sondervorstellung für Sie arrangieren? Ein paar kleine Mädchen vielleicht?«

»Danke. Ich interessiere mich nicht für grünes Gemüse.«

Sie lehnte sich befriedigt zurück. »Habe ich mir gleich gedacht. Sie sind ein Kenner.«

»Wo wohnen Sie?« fragte er.

»Gleich um die Ecke.«

Er erhob sich mühsam. »Gehen wir...«

»Nicht doch, Süßer, nicht so eilig! Iß nur erst noch 'nen Happen, damit du Mumm kriegst.« Sie drehte sich um, rief schrill durch den Lärm: »He, Franz ... wo bleibt denn der Hack für den Herrn?!«

»Komme ja schon!« Der Kellner knallte das garnierte Tatar schwungvoll auf den Tisch.

»Soll ich's dir anmachen?« fragte Lola. »Möglichst scharf, wie?«

»Du kennst dich aus.«

»Wäre wohl auch noch schöner...«

Er sah zu, wie sie das rohe, rote Fleisch mit einem Eidotter, Zwiebeln, Kapern, Gurken, Pfeffer, Salz und Paprika vermengte, und der Heißhunger ließ ihm das Wasser im Mund zusammenlaufen. Er aß gierig, wunderte sich nicht darüber, daß der Kellner zwanzig Mark für diese kleine Mahlzeit verlangte.

Er war nur noch besessen von dem einen Wunsch, so schnell wie möglich aufzubrechen, ihre Wohnung zu erreichen, solange sein Verlangen nach ihr anhielt. Er fühlte sich stark, fähig, sich selber zu beweisen, daß er ein Mann war – nie aufgehört hatte, ein Mann zu sein.

Lolas laszives Lachen befeuerte ihn. Sie schien es genauso eilig zu haben wie er selber, zog ihn an der Hand die Stufen hinauf.

»Komm«, keuchte sie, »komm, mein Süßer.«

Er preßte sie an sich, während sie die Wohnungstür aufschloß. Sie kicherte, wand sich in seinen Armen. Die Tür ging auf, sie tastete nach dem Lichtschalter.

»Einen Augenblick noch, Süßer ... warte, du machst mir ja mein Kleid kaputt!« Sie verschwand mit einer Kußhand.

Er blieb allein zurück, in einem Schlafzimmer, ganz in Babyrosa und Himmelblau gehalten. Die wenigen Minuten, die Lola im Bad blieb, dehnten sich zu einer Ewigkeit.

Am liebsten hätte er mit beiden Fäusten gegen die Tür geschlagen, hinter der Lola verschwunden war, und er war schon drauf und dran, es zu tun, als sie herauskam – nackt unter einem schwarzen Perlongewand, das ihre üppigen Formen mehr als ahnen ließ.

»Na, ungeduldig, Süßer?« fragte sie mit einem wissenden Lächeln. »Ich hab' mich nur ein wenig frisch gemacht...«

Sie kam auf ihn zu, tänzelnd wie eine verspielte Katze, legte ihre Arme auf seine Schultern, drängte sich ihm entgegen. Aber diese Berührung, die eine einzige Verlockung war, hatte auf Dr. Richard Jorg die gegenteilige Wirkung.

Eisige Kälte strich ihm das Rückgrat hinauf, seine Begierde erlosch, er spürte nur noch Widerwillen, Ekel, eine grenzenlose Ernüchterung.

Sie merkte es sofort. »Was ist los mit dir?« fragte sie. »Na, komm schon, mach ... oder bist du am Ende von der anderen Fakultät?«

Er griff nach ihren Handgelenken, schob sie von sich. Die Beschämung, die er in diesem Augenblick empfand, war so stark, daß ihm die Zunge versagte. »Tut mir leid«, sagte er mühsam.

»Was soll denn das nun schon wieder heißen?«

»Eben. Was ich gesagt habe. Tut mir leid. Ich habe keine Lust mehr.«

»Was!?« Sie schrie ihn an.

»Du brauchst dich nicht aufzuregen«, sagte er müde, »es liegt nicht an dir!«

»Na, das wäre wohl auch noch schöner, wenn du das jetzt behaupten wolltest! An mir, ausgerechnet an mir soll es liegen! Ich habe Referenzen, verstehst du, aus den allerbesten Kreisen ...«

»Aber ich weiß ja ... hier!« Er hatte seine Brieftasche herausgezogen, reichte ihr einen Schein. »Ich denke, das genügt für deine Bemühungen ...«

»So, denkst du?!« Sie pflanzte sich breitbeinig vor ihm auf, die Hände in die Hüften gestemmt. »Also, das kannst du mit mir nicht machen! Wer die Preise bestimmt, das bin ich, und immer noch ich! Ich werde ...« Ihr durchsichtiges schwarzes Gewand fiel vorn bei den Beinen auseinander.

Er sah es mit Ekel. »Geh weg«, sagte er grob.

»Ich denke nicht daran«, protestierte er, »ich ...«

Aber der Blick, mit dem er sie ansah, ließ sie plötzlich erschaudern. Sie wich zur Seite, flüsterte heiser: »Du bist ja verrückt ... verrückt bist du!«

Er taumelte aus dem Zimmer, hörte sie, mit wiedergewonnenem Mut, hinter sich herkeifen. »Eine schutzlose Frau hereinzulegen ... so was von Gemeinheit ... das hat man nun von seiner Gutmütigkeit! Keinem werd' ich mehr trauen ...«

Er warf das Schloß hinter sich zu, schwankte Stufe um Stufe die Treppe hinunter.

Mitternacht war vorbei, als es an der Wohnungstür Olga Krügers klingelte.

Sie schrak aus dem Schlaf.

Mit einer Verwünschung warf sie das Kissen beiseite, sprang auf, schlüpfte in ihren Morgenmantel, in die Hausschuhe, rannte zur Tür, öffnete sie.

Dr. Richard Jorg stand vor ihr. »Sie!« fragte sie, maßlos überrascht.

»Kann ich hier schlafen?« Eine Wolke von Alkohol schlug ihr aus seinem Mund entgegen.

Unwillkürlich wich sie einen Schritt zurück. »Bei mir?«

»Auf der Couch. Im Wohnzimmer.«

Sie zögerte. Er sah alles andere als vertrauenerweckend aus, sein Gesicht war blaß und aufgedunsen, die Augen lagen ihm tief in den Höhlen. Um seinen Mund waren Spuren eines grellen Lippenstiftes verschmiert.

Dann wurde es ihr wieder bewußt, daß er es war, dem sie ihr Leben verdankte. »Kommen Sie herein, Doktor«, sagte sie, »tun Sie, als wenn Sie zu Hause wären ...«

»Danke«, sagte er kurz.

»Das Bad ist hier vorn links ... ich mache Ihnen inzwischen die Couch zurecht!«

Als er gute zehn Minuten später auf der Schwelle zum Wohnzimmer erschien, wirkte er verwandelt. Es lag nicht nur daran, daß er sich gewaschen und gekämmt hatte.

»Fühlen Sie sich besser?« fragte sie lächelnd. »Haben Sie noch einen Wunsch? Eine Tasse Kaffee vielleicht? Oder ein Glas Milch?«

Er zögerte.

Sie eilte aus dem Zimmer, kam wenige Augenblicke später mit einem weißen Porzellanbecher zurück. Er nahm einen tiefen Schluck. Die Milch rann eiskalt und mild durch seine Kehle. Er leerte den Becher bis auf einen kleinen Rest.

»Danke«, sagte er lächelnd, »das war wirklich eine gute Idee. Wenn Sie jetzt vielleicht noch eine Kopfschmerztablette für mich hätten ...«

»Jede Menge!«

Sie holte ein Röhrchen aus dem Apothekerschrank im Bad, schüttelte ihm zwei Tabletten in die hohle Hand. Er spülte sie mit dem Rest der Milch hinunter.

»Jetzt werden Sie sich gleich besser fühlen«, prophezeite sie.

»Ich glaube, ich merk's schon«, sagte er, »ganz ehrlich, mir geht es schon besser seit dem Augenblick, als Sie mich vorhin hereingelassen haben!«

Sie errötete leicht. »Ah, wirklich?! Aber das war doch selbstverständlich.«

»Eigentlich«, sagte Dr. Jorg zögernd, »müßte ich Ihnen jetzt einiges erklären, Olga ...«

»Tun Sie das nicht«, wehrte sie ab, »ich kann mir auch so schon denken, was passiert ist!«

Er zuckte zusammen bei dem Gedanken, sie könnte ihn tatsächlich durchschaut haben.

Sie bemerkte sein Unbehagen. »Sie brauchen sich deswegen doch nicht zu schämen, Doktor«, sagte sie rasch, »Ehekräche kommen in den besten Familien vor!«

Er seufzte.

»Ich merke schon, Sie wollen jetzt nicht darüber reden ...«

»Ich kann es nicht.«

»Verstehe ich vollkommen, Doktor.« Sie stand auf. »Aber wenn Sie sich irgendwann mal aussprechen wollen ... wenn Sie Rat, Hilfe oder Freundschaft brauchen ... versprechen Sie mir, daß Sie dann immer zur mir kommen werden?«

Auch er erhob sich. »Ja«, sagte er, »ja, Olga! Sie sind ein wunderbares Mädchen!«

Sie standen einander gegenüber.

Einen Augenblick sah es so aus, als wenn er sie küssen würde. Dann aber wandte er sich rasch ab. Sie ließ sich ihre Enttäuschung nicht anmerken, ging zum Schlafzimmer.

In der Tür drehte sie sich noch einmal um. »Wenn Sie Ihre Frau anrufen wollen, Doktor ...«

Er hätte es gern getan, aber noch waren seine Scham und seine Verwirrung zu groß. »Danke«, sagte er, »nicht nötig.«

»Dann ... gute Nacht, Doktor!«

Doch es wurde keine gute Nacht für Dr. Richard Jorg. Noch lange lag er, die Arme unter dem Kopf verschränkt, wach auf der Couch und starrte in die Dunkelheit. Er versuchte die seltsame Wandlung, die mit ihm vorgegangen war, zu begreifen. Aber es gelang ihm nicht.

Inge Jorg hatte nicht gewagt, ein Schlafmittel zu nehmen, weil sie keinen Ruf ihres kranken Kindes überhören wollte. So hatte sie in dieser langen Nacht Stunde um Stunde wach gelegen, hatte auf jedes Geräusch in dem stillen Haus gelauscht, war bei jedem Ton aufgefahren.

Wenn draußen ein Auto vorbeifuhr, hatte sie darum gebeten, daß es halten und ihr ihren Mann zurückbringen möge, und mehr als einmal hatte sie sich eingebildet, das Geräusch eines Schlüssels im Haustürschloß zu vernehmen.

Aber die Dämmerung des grauen Wintermorgens hatte ihr die Gewißheit gebracht, daß ihr Mann sie allein gelassen hatte, zum erstenmal, seit sie verheiratet waren.

Taumelnd vor Müdigkeit erhob sie sich. Evchen schlief immer noch. Inge Jorg ging in die Küche, goß sich einen starken Kaffee auf, rauchte eine Zigarette. Es war ihr bewußt, daß es vernünftiger gewesen wäre, etwas zu essen. Aber sie fühlte sich außerstande, einen Bissen herunterzubekommen. Sie brauste sich ausgiebig, erst heiß, dann kalt, zog sich an und begann die Wohnung aufzuräumen. Sie rechnete für heute nicht mit Frau Maurer, die die Ansteckung ihrer Kinder durch Evchens Diphtherie fürchten mußte.

Als es an der Haustür klingelte, schrak sie zusammen.

Sie raste zur Haustür, riß sie auf – ihre Mutter, Frau Stein, stand vor ihr, elegant und selbstsicher wie immer, in einem schwarzen Persianermantel, einen schicken Pelzhut auf dem blonden, sorgfältig frisierten Haar.

»Nanu?« fragte sie lächelnd. »Habe ich dich erschreckt?«

»Nein, nein«, stotterte Inge, »überhaupt nicht!«

»Komisch«, sagte Frau Stein, »du hast mich angesehen, als wäre ich ein Gespenst!« Sie nahm ihre Tochter in die Arme, küßte sie zärtlich auf beide Wangen. »Wie geht es dir denn, Kleines? Du hast lange nichts mehr von dir hören lassen, da dachte ich, ich komme schnell mal bei dir vorbei, und außerdem wollte ich dir sagen...«

Sie trat, ohne Inge zu Wort kommen zu lassen, an ihr vorbei in die Wohnung, redete ununterbrochen weiter. »Du siehst nicht sehr gut aus, Inge, ein bißchen blaß und müde! Du mußt mehr auf dich halten, weißt du, die Männer...« Sie unterbrach sich. »Sag mal, wo ist denn Richard? Ich dachte, er hätte diese Woche erst mittags Dienst?«

»Er ist nicht da«, erwiderte Inge mit steifen Lippen.

»Nicht da? Was heißt denn das schon wieder?«

Inge konnte sich nicht länger beherrschen. »Er ist heute nacht nicht nach Hause gekommen«, brach es aus ihr heraus. Frau Stein öffnete den Mund, schnappte nach Luft, preßte dann die rosigen Lippen fest zusammen, so daß sich eine bittere Linie von den Nasenflügeln zum Kinn abzeichnete.

»Das mußte ja so kommen«, sagte sie schließlich.

»Ich verstehe dich nicht...«

»Omi... Omi!« ertönte Evchens helle Kinderstimme, sehr viel freier und klarer als am Tag zuvor.

»Ja, mein Schätzchen, ich komme ja schon!« rief Frau Stein. »Wo bist du denn, mein Zuckerpüppchen? Willst du Verstecken mit der Omi spielen?«

»Sie liegt im Schlafzimmer«, sagte Inge, »sie ist krank...«

»Krank?«

»Ja. Diphtherie.«

Frau Stein brauste an Inge vorbei in den Schlafraum.

Evchen rief: »Omi... Omi...!« und fuhr ihr mit den Händchen durch das wohlfrisierte Haar, so daß der Pelzhut zu Boden kugelte. Frau Stein stimmte in das Lachen der Kleinen ein.

Sie drehte sich zu ihrer Tochter um. »Sie kommt mir aber gar nicht so krank vor«, sagte sie, »wer hat denn behauptet, daß sie Diphtherie hätte? Sicher dein Mann? Na, das ist typisch, der neigt doch immer dazu, aus einer Mücke einen Elefanten zu machen.«

»Evchen hat Diphtherie«, sagte Inge müde, »aber sie hat gestern abend eine Penicillinspritze bekommen. Es ist also ganz normal, daß sie sich heute besser fühlt. Ich bin jedenfalls sehr erleichtert darüber und denke gar nicht daran, mich mit dir deswegen zu streiten.«

»Streiten? Wer will sich denn streiten? Ich bin nur besorgt... um Evchen und auch um dich. Schließlich bin ich immer noch deine Mutter und darf mir wohl noch erlauben zu sagen... Inge! Wo rennst du denn hin? Bleib hier, wenn ich mit dir rede!«

»Ich will nur Evchen ein Frühstück machen.«

Inge war gerade dabei, ein paar Apfelsinen auszupressen, als Frau Stein ihr nach in die Küche kam. »Ich versteh' ja schon, daß du schlecht gelaunt bist, Liebling«, sagte sie, »aber das solltest du doch nicht gerade an deiner Mutter auslassen.«

»Tut mir leid, wenn ich nicht freundlich war«, sagte Inge, ohne ihre Mutter anzusehen.

Frau Stein ließ sich auf einen Küchenstuhl sinken. »Nun sag mal ganz ehrlich, hat Richard das schon öfter gemacht?«

»Nie...«

»Hattet ihr euch gestritten?«

»Ja.«

»Und worüber?«

»Bitte, Mutti, sei nicht böse, aber... darüber möchte ich nicht sprechen.«

Frau Stein drehte ihren Pelzhut in der Hand. »Na«, sagte sie, »jedenfalls bin ich sicher, daß er im Unrecht war...«

»Nein, Mutti«, sagte Inge, »ich war ungerecht und lieblos.«

»Sag mal, mußt du ihn immer in Schutz nehmen?«

»Er ist schließlich mein Mann.«

»Ja, leider. Das ist er. Ich hätte mir immer einen anderen Schwiegersohn gewünscht... nun mach nicht gleich wieder ein Gesicht, schließlich werde ich noch die Wahrheit sagen dürfen! Wenn ich an Teddy Murnau denke...«

Inge mußte in all ihrem Kummer lächeln. »Ausgerechnet Teddy!«

»Er war damals sehr hinter dir her«, verteidigte Frau Stein ihren Standpunkt, »und du kannst mir sagen, was du willst, er hat es ernst gemeint! Wenn du nicht immer so abweisend gewesen wärst...«

»Aber, Mutti, ich bitte dich! Nimm doch Vernunft an! Du weißt doch genausogut wie ich, daß es niemals zu einer Heirat gekommen wäre! Teddys Vater hat doch immer wieder deutlich genug betont, daß für seinen Sohn nur eine wirklich reiche Partie in Frage käme. Niemals hätte er zugelassen, daß Teddy die Tochter eines Prokuristen heiratete.«

»Na, wer weiß, da bin ich gar nicht so sicher. Wahre Liebe überwindet alle Schwierigkeiten.«

»Mag sein. Aber ich habe Teddy ja nun mal nicht geliebt!«

Frau Stein seufzte leicht. »Dafür aber diesen Richard Jorg. Ich kann nur sagen, du tust mir leid, Kind.«

Sie erhob sich. »Aber jetzt habe ich keine Zeit mehr zu plaudern. Ich bin bei der Masseuse angemeldet...«

Inge dachte nicht daran, ihre Mutter zurückzuhalten. Erst als sie schon in der kleinen Diele standen und Frau Stein dabei war, ihren Pelzhut wieder auf die Locken zu drücken, fiel ihr noch eine Frage ein.

»Sag mal, Mutti, weshalb bist du eigentlich gekommen? Ich meine...um diese Zeit? Du hattest doch einen besonderen Grund?«

»Ach ja, richtig, das habe ich über all der Aufregung ganz vergessen. Dein Vater und ich geben am Samstag eine Party. Ich wollte dich und Richard dazu einladen...hast du nicht Lust?«

»Doch, schon, nur...«

»Wenn du dich bis dahin noch nicht wieder mit Richard versöhnt hast, macht das auch nichts. Komm ruhig alleine, Kind...für deinen Vater wird uns schon eine Ausrede einfallen!«

5

So sehr Dr. Richard Jorg sich nach seiner Frau sehnte, so sehr bangte er doch auch vor der ersten Begegnung mit ihr nach jenem Streit und jener furchtbaren Nacht. Aber als er dann in das Haus trat, war alles ganz einfach.

Inge flog ihm mit leuchtenden Augen in die Arme. »Richard!« rief sie. »Endlich! Ich habe mich ja so um dich gesorgt!«

Er bedeckte ihr liebevolles Gesicht mit Küssen, hielt sie fest, ganz fest in den Armen, als wenn er sie nie wieder loslassen wollte. »Verzeih mir«, sagte er, »verzeih mir, mein Liebes!«

Sie lächelte zu ihm auf. »Es war dumm von uns zu streiten! Wegen was denn? Du hast doch keinen Augenblick ernsthaft geglaubt, daß Willy und ich...«

»Natürlich nicht! Dazu kenne ich dich doch viel zu gut! Wie geht es Evchen?«

»Besser...Gott sei Dank! Viel besser!«

»Hat Willy Markus noch einmal nach ihr gesehen?«

»Nein, ich habe auf dich gewartet!« Sie nahm ihn bei der Hand und zog ihn mit sich die Treppe nach oben hinauf. Sie hatte das Kind im Lauf des Tages wieder in sein eigenes Zimmer gebracht.

Er hielt sie auf dem Treppenabsatz zurück. »Und du fragst gar nicht, wo ich die ganze Nacht gewesen bin?«

»Du wirst es mir sicher von allein erzählen...«

»Ja. Aber laß mich's hinter mich bringen. Ganz rasch.« In seinen Augen stand ein verzweifelter Ernst. »Ich bin versumpft, Inge, ganz einfach abgesackt.«

Sie zwang sich, weiter zu lächeln. »Eine normale Reaktion für einen normalen Mann«, behauptete sie.

»Ist das dein Ernst?«

»Ja, Richard. Mach dir keine Gedanken mehr darüber.« Sie wollte schon wieder weiter nach oben, wandte sich dann aber doch noch einmal zu ihm um. »Wo hast du denn geschlafen? Ich meine ... irgendwo mußt du doch geschlafen haben? Die Lokale bleiben doch nicht die ganze Nacht auf!«

Er war nahe daran, ihr die Wahrheit zu sagen, die ganze Wahrheit, aber Scham hielt ihn zurück. »In der Klinik«, log er.

Sie verbiß sich einen Vorwurf, daß er doch wenigstens hätte anrufen können, sagte: »Hauptsache, daß du wieder da bist!«

In diesem Augenblick klingelte das Telefon.

»Geh du 'ran«, sagte er, »ich möchte erst nach Evchen schauen!«

Im Vorbeilaufen gab sie ihm einen raschen Kuß auf die Wange, rannte ins Wohnzimmer, nahm den Hörer ab, meldete sich atemlos.

»Olga Krüger«, sagte eine weibliche Stimme am anderen Ende der Leitung, »könnte ich wohl Herrn Dr. Jorg sprechen?«

»Moment, bitte...«

Inge rannte zum Treppenabsatz, rief nach oben: »Richard ... Olga Krüger ist am Apparat! Sie möchte dich sprechen!«

Er steckte den Kopf über das Geländer. »Jetzt nicht!« rief er zurück. »Wimmle sie ab!«

Inge lief ins Wohnzimmer zurück, nahm den Hörer auf, sagte: »Es tut mir sehr leid, Fräulein Krüger, aber mein Mann ist ... im Augenblick hat er wirklich keine Zeit...«

»Das macht ja nichts«, versicherte Olga Krüger, »sind Sie selber am Apparat, Frau Doktor? Ich hatte mich nur erkundigen wollen, wie ihm die letzte Nacht bekommen ist! Als ich heute morgen die Wohnung verlassen habe, schlief er nämlich noch, und ich wollte ihn nicht stören...«

Inge rang um Fassung. »Ich verstehe nicht...«

»Ja«, sagte Olga Krüger mit geheucheltem Erstaunen, »hat er Ihnen denn nicht gesagt, daß er bei mir war?«

Als Dr. Richard Jorg die Treppe vom Kinderzimmer herunterkam, stand seine Frau immer noch neben dem Telefon. Sie war sehr blaß, ihre Lippen bebten.

Aber er war in Gedanken noch bei seiner Tochter und merkte es nicht sogleich. »Ich habe Evchen noch einmal gründlich untersucht«, sagte er und

51

rieb sich die Hände, »ich glaube, sie ist tatsächlich schon über den Berg. Auch die Leberschwellung ist weitgehend zurückgegangen.«

Sie schwieg, starrte mit weitaufgerissenen Augen ins Leere.

Er packte sie bei den Schultern. »Inge, altes Mädchen ... freust du dich denn nicht?«

»Doch«, sagte sie tonlos.

Er gab sie frei, sein Gesicht verfinsterte sich. »Sag mal, was ist los mit dir?«

»Nichts«, murmelte sie, »gar nichts!«

»Das kannst du mir doch nicht weismachen, du bist irgendwie vollkommen verändert. Also lüg mir nichts vor!«

»Und ich wünschte mir, du wärest ehrlich gewesen!«

Er begriff, schlug sich mit der Hand vor die Stirn. »Olga«, sagte er dumpf, »verdammt noch mal! Ich hätte dich nicht ans Telefon lassen dürfen!«

»Ist das alles, was du mir zu sagen hast? Ist das der einzige Vorwurf, den du dir machst ... daß du mir die Wahrheit nicht besser verborgen hast?«

»Aber, Inge ... bitte!«

»Ich weiß, was du von mir verlangst ... daß ich schweige, alles, was du tust, einfach dulde ... immer nach einer Entschuldigung für dich suche, womöglich noch dazu lächle. Aber das geht über meine Kraft, verstehst du? Ich bin auch nur ein Mensch ... eine Frau, und ich ertrage den Gedanken einfach nicht, daß du bei dieser Olga Krüger ...«

Er unterbrach sie. »Ich ahne nicht, was sie dir erzählt hat, Inge«, sagte er, »aber nach der Art, wie du dich aufführst, kann es nicht die Wahrheit sein! Tatsache ist ... es ist überhaupt nichts passiert. Ich habe sie nicht einmal angerührt. Ich habe auf der Couch in ihrem Wohnzimmer geschlafen. Das ist alles. Ob du mir nun glaubst oder nicht ...«

»Doch«, sagte sie, »das glaube ich dir sogar ...«

»Ich habe dich sehr gut verstanden. Du bildest dir ein, ich bin impotent ... du glaubst, jetzt kannst du über mich triumphieren. Aber es kann sein, daß du dich täuschst ... daß ihr alle euch täuscht!«

Er drehte sich mit einem Ruck um, ließ sie stehen und ging ins Wohnzimmer hinüber.

Sie stand eine Sekunde wie erstarrt, kämpfte mit den aufsteigenden Tränen, schluckte schwer. Dann lief sie ihm nach. Er hatte sich in seinem Sessel niedergelassen, hielt die aufgeschlagene Zeitung vor das Gesicht.

»Richard«, sagte sie, »... woher soll ich denn wirklich wissen, ob du nicht im Grund zu ihr gegangen bist, um es zu versuchen? Ob du dir nicht eingebildet hast, daß dich eine andere Frau wieder auf den Geschmack bringen könnte?«

Erst aus seiner Reaktion ersah sie, wie nahe sie mit ihrer Bemerkung der Wahrheit gekommen war. Er sprang auf, die Ader an seiner Schläfe pochte, er packte sie mit schmerzhaftem Griff bei den Schultern, schleuderte sie in einen Sessel.

»Setz dich«, brüllte er, »und hör mir zu ... jetzt werde ich dir mal etwas erzählen! Du bildest dir wer weiß was darauf ein, daß du dir nichts hast zuschulden kommen lassen ... aber was hast du wirklich in unserer Ehe Positives getan? Du hast mir ein Kind geschenkt, schön und gut ... du hältst unser Haus in Ordnung, na, bitte! Aber du wirst wohl zugeben, daß du dich dabei nicht überanstrengst!«

»Das habe ich ja nie behauptet«, sagte sie fassungslos, »was erwartest du von mir?«

»Verständnis«, schrie er, »Verständnis dafür, daß ich schwer arbeite! Daß ich mich Tag für Tag abrackere, und für was? Um dir mein sauer verdientes Geld nach Hause zu bringen! Und du ... du stehst mit ausgestreckten Händen da, nichts weiter! Ist es ein Wunder, wenn ich versuche, bei einer anderen Frau Verständnis zu finden? Einer Frau, die wie ich im Berufsleben steht...«

Sie war blaß geworden bis auf die Lippen, aber ihre Stimme klang gefaßt, fast unnatürlich beherrscht, als sie jetzt sagte: »Du scheinst ein sehr kurzes Gedächtnis zu haben, Richard! Hast du wirklich vergessen, daß ich mitten in der Berufsausbildung stand, als ich dich kennenlernte? Daß du es warst, der mich daran gehindert hat, weiterzumachen? Der von mir verlangt hat, daß ich nur für dich, das Haus, das Kind dasein sollte?«

»Wenn du das wenigstens gewesen wärest! Ja, den Haushalt hältst du in Ordnung ... mit einer Putzfrau selbstverständlich, sonst könntest du ja noch zusammenbrechen ... und um das Kind kümmerst du dich auch! Aber wann bist du je für mich da?«

»Immer, Richard ... immer, wenn du mich brauchst!«

»Aber das ist nicht genug, Inge, begreifst du denn nicht? Ein Mann braucht Anregung, er braucht Auftrieb ... eine Frau, die auch von selber mal die Initiative ergreift! Aber was tust du? Du läßt dich ja jedesmal wieder verführen, als wenn du noch eine Jungfrau wärst. Und dann wunderst du dich, daß mir das Ganze allmählich zum Hals heraushängt ... daß ich anfange, bei anderen das zu suchen, was mir meine eigene Frau nicht geben kann!«

Inge erhob sich. »Danke«, sagte sie kalt, »das genügt. Du brauchst kein weiteres Wort hinzuzufügen, du warst sehr deutlich.«

Er wurde sich schamvoll bewußt, wie sehr er sie verletzt hatte und wie ungerecht seine Vorwürfe gewesen waren. Aber es war zu spät, auch nur ein einziges der bösen Worte, die gefallen waren, zurückzunehmen. »Es mußte einmal gesagt werden«, behauptete er.

»Jedenfalls danke ich dir für deine Offenheit«, erklärte sie, »ich werde die Konsequenzen daraus ziehen.«

Jetzt erschrak er doch – der Gedanke, daß sie ihn verlassen könnte, machte ihn elend. »Was hast du vor?«

»Ich werde mir eine Stellung suchen.«

»Wie ... was?«

»Eine Stellung. Ich werde arbeiten und Geld verdienen. Glaub nur nicht, daß ich das nicht kann. Wenn es darauf ankommt, kann ich ebenso tüchtig sein wie deine Olga Krüger.«

»Inge ... ich bitte dich ...«

»Sag jetzt nur nicht, daß du es nicht so gemeint hast. Das nehme ich dir nämlich nicht ab. Ich habe mich entschlossen zu arbeiten, und ich werde es tun.« Sie war schon in der Tür, zögerte aber noch, das Gespräch abzubrechen. »Ich bin nicht sicher, ob unsere Ehe noch zu retten ist ... nach alledem, was du mir an den Kopf geworfen hast. Aber ich werde es versuchen.«

An diesem Abend sprachen sie kein Wort mehr miteinander, ohne Gute-Nacht-Kuß gingen sie zu Bett, und auch das Frühstück am nächsten Morgen nahmen sie unter demselben lastenden Schweigen ein.

Inge war es, die als erste wieder das Wort ergriff. »Ich hoffe, du hast heute morgen nichts Besonderes vor?« fragte sie mit eisiger Höflichkeit.

»Nein«, sagte Dr. Jorg. »Was sollte ich?«

»Dann wird es dir sicher nichts ausmachen, hin und wieder mal nach Evchen zu sehen.«

»Natürlich nicht! Aber ... wo willst du hin?«

»Hast du schon vergessen, was ich dir gestern gesagt habe? In die Stadt, mich nach einer Stellung umsehen.«

»Aber, Inge ... wir beide haben eine Menge geredet, was nicht ernst zu nehmen war.«

»So, meinst du? Ich hatte einen anderen Eindruck.«

»Inge, glaub mir doch ...«

»Es ist wirklich besser so«, sagte Inge, mühsam beherrscht, »es ist in jedem Fall besser. Es könnte ja sein, daß du mich in kurzer Zeit noch mehr über hast als jetzt ... vielleicht kommst du auch darauf, daß die tüchtige Olga Krüger die ideale Ehefrau für dich wäre! Sag jetzt nichts, es hat keinen Zweck, du weißt selber, daß du unberechenbar bist.« Sie stand auf, stützte sich auf den Tisch und beugte sich zu ihm vor. »Es kann unter Umständen eine große Erleichterung für dich sein, wenn ich auf eigenen Beinen stehe, so daß du, wenn es hart auf hart geht, wenigstens keine Alimente für mich zu zahlen brauchst.

Sie drehte sich um und verließ die Küche. Er hörte sie die Stufen zum Kinderzimmer hinaufsteigen.

Richard Jorg wußte, daß sie die Sätze, die sie ihm eben an den Kopf geworfen hatte, in einer langen schlaflosen Nacht formuliert hatte, er wußte, daß Inge jetzt, nachdem sie den aufgestauten Kummer abreagiert hatte, zu einer Versöhnung bereit sein würde.

Er brauchte ihr nur nachzugehen, sie in die Arme zu nehmen – jetzt, da sie oben bei Evchen war, war die günstigste Gelegenheit – aber er brachte es einfach nicht fertig.

Inge Jorg wußte genau, wohin sie sich wenden wollte. Sie fuhr mit dem Bus in die Stadt, stieg am Prinzregentenplatz in die Straßenbahn um.

Am Max II stieg sie aus, schritt die Maximilianstraße hinauf. Hier drinnen in der Stadt war es fast noch kälter als draußen in Baldham. Sie überlegte, was sie Rena sagen sollte – Rena Kramer, ihrer besten Freundin aus vergangenen Tagen, von der sie jetzt Hilfe erhoffte, nein, besser, von der sie hoffte, daß sie ihre Hilfe brauchen konnte.

Sie hatten auf der gleichen Schulbank gesessen, gleichzeitig ihre erste Tanzstunde besucht, zur gleichen Zeit ihre ersten Abenteuer mit Jungen ausgefochten – was für lächerliche Abenteuer das doch gewesen waren und wie wichtig sie sie genommen hatten! Kein Streit und keine Eifersüchtelei hatten sie je einander entfremden können. Bis das Schicksal eingegriffen hatte, das Schicksal in Gestalt Dr. Richard Jorgs, der sich in sie verliebt hatte, und in Gestalt eines verheirateten Fabrikanten, dessen Geliebte Rena geworden war – damals waren sie beide Studentinnen an einer Modeakademie gewesen, und ganz plötzlich, innerhalb von wenigen Monaten, waren sie einander fremd geworden. Sie hatten sich zuletzt bei Inges Hochzeit gesehen, vor fünf Jahren, und dann, einige Zeit später – Inge konnte sich nicht mehr recht darauf besinnen, wann es gewesen war – hatte Rena ihr eine gedruckte Mitteilung geschickt, die die Eröffnung ihrer Boutique auf der Maximilianstraße ankündigte. Mit dem Kugelschreiber hatte Rena auf die Rückseite geschrieben: »Ich hoffe, du kommst bald mal vorbei und suchst dir was Hübsches aus! Ich habe wirklich tolle Sachen, und du kriegst Sonderpreise!«

Aber Inge hatte von dieser Aufforderung nie Gebrauch gemacht.

Manchmal hatte sie vor dem kleinen Schaufenster der Boutique gestanden und die Auslage betrachtet, die in raffinierter Zwanglosigkeit mit sehr weiblichen und sehr modischen Artikeln lockte – aber dann war sie doch nicht eingetreten.

Diesmal blieb Inge Jorg keine Sekunde vor dem Schaufenster stehen, sie trat sofort auf die Ladentür zu, riß sie auf, stürzte fast in die Boutique.

Rena Kramer schenkte Inge ein berufsmäßiges Lächeln, schien sie gar nicht zu erkennen.

»Und womit kann ich Ihnen dienen, gnädige Frau?«

»Aber, Rena«, sagte sie bestürzt, »erkennst du mich denn nicht? Es ist doch nicht möglich, daß ich mich so verändert habe!«

»Moment mal!« Rena Kramer hob die schlanke Hand mit den langgefeilten und orangerot lackierten Fingernägeln. Sie trat hinter den Verkaufstisch, begann etwas zu suchen. »Ich bin doch ...«

»Kein Wort, bitte!« Rena hatte gefunden, was sie gesucht hatte – ein sehr modisch effektvolles Instrument, dessen Zweck Inge erst erkannte, als Rena es sich auf die Nase setzte. Es war eine Brille.

»Inge Stein, ja gibt's denn so etwas?« rief Rena Kramer vergnügt. »Kannst du mir noch mal verzeihen? Du mußt mich ja für eine wahre Schnepfe gehalten haben ... Tatsache ist, ich bin kurzsichtig wie eine Fledermaus!«

Sie umarmte die Freundin herzlich.

»Ja, aber ...«, sagte Inge verblüfft, »warum setzt du die Brille dann nicht auf?«

»Kann ich bei meinem Job nicht gebrauchen. Weißt du, mein Trick ist der ... ich gebe mich so, daß alle Frauen so aussehen möchten wie ich. Damit verkaufe ich. Mit Brille ist der halbe Zauber futsch.«

»Aber ... wie kannst du denn überhaupt verkaufen, wenn du deine Kundinnen gar nicht siehst?«

Rena lachte. »Das habe ich in der Nase ... aber komm jetzt, altes Mädchen, reden wir nicht mehr über mich, ich bin ja völlig uninteressant.« Sie steckte die Brille wieder in das Etui zurück, das sie auf seinen Platz unter den Verkaufstisch legte. »Wie geht's dir? Immer noch verheiratet?«

»Aber ja.«

»Und immer noch mit dem gleichen Mann?«

»Rena!«

»Entschuldige schon, ich wollte dein empfindliches Gemüt nicht verletzen. Na, und wie geht's ihm? Wie heißt er doch gleich?«

»Dr. Richard Jorg.«

»Aber natürlich! Mir scheint, mein Verstand beginnt genauso nachzulassen wie meine Augen. Und du hast dich also endlich entschlossen, bei mir aufzukreuzen und dir was Hübsches auszusuchen? Zieh mal den Mantel aus, damit ich deine Figur sehe ... was soll's denn sein? Ich tippe auf ein Cocktailkleid, wie?«

»Nein, Rena ...«

Jetzt endlich begann die Freundin zu begreifen. »Ist etwas nicht in Ordnung, Inge? Bist du deshalb zu mir gekommen?« fragte sie besorgt.

»Ja. So ähnlich.«

»Hör mal, darüber können wir aber hier vorn nicht sprechen. Jeden Augenblick kann Kundschaft kommen.« Rena Kramer faßte Inge freundschaftlich unter den Arm und führte sie in einen behaglich eingerichteten kleinen Raum hinter dem Laden.

»Mach's dir bequem«, sagte sie, »gleich bin ich ganz Ohr!«

Sie steckte den Kopf durch einen Vorhang, rief: »Fräulein Luise, seien Sie so nett und gehen Sie vor in den Laden ... ja, ich weiß, Sie haben viel zu tun, ich werde Ihnen nachher helfen! Aber tun Sie mir die Liebe und vertreten Sie mich für eine halbe Stunde!«

Ein älteres Fräulein schlüpfte durch den Vorhang, warf Inge einen halb neugierigen, halb mißbilligenden Blick zu, verschwand im Laden.

Rena schloß die Tür mit Nachdruck hinter ihr. »So, jetzt sind wir, so Gott will, für eine Weile ungestört. Los, Kindchen, rede, schütt' deiner alten Tante das Herz aus! Hat es Streit gegeben zwischen dir und deinem Dr. Richard Jorg?«

Inge nickte stumm.

»Wollt ihr euch scheiden lassen?«

Jetzt hob Inge den Kopf und sah die andere an. »Nein, oh nein, das nicht, nur ... weißt du, es ist sehr schwer zu erklären ...«

»Du brauchst es nicht, wenn du nicht willst. Ich dachte nur, du wärest deshalb zu mir gekommen.«

»Ich ... ich wollt' dich um Hilfe bitten.«

»Brauchst du Geld?«

»Nein, das nicht ... oder doch ... nicht in erster Linie, nicht so, wie du denkst. Ich möchte arbeiten, mich ein bißchen selbständiger machen, verstehst du ...« Sie sah Rena flehend an.

»Doch. Durchaus. Ihr habt euch gezankt, und da hast du dir gedacht: Jetzt werde ich es ihm mal zeigen, ich werde ihm beweisen, daß ich nicht auf ihn angewiesen bin! – Ist es so?«

»Das hört sich an, als glaubtest du, es wäre mir nicht ganz ernst. Aber da irrst du dich. Ich will wirklich arbeiten, ich muß es ... es ist der einzige Weg, meine Ehe zu retten.«

»Klingt ziemlich geheimnisvoll.«

»Mehr kann ich dir nicht sagen, Rena! Du mußt mir einfach glauben!«

Rena hatte die sehr langen, sehr schlanken Beine übereinandergeschlagen, so daß ihr der enge Rock ihres grün-rot karierten Kleides bis über die Knie hinaufrutschte. Jetzt zündete sie sich eine Zigarette an, betrachtete Inge Jorg sehr aufmerksam durch den Rauch. »Schwörst du mir, daß es dir ganz ernst ist damit?«

»Aber natürlich, Rena, ich ...«

»Daß du mindestens ein Jahr durchhalten wirst, wenn ich dir jetzt eine Stellung verschaffe?«

»Rena, ich werde nur halbtags arbeiten können! Ich muß ja auch noch den Haushalt versorgen und mich um mein Kind kümmern ...«

»Du hast ein Kind?«

»Ja. Ein Töchterchen. Sie wird jetzt vier.«

»Kannst du denn überhaupt von zu Hause weg?«

»Doch. Tagsüber kann ich sie zu meiner Mutter geben, das heißt, während ich arbeite, das ist also kein Problem. Einen halben Tag kann ich mich wirklich frei machen. Ich muß es, und ich will es.«

»Bis wieder was Kleines unterwegs ist ...«

»Nein«, sagte Inge, »damit ist nicht zu rechnen.«

Rena nahm einen tiefen Zug aus ihrer Zigarette. »Na schön«, sagte sie dann, »hör dir meinen Vorschlag an ... du kannst bei mir antreten. Ich brauche dringend eine zuverlässige Person, die mir im Laden, beim Einkauf und so weiter hilft, notfalls auch mal eine Kleinigkeit näht, allein schaffe ich es nämlich nicht mehr. Fräulein Luise ist eine tüchtige Schneiderin, aber für den Verkauf taugt sie nicht, hat auch keine Lust dazu ... wie wäre es also?«

Inge preßte die Handflächen gegeneinander. »Das klingt rasend verlockend, nur ... ich möchte nicht, daß du, nur um mir einen Gefallen zu tun ...«

»Hast du eine Ahnung! Mein Antrag beim Arbeitsamt läuft schon über ein halbes Jahr, aber keine von denen, die sich bisher um den Posten beworben hatten, war wirklich brauchbar. Jetzt habe ich mich fast für eine ganz nette ältere Dame entschieden ... aber du wärst mir natürlich lieber.«

»Ist das wahr, Rena?«

»Aber ja, dich kenne ich, dir kann ich trauen, du hast Geschick und Geschmack, und das Verkaufen, das wirst du rasch heraushaben. Nur ... ich muß mich darauf verlassen können, daß du bei der Stange bleibst. Denn wenn ich nach ein paar Monaten mit der Sucherei von vorn beginnen müßte, das wäre für mich eine glatte Katastrophe ...«

»Es ist mir ernst, Rena!«

»Also gut. Abgemacht. Dich hat der Himmel mir gesandt. Und jetzt wollen wir uns mal über dein Gehalt und die Arbeitsbedingungen unterhalten.«

Inge Jorg kam nicht dazu, ihrem Mann von der überraschenden Entwicklung der Dinge zu erzählen. Als sie im Hochgefühl ihres Erfolges nach Hause kam, erwartete Dr. Richard Jorg sie schon in Hut und Mantel in der Diele.

»Gut, daß du endlich kommst«, sagte er, »ich wollte gerade der Nachbarin Bescheid sagen ...«

»Du mußt fort?«

»Ja, ich bin von der Klinik angerufen worden. Ein schwerer Autounfall auf der Autobahn München-Ulm. Alle Kräfte sind mobilisiert worden.«

»Aber... du hast doch nichts gegessen!«

»Nur keine Sorge! Die Schwestern werden mich schon nicht verhungern lassen!«

Ehe sie noch ein weiteres Wort sagen konnte, war er schon fort.

Sie fühlte sich jäh ernüchtert, in die Probleme und Sorgen ihres Ehealltags zurückgeworfen.

Für Dr. Richard Jorg wurde es ein schwerer Tag.

Der Unfall auf der Autobahn München–Ulm war ein Massenzusammenstoß gewesen. Es hatte fünf Tote und zwölf Schwerverletzte gegeben.

Aber noch während diese Patienten versorgt wurden, gab es dauernd Neueinlieferungen. An diesem Samstag schien alles, was im weiten Umkreis von München Fahrzeuge besaß, unterwegs zu sein, und die schlechten Straßenverhältnisse und die ungünstige Witterung führten laufend zu Unfällen.

Kurz nach vier Uhr wurde ein Motorradfahrer eingeliefert. Dr. Jorg war es, der die erste Untersuchung im Vorbereitungsraum durchführte. Als die Sanitäter das rechte Hosenbein aufgeschnitten hatten, sah man, daß die Tibis, das Wadenbein, nach innen aus der Wunde herausschaute. Es war im unteren Drittel gebrochen, der Fuß war nach außen abgeknickt.

Dr. Jorg tastete den Fuß ab, stellte fest, daß die Gelenkkapsel, das Sprunggelenk, gerissen war.

Dann schickte er den immer noch Bewußtlosen mit zwei Sanitätern zum Röntgen, ordnete auch Röntgenaufnahmen des Kopfes in zwei Ebenen an – vorsichtshalber, denn äußerlich war keine Verletzung zu sehen.

Die Röntgenbilder des Kopfes ergaben, wie erwartet, keinen Befund. Aber es wurde deutlich, daß es sich beim Fuß um eine komplizierte Luxationsfraktur des rechten Sprunggelenkes handelte. Eine sofortige operative Einrichtung des Bruches war erforderlich.

Als der Patient wieder zu sich kam – stöhnend, denn die Beinverletzung war sehr schmerzhaft –, saß der Anästhesist schon neben ihm, bereit, die Narkose einzuleiten.

Zehn Minuten später kamen Dr. Jorg und der junge Dr. Köhler, den der Chirurg als Assistenten hatte loseisen können, in den Operationssaal.

»Na, wie steht's?« fragte Dr. Jorg. »Können wir?«

»Patient ist schon hinüber«, erklärte der Anästhesist.

»Kreislauf?«

»Ein bißchen schwach, aber ganz zufriedenstellend.«

»Versuchen Sie, den Kreislauf zu stützen«, sagte Dr. Jorg.

Der Assistent hatte das Bein des Patienten schon ergriffen. Auf ein Zeichen Dr. Jorgs hin begann er es nach unten zu ziehen. Gleichzeitig drückte Dr. Jorg den Unterschenkel nach außen, mit der anderen Hand zog er den Fuß nach unten.

Dr. Jorg und Dr. Köhler waren aufeinander eingespielt. Jeder wußte bis in die Fingerspitzen hinein, was er zu tun hatte – nach wenigen Minuten gab es einen Knack, der Fuß war in seine richtige Stellung zurückgesprungen.

Das Wichtigste war getan. Die Operationsschwester reichte Dr. Jorg Nadel und Faden. Er vernähte sorgfältig erst die Gelenkkapsel, dann die Haut. Jetzt mußte der Fuß nur noch sorgfältig in ungepolstertem Gips fixiert werden.

Aber noch bevor es dazu kam, meldete der Anästhesist: »Der Patient ist pulslos!«

Alle wußten, was das bedeutete – Herzstillstand!

»Künstliche Atmung!« schrie Dr. Jorg.

Da der Patient für die Narkose intubiert war, konnte die künstliche Beatmung leicht durchgeführt werden – der Anästhesist drückte auf den Gummiball, ließ ihn wieder los, drückte aufs neue und vollführte so die Tätigkeit, die eigentlich die Lungen hätten übernehmen müssen. Aber das nutzte wenig, wenn das Herz nicht mitmachte.

Wie auf ein unhörbares Kommando hin hatten sich Dr. Jorg und sein Assistent auf den Oberkörper des Patienten gestürzt. Sie drückten ihn zusammen, ließen ihn wieder los, drückten ihn zusammen, ließen ihn wieder los – sie führten eine Herzmassage bei geschlossenem Brustkorb durch.

»Adrenalin!« verlangte Dr. Jorg keuchend.

Die OP-Schwester zog die Spritze mit der überlangen Nadel auf, reichte sie Dr. Jorg. Er stach mit ihr durch den Brustkorb direkt ins Herz, ließ die anregende Flüssigkeit einlaufen.

Einige Sekunden lang warteten alle voll atemloser Spannung, dann begann das Herz wieder zu schlagen – einmal, zweimal, dreimal, viermal – und aus.

Dr. Jorg hatte das Skalpell schon in der Hand. Jetzt konnte nur noch das Äußerste helfen. Ohne zu zögern zog er einen tiefen Schnitt auf der linken Brustkorbseite, von links unten nach rechts oben, im Zwischenraum zwischen der fünften und sechsten Rippe.

Haut und Muskulatur wurden mit dem haarscharfen Messer glatt durchschnitten. Es blutete stark, aber niemand nahm sich die Mühe, das Blut zu stillen. Alle wußten, worum es ging – nur rasch, so rasch wie möglich an das Herz herankommen! Wenn es länger als vier Minuten stillstand, war alles verloren, dann mußte es zu einer verhängnisvollen Blutleere im Gehirn kommen.

Die OP-Schwester hatte in der gleichen Sekunde, da Dr. Jorg zum Schnitt ansetzte, den Kopf des Patienten tief gelagert. Jetzt reichte Dr. Köhler den Rippenzwicker. Krachend zerbrach die sechste Rippe, aber auch das war jetzt unwesentlich.

Dr. Jorg fuhr mit beiden Händen in den Brustkorb hinein. Die linke Hand legte er hinter und ziemlich oben an das Herz, die rechte davor; er begann durch rhythmischen Schluß der Hände die Herzaktion nachzuahmen.

Unentwegt führte der Anästhesist indessen die künstliche Beatmung durch.

Alle wußten: Der Patient war tot. Sein Herzmuskel hatte nicht mehr die Kraft, das Blut aus den Herzkammern in den Kreislauf zu treiben.

Eine Stunde lang massierte Dr. Jorg. Unter seinen Händen spürte er das unkontrollierte Zucken des Herzmuskels, aber eine koordinierte Herzaktion kam nicht mehr in Gang.

Dann war er am Ende seiner Kräfte, dankbar dafür, daß Dr. Köhler ihn ablöste.

Für fünf Minuten verließ Dr. Richard Jorg den Operationssaal, säuberte sich im Waschraum die bluttriefenden Hände, rauchte eine Zigarette, trank den heißen Kaffee, den eine der Schwestern ihm brachte.

In seinem Kopf hämmerte es. Der Schmerz war nahezu unerträglich.

Die Oberschwester kam herein. »Ihre Frau hat angerufen, Herr Doktor...« Sie sah sein Gesicht, fragte fast im gleichen Augenblick: »Ist Ihnen nicht gut?«

»Ich habe scheußliche Kopfschmerzen!«

»Dann werde ich Ihnen gleich was besorgen, was ganz Gutes!«

»Am besten Morphium!«

Die Oberschwester lachte. »Na, das doch lieber nicht! Kommen Sie mit ins Schwesternzimmer ... ich habe Ihrer Frau versprochen, daß Sie gleich zurückrufen werden!«

»Muß das sein?«

»Aber sicher. Lassen Sie Dr. Köhler nur eine Weile allein weitermachen. Der ist jung und gesund. Der hält was aus.« Dr. Jorg hob mit einer scharfen Bewegung den Kopf. »Wollen Sie damit sagen, daß ich krank bin?«

Die Oberschwester, eine kräftige, mütterliche Frau, ließ sich nicht aus der Ruhe bringen. »Na, Sie haben mir doch selber erzählt, daß Sie Kopfschmerzen haben! Also, kommen Sie, Herr Doktor!«

Er folgte ihr, fast betäubt von Überanstrengung und Schmerzen.

Die Oberschwester schloß den Medikamentenschrank auf, gab ihm eine Tablette.

»Zwei«, sagte er, »wenn schon, dann zwei!«

»Wie Sie wollen...« Die Oberschwester gab ihm die beiden Tabletten, füllte eine Tasse mit kaltem Tee, reichte sie ihm zum Hinunterspülen.

Dann ging sie zum Telefon, stellte die Verbindung zu Inge Jorg her. »Frau Doktor? Ja, ich gebe Ihnen jetzt Ihren Gatten...« Sie reichte Dr. Jorg den Hörer.

Er meldete sich.

»Du, Richard, entschuldige, daß ich dich störe ... aber ich habe ganz vergessen, dir was Wichtiges zu sagen...« Inges Stimme klang sehr klein und sehr weit fort.

»Ja?« fragte er.

»Wir sind heute abend eingeladen. Meine Eltern geben eine Party und... Richard, du kommst doch heute pünktlich nach Hause?«

»Noch nicht abzusehen.«

»Ich warte auf jeden Fall auf dich! Frau Maurer wird heute abend bei Evchen bleiben...«

Er holte tief Atem. »Nein, Inge«, sagte er, »ich komme nicht mit.«

»Und warum nicht?«

»Weil mir nicht nach Parties zumute ist.«

Einen Augenblick war es am anderen Ende der Leitung ganz still. Dann sagte Inge, und es war zu merken, wie schwer ihr dieser Entschluß gefallen war: »Gut. Dann gehe ich auch nicht.

»Und warum nicht?« Er verlor die Geduld. »Herrgott noch mal, kannst du denn nicht ein einzigesmal selbstständig etwas unternehmen? Schließlich sind es deine Eltern...« Er hörte ein Knacken im Telefon, Inge hatte aufgehängt.

Mit Erleichterung stellte er fest, daß die Oberschwester ihn während des Gesprächs allein gelassen hatte.

Einen Defibrillator müßte man haben, dachte er, mit Elektroden ließen sich die Herzzuckungen ausschalten, wahrscheinlich käme es schnell wieder zu einer normalen Herzaktion. Na hilft nichts, müssen wir es eben mit chemischen Mitteln versuchen!

Wenig später stand er, kaum erholt – das Hämmern in seinem Kopf hatte nachgelassen, war aber durchaus nicht verschwunden – wieder am Operationstisch. Er spritzte in das immer noch nicht funktionsfähige Herz ein spezielles Mittel, das das Herz ruhigstellen sollte, damit es dann wieder zu einer regelmäßigen Aktion übergehen konnte. Das Mittel schlug nicht an.

Er spritzte ein Medikament, das das Erregungs- und Reizleitungssystem des Herzens anregen sollte. Ohne Erfolg.

Nach einer halben Stunde löste er Dr. Köhler wieder ab, führte mit beiden Händen die Herzmassage weiter durch. Unterdessen betrieb der Anästhesist noch immer unentwegt die künstliche Beatmung.

Tiefe Hoffnungslosigkeit hatte alle Anwesenden ergriffen. Aber niemand dachte daran aufzugeben. In immer kürzeren Abständen lösten sich Dr. Jorg und sein Assistent ab, immer wieder versuchten beide es mit Injektionen direkt in den Herzmuskel, immer schwerer fiel ihnen die nerventötende Tätigkeit.

Dann endlich – fast fünf Stunden waren seit dem Aussetzen des Pulses vergangen – kam es wieder zu einer normalen Herzaktion.

Dr. Jorg, der bei der Massage war, spürte es als erster, zog seine Hände zurück.

Fasziniert starrten die Chirurgen und die OP-Schwester auf den faustgroßen Muskel, der sich jetzt selbständig zusammenzog, aufbäumte und dann wieder erschlaffte. Jede Sekunde erwarteten sie ein neuerliches Aussetzen der Herzaktion.

»Wenn er's jetzt nicht schafft...«, sagte Dr. Köhler.

»Dann geben wir's auf!« entschied Dr. Jorg.

Aber das Herz arbeitete und arbeitete und arbeitete, als wenn es alles Versäumte nachholen wollte, es arbeitete auch dann noch weiter, als der Anästhesist die künstliche Beatmung aufgab.

Noch eine Viertelstunde wartete Dr. Jorg, versorgte mit seinem Assistenten zusammen die blutenden Gefäße. Dann verschloß er den Thorax, kam jetzt endlich dazu, den Fuß in Gips zu legen.

Erst als sie in den Waschraum traten, fiel es Dr. Jorg auf, daß seine Kopfschmerzen verschwunden waren – oder hatte er einfach vergessen, daran zu denken?

»Was der gute Mann für Augen machen wird, wenn er erfährt, daß er eigentlich schon tot war«, sagte Dr. Köhler, als er den Heißwasserhahn aufdrehte.

Dr. Jorg stimmte, unendlich zufrieden, in das Lachen des Jüngeren ein.

6

Als Inge Jorg ihr Elternhaus betrat, war die Party schon in vollem Gange. Allerdings war es eine sehr ruhige kleine Gesellschaft, lauter ältere Herrschaften, wie Inge feststellte, hauptsächlich Vorgesetzte, Kollegen und Geschäftsfreunde ihres Vaters mit ihren Frauen.

Unwillkürlich fiel sie wieder in die Rolle des wohlerzogenen jungen Mädchens, begrüßte die Gäste, von denen sie die meisten seit ihrer Kindheit kannte, wurde vorgestellt, plauderte lächelnd über Belanglosigkeiten, achtete darauf, daß kein Glas leer blieb, füllte am kalten Büfett die Teller für einige ältere Damen mit kaltem Braten, Krabbenfleisch, Wildpastete.

Sie kam so wenig zum Atemholen wie Frau Stein, die sehr elegant in einem grauen fließenden Seidenkleid, ihre Augen überall hatte und nach allen Seiten Herzlichkeit und gute Laune ausstrahlte.

»Hast du schon Herrn Murnau begrüßt?« flüsterte sie ihrer Tochter zu, als Inge die gefüllten Teller der Damen gerade vom Büfett zurückbalancierte.

»Nein, ich hab' ihn noch gar nicht gesehen!«

»Er sitzt mit Vati im Herrenzimmer ... lauf rasch hin, du weißt, wie empfindlich er ist!«

Inge lud ihre Teller ab, entschuldigte sich bei den Damen und machte sich auf die Suche nach dem Chef ihres Vaters, dem Eigentümer der Damenkonfektionsfabrik Corona. Sie fand ihn, wie ihre Mutter gesagt hatte, im Herrenzimmer. Er saß in einem der tiefen Sessel am Rauchtisch, ein Glas Wein vor sich, eine dicke Zigarre im Mund.

Paul Murnau war es, der Inge Jorg zuerst kommen sah.

»Hallo«, brummte er, »da kommt ja unsere kleine Inge!« Er machte schwerfällig Anstalten, sich aus seinem Sessel zu erheben – aber mit dieser Anstrengung war es ihm nicht ganz ernst, und er gab sie sofort auf, als Inge ihn bat, doch sitzen zu bleiben.

»Setz dich doch, Inge«, sagte Herr Stein, »trink ein Glas Wein mit uns!«

»Danke, Vati, aber eigentlich wollte ich mich nur überzeugen, ob ihr mit allem versorgt seid! Soll ich euch etwas vom kalten Büfett bringen?«

»Glänzende Idee«, sagte Herr Murnau, »such uns was Schönes aus!«

Inge eilte davon.

Draußen stieß sie fast mit ihrer Mutter zusammen.

»Ich hab' Murnau guten Tag gesagt, Mutti«, flüsterte sie, »sei so lieb und bring den beiden etwas zu essen ... ich werde dich solange hier vertreten.«

»Mach' ich«, sagte Frau Stein ohne weiteres, »ich habe für den Chef schon was extra Gutes beiseite gestellt ... einen Hummer mit Mayonnaise-Salat!«

Inge sah sich um. Die Gäste saßen, tranken, plauderten miteinander. Aus dem Plattenspieler ertönte gedämpfte Musik. Alles war in bester Ordnung. Endlich konnte sie sich selber einmal setzen, in Ruhe ein Glas Wein trinken und eine Zigarette rauchen.

Aber sie kam nicht dazu, denn in diesem Augenblick öffnete die Hausangestellte die Tür und ließ einen schlanken jungen Mann ein. Inge erkannte ihn sofort, obwohl sie ihn mehr als drei Jahre nicht mehr gesehen hatte – es war Teddy Murnau, der Erbe der Corona-Werke.

Er steuerte sofort und zielbewußt auf sie zu, ohne die Zurufe von den anderen Tischen zu beachten, streckte ihr beide Hände entgegen. »Inge«, sagte er, »wie ich mich nach diesem Augenblick gesehnt habe ... Inge Stein, süßer und hübscher denn je!«

»Inge Jorg, Teddy ... hast du vergessen, daß ich verheiratet bin?«

Er runzelte in komischer Enttäuschung die Stirn. »Bist du es noch immer?«

»Aber ja ... was hattest du denn gedacht?«

»Allen Ernstes, jetzt möchte ich endlich den Mann kennenlernen, der mir das bezauberndste Mädchen von der Welt vor der Nase weggeschnappt hat!«

Sie musterte ihn lächelnd. Er sah gut aus mit seinem braunen gelockten Haar, der gebräunten Haut, den dunklen, fröhlichen Augen. »Sag mal, Teddy, was ist eigentlich los mit dir? So draufgängerisch warst du doch früher gar nicht!«

»Man wird reifer und lernt es, mit Frauen umzugehen! Also ... wo ist dein Mann?«

Jetzt blieb ihr nichts anderes übrig als die Wahrheit zu bekennen. »Er ist nicht hier.«

»Also ... er vernachlässigt dich. Er ist es nicht wert, eine Frau wie dich geheiratet zu haben.«

»Jetzt laß den Unsinn, Teddy ... das stimmt ja gar nicht! Mein Mann tut Dienst ... in der Unfallklinik. Er hat's eben nicht so gut wie du ...«

Inge Jorg hatte sich niemals wirklich etwas aus Teddy Murnau gemacht, aber an diesem Abend war er ihr doch hochwillkommen. Es ließ sich so herrlich mit ihm albern, und das Gefühl, von einem reichen, gutaussehenden jungen Mann begehrt zu werden, war nicht ohne prickelnden Reiz, wenn sie seine Komplimente auch nicht ganz ernst nahm.

Die nächsten Stunden wich er nicht von ihrer Seite. Er wußte angenehm und lustig zu plaudern, vor allem über seine Erlebnisse und Erfahrungen in Amerika, wo er die letzten drei Jahre verbracht hatte. Er versorgte sie mit Leckerbissen, mit Getränken und mit Zigaretten, und später bestand er darauf, daß der große Teppich zurückgerollt wurde, damit sie tanzen konnten. Sie waren das einzige Paar auf der kleinen Fläche, aber das machte ihm anscheinend nichts aus.

»Wir müssen uns wiedersehen, Inge«, flüsterte er dicht an ihrem Ohr.

Aber sie kam nicht dazu zu antworten, denn in diesem Augenblick entdeckte sie ihren Mann – er stand, halb verborgen hinter einem Vorhang, und starrte zu ihnen hinüber. »Entschuldige bitte, Teddy«, murmelte sie, machte sich von ihm frei und lief davon – ehe er es recht begriff, stand er allein da.

Dr. Richard Jorg trat unwillkürlich weiter hinter den Vorhang zurück, als er Inge auf sich zukommen sah. Er hatte sie schon eine ganze Zeit beobachtet, und während er ihr zusah, hatte er gespürt, daß sie die einzige Frau auf der Welt war, die er wirklich begehrte.

»Richard«, rief sie strahlend, »wie schön, daß du doch noch gekommen bist!« Sie ergriff seine Hand. »Bitte, komm, sag Vati und Mutti guten Abend ... und auch Teddy Murnau und den anderen ...«

»Wenn dir sehr viel daran liegt ...«, sagte er zögernd.

»Du möchtest nicht?«

»Lieber würde ich mit dir allein sein!«

Sie zögerte den Bruchteil einer Sekunde, aber dann begriff sie, was in ihm vorging, daß vielleicht das Glück ihrer Ehe jetzt von ihrem schnellen Entschluß abhing.

»Laufen wir einfach weg«, sagte sie, »ehe die anderen etwas merken... rasch!« und sie zog ihn durch eine Nebentür in die Garderobe.

Die ganze Heimfahrt saß sie eng an ihn geschmiegt, den blonden Kopf an seiner Schulter, und beide fühlten sich dem Glück sehr nahe.

»Ich liebe dich so«, flüsterte sie.

»Ich dich noch viel mehr!«

Als er vor ihrem kleinen Haus in Baldham hielt, sagte er: »Bitte, bleib sitzen, Inge!«

Sie tat es, obwohl sie nicht ahnte, was er vorhatte.

Aber da kam er auch schon um das Auto herum, hob sie mit beiden Armen von ihrem Sitz und hoch in die Luft. »Ich will dich noch einmal über die Schwelle tragen«, sagte er lächelnd. Sie umklammerte seinen Kopf mit beiden Händen. »Oh, Richard, Richard... jetzt wird alles wieder gut, nicht wahr?«

»Ja, Inge«, sagte er, »es soll schöner werden, als es je gewesen ist!«

Inge Jorg lag eng an ihren Mann geschmiegt, den Kopf auf seiner Schulter. Ihre linke Hand strich zärtlich über das feste warme Fleisch seiner nackten Brust. Wohlig nahm sie seinen Geruch in sich auf, gab sich ganz dem Gefühl unendlicher Entspannung hin. Ihr Herz strömte über vor Liebe.

Dr. Richard Jorg hatte seine Hand in ihren Nacken gelegt.

»Glücklich?« fragte er.

»Hm... hm...«, murmelte sie.

»Das klingt nicht gerade überzeugend!«

Sie lachte leise. »Sei nicht dumm! Du mußt doch spüren...«

»Was?«

»Wie sehr ich dich liebe!«

»Ich habe dich gefragt, ob du glücklich bist!«

Sie richtete sich halb auf, den Ellbogen auf seine Brust gestützt, sah zärtlich in sein kantiges Gesicht unter dem blonden Haarschopf. »Ja... ja... ja!« sagte sie.

Auch er fühlte sich erlöst, aber ein Rest von Unsicherheit war in ihm zurückgeblieben. Alles war so schnell gegangen. Aus Angst, wieder zu versagen, hatte er allzu rasch zur Erfüllung gedrängt.

»Das nächstemal...«, begann er.

Sie legte ihm den Zeigefinger auf den Mund. »Sprich nicht soviel,, Richard! Denk an gar nichts... ruh dich aus!«

»Red mir nur nicht ein, daß ich mich überanstrengt hätte!«

»Bestimmt nicht!«

Er packte sie bei den Handgelenken. »Soll das eine Beschwerde sein?«

Sie lachte zärtlich. »Nein, Richard«, sagte sie, »heute nacht schaffst du es nicht... ich werde mich um keinen Preis mit dir streiten, dazu bin ich viel zu glücklich!«

»Inge...«

»Ja?«

»Wer war eigentlich dieser braungelockte Lackaffe, mit dem du heute abend getanzt hast?«

»Ach, von dem habe ich dir doch erzählt! Das war Teddy Murnau, du weißt doch, der früher mal hinter mir her war!«

»Was heißt da früher? Er scheint doch immer noch sehr interessiert an dir zu sein!«

»Unsinn, er tut nur so. Er weiß ja, daß ich verheiratet bin. Teddy ist ein junger Mann, der nichts ernst nimmt. Für ihn ist das Leben ein Spiel.«

»Gefällt dir das so gut an ihm?«

»Überhaupt nicht. Er hat mir nie gefallen. Wenn es anders gewesen wäre, hätte ich ja ihn und nicht dich heiraten können.«

»Wenn ich mich recht erinnere, dann war doch sein Vater gegen diese Verbindung?«

Sie lachte. »Du hast ein Gedächtnis wie ein Elefant ... aber vielleicht erinnerst du dich dann auch, daß ich dir schon seinerzeit gesagt habe, daß ich mir nichts aus Teddy mache!«

Er wollte etwas entgegnen, aber sie ließ ihn nicht zu Wort kommen.

»Sei friedlich!« Sie gab ihm einen raschen Kuß auf die Nasenspitze. »Schlaf jetzt ... wann mußt du morgen in der Klinik sein?«

»Erst mittags.«

»Fabelhaft. Dann können wir ausschlafen. Frau Maurer wird sich um Evchen kümmern und uns auch das Frühstück machen ... sind das nicht herrliche Aussichten?«

Sie schlang die Arme um seinen Nacken und küßte ihn noch einmal, diesmal auf den Mund. Dann löste sie sich von ihm und rollte sich in ihr eigenes Bett hinüber.

Sie war schon halb eingeschlafen, als sie hörte, daß er ihren Namen rief. »Inge!«

»Ja?«

»Was ist eigentlich heute morgen bei deiner Stellungssuche herausgekommen?«

»O das!« sagte sie. »Ich wollte es dir schon heute mittag erzählen ... das hat wunderbar geklappt!«

Er sagte nichts weiter.

Sie hatte, da das Thema nun einmal angeschnitten war, auf weitere Fragen gerechnet, und sein Schweigen beunruhigte sie.

»Du erinnerst dich doch an Rena Kramer?« begann sie zu erklären. »Du mußt dich an sie erinnern, wir waren damals, als wir uns gerade kennengelernt hatten, ein paarmal zu dritt miteinander aus ...«

»Ist das die mit dem Fabrikanten?«

»Genau. Allerdings weiß ich nicht, ob die beiden jetzt noch zusammen sind. Jedenfalls hat sie eine Boutique auf der Maximilianstraße, eine ganz schicke kleine Sache ... und stell dir vor, sie war ganz begeistert, daß ich bei ihr arbeiten wollte!«

»Na, dann wird sie aber sehr enttäuscht sein, wenn sie erfährt, daß du es dir wieder anders überlegt hast!«

»Aber wieso?« fragte Inge erstaunt. »Was meinst du damit? Das habe ich doch gar nicht!«

Seine Stimme bekam jenen bösen, gefährlichen Unterton, den sie in den letzten Wochen so sehr fürchten gelernt hatte. »Das heißt also, du bestehst immer noch darauf, dich selbständig zu machen?«

»Nicht selbständig, Richard ... selbständiger! Du warst es doch, der mir gesagt hat, daß es dir unerträglich ist, wenn ich immer nur hier herumsitze und darauf warte, daß du Geld nach Hause bringst!«

»Du weißt genau, daß ich das nicht so gemeint habe!«

»Aber du hast es gesagt!«

Er knipste die Nachttischlampe an, beugte sich zu ihr herüber. »Inge, du weißt doch genau, daß sich die Situation inzwischen geändert hat! Wir haben uns doch versöhnt, nicht wahr? Es ist alles wieder zwischen uns in Ordnung!«

Sie schwieg, lag ganz still mit geschlossenen Augen.

»Du wirst also Rena Kramer sagen, daß du es dir anders überlegt hast?« fing er nach einer Weile wieder an.

»Tut mir leid, Richard ... das kann ich nicht.«

»Und wenn ich dich darum bitte?« Seine Stimme schlug über. »Wenn ich es dir befehle?«

»Es ist zu spät, Richard. Ich habe mich verpflichtet, bei Rena anzufangen. Sie hat einer anderen Dame meinetwegen abgesagt. Ich kann nicht mehr zurück.«

»So ist das also«, sagte er mit verletzender Kälte, »du bist dir nicht mehr sicher, ob es sich lohnt, unsere Ehe aufrechtzuerhalten. Du willst dich abschirmen ... sehr klug, kann ich da nur sagen, sehr weitblickend! Mir wird langsam klar, daß ich dich entschieden unterschätzt habe!«

Sie ertrug es nicht mehr, warf sich zu ihm herum, trommelte mit ihren Fäusten auf seine Brust. »Richard, Richard!« rief sie. »Wie kannst du so etwas sagen! Wie kannst du so etwas auch nur denken! Glaubst du, es macht mir Spaß, in einem Laden zu stehen und Verkäuferin zu spielen? Glaubst du, ich wäre von mir aus je auf den Gedanken gekommen, wenn du mich nicht so beleidigt hättest? Ich habe ja nur den einen Wunsch, den einen einzigen Wunsch, daß alles wieder so mit uns werden soll wie früher! Noch in diesem Augenblick würde ich alles rückgängig machen, wenn ich es nur könnte ... aber es geht nicht mehr! Es wäre eine Gemeinheit Rena Kramer gegenüber! Ich kann doch einen Menschen nicht im Stich lassen, der mir vertraut!«

Er sagte nichts, aber er legte beide Arme um sie und zog sie an sich. Ihre Tränen netzten seine Brust. In der gemeinsamen Verzweiflung waren sie einander näher als im Glück.

Am nächsten Morgen waren die Tränen der Nacht getrocknet. Zwischen Dr. Richard Jorg und seiner Frau herrschte eine Art Waffenstillstand. Beide waren bewußt bemüht, freundlich und gut gelaunt zu sein, einander nicht zu verletzen. Aber gerade dieses krampfhafte Bemühen machte den Zustand quälend. Zuviel ungeklärte Fragen, an die keiner von ihnen schon wieder zu rühren wagte, lagen zwischen ihnen.

Evchen war fieberfrei, und Dr. Richard Jorg erlaubte ihr aufzustehen. Sie saß zum erstenmal wieder mit am Frühstückstisch, den Frau Maurer gerichtet hatte. Aber eine richtige Gemütlichkeit wollte nicht aufkommen.

Die Zugehfrau, die die Nacht über dageblieben war, brachte noch die Wohnung in Ordnung, dann verabschiedete sie sich. Inge ging ins Wohnzimmer, wo Evchen auf dem Teppich spielte, während Dr. Jorg in einem Sessel saß, das Kind beaufsichtigte und in einem Fachbuch las.

Sie setzte sich zu ihm auf die Sessellehne. »Richard«, sagte sie, »du, ich habe mir alles noch einmal überlegt ...«

Ehe sie ihm noch ihren Standpunkt erklären konnte, hörten sie beide, daß es an der Haustür klingelte. Inge lief aus dem Zimmer, um zu öffnen. Dr. Jorg vertiefte sich wieder in sein Buch.

Wenige Minuten später trat Inge, gefolgt von ihrer Mutter, wieder ins Wohnzimmer. Dr. Jorg erhob sich etwas widerwillig, einen Finger in den Seiten seines Buches.

»Laß dich nicht stören, Richard«, sagte Frau Stein, »lies nur weiter! Ich bin gekommen, um heute nachmittag auf Evchen aufzupassen, während Inge in der Stadt ist. Es ist kein Umstand für mich, ich tu das ja gern, auch wenn es bequemer für mich wäre, daß das Kind zu mir nach Hause kommt ... aber damit wollen wir doch besser warten, bis sie wieder auf dem Damm ist, nicht wahr, Schätzchen?«

Sie hob das kleine Mädchen vom Boden, drückte ihr einen kräftigen Kuß auf jedes Bäckchen.

»Omi ... Omi!« krähte die Kleine begeistert und griff nach der Nase ihrer Großmutter.

Frau Stein drehte Dr. Richard Jorg den Rücken zu. »Gehen wir in die Küche, Inge«, sagte sie, »du mußt dir unbedingt erst mal anschauen, was ich dir mitgebracht habe ... lauter gute Sachen, die gestern abend übriggeblieben sind! Ich bin extra so früh gekommen, damit du nicht schon angefangen hast zu kochen. Das kannst du dir nämlich heute mal sparen. Ich habe genug dabei, um ein ganzes Regiment satt zu kriegen, und das meiste muß schleunigst gegessen werden, damit es nicht schlecht wird!«

Es wurde ein etwas sonderbares Mittagsmahl mit Krabbenmayonnaise, Hummercocktails, sauren Gurken, kaltem Braten, Wildpastete und Kaviar.

Inge und Dr. Richard Jorg hatten keinen rechten Appetit, und sie hätten kaum etwas zu sich genommen, wenn Frau Stein nicht immer wieder gedrängt hätte. Sie war es auch, die die Unterhaltung bei Tisch fast ausschließlich bestritt, und das fiel ihr nicht schwer. Die Party vom vergangenen Abend hatte ihr genug Gesprächsstoff für eine ganze Woche gegeben, und sie ließ die einzelnen Gäste, ihre Kleidung, ihr Benehmen, alles, was sie gesagt und getan und auch das, was sie unterlassen hatten, mit großer Lebendigkeit Revue passieren.

Dr. Jorg dröhnte der Kopf.

Er atmete auf, als Inge aufstand und abzuräumen begann.

Auch er erhob sich. »Es war ganz herrlich, liebe Schwiegermama«, sagte er, »aber jetzt muß ich leider gehen ...«

»Kannst du nicht noch eine Tasse Kaffee mit uns trinken?« fragte Inge.

»Leider nein. Ich habe versprochen, meinen Kollegen heute etwas früher abzulösen.«

Er verließ die beiden Damen und ging in die Diele.

Er war schon in Hut und Mantel, als es klingelte. Er öffnete die Tür. Ein junges Mädchen stand draußen, sie hielt etwas wie einen Karton in der Hand. Über ihre Schulter hinweg sah er auf der Straße den Wagen eines Blumenhauses parken.

Das Mädchen lächelte freundlich. »Darf ich dies hier abgeben?« fragte sie. »Für Frau Dr. Inge Jorg ...« Sie drückte ihm den mit Seidenpapier umwickelten Gegenstand in die Hand.

»Danke«, sagte er, ohne irgend etwas zu begreifen.

Das junge Mädchen grüßte höflich und lief zum Auto zurück.

»Inge!« rief er. »Inge! Da ist was für dich abgegeben worden!«

Sie kam herbeigelaufen, nahm ihm den geheimnisvollen Gegenstand ab, riß die Seidenpapierhülle herunter. Ein durchsichtiger Behälter kam zum Vorschein, in dem eine seltsam geformte braun-gelbe exotische Blüte lag, den Stengel in einem Wasserröhrchen.

»Eine Orchidee!« rief sie. »Wie hübsch! Mutti, schau doch mal ...« Sie wollte ins Wohnzimmer.

Er riß sie am Arm zurück. »Von wem?« fragte er.

»Ja, das weiß ich doch nicht ...«

An der goldenen Verschnürung des Plastikbehälters hing ein kleiner Umschlag. Er riß ihn ab, öffnete ihn, zog eine Karte heraus.

»Teddy Murnau«, stieß er zwischen den Zähnen hervor, »der Mann, der dir so völlig gleichgültig ist!«

»Ist er ja auch!«

»Wie kommt er dann dazu, dir eine Orchidee zu schicken?«

»Aber Richard!«

Er drehte das Kärtchen um. Auf der Rückseite stand nur ein einziges Wort: »Wann?«

Die Buchstaben hüpften vor seinen Augen auf und ab und ab und auf, verschwammen, tauchten in rotglühendem Nebel unter. Ohne zu wissen, was er tat, riß er Inge die Orchidee aus der Hand, warf sie zu Boden, stampfte mit beiden Füßen darauf herum, bis der Behälter zerbeult, das Röhrchen zersplittert und die zarte Blume völlig zerquetscht war.

»Er ist wahnsinnig geworden!« schrie Frau Stein, die in der Tür erschienen war. »Wahnsinnig!«

Die Worte gellten noch in seinen Ohren, als er längst zur Haustür hinaus war und in seinem Auto saß.

Mit Blaulicht und heulendem Martinshorn raste der Unfallwagen in den Hof der Klinik. Der Fahrer riß ihn mit einer eleganten Wendung herum, so daß die hintere Tür jetzt genau am Laufsteg stand.

Der Eingang zur Klinik wurde wie von Geisterhänden elektrisch geöffnet. Eine Trage, eine zweite, eine dritte wurden auf den Laufsteg und in die Schleuse gezogen.

Schwerer Autozusammenstoß auf der Rosenheimer Landstraße!

Dr. Richard Jorg fühlte sich schlecht, in seinem Kopf war ein bösartiges Hämmern.

Er bereute jetzt, daß er nicht vor Dienstantritt noch ins Ärztezimmer gegangen war und sich eine Tasse Kaffee hatte geben lassen. Aber er hatte die Begegnung mit den Kollegen gescheut, sich ihrem Witz nicht gewachsen gefühlt.

Jetzt beugte er sich über die Trage, die Oberarzt Dr. Müller ihm mit einer Handbewegung zuwies. Ein etwa vierzigjähriger Mann sah ihm aus schreckgeweiteten und doch stumpfen Augen entgegen. Sein Gesicht war totenblaß und von Blutspuren gezeichnet.

Nur mühsam zwang sich Dr. Jorg zu den routinemäßigen Fragen: »Können Sie sich an den Unfall erinnern? Waren Sie bewußtlos?«

Dabei tastete er nach dem Puls des Patienten. Er war sehr klein und schnell jagend.

Erst schien es, als wenn der Verletzte die Frage gar nicht verstünde. »Unfall?« murmelte er endlich, kaum verständlich. »Ich weiß nicht ... wo bin ich hier?«

Offensichtlich hatte er einen schweren, traumatisch bedingten Schock erlitten. Sein Gesicht schien immer mehr zu verfallen, kalter Schweiß trat ihm auf die Stirn.

»Dolantin!« forderte Dr. Jorg kurz.

Die Schwester hatte die Spritze schon aufgezogen. Jetzt half sie Dr. Jorg, eine Staubinde um den linken Arm zu legen.

Dr. Jorg führte die Infusionsnadel in die Vena cubiti ein.

»Plasmaexpander anhängen!« befahl er.

Die Schwester führte die Anordnung aus. Jetzt liefen 500 ml Blutersatz verhältnismäßig rasch durch das Infusionsbesteck in die Vene.

»Kreislaufmittel?« fragte die Schwester.

»Besser nicht«, wehrte Dr. Jorg ab, »möglich, daß innere Blutungen vorliegen. Sie würden durch kreislaufanregende Mittel nur verstärkt werden!«

Er begann die Schnittwunden im Gesicht, im Haarbereich, an Hals und Brust des Patienten zu versorgen. Aber es fiel ihm schwer, eine gezielte Bewegung zu machen. Seine Hände flatterten.

Unwillkürlich verkrampfte Dr. Jorg sie zu Fäusten, sah die Schwester an. Sie begegnete seinem Blick offen, ohne mit der Wimper zu zucken – trotzdem war er sich darüber klar, daß sie es gemerkt haben mußte.

Ein Sanitäter hatte inzwischen mit flinken, geübten Händen die Kleider des Patienten ausgeschnitten. Dr. Jorg überprüfte Brustkorb, Bauch und Arme, alles schien in Ordnung. Dann sah er das rechte Bein des Patienten.

Es lag in einem unnatürlichen, nach außen offenen Winkel. Der körpernahe Anteil des Oberschenkelknochens war nach innen gezogen. Es handelte sich um eine offene Fraktur!

Der Bruch befand sich im unteren Drittel des Oberschenkelschaftes. Die scharfen Knochensplitter hatten große Muskelanteile zerrissen und die Haut aufgespießt. Das Gebiet im Bereich der Verletzung war bläulich verfärbt, aber wie durch ein Wunder schien es nicht zu größeren Gefäßzerreißungen und damit zu lebensgefährlichen Blutungen gekommen zu sein.

»Puls kontrollieren«, sagte Dr. Richard Jorg, »zunächst hier liegen lassen. Später muß er zum Röntgen gebracht werden. Schädelaufnahmen, vorsichtshalber, und das rechte Bein in zwei Ebenen!«

»Jawohl, Herr Doktor«, bestätigte die Schwester.

Normalerweise hätte Dr. Jorg jetzt einen Blick auf die anderen Patienten geworfen, dem Oberarzt Bericht erstattet, gefragt, ob er helfen könne – aber heute ging es über seine Kräfte.

Fast fluchtartig verließ er den Vorbereitungsraum.

Im Gang war weit und breit kein Mensch zu sehen. Er streckte beide Hände flach vor sich aus, bemüht, das krampfhafte Zittern zu unterdrücken.

Es gelang ihm nicht. Die Nerven versagten ihm den Dienst. Beide Hände flatterten erschreckend.

Dr. Jorg biß sich auf die Lippen. Es mußte etwas geschehen – aber was? Sollte er sich krankschreiben lassen?

Nein, im Gegenteil, er mußte sehen, daß er so rasch wie möglich wieder fit wurde.

Mit großen entschlossenen Schritten eilte er zum Medikamentenzimmer. Es war leer.

Er trat an den Schreibtisch der Oberschwester, nahm den Schlüssel zum Giftschrank heraus, schloß aus, fand, was er suchte – eine Schachtel mit sechs Ampullen Morphium.

Er ließ die Schachtel in die weiße Tasche seines Kittels gleiten, machte auf die Liste, die an die Innentür des Schrankes geheftet war, einen Entnahmevermerk, unterschrieb mit seinem Namen, schloß ab und legte den Schlüssel an seinen Platz zurück.

Er zitterte jetzt am ganzen Leib – nicht aus Angst, denn er wußte, daß er nichts zu befürchten hatte. Kein Mensch würde es auffällig finden, daß er eine Schachtel mit Morphiumampullen an sich genommen hatte. Das war sein gutes Recht als diensthabender Arzt. Er brauchte niemandem über sein Tun oder den Verwendungszweck des Morphiums Rechenschaft abzulegen.

Nein, er zitterte nicht aus Angst, sondern aus Scham und schlechtem Gewissen.

Er hätte sich die Injektion gern gleich hier gegeben. Aber das durfte er nicht riskieren, denn es konnte ja jeden Augenblick jemand eintreten, ein Kollege, die Oberschwester oder gar ein Vorgesetzter.

Im Vorbeigehen nahm er ein steriles Läppchen und eine kleine Flasche reinen Alkohol mit. Dann trat er wieder auf den Gang hinaus. Er mußte an sich halten, um nicht wie ein Verbrecher nach links und rechts zu sehen, nicht zu laufen. Hocherhobenen Kopfes und bewußt langsam und gelassen schritt er dahin, auf die Tür zur Toilette zu. Dies war der einzige Ort im ganzen Haus, an dem er wirklich sicher sein konnte, ungestört zu bleiben.

Er trat ein, riegelte zu. Er sägte die Spitze einer Ampulle ab, zog eine Spritze auf, warf den gläsernen Behälter in die Klosettmuschel. Er ließ die Hose herunter, rieb eine Stelle seines Oberschenkels sorgfältig mit Alkohol ab, stach ein – in all seinem Elend war ihm deutlich das Beschämende der Situation bewußt.

Es dauerte einige Minuten, bis die Wirkung des Morphiums einsetzte. Aber dann war es wundervoll. Die Kopfschmerzen waren wie weggeblasen, sein Hirn war zum erstenmal seit Wochen wieder ganz frei, sein Verstand arbeitete wunderbar.

Dr. Jorg mußte über sich selber, dieses elende Gefühl der Scham, das ihm eben noch so zugesetzt hatte, lächeln. Wie albern das Ganze war! Was hatte er denn schon getan? Sich Morphium verschrieben – na und? Das hieß doch nicht, daß er süchtig war! Süchtig – was für ein absolut lächerlicher Gedanke! Wegen einer einzigen Spritze!

Leise pfeifend ging Dr. Jorg zum Ärzteaufzug, fuhr in den Röntgenraum hinunter. Er fühlte sich so glücklich und ausgeglichen wie seit langem nicht. Er konnte sogar an Inge denken, ohne daß es ihn schmerzte.

Als er in den Röntgenraum trat, wurde sein Patient gerade hereingebracht. Dr. Jorg wechselte ein paar Worte mit ihm, stellte fest, daß er den ersten Schock bereits überwunden zu haben schien.

Die Röntgenaufnahme des Schädels zeigte keinerlei krankhafte Veränderungen. Das war schon etwas. Auf dem Röntgenbild des Beines war der Bruch deutlich zu sehen. Es handelte sich um eine Querfraktur des Oberschenkelschaftes mit starker Dislokation.

Oberarzt Dr. Müller kam herein und betrachtete mit Dr. Jorg zusammen die Aufnahmen.

»Ziemlich schwierige Sache«, sagte Dr. Müller, »soll ich das machen? Allerdings...«

»Aber warum denn?« wehrte Dr. Jorg ab. »Das schaffe ich schon. Wenn Sie mir einen Assistenten geben...«

»Selbstverständlich. Nehmen Sie bitte den kleinen OP, ich arbeite im großen!«

Dr. Richard Jorg gab die notwendigen Anweisungen, und knapp zehn Minuten später lag der Schwerverletzte auf dem Operationstisch. Der Anästhesist hatte einen Entrochalkatheter eingeführt. Der Patient war in tiefer Narkose.

»Na, wie geht's?« fragte Dr. Jorg.

»Kreislauf in Ordnung«, berichtete der Anästhesist.

»Sehr gut«, sagte Dr. Jorg gutgelaunt, »na, dann wollen wir mal!«

Mit einem Instrument, das die OP-Schwester ihm reichte, schoß er einen Draht durch das eine Bruchstück des Schienbeines. Dann zog er mit aller Kraft an diesem Draht, während der Assistent gegendrückte. Die Bruchstücke mußten aufeinandergefügt und gleichzeitig die Seitenablenkung behoben werden.

Noch nie war Dr. Jorg diese auch körperlich anstrengende Arbeit so leichtgefallen wie heute, da er unter dem Einfluß von Morphium stand.

»Halt!« sagte er endlich.

Er vergewisserte sich, daß die Bruchstücke jetzt aneinander und nicht etwa nebeneinander lagen, denn es hätte eine Verkürzung des Beines bedingt.

»Tadellos«, erklärte er befriedigt, »Sie können!«

Der Assistent wandte sich daraufhin den Schnittwunden zu. Er begradigte die Ränder, entfernte Muskelreste und Hautfetzen, begann sauber zu vernähen – bei tieferen Wunden in mehreren Schichten.

Das operierte Bein wurde auf eine Unterlage gelegt. Die OP-Schwester reichte Dr. Jorg die Extensionsbügel. Er befestigte sie an beiden Drahtenden und beschwerte sie mit Gewichten. Auf diese Weise standen die Knochen jetzt unter Zug und Gegenzug und konnten nicht mehr aus der vorgeschriebenen Stellung rutschen.

Dr. Jorg richtete sich auf. Er hatte getan, was er konnte. Die knöcherne Heilung würde jetzt noch sechs bis acht Wochen dauern. Er fühlte sich immer noch sehr frisch, und es tat ihm fast leid, daß die Operation schon beendet war.

7

Dr. Jorgs Wohlbefinden hielt fast während seiner ganzen Dienstzeit an. Erst in der letzten Stunde ließ seine Spannkraft merklich nach.

Aber das fiel niemandem auf, nicht einmal ihm selber. Nach all dem Blut, dem Grauen, dem Elend, nach pausenlosem Untersuchen und Operieren begann das ganze Team sich allmählich erschöpft zu fühlen.

Als Dr. Jorg endlich in die klare scharfe Luft des Winterabends hinaustrat, wurde ihm besser, aber nur den Bruchteil von Sekunden. Dann brach der fast vergessene Kopfschmerz wieder auf ihn ein, ihm wurde schwindelig, seine Knie wollten nachgeben.

Alles in ihm lechzte nach Morphium. Er hatte die Schachtel mit den Ampullen in seiner Bereitschaftstasche, war nahe daran, umzukehren und sich eine zweite Spritze zu geben.

Aber sein Verstand war immerhin noch klar genug, Einspruch zu erheben. – Nicht schon wieder, dachte er verzweifelt, nicht schon wieder!

Er machte ein paar taumelnde Schritte, blieb stehen, und noch einmal überfiel ihn die Versuchung. Er hatte sich schon halb umgedreht, als er angerufen wurde.

»Doktor!« rief eine tiefe melodische Frauenstimme. »Doktor Jorg!«

Er wandte sich um, sah Olga Krüger auf sich zukommen. Sie trug einen eleganten schwarzen Stoffmantel mit Ozelotbesatz, eine Ozelotmütze auf dem tiefschwarzen Haar.

»Guten Abend, Doktor«, sagte sie unbefangen, »seien Sie mir nicht böse, daß ich Sie hier abfange! Ich fürchte, ich habe da neulich was Schönes angerichtet!«

Ihm fiel das Sprechen schwer, er konnte sich kaum auf das konzentrieren, was sie sagte.

»Ich weiß nicht recht...«

»Bitte, Doktor, das ist nicht nett von Ihnen! Versuchen Sie nur nicht, mich zu beschämen! Ich weiß, daß ich Sie nicht zu Hause hätte anrufen dürfen, aber glauben Sie mir...«

»Ach so«, sagte er, »das meinen Sie!«

»Sind Sie mir noch böse? Ich war so sicher, daß Ihre Frau alles wüßte, daß Sie ihr die Sache erklärt hätten, sonst hätte ich doch natürlich kein Wort erwähnt...«

Er winkte ab. »Schon gut. Nicht so wichtig.«
»Sie sehen elend aus«, sagte sie besorgt.
»Ich fühle mich auch miserabel.«
»Als wenn ich es geahnt hätte! Wissen Sie was, lassen Sie Ihren Wagen hier stehen . . . ich bringe Sie nach Hause!«
»Ich kann sehr gut . . .«
»Aber Sie brauchen nicht! Lassen Sie sich von mir ein bißchen verwöhnen, ja? Vielleicht könnten wir miteinander essen gehen?«

Dr. Jorg hatte keine Lust, mit Olga Krüger zusammen zu bleiben. Aber der Gedanke, sich in diesem Zustand selber ans Steuer setzen zu müssen, war noch schlimmer.

»Also gut«, sagte er, »von mir aus!«
»Wunderbar!« Sie zeigte lächelnd ihre weißen ebenmäßigen Zähne, hakte sich bei ihm ein. »Kommen Sie . . . mein Auto steht gleich da vorn! Ich hab' ein funkelnagelneues! Gut, daß ich Vollkasko versichert war . . . ich habe den ganzen Schaden ersetzt bekommen! Aber mein Leben, das hätte mir auch die beste Versicherung nicht zurückerstattet . . . das verdanke ich einzig und allein Ihnen!«

Er ließ sich widerstandslos mit sich ziehen, nahm neben ihr auf dem Vordersitz ihres knallroten Sportwagens Platz.

»Wo darf ich Sie also hinbringen? Ich weiß ein nettes kleines Lokal in Schwabing . . . oder müssen Sie wirklich schon nach Hause?«
»Nein«, sagte er zu seiner eigenen Überraschung.
»Sie überlassen sich also ganz meiner Führung. Das ist sehr vernünftig von Ihnen, Sie werden sehen, ich kenne mich aus!«

Dr. Richard Jorg und Olga Krüger aßen zusammen Abendbrot, und zu seiner eigenen Überraschung begann er sich nach einiger Zeit wohler zu fühlen.

»Jetzt sehen Sie wieder besser aus, Doktor«, sagte Olga Krüger.
»Dafür habe ich Ihnen zu danken!«
»Ach wo, Sie waren einfach erschöpft, Sie brauchten eine kleine Erholung . . . und einen Tapetenwechsel!«

Er wußte, daß es Zeit für ihn war, aufzubrechen und nach Hause zu fahren. Aber er brachte die Kraft dazu nicht auf.

Es war, als wenn sie seine Gedanken lesen könnte. »Gehen wir ein paar Häuser weiter«, schlug sie rasch vor. »Ich kenne da ein nettes Tanzlokal . . . gar nicht laut und sehr gute Luft! Sie haben eine kleine Combo . . . ganz gedämpfte Musik . . .« Er lächelte. »Nun sagen Sie nur nicht, daß Sie tanzen möchten!«

Sie gab sein Lächeln zurück. »Bestimmt nicht, nur . . . wissen Sie, als Junggesellin kommt man so selten unter Menschen, außer im Büro. Ich . . . ich bin so glücklich heute. Ich möchte es noch ein bißchen länger genießen.«
»Warum nicht hier?«
»Weil der Ober schon darauf wartet, daß unser Tisch frei wird! Dies hier ist ein reines Restaurant!«
»Ach so! Ja, Sie haben recht!«

Dr. Jorg zahlte, sie holten ihre Mäntel, traten wieder in die Nacht hinaus.

Olga Krüger hatte die Wahrheit gesagt, das Lokal, das sie meinte, lag wirklich nur ein paar Häuser weiter. Drinnen war alles auf südamerikanisch hergerichtet. Etwas kitschig, dachte Dr. Jorg, aber die Musik war wirklich verhältnismäßig gedämpft, und die Entlüftung funktionierte blendend.

»Meinen Sie nicht, daß Sie Ihre Frau anrufen sollten?« fragte Olga Krüger. »Ich sehe da gerade ein Telefon. Es wäre doch nicht recht, wenn sie sich schon wieder Sorgen um Sie machen müßte!«

Dr. Jorg trat in die Telefonzelle, wählte die Nummer seines Hauses. Inge war schon nach dem ersten Klingeln am Apparat.

»Richard, du?« fragte sie überrascht. »Ich habe mir schon Gedanken deinetwegen gemacht. Wo bist du denn? Von wo aus rufst du an?«

»Ich bin noch in der Klinik«, behauptete er, »ein paar ganz schwere Unfälle ... ich hatte bisher nicht einmal Zeit zu telefonieren ...«

»Und wann kommst du nach Hause?«

»Noch nicht abzusehen. Wenn es sehr spät wird, schlafe ich lieber in der Klinik, es sei denn, du bestehst darauf ...«

»Aber nein! Das ist bestimmt besser, als wenn du dich übermüdet ans Steuer setzt!«

Olga öffnete die Telefonzelle, steckte ihren Kopf herein. »Machen Sie's nicht zu lange, Herr Doktor!« sagte sie.

»Wer ist denn da bei dir?« fragte Inge.

»Nur eine Schwester«, behauptete Dr. Jorg, »ich darf nicht zu lange machen ... also dann, Inge, bis morgen!« Er hängte ein.

Draußen erwartete ihn Olga Krüger. »Hab' ich gestört?« fragte sie. »Ich war so ungeduldig ...«

»Gar nicht«, erklärte Dr. Jorg, »meine Frau hat Sie für eine Schwester gehalten.«

In diesem Augenblick trat eine Gruppe Herren von der Straße herein. Dr. Jorg achtete gar nicht darauf. Er erkannte seinen Schwiegervater, Herrn Stein, erst, als er dicht vor ihm stand.

Dr. Richard Jorg war so konsterniert, seinen Schwiegervater vor sich zu sehen – einen Mann, dem zu begegnen er überall anders erwartet hätte, nur nicht in diesem Nachtlokal, – daß er im ersten Moment völlig außerstande war, auch nur ein Wort der Begrüßung hervorzubringen.

Herr Stein jedoch blieb, wie es seine Art war, durchaus kühl und gelassen. »Guten Abend, Richard«, sagte er ruhig, »wie geht's?«

»Danke«, sagte Dr. Jorg mühsam.

»Hast du schon einen Tisch?« fragte Herr Stein. »Ich nehme doch an, daß Inge auch hier ist?«

»Nein!« stieß Dr. Jorg heftig hervor.

Olga Krüger, die sich bis jetzt bewußt abseits gehalten hatte, trat zu ihm hin und legte ihre Hand auf seinen Arm.

»Doktor!« sagte sie mahnend.

Jetzt erst begriff Herr Stein, daß diese attraktive schwarzhaarige junge Dame und sein Schwiegersohn zusammengehörten.

Er hob die Augenbrauen, bat, immer noch sehr ruhig: »Möchtest du mich nicht deiner Begleiterin vorstellen?«

»Ich denke nicht daran!«

Olga verstärkte ihren Druck auf seinen Arm.

»Was ist denn in dich gefahren, mein Junge?« fragte Herr Stein, jetzt doch verletzt.

»Ich hasse es, wenn man mir nachschnüffelt!« schrie Dr. Jorg unbeherrscht. »Mein Privatleben geht niemanden etwas an ... niemanden!«

»Du vergißt, daß ich der Vater deiner Frau bin und somit sehr wohl etwas mit deinem Privatleben zu tun habe«, erklärte Herr Stein eisig. »Ganz davon abgesehen, habe ich dir keineswegs nachspioniert. Ich bin mit meinen Freunden vom Kegelklub hierhergekommen ... und zwar nicht, um mich mit dir zu streiten, sondern um mich zu amüsieren!«

Er drehte sich brüsk um und folgte den anderen Herren, die ihn zu sich winkten.

»Das hätten Sie nicht tun sollen, Dr. Jorg!« sagte Olga Krüger.

»Wollen Sie mir jetzt etwa auch Vorhaltungen machen, was ich zu tun und zu lassen habe?«

»Natürlich nicht, beruhigen Sie sich doch! Nur ... ich begreife wirklich nicht, warum Sie den alten Herrn so behandelt haben.«

»Sie nehmen ihn also noch in Schutz?!«

»Ich bin ganz sicher, daß ihm die Begegnung ebenso unangenehm war wie Ihnen!«

»Im Gegenteil! Er hat genau das erfahren, was er wissen wollte! Daß ich meine Frau belogen habe, daß ich nicht in der Klinik, sondern in Schwabing unterwegs bin ... mit Ihnen, Olga!«

»Wenn Sie ein so schlechtes Gewissen haben, dann wäre es das beste, Sie nähmen sich jetzt ein Taxi und führen nach Hause!«

Olga Krüger lächelte bei diesen Worten, und gerade dieses Lächeln war es, das ihn rasend machte.

»Jetzt weiß ich es!« schrie er. »Sie waren es ... Sie haben mich bewußt in diese Falle gelockt!« Er stieß mit dem ausgestreckten Zeigefinger auf ihre Brust, so daß sie unwillkürlich zurückwich. »Und ich bin Ihnen auf den Leim gegangen!«

Olga Krügers ebenmäßiges Gesicht wurde so rot, als wenn er sie geschlagen hätte.

»Ich verstehe, daß Sie aufgeregt sind«, sagte sie beherrscht, »aber das gibt Ihnen nicht das Recht, mich zu beleidigen! Wollen wir uns wirklich wegen dieses dummen Zwischenfalls den schönen Abend verderben lassen? Kommen Sie, Doktor, seien Sie friedlich ... gehen wir hinein oder auch von mir aus woanders hin und sprechen uns in Ruhe aus!«

Aber er hörte ihr schon nicht mehr zu, hatte sich auf dem Absatz umgedreht, verlangte seine Garderobe und stürmte aus dem Lokal, ehe Olga Krüger ihn noch daran hindern konnte.

»Ein feiner Kavalier«, sagte die Garderobenfrau, die die Auseinandersetzung mitbekommen und anscheinend sehr genossen hatte, »seien Sie froh, daß Sie den los sind, Fräulein!«

Olga Krüger ging darauf nicht ein. »Geben Sie mir bitte auch meinen Mantel«, sagte sie und schob der Garderobenfrau ein Trinkgeld hin.

Als sie auf die Straße hinaustrat, blieb sie stehen und sah sich um. Sie war erleichtert, als die Silhouette Dr. Jorgs im Schein der nächsten Straßenlaterne vor ihr auftauchte. Sie war nahe daran, seinen Namen zu rufen, unterließ es dann aber doch. Sie folgte ihm statt dessen, immer darauf bedacht, den Abstand zwischen ihnen weder größer noch kleiner werden zu lassen.

Er drehte sich nicht ein einzigesmal um.

Dann, als er sich dem Taxistand an der Ecke näherte, verhielt er den Schritt. Einen Augenblick lang sah es so aus, als wenn er sich einen Wagen nehmen würde. Er tat es nicht, ging weiter, wandte sich nach rechts, ging die Stufen zu einem Kellerlokal hinab, verschwand durch den Eingang.

Olga Krüger folgte ihm, sah zu den knallbunten Neonbuchstaben hoch, die den Namen des Lokals in die Nacht hinausschrien: »Ali Baba«! Sie blieb vor der schmalen Eingangstür zögernd stehen. Sollte sie einfach hineingehen und sich zu ihm an den Tisch setzen? Vielleicht hatte er sich inzwischen beruhigt, sehr wahrscheinlich sogar. Aber es war auch möglich, daß er so tat, als wenn er sie nicht kannte, sie hinausweisen ließ oder ihr wieder eine Szene machte. Dieses Risiko wollte sie nicht eingehen.

Aber selbst wenn er jetzt zu einer vernünftigen Betrachtung der Angelegenheit bereit war – was nützte ihr das? Es brachte sie keinen Schritt weiter.

Olga Krüger überlegte. Es gab etwas, das diesen hochintelligenten Mann aus dem seelischen Gleichgewicht gebracht hatte, sonst wäre sein seltsames Benehmen nicht zu verstehen.

War es wirklich seine Frau, die ihm so zusetzte? Dieses blonde hübsche Wesen mit dem Unschuldsblick? Sie, Olga, hätte ihr so etwas nie zugetraut, aber schließlich – sie kannte Inge Jorg nur sehr flüchtig.

In diesen einsamen Minuten auf der nächtlichen Straße gestand sie sich zum erstenmal, daß es nicht allein Dankbarkeit war, die sie zu dem Chirurgen hinzog, sondern Liebe.

Ja, ich liebe ihn! dachte sie. Und ich werde um ihn kämpfen! Er muß von dieser Frau erlöst werden, die ihn zum Wahnsinn treibt. Ich werde ihn für alles Vergangene entschädigen. In meinen Armen wird er wieder glücklich und ausgeglichen werden!

Beim Taxistand war eine Telefonzelle. Sie drehte sich um, um sie aufzusuchen.

Inge Jorg war gerade im Begriff, zu Bett zu gehen, als das Telefon klingelte. Sie lief ins Wohnzimmer hinüber, nahm den Hörer ab, meldete sich.

»Guten Abend, Frau Doktor«, sagte eine tiefe, seltsam gedämpfte Stimme.

»Wer spricht denn da?«

»Mein Name würde Ihnen nichts bedeuten. Sie kennen mich nicht. Aber ich kenne Ihren Mann«, sagte die Unbekannte – oder war es ein Mann?

»Rufen Sie von der Klinik an?« fragte Inge Jorg.

»Nein. Dr. Richard Jorg ist nicht in der Klinik. Er sitzt in einem Nachtlokal in Schwabing.«

Inge Jorg atmete heftig. »Aber das stimmt doch gar nicht«, sagte sie, »er hat mich vor einer Viertelstunde noch angerufen!«

»Nicht aus der Klinik, Frau Doktor. Deshalb rufe ich Sie ja an. Er sitzt im ›Ali Baba‹ und trinkt. Ich bin nicht sicher, ob er allein ist.«

»Ich glaube Ihnen kein Wort!«
»Er sitzt im ›Ali Baba‹! Überzeugen Sie sich selber!«
»Geben Sie mir doch wenigstens die genaue Adresse!« rief Inge Jorg – aber da merkte sie, daß der Gesprächsteilnehmer schon eingehängt hatte.

Einen Augenblick stand sie reglos, den Telefonhörer in der Hand.

Noch vor wenigen Wochen hätte sie einem anonymen Anruf nicht die geringste Bedeutung beigemessen. Jahrelang hatte sie ihrem Mann unbedingt vertraut. Aber inzwischen war so vieles geschehen, das ihr Vertrauen erschüttert hatte. Erst jetzt fiel ihr auf, daß doch manches an dem Anruf ihres Mannes merkwürdig gewesen war, die Geräusche im Hintergrund, die weibliche Stimme, und dann überhaupt, daß er ihr erklärt hatte, die Nacht über wahrscheinlich in der Klinik bleiben zu müssen, nachdem er schon seit Mittag Dienst tat.

Tiefe Sorge ergriff Frau Inge Jorg. Sie fühlte, daß etwas Unheimliches, Unfaßbares im Gang war, daß sie ihrem Mann helfen, ihn retten mußte – vielleicht nur vor sich selber.

Sie legte den Hörer auf, lief die steile Treppe nach oben, trat in das Kinderzimmer. Evchen schlief tief und fest, ein Lächeln um den roten halbgeöffneten Mund.

Inge Jorg zog die herabgerutschte Decke hoch, steckte sie sorgfältig an den Seiten fest, drückte ihrem Töchterchen einen sanften Kuß auf die Stirn und verließ, lautlos wie sie gekommen war, das kleine Zimmer.

Sie lief zum Telefon, bestellte ein Taxi, schlüpfte in ihren Kamelhaarmantel, band sich einen grobgestrickten Schal um Kopf und Hals, denn es war eine bitterkalte Nacht.

Dann ging sie durch die Diele und aus dem Haus, schloß die Haustür hinter sich ab. Sie wollte lieber draußen warten, damit der Taxifahrer nicht zu klingeln brauchte und dadurch Evchen womöglich weckte.

Das Auto fuhr wenige Minuten später vor, und Inge stieg sofort ein.

»Bitte, fahren Sie mich zum ›Ali Baba‹«, sagte sie nervös.

Der Chauffeur wandte sich halb zu ihr um. »Wo soll denn das sein, junge Frau?«

»In Schwabing.«

»Ach so. Weiß schon Bescheid.«

Irgend etwas im Ausdruck des älteren Mannes machte Inge Jorg stutzig.

»Ist es ein ... ein anständiges Lokal?« fragte sie.

»Wie man's nimmt«, erklärte der Fahrer achselzuckend, »nicht für unsereinen. Ziemlicher Nepp, wenn Sie verstehen, was ich meine.«

Inge Jorg schwieg. Sie preßte ihre Hände gegeneinander, um ihre Unruhe nicht zu verraten.

Zum erstenmal wurde ihr bewußt, daß es gar nicht damit getan war, ihren Mann zu finden. Was sollte sie zu ihm sagen, wenn er sich wirklich im ›Ali Baba‹ aufhielt? Wie sollte sie ihm erklären, woher sie wußte, daß er dort war? Und warum sie überhaupt gekommen war? Und vor allem, was sollte sie tun, wenn er nicht allein war?

Plötzlich kam ihr ein Einfall. Vielleicht würde Dr. Willy Markus sie begleiten. Sie beugte sich vor.

»Bitte«, sagte sie, »fahren Sie mich zuerst in die Holbeinstraße, ja?«

»In Ordnung«, sagte der Mann, »Welche Nummer?«

Inge Jorg sagte sie ihm. »Es muß ein ziemlich altes Haus sein«, fügte sie hinzu.

Sie war erst einmal bei Dr. Willy Markus gewesen, damals, als er zur Feier seines Einzugs eine kleine Party gegeben hatte.

Als das Taxi stand, stieg sie aus. »Bitte«, sagte sie, »warten Sie hier auf mich, ja? Ich bin in ein paar Minuten wieder unten!«

»In Ordnung, junge Frau«, sagte er, »aber machen Sie nicht zu lange ... Sie wissen ja, der Tachometer läuft!«

»Ich werde mich beeilen!«

Inge Jorg lief über die Fahrbahn, sah zum Haus hinauf. Im dritten Stock rechts brannte noch Licht. Wenn sie sich nicht täuschte, war das die Wohnung von Dr. Willy Markus.

Sie drückte auf die Klingel, der Summer ertönte, sie hastete die Treppen hinauf.

Dr. Willy Markus stand in der Wohnungstür. Er war schon im Pyjama. Die gestreifte seidene Jacke war oben offen und ließ seinen braunen schlanken Hals frei. Sein sonst immer sorgfältig gebürstetes glänzendschwarzes Haar war zerzaust.

»Nanu?« sagte er, als er Inge Jorg erkannte. »Das kann doch nicht wahr sein!«

»Doch«, sagte sie, »ich bin es. Bitte, sei mir nicht böse, daß ich dich überfalle ...«

»Aber überhaupt nicht! Tut mir nur leid, daß ich auf deinen Besuch nicht vorbereitet war! Warte einen Augenblick, ich will mir nur was überziehen!«

Er ließ sie eintreten, verschwand im Schlafzimmer, kam gleich darauf im Hausmantel zurück.

»Also ... was ist passiert?« fragte er. »Darf ich dir was zu trinken anbieten?«

»Nein danke. Ich habe es furchtbar eilig. Mein Taxi wartet unten.«

»Wo willst du hin?«

»Zu Richard. Ich bin angerufen worden, daß er in einem Nachtlokal sitzt und sich betrinkt ...«

Er lachte auf. »Ist das alles, was dir Sorge macht? Laß ihn doch trinken. Geschieht ihm ganz recht, wenn er sich einen Kater holt!«

Es fiel ihr schwer, ihm zu erklären, was sie auf die Suche nach ihrem Mann getrieben hatte, war es ihr doch selber mehr gefühlsmäßig als verstandesmäßig klar.

»Kennst du das ›Ali Baba‹?« fragte sie.

»Und ob!« sagte er. »Ziemlich übler Bums.«

»Dort soll er sein. Ich bin etwa vor zehn Minuten angerufen worden.«

»Von wem?«

»Das weiß ich nicht. Sie hat ihren Namen nicht genannt ... ich bin nicht einmal sicher, ob es überhaupt eine Frau war.«

»Es war eine Frau«, sagte Dr. Markus überzeugt, »verlaß dich drauf! Nur Frauen bringen so etwas fertig!«

Sie sah ihn flehend an. »Willy«, sagte sie, »würdest du mir einen Gefallen tun? Ich weiß, es ist eine ganz unverschämte Bitte ... aber würdest du mich zu diesem Lokal begleiten?«

Er nahm beruhigend ihre Hand. »Du weißt, Inge«, sagte er ernsthaft, »es gibt nichts, was ich nicht für dich tun würde ... bloß kann ich beim besten Willen den Sinn dieser Aktion nicht einsehen!«

»Ich ...«, sagte sie gequält, »ich weiß nicht, wie ich es dir erklären soll ... aber ich mache mir schreckliche Sorgen!«

Er hob die glatten, schön geschwungenen Augenbrauen. »Du fürchtest, daß er mit einer Frau zusammen ist?«

»Ich weiß es nicht. Es ist auch nicht so wesentlich. Aber ... er ist in letzter Zeit so schrecklich verändert. Ich habe dir doch schon davon erzählt ... und du mußt es auch selber bemerkt haben! Wie er darauf reagiert hat, als er dich in der Wohnung antraf! Das war doch nicht mehr normal!«

Dr. Willy Markus zuckte die Achseln. »Er ist eben eifersüchtig!«

»Nein, das ist es nicht allein, Willy ... das ist nicht die einzige Erklärung! Zu einer gewissen Eifersucht hat er schon immer geneigt ... aber er hätte sich doch früher nie so gehenlassen! Er ist ... also mir kommt es vor ... als wenn er zu Dingen getrieben würde, die er im Grunde gar nicht will!«

Ihre großen braunen Augen hatten sich mit Tränen gefüllt, und er mußte an sich halten, sie nicht tröstend in die Arme zu nehmen.

»Paß mal auf«, sagte er, »ich bin zwar nach wie vor überzeugt, daß du Hirngespinste siehst ...«

»Nein, bestimmt nicht!«

»... aber ich werde mich mal nach dem Knaben umschauen! Ohne dich! Wenn ich ihn finde, ist es besser, wenn ich von Mann zu Mann mit ihm spreche ... du fährst jetzt schön nach Haus und legst dich schlafen!«

»O Willy!« rief sie. »Willst du das wirklich für mich tun?«

»Für dich und für Richard. Wenn ich ihn finde, bringe ich ihn dir nach Hause, wenn nicht ... nein, ich glaube nicht, daß es richtig wäre, heute nacht noch bei dir anzurufen. Oder doch ... wenn er zu Hause ist, sieh zu, daß er selber ans Telefon geht! Mir wird dann schon eine faule Ausrede einfallen, warum ich mitten in der Nacht telefoniere!«

Im »Ali Baba« ging es hoch her. Eine kleine Band erfüllte den niedrigen langgestreckten Raum mit ohrenbetäubender Musik.

Das Publikum war gemischt. Es bestand zum Teil aus langmähnigen Jünglingen und Pullovermädchen, die offensichtlich um des Tanzens willen gekommen waren und den ganzen Abend an einem einzigen Glas nippten, falls die Band eine Pause machte und sie gezwungen waren, Platz zu nehmen. Die Mehrzahl der Gäste aber waren Lebemänner und Provinzonkel, die nach den Pullovermädchen schielten und die meist nicht mehr ganz jungen und aufreizend geschminkten Animierdamen tätschelten.

Dr. Richard Jorg merkte von allem, was um ihn herum geschah, nur sehr wenig. Die heiße rhythmische Musik störte ihn eher, als daß sie ihn anregte. Aber er brachte die Kraft nicht auf, noch einmal das Lokal zu wechseln. Schließlich war es gleichgültig, wo er saß und wo er sich betrank – denn das war sein einziger Wunsch: sich so sinnlos zu betrinken, daß er alles, was mit ihm geschehen war, und alles, was er selber gesagt und getan hatte, vergaß.

Aber es wollte ihm nicht gelingen. Er hatte schon mehr als eine halbe Flasche Cognac geleert, dennoch hatte die Erinnerung an das Geschehene nichts von seiner Schärfe verloren. Es war ihm, als wenn er sich selber immer klarer in einem unbestechlichen Spiegel sähe, das Bild eines haltlosen, unbeherrschten, eines unzuverlässigen, nichtswürdigen Mannes. Er starrte vor sich hin auf die gesprungene hölzerne Tischplatte, zog mit dem Zeigefinger Linien durch Spuren vergossenen Alkohols, wirre Spuren, die sich zu einem Labyrinth verbanden, aus dem es keinen Ausweg mehr gab.

So fand ihn Dr. Willy Markus.

Er schlängelte sich durch die engen Reihen zu ihm durch, sagte: »Hallo, Richard! Wenn du ein bißchen rückst, kann ich mich, glaube ich, noch neben dich klemmen! Verdammt voll hier heute abend!«

Dr. Jorg hob den Kopf, stierte den Kollegen mißtrauisch an. »Was willst du hier?« fragte er mit schwerer Zunge.

»Wahrscheinlich dasselbe wie du«, entgegnete Dr. Markus, »mich amüsieren!«

»Ich amüsiere mich nicht«, sagte Dr. Jorg ablehnend, rückte aber doch zur Seite, so daß der andere sich neben ihn setzen konnte.

»Scheint aber doch ganz lustig hier ... oder?«

»Nicht im geringsten.«

»Na, wenn du es sagst ... wollen wir den Standort wechseln?«

»Ich will allein sein.«

»Na, das bist du hier aber bestimmt nicht.« Dr. Markus beugte sich zu dem Freund. »Hör mal zu, alter Junge, was ist eigentlich mit dir los? Wenn du dich mal amüsieren willst, das könnte ich noch verstehen ... schließlich hat jeder Mann mal das Bedürfnis, sich ein bißchen erotischen Mief um die Nüstern wehen zu lassen. Aber du sagst doch selber, daß es dir überhaupt keinen Spaß macht ... und du siehst auch wirklich nicht so aus.«

»Was willst du von mir?«

»Wissen, was mit dir los ist! Bist du krank? Hast du Ärger gehabt? Oder irgend etwas angestellt? Richard, mir kannst du es doch erzählen! Denk mal nach, wie lange wir uns schon kennen und was wir schon alles miteinander ausgefressen haben ... mir darfst du doch wirklich vertrauen!«

»Ausgerechnet dir!«

»Wenn du darauf anspielst, daß ich deine Frau verehre ... ja, ich gebe zu, daß ich das tue! Sie ist für mich das bezauberndste Geschöpf unter der Sonne, und ich wäre ein Heuchler, wenn ich das leugnen wollte. Aber mit meiner ganzen Anbetung schaffe ich die entscheidende Tatsache nicht aus der Welt ... nämlich, daß sie dich alten Räuber, und zwar nur dich liebt!«

»Du ahnungsloser Narr!«

»Na, hör mal! Wenn sie sich auch nur das Geringste aus mir machte, müßte ich das doch gemerkt haben!«

»Du bist nicht der einzige Mann, der hinter ihr her ist.«

»Sicher nicht. Wir können ja nicht von der Annahme ausgehen, daß alle anderen Männer außer uns selber blind wären. Aber du irrst dich, wenn du glaubst, daß Inge für irgendeinen anderen mehr als flüchtige Sympathie aufbrächte. Oder hast du etwa Beweise?«

»Er hat ihr Blumen geschickt!«

Dr. Willy Markus lachte. »Großer Gott, und das hat dich so aus den Pantinen gekippt?! Na hör mal! Wer ist denn dieser übereifrige Knabe?«

»Ein Playboy namens Teddy Murnau. Er ist ihr schon nachgestiegen, noch bevor wir verheiratet waren.«

»Aber sie hat sich trotzdem für dich entschieden! Richard, ich bitte dich, nimm doch Vernunft an! Du kannst doch unmöglich glauben...«

»Du hast recht. Ich glaube es nicht«, sagte Dr. Richard Jorg überraschend.

Dr. Willy Markus winkte einem Ober, der sich mühsam zu ihnen durchdrängte. »Zwei Kännchen Mokka... aber heiß und sehr stark, wenn ich bitten darf!«

Zu dem Freund gewandt sagte er: »Na also! Endlich ein Funken Vernunft in deinem umnebelten Hirn! Glaube mir, Inge liebt dich... sie liebt dich von ganzem Herzen!«

»Nicht mehr lange«, sagte Dr. Richard Jorg müde.

»Was soll denn das nun schon wieder heißen?«

»Du bist ein gesunder, normaler Mann, Willy, du kannst das nicht verstehen. Ich bin... also wirklich, ich kann es dir nicht erklären...«

»Versuch es«, sagte Dr. Markus, »bitte! Ich schwöre dir, was du mir auch immer sagst. Es wird unter uns bleiben.«

»Ich habe Angst, Willy, grauenhafte Angst! Manchmal ist mir... ich weiß, das klingt übertrieben, aber ich kann es nicht anders ausdrücken... mir ist, als wenn ich wahnsinnig würde!«

»Symptome?« fragte Dr. Markus sehr sachlich.

»Ich tue Dinge, die ich nicht tun will. Ich habe Gedanken, von denen ich später einsehe, daß sie ganz unsinnig waren... aber im Moment, wenn es über mich kommt, dann scheint mir das, was ich mir einbilde, völlig real... verstehst du?«

»Ausbrüche von Gewalttätigkeiten?«

»Nein. Jedenfalls ist es noch nicht dazu gekommen.« Zögernd fügte er hinzu: »Aber ich habe das Gefühl, daß ich unter Umständen zu allem fähig sein könnte.«

»Hm«, sagte Dr. Markus, »das klingt einigermaßen erschreckend. Denk mal nach... gibt es in deiner Familie irgendwelche Erbkrankheiten?«

»Keine.«

»Bist du sicher?«

»Vollkommen. Ich habe das selber vor kurzem noch einmal überprüft.«

»Und seit wann hast du... diese Zustände?«

»Seit ich dieses Mädchen aus dem Wasser gerettet habe. Ja, seit damals hat es angefangen. Wenn es nichts weiter als ein Schock gewesen wäre, müßte ich ihn doch inzwischen längst überwunden haben.«

»Aber nicht, wenn sich eine traumatisch bedingte Neurose daraus entwickelt hat!«

Dr. Richard Jorg sah den Freund an, fragte, fast hoffnungsvoll: »Glaubst du?«

»Na, lies doch mal selber in deinen Lehrbüchern nach. Du gehörst in die Behandlung eines Psychotherapeuten.«

Der Mokka kam, und Dr. Markus bat den Ober, die Rechnung fertigzumachen. Der Kaffee war zwar nicht heiß, wie er ihn gewünscht hatte, dafür aber sehr stark.

Dr. Markus griff in seine innere Jackentasche, holte ein Röhrchen mit Tabletten heraus, schüttete zwei davon auf den Kaffeelöffel. »Schluck das mal«, sagte er, »dann wirst du dich gleich wohler fühlen.«

Dr. Richard Jorg tat, was von ihm verlangt wurde.

»Mir geht's jetzt schon besser. Ich bin froh, daß ich mich endlich mal ausgesprochen habe.«

»Ich auch«, sagte Dr. Markus. »Du brauchst dir wirklich keine Sorgen zu machen, alter Junge ... von Wahnsinn kann keine Rede sein. Ich an deiner Stelle würde auch mal ganz offen mit Inge über diese Dinge reden. Damit sie weiß, woran sie mit dir ist. Nach allem, was du mir erzählt hast, könnte ich mir vorstellen, du hättest ihr in der letzten Zeit einiges zugemutet.«

»Leider«, sagte Dr. Jorg, »aber ich werde es wiedergutmachen ... ich liebe sie, und ich will sie nicht verlieren. Um keinen Preis.«

»Ihr solltet zusammen Urlaub machen«, schlug Dr. Markus vor, »wie wäre es, wenn du mal mit dem Chef sprechen würdest?«

»Ausgeschlossen! Der Professor darf kein Wort davon erfahren! Du kennst ihn doch! Ein Chirurg mit einer Neurose ... das wäre in seinen Augen für die Unfallklinik ganz untragbar!«

»Das brauchst du ihm ja nicht gerade auf die Nase zu binden, nur ...«

»Kein Wort weiter, Willy! Das ist unmöglich. Niemand darf wissen, was mit mir los ist ... auch du darfst keiner Menschenseele etwas davon verraten! Ich habe mich dir unter dem Siegel der Verschwiegenheit anvertraut!«

»Selbstverständlich werde ich schweigen«, sagte Dr. Markus, »Ehrenwort!«

Er konnte nicht ahnen, wie verhängnisvoll sich dieses Versprechen noch auswirken sollte.

Inge Jorg hatte sich zu Bett gelegt, obwohl sie wußte, daß sie kein Auge zutun würde. Aber sie hoffte inbrünstig, daß ihr Mann doch noch nach Hause kommen würde, und dann durfte er nicht den Eindruck gewinnen, daß sie ihm mißtraut hatte.

Sie lag ganz still, lauschte in die Dunkelheit. Mehr als einmal glaubte sie das Geräusch des Schlüssels in der Haustür zu hören, und jedesmal wieder mußte sie erkennen, daß sie sich geirrt hatte.

Dann, als es wirklich geschah, als die Haustür sich öffnete, gedämpfte Männerstimmen aus der Diele herüberklangen, konnte sie es fast nicht glauben. Eine Sekunde lang lag sie wie gelähmt, dann knipste sie die Nachttischlampe an, sprang aus dem Bett, schlüpfte in ihre Pantöffelchen, zog ihren Morgenmantel über. Sie fuhr sich rasch mit dem Kamm durch die blonden Locken, eilte hinaus.

»Richard!« rief sie. »Wie schön, daß du doch noch gekommen bist!«

Sie eilte auf ihn zu, bot ihm den Mund zum Kuß, er schloß sie fest in die Arme – ein Dunst von Alkohol und Rauch ging von ihm aus.

Sie löste sich von ihm, reichte Dr. Willy Markus die Hand, der etwas unbehaglich beiseite stand, zwang sich zu einer Lüge: »Habt ihr heute gleichzeitig in der Klinik Schluß gemacht?«

Die beiden Männer wechselten einen raschen Blick.

»Nein«, sagte Dr. Jorg mit Überwindung, »er hat mich in Schwabing aufgegabelt...«

Inge Jorg errötete vor Freude über dieses Bekenntnis. Aber sie ging nicht darauf ein. »Wollt ihr noch etwas trinken?« fragte sie. »Oder soll ich euch etwas zu essen machen?«

Dr. Markus lehnte rasch ab. »Nur keine Umstände, ich bin schon wieder fort ... gute Nacht, ihr beiden! Wir sehen uns ja morgen, Richard!« Er war schon aus der Tür, ehe Inge Jorg ihm noch ein verstohlenes Wort des Dankes sagen konnte.

Sie wandte sich ihrem Mann zu. »Möchtest du wirklich nichts?«

»Nein. Geh rasch wieder zu Bett. Das einzige, nach dem ich mich sehne, ist Sauberkeit!«

Während sie sich in ihre Kissen kuschelte, diesmal entspannt und unendlich erleichtert, hörte sie, wie er sich im Bad Wasser einlaufen ließ. Sie war so froh, ihn in ihrer Nähe zu wissen, sich nicht mehr sorgen, nicht mehr grübeln zu müssen. Die Geräusche aus dem Badezimmer drangen nicht mehr in ihr Bewußtsein. Die Augen fielen ihr zu.

Im Halbschlaf spürte sie seine Hände, die sie zärtlich streichelten, seine Arme, die sie fest umschlangen, seine werbende Stimme: »Schläfst du schon?«

»Nein«, murmelte sie, immer noch mit geschlossenen Augen, »ich habe auf dich gewartet!«

Sein alter vertrauter Geruch stieg ihr in die Nase, nicht mehr vergiftet von Alkohol und Rauch, sie spürte seine Lippen auf ihrem Mund und war plötzlich wieder ganz wach. Verlangend klammerte sie sich an ihn, erwiderte seine wilden, fordernden Zärtlichkeiten. Eine Welle von Leidenschaft hob sie hoch empor, schleuderte sie über den Alltag hinaus, ließ alle Probleme ihrer Ehe ins Nichts verschwinden.

Nachher lagen sie ganz still, immer noch eng beieinander, als wenn sie nicht wagten, sich voneinander zu lösen. Sie hörte das harte Pochen seines Herzens.

»Ich habe gelogen«, sagte er gepreßt, »ich war nicht mehr in der Klinik, als ich dich anrief...«

»Ja«, sagte sie, »ich weiß...«

»Du hast es gewußt?«

Sie mochte nicht von jenem anonymen Anruf erzählen, von ihren Sorgen, ihrer Angst, nicht jetzt, nicht in dieser Stunde.

»Ich habe es mir zusammengereimt«, behauptete sie.

»Und ... du bist gar nicht neugierig, wo ich gewesen bin?«

»In Schwabing. Du hast es mir ja selber gesagt.«

»Inge«, sagte er, und jedes Wort kostete ihn ungeheure Überwindung, »ich muß dir etwas beichten...«

»Nein, Richard«, sagte sie rasch, »bitte nicht! Es ist doch vorbei, nicht wahr? Wir wollen nicht darüber reden ... Worte würden alles nur noch schlimmer machen.«

»Ja«, sagte er erleichtert, »ja, du hast recht...« Und er zog sie noch enger an sein Herz.

»Richard«, begann sie nach einer Weile, »wenn es dir wirklich so verhaßt ist, daß ich bei Rena Kramer arbeite...«

»Nichts ist mir verhaßt, was du tust.«

»Ich darf also?«

»Du brauchst mich doch nicht um Erlaubnis zu bitten.«

»Ich meine... du bist nicht mehr dagegen?«

»Alles ist recht, was du tust«, sagte er, »solange du mich liebst!«

»Immer«, flüsterte sie, »immer!«

Sie drängten sich aneinander wie Kinder, die sich im Wald verirrt haben und beieinander Schutz suchen, und eng aneinandergeschmiegt schliefen sie endlich ein.

Dr. Richard Jorg hatte sich geschworen, nicht mehr zum Morphium zu greifen, und er hielt diesen Schwur auch — fast bis zum Ende seines Dienstes, obwohl sein Kopfschmerz nicht mehr auf Tabletten ansprach.

»Es ist nur eine Neurose«, sagte er sich immer wieder, »kein Grund, sich verrückt machen zu lassen! Ich darf einfach nicht daran denken, dann wird es schon vorübergehen!«

Aber der Schmerz verging nicht, und wieder kam es so weit, daß er seine Hände kaum noch in der Gewalt hatte.

Er sah auf die große elektrische Uhr an der Wand des Vorbereitungszimmers. Nur noch zwei Stunden, dann hatte er es geschafft.

Aber gerade da sagte Oberarzt Dr. Müller zu ihm: »Hören Sie, Herr Kollege, ich habe für heute nachmittag eine Transplantation angesetzt.... es handelt sich um den jungen Mann mit der Starkstromverletzung! Verbrennungen dritten Grades, Sie erinnern sich?«

In Dr. Jorgs Kopf drehte es sich, dennoch sagte er: »Selbstverständlich, Herr Oberarzt!«

»Aber ich kann jetzt hier nicht weg! Würden Sie die Transplantation für mich übernehmen?«

»Nein!« hätte Dr. Richard Jorg beinahe gesagt, und: »Bitte, nicht!«

Aber er wußte, daß der Oberarzt dann eine Erklärung von ihm erwartet hätte, die er nicht abgeben konnte.

»Gern, Herr Oberarzt«, sagte er deshalb und verbarg unwillkürlich seine zitternden Hände hinter dem Rücken.

»Ich danke Ihnen«, sagte Müller kurz, »ich werde einen der jüngeren Kollegen zu Ihrer Vertretung hierher anfordern, damit Sie ungestört arbeiten können!«

Dr. Richard Jorg verließ das Vorbereitungszimmer. Er wußte, daß ihm jetzt keine Wahl mehr blieb. Er war in einem Zustand, in dem er einer so diffizilen Arbeit wie einer Hautübertragung einfach nicht gewachsen war. Noch einmal mußte er zum Morphium greifen, und er tat es mit dem festen Entschluß, daß dies unwiderruflich das letztemal sein sollte.

Er holte seine Bereitschaftstasche aus dem Ärztezimmer, verschwand auf die Toilette, wo er sich eine Spritze verpaßte. Er fühlte sich tief gedemütigt, nicht nur wegen seiner Schwäche, sondern auch wegen der entwürdigenden Umstände, unter denen er sie zu bekämpfen suchte.

Aber schon fünf Minuten später trat die Wirkung ein, eine wundervolle und erlösende Wirkung. Seine Hände waren jetzt ruhig, ganz ruhig, sein Kopf wurde klar, und sein Verstand arbeitete schmerzlos und präzise.

Dr. Jorg ging, mit neuem Schwung und schon ganz von der vor ihm liegenden Aufgabe besessen, in den kleinen OP-Saal hinüber. Er erfuhr, daß der Patient schon heruntergebracht und alle Vorbereitungen für den Eingriff getroffen waren. Ein Assistent erwartete ihn.

Beide Ärzte wuschen sich sehr gründlich und ausgiebig ihre Hände unter fließendem Wasser, bevor eine junge Schwester ihnen in die rückwärts geknöpften kurzärmeligen Operationskittel half, ihnen die Kappen auf das Haar setzte. Dann erst traten sie an den Operationstisch. Der Patient lag bereits in Narkose, der Anästhesist saß neben ihm.

Der Patient mußte einmal ein gutaussehender junger Mann gewesen sein. Jetzt war er durch die Brandwunden sehr entstellt. Eine handgroße Wunde im Gesicht machte es zur Fratze. Sie vor allem galt es mit gesunder Haut zu bedecken, dann noch all die Körperstellen, die Verbrennungen dritten Grades erlitten hatten und ohne Übertragung nicht mehr heilen konnten: die Innenfläche des rechten Unterarms, die Handflächen und Fußsohlen.

Dr. Jorg reinigte zuerst die Gesichtswunde von Schorf und Puderresten, dann Handflächen und Fußsohlen. Die Oberschenkel des Patienten waren schon rasiert, jetzt rieb die OP-Schwester sie mit Öl ab, der Assistent straffte die Hautfläche mit einem Holz.

Dr. Jorg nahm genau Maß. Es war wichtig für die Schönheitswirkung, daß für das Gesicht und den Unterarm möglichst große, in der Form genau passende Hautstücke übertragen wurden.

Dr. Jorg nahm genau Maß, bevor er den Dermeter an den Oberschenkel setzte, einen Apparat, der es ermöglicht, beliebig große Hautstücke in gleichbleibender Stärke herauszuschneiden. Das erste Stück, das er gewann, hatte eine Größe von fünf mal fünfzehn Zentimetern. Dr. Jorg breitete es vorsichtig auf einer sogenannten Brandfolie aus, bestrich die Hautunterseite, die jetzt nach oben lag, mit einer Salbe – das war wichtig, weil die dünne Haut sich sonst sofort aufgerollt hätte und nur noch schwer glatt zu übertragen gewesen wäre.

Nun ging es darum, Brandfolie und Haut genau auf die Form der Gesichtsverbrennung zuzuschneiden. Das war eine ungeheuer diffizile Arbeit, aber Dr. Jorgs Hände bewegten sich mit größter Leichtigkeit.

Dann klappte er die Haut um und legte sie auf die aufgefrischte Wunde, befestigte sie mit einigen Situationsnähten. Die Haut bedeckte die Wunde vollkommen.

Dr. Jorg zog jetzt die Folie behutsam ab, vernähte den Hautlappen sorgfältig mit Seidenfäden.

Dieselbe Prozedur mußte noch einmal vorgenommen werden beim rechten Innenarm. Für ihn schnitt Dr. Jorg mit dem Dermeter ein großes Hautstück diesmal aus dem anderen Oberschenkel.

Jetzt endlich konnte er an die Versorgung der Handflächen und Fußsohlen gehen, eine besonders langwierige und komplizierte Arbeit, weil er hier auf kleinere Hautstücke angewiesen war, die so genau wie irgend möglich aneinandergeflickt werden mußten.

Als er einmal flüchtig aufsah, bemerkte er, daß das Gesicht des jungen Assistenten vor Anstrengung verzerrt war, daß ihm leichter Schweiß auf der Stirn stand. Er selber arbeitete, ohne zu zögern, umsichtig und geschickt, mit traumwandlerischer Sicherheit.

Dann war die Arbeit getan. Das Allgemeinbefinden des Patienten war während der ganzen Operation zufriedenstellend gewesen. Der Anästhesist blieb bei ihm, bis er aus der Narkose erwachte, die Schwestern begannen schon aufzuräumen, während die beiden Ärzte in den Waschraum zurückgingen.

Der Assistent steckte sich, noch ehe er sich die Hände wusch, eine Zigarette an. »Ich bin einigermaßen erschlagen«, gestand er.

»Halb so wild«, behauptete Dr. Jorg gelassen.

»Wie Sie das gemacht haben!« sagte der Assistent. »Ich habe mich ganz klein und häßlich neben Ihnen gefühlt ... also ehrlich, ich glaube, ich habe den falschen Beruf gewählt!«

Die aufrichtige Bewunderung des jüngeren Mannes schmeichelte Dr. Jorg, gleichzeitig fühlte er sich tief beschämt – wenn der andere gewußt hätte, daß er sich selber ohne Morphium nicht an den Eingriff herangetraut hätte!

»Unsinn«, sagte er schroffer als beabsichtigt, »das ist alles reine Routine!«

8

Wenig später, schon in Hut und Mantel, wollte Dr. Richard Jorg die Klinik verlassen, als der Pförtner ihn zurückrief.

»Herr Doktor! Eben war ein Anruf für Sie da! Aber ich konnte Sie nicht verbinden, weil ...«

Dr. Jorg fiel ihm ins Wort. »Von wem?«

»Ihre Frau hat angerufen, ich soll Ihnen ausrichten ... warten Sie bitte, ich habe es mir aufgeschrieben ... ach, da ist der Zettel ja!« Der Pförtner setzte eine Brille auf und las: »Ihre Frau hat heute länger im Geschäft zu tun, sie wird erst gegen zehn Uhr nach Hause kommen. Sie, Herr Doktor, möchten inzwischen schon das Kind abholen!«

»Danke«, sagte Dr. Jorg und: »Gute Nacht!«

Dann ging er weiter.

Bevor er sein Auto aufschloß, zündete er sich eine Zigarette an. Er hatte sich sehr auf diesen Abend mit Inge gefreut. Es fiel ihm schwer, mit seiner Enttäuschung fertig zu werden. Der Gedanke, in ein leeres Haus zu kommen, war widerwärtig – schlimmer noch die Vorstellung, Evchen von seiner Schwiegermutter abholen zu müssen. Er wußte nur zu gut, daß Frau Stein von Anfang an gegen ihn eingestellt gewesen war – wenn sie jetzt auch noch von seinem gestrigen Zusammenstoß mit ihrem Mann erfahren hatte, würde sie bestimmt nicht davor zurückschrecken, ihm die Meinung zu sagen.

Plötzlich kam ihm ein Einfall. – Ich werde Inge vom Geschäft abholen, daß ich nicht gleich daran gedacht habe! Bestimmt wird sie sich freuen.

Er setzte sich ans Steuer, brauchte einige Zeit, bis er den Motor zum Anspringen brachte, denn der Wagen hatte jetzt schon mehr als vierundzwanzig Stunden in der winterlichen Kälte gestanden. Dann fuhr er in Richtung Maximilianstraße los. Er parkte in einer Nebenstraße, ging die restlichen Schritte zu Fuß.

In der Boutique brannte Licht, nicht nur im Schaufenster, sondern auch im Laden selber, stellte er nach einem flüchtigen Blick durch die Scheibe fest. Er erkannte die Umrisse von Rena Kramer, dann erst von Inge. Beide Frauen bewegten sich geschäftig hin und her, schienen auszupacken, umzuräumen.

Dr. Richard Jorg warf einen Blick auf seine Armbanduhr. Es war erst kurz vor halb neun. Bestimmt würde Inge das Gefühl haben, daß er ihr nachspionierte, wenn er jetzt an der Ladentür rüttelte – sie hatte ja am Telefon gesagt, daß sie erst gegen zehn Uhr fertig sein würde. Also war es besser, zu warten, bis sie herauskam.

Dr. Jorg überquerte die Straße, trat in das gegenüberliegende Espresso ein, fand einen Platz am Fenster, von dem aus er die Boutique beobachten konnte, nahm Platz. Er bestellte sich einen Kaffee und einen Cognac.

Er trank, rauchte, dachte an Inge und über sich selber nach, sah aus dem Fenster.

Erst als er einen zweiten Cognac bestellen wollte, sah er zur Bar hinüber. Sein Blick fiel auf zwei herausfordernd übereinandergeschlagene lange Beine, durch deren schwarze Netzmaschen helles, von der Kälte gerötetes Fleisch schimmerte.

Unwillkürlich hob er die Augen höher, ließ sie über die üppige Figur im enganliegenden hochgeschlossenen giftgrünen Kleid streifen, das unter dem offenen Breitschwanzmantel hervorlugte.

Dann erst sah er das Gesicht – ein stark geschminktes Gesicht mit herausfordernd rotem Mund, funkelnden grünen Augen unter karottenrotem Haar. Es war die junge Frau, die sich Lola nannte und mit der er ein so mißlungenes Abenteuer gehabt hatte.

Es dauerte einige Sekunden, bis er die Kraft aufbrachte, seine Augen abzuwenden. Aber sie hatte ihn schon erkannt, ließ sich mit katzenhafter Geschmeidigkeit von ihrem Hocker gleiten und kam mit wiegenden Schritten auf ihn zu.

»Na, Süßer«, sagte sie mit unverhohlenem Spott, »ich kann mir vorstellen, wie du dich freust, mich wiederzusehen!«

»Laß mich in Ruhe«, knurrte er.

Aber sie hatte sich schon einen Stuhl an seine Seite gezogen. »Nur keine Angst, Kleiner, ich werd' dich bestimmt nicht verführen ... ein Versuch hat mir gelangt!« Sie lachte frech. Er vergewisserte sich mit einem Blick über die Straße, daß die Boutique immer noch erleuchtet war. »Was willst du von mir?« fragte er, ohne sie anzusehen.

»Was soll man von so einem wie dir schon wollen?« Sie zuckte die üppigen Schultern. »Wenn du willst, kannst du mir was zu trinken spendieren. In meinem Portemonnaie herrscht gerade wieder mal Ebbe.«

»Auf was hin sollte ich das wohl tun?« fragte er. »Zum Dank für die schönen Stunden, die du mir bereitet hast?«

»Du hast es gerade nötig zu spotten! Wer hat denn versagt, du oder ich? Wenn du mich fragst ... du hättest verdammt Grund, was an mir gutzumachen!«

»So? Meinst du das?« Ihre spöttische Herausforderung reizte ihn bis aufs Blut. »Na schön, du sollst deinen Willen haben!«

Er winkte der Serviererin, zahlte für sich und das Mädchen.

»Ich dachte, du wolltest was springen lassen«, maulte sie.

»Das werd' ich auch ... aber nicht das, was du jetzt denkst!«

Er zerrte sie roh am Handgelenk hoch. »Los, komm ... dir werd' ich es zeigen!«

Er riß sie aus dem Espresso, zog sie über die Fahrbahn.

»Laß mich los«, sagte sie, »ich komme schon freiwillig mit! Wo willst du denn hin?«

»Zu meinem Wagen ... und dann zu dir in die Wohnung!«

Sie lachte. »Du traust dir was, Donnerwetter, du bist einer von denen, die nie aufgeben ... aber mir soll's recht sein. Den Spaß laß ich mir nicht entgehen!«

Es war alles wie beim erstenmal: das blau-rosa Schlafzimmer mit dem üppigen Bett, Lola, die im Bad verschwand, um gleich darauf mit einem durchschimmernden schwarzen Gewand wiederzukommen.

Aber diesmal schmiegte sie sich nicht an ihn, sondern pflanzte sich in schamloser Dreistigkeit vor ihm auf, und diesmal verursachte ihm der Anblick ihres üppigen Fleisches keine Übelkeit.

Das Morphium hatte seine Wirkung noch nicht verloren, und er war noch nicht so sehr an das Rauschgift gewöhnt, daß es begonnen hätte ihn abzustumpfen. Er fühlte sich auf dem Gipfel seiner Manneskraft, und seine Erregung wurde noch von wildem Haß gesteigert.

Er stürzte sich auf sie, warf sie aufs Bett, nahm sie mit einer Leidenschaft, in der keine Spur von Liebe oder Zärtlichkeit war, sondern nur der heiße Wunsch, sie zu demütigen, die über ihn gelacht hatte.

Nachher mochte er auch nicht eine Sekunde länger bei ihr liegen, stand auf. »Na«, sagte er, »jetzt zufrieden?«

Sie lächelte zu ihm auf, hintergründig und kaum beeindruckt. »Bravo, Süßer«, sagte sie, »mal einen guten Tag gehabt, wie?«

Er wandte sich von ihr ab, suchte in seiner Brieftasche nach Geld.

»Aber du solltest es nicht übertreiben«, sagte sie, »wenn du zuviel von dem Stoff nimmst, ist es aus mit der Liebe.«

Er drehte sich zu ihr um. »Wovon sprichst du?«

»Das weißt du doch ganz gut! Bildest du dir ein, du könntest mir was vormachen? Ich habe von Anfang an gewußt, daß du spritzt!«

»Kümmere dich um deine eigenen Angelegenheiten.«

»Na also. Du gibst es wenigstens zu. Woher kriegst du den Stoff? Ich meine, hast du genug davon? Ich könnte dir nämlich vielleicht was besorgen.«

»Danke für das Angebot. Aber ich hab's nicht nötig, ich bin Arzt!«

Er merkte, daß er einen Fehler gemacht hatte, noch bevor er ihr böses Lachen hörte.

Lola räkelte sich auf dem Bett und beobachtete Dr. Richard Jorg mit unverhohlenem Spott.

»Hast du eine Praxis?« fragte sie.

»Geht dich das was an?« fragte er grob.

»Na, na, Süßer«, sagte sie, »warum so ungehalten? Man wird doch wohl noch fragen dürfen.«

Er drehte sich brüsk um, stolperte ins Badezimmer.

»Ein frisches Handtuch hängt rechts!« rief sie ihm nach.

Sie wartete eine Sekunde, dann, als sie Wasser ins Becken laufen hörte, sprang sie blitzschnell auf, griff in sein Jackett, das er achtlos über einen Stuhl geworfen hatte, zog seine Brieftasche heraus, prüfte seinen Paß, den Ausweis, der ihn als Chirurg an der Unfallklinik auswies, zählte das Geld.

Halblaut las sie Daten und Adresse ab, um sie sich einzuprägen.

Aber als er wenige Minuten später wieder ins Zimmer kam, hing das Jackett an seinem alten Platz, und sie selber lag wieder faul ausgestreckt auf dem Bett, als wenn sie sich nicht von der Stelle gerührt hätte.

»Weiß eigentlich deine verehrte Gattin von deinen Eskapaden?« fragte sie lauernd.

Er antwortete nicht darauf, zog sich das Jackett an, nahm seine Brieftasche heraus, reichte ihr einen Zwanzig-Mark-Schein. »Mit bestem Dank für deine Bemühungen!«

Sie rollte den Schein zwischen ihren Fingern. »Bißchen wenig, wie?«

»Ich bin kein Krösus.«

»Aber du könntest leicht einer werden«, sagte sie, »jemand wie du, der so dicht an der Quelle sitzt!«

Er ging nicht darauf ein, zog sich schweigend seinen Mantel an.

Sie erhob sich, trat auf ihn zu. »Hör mal, Süßer«, sagte sie, »ich glaube, wir beide könnten ins Geschäft miteinander kommen ...«

Sie war ihm jetzt so widerlich, daß er unwillkürlich zur Seite wich, um ihre Berührung zu vermeiden.

»Mich siehst du nicht mehr wieder«, sagte er.

Sie lächelte unverfroren. »Da bin ich gar nicht so sicher!«

»Aber du«, sagte er.

»Ich spreche vom Geldverdienen!« sagte sie, »sieh mal, dir macht es doch nichts aus, mir ein Rezept zu schreiben. Ich würd's dir gut bezahlen.«

»Du!?« sagte er voller Verachtung. »Bildest du dir ein, ich nähme Geld von einer wie du?«

Sie zuckte die vollen Schultern. »Sehr stolz, der Herr! Aber ich kenne einen, der wird bald von seinem hohen Roß heruntersteigen.«

Er sah auf seine Armbanduhr. »Ich muß gehen.«

»Erwartet dich deine liebe Frau zu Hause? Ja, da mußt du unbedingt pünktlich sein. Wäre doch scheußlich für dich, wenn sie erfahren würde ...«

»Ich lasse mich nicht erpressen«, sagte er hart. Ihr Lächeln war wie eine Maske. »Wirklich nicht? Und wenn ich mal zur Unfallklinik hinausfahren und mit deinen Vorgesetzten reden würde?«

Er konnte seinen Schrecken nicht verbergen. »Woher weißt du ...?«

Sie drehte ihm mit böser Koketterie den Rücken zu. »Ich weiß allerhand.

Mehr als dir lieb sein kann.« Sie blinzelte ihm von der Seite zu. »Also, wie ist es? Du machst mit . . . oder?«

»Verdammte Hure«, sagte er und wandte sich ab.

Ohne sich noch einmal umzudrehen, verließ er das Zimmer. Sie zählte bis drei, dann stürzte sie zur Tür, drehte den Schlüssel um, verriegelte sie. Dann zog sie sich hastig an, wählte ein unauffälliges schwarzes Kostüm, band ein dunkles Tuch um ihr karottenrotes Haar.

Sie lief ins Bad, nahm die Attrappe eines Apothekerschrankes von der Wand. Eine Kamera kam zum Vorschein, die auf der Rückseite des Schlafzimmerspiegels montiert war.

Lola kurbelte die Filmspule zurück, öffnete den Apparat, nahm das Negativ heraus und ließ es in ihre Handtasche gleiten. Sie legte eine neue Spule ein, brachte den Apothekerschrank wieder an.

Dann verließ sie die Wohnung, nicht ohne vorher rechts und links zu sehen und sich zu vergewissern, ob niemand ihr im Treppenhaus auflauerte.

Auch unten auf der Straße wendete sie jede Vorsichtsmaßnahme an. Sie hatte einen wichtigen Gang zu tun. Angst, Zorn und ein wildes Triumphgefühl beflügelten ihre Schritte.

Inge Jorg ahnte nichts davon, daß ihr Mann sie vom Geschäft hatte abholen wollen.

Um neun Uhr rief ihre Mutter sie in der Boutique an, um ihr mitzuteilen, daß Richard die Kleine nicht abgeholt und sich auch nicht gemeldet hatte.

»Ich habe Evchen schon ins Bett gebracht«, sagte Frau Stein, »ich möchte aber trotzdem, daß du nachher noch einmal bei mir vorbeikommst.«

»Ja, natürlich, Mutti«, versprach Inge Jorg.

Sie nahm es dankbar an, als Rena Kramer sich erbot, sie zu ihrer Mutter zu bringen.

Rena Kramer verabschiedete sich vor der Tür von Inge Jorgs Elternhaus. Sie wollte nicht hinaufkommen, weil sie noch eine Verabredung hatte.

Frau Stein empfing Inge herzlich, küßte sie zur Begrüßung zärtlich auf beide Wangen. Inge ließ sich, noch bevor sie den Mantel auszog, ins Gästezimmer führen, wo Evchen, ein wenig verloren in dem großen Bett, sehr friedlich schlief.

»Wir wecken sie jetzt besser nicht«, sagte Frau Stein, »sie kann diese Nacht gern bei uns bleiben . . .«

»Du bist sehr lieb, Mutti«, sagte Inge, »wirklich, wenn ich dich nicht hätte!«

»Jetzt zieh dich aber endlich aus, Kindchen«, sagte Frau Stein, »du bist blaß . . . weißt du das eigentlich? Ich finde es ja ganz recht, daß du versuchst, dich ein bißchen selbständig zu machen. Du darfst das auch nicht übertreiben.«

Inge Jorg hatte ihren Mantel in der Garderobe aufgehängt, ging mit ihrer Mutter ins Wohnzimmer. Sie ließ sich in einen der bequemen Sessel sinken.

»Müde bin ich wirklich«, sagte sie und streckte die Beine aus.

»Soll ich dir einen Happen zu essen machen?« fragte Frau Stein besorgt. »Das Mädchen schläft zwar schon, aber es macht mir keine Mühe . . . auf was hast du Appetit?«

»Danke Mutter, sehr lieb, aber ich habe mit Rena im ›Café Roma‹ gegessen ... außerdem habe ich nur ganz wenig Zeit. Richard wird sicher inzwischen zu Hause sein.«

»Falls er sich nicht wieder in Nachtlokalen herumtreibt«, sagte Frau Stein trocken.

Inge blickte hoch. »Was soll das heißen?«

»Ich denke, du hast mich sehr gut verstanden ... oder solltest du wirklich noch nicht bemerkt haben, daß Richard herumludert?«

Inge richtete sich kerzengerade auf. »Hör endlich auf mit diesen dunklen Andeutungen«, sagte sie böse, »erzähl mir, was du weißt ... wenn du überhaupt etwas weißt, was ich sehr bezweifeln möchte.«

Frau Stein fuhr sich mit der Zunge über die Lippen. »Wo war dein Mann gestern abend?« fragte sie.

Inge Jorgs verkrampfte Haltung löste sich. »Wenn du darauf hinauswillst, Mutti ... er war in Schwabing. Das hat er mir selber gesagt.«

»Es blieb ihm auch wohl nichts anderes übrig, nachdem er dort mit deinem Vater zusammengestoßen war ... ja, du hast richtig gehört! Vater hat Richard zufällig in einem Nachtlokal getroffen ... und ich muß dir schon sagen, daß dein Mann sich sehr, sehr unschön seinem Schwiegervater gegenüber benommen hat.«

»Wer weiß, was Vati ihm gesagt hat!« versuchte Inge ihren Mann zu verteidigen, aber sie spürte selber, daß es nicht sehr überzeugend klang.

Frau Stein lachte nur. »Als wenn du deinen Vater nicht kennen würdest! Es gibt nichts, was er so sehr haßt wie Szenen und Skandale! Er hat Richard ganz ruhig begrüßt, weiter nichts ... aber Richard muß sich unmöglich aufgeführt haben! Sonst hätte dein Vater es mir ja gar nicht erzählt. Er war verärgert, als er nach Hause kam. Der ganze Abend war ihm verdorben.«

»Richard ist nicht gesund, Mutti«, sagte Inge, »ich hab' es dir doch schon gesagt. Er ist furchtbar nervös in letzter Zeit, unbeherrscht ... aber das hat nichts mit seinem Charakter zu tun. Er ist ... er ist krank!«

»Ach so«, sagte Frau Stein ungerührt, »dann war die junge Dame in seiner Begleitung wohl eine Art Krankenschwester?«

Inge brachte kein Wort heraus, sie konnte ihre Mutter nur aus weitaufgerissenen Augen anstarren.

»Das hat er dir also doch verschwiegen«, konstatierte Frau Stein fast befriedigt, »du hast das Ganze wohl für einen harmlosen Männerbummel gehalten? Armes Kind!« Sie wollte ihre Tochter streicheln.

Aber Inge zuckte vor dieser Berührung zurück. »Er wollte es mir erzählen«, sagte sie tonlos, »ganz bestimmt! Aber ich habe ihn nicht zu Wort kommen lassen!«

»Ach, mach dir doch nichts vor«, sagte Frau Stein ärgerlich, »so kommen wir nicht weiter. Du kannst nicht ewig den Kopf in den Sand stecken. Weißt du, was ich an deiner Stelle tun würde? Eine gute Auskunftei beauftragen. Ich wette, in weniger als zwei Wochen würden die dir einen dicken Scheidungsgrund auf den Tisch legen ...«

»Wie sah sie aus?« fragte Inge. »Diese ... junge Dame, von der Vater erzählt hat?«

»Na, du weißt ja, dein Vater gehört nicht zu den Männern, die das Talent besitzen, eine Frau zu beschreiben ... aber sie war schlank, schwarzhaarig, sehr attraktiv, elegant ... soviel habe ich immerhin herausgebracht. Hast du eine Ahnung, wer das sein könnte?«

»Olga Krüger«, erklärte Inge, ohne zu zögern.

»Wer ist denn das?«

Inge seufzte. »Das spielt doch keine Rolle, Mutti ...«

»Du weißt also Bescheid. Wie lange willst du das noch mit ansehen?«

»Was soll ich denn tun?« fragte Inge verzweifelt. »Ich liebe ihn ... und ich weiß, daß es ihm nicht gut geht. Ich kann ihn doch nicht gerade jetzt im Stich lassen!«

»Aber du darfst die Dinge auch nicht so laufen lassen! Daß du ihn liebst, ist gut und schön ... aber ohne Selbstachtung ist die größte Liebe nichts wert. Wenn er merkt, daß du dir alles gefallen läßt, wird er es immer wüster treiben ... glaub mir, ich kenne mich aus!«

Frau Stein stand auf und ging ins Arbeitszimmer ihres Mannes hinüber.

»Wohin gehst du denn, Mutti?« rief Inge ihr nach.

»Mir ist nur gerade etwas eingefallen«, rief Frau Stein zurück. »Ich muß mal eben telefonieren...«

Inge Jorg zündete sich eine Zigarette an. Sie fühlte sich sehr elend. Kein Zweifel, Richard war wirklich am Abend zuvor mit ihrem Vater zusammengestoßen. Aber warum hatte er ihr das nicht erzählt? Er hätte doch heute morgen jede Gelegenheit dazu gehabt. Und was hatte ihn wieder zu dieser Olga Krüger getrieben? War es möglich, daß er sie mit dieser Frau betrog? Aber dann hätte er sich wohl anders ihr gegenüber benommen – oder doch nicht? War es das schlechte Gewissen, das ihn immer wieder in seine Ehe zurücktrieb? Nur eines war sicher – diese Anruferin, die ihren Namen nicht genannt hatte, konnte nur Olga Krüger gewesen sein. Wahrscheinlich hatte sie ihre Stimme verstellt über die Sprechmuschel gelegt, es gab ja genügend Kriminalfilme, in denen solche Tricks gezeigt wurden.

Aber warum hatte sie es getan? Auch das war eindeutig. Nicht, um ihr, Inge zu helfen, sondern um sie gegen ihren Mann aufzuhetzen.

Inge schrak zusammen, als ihre Mutter sie ansprach – sie hatte gar nicht gemerkt, daß sie wieder ins Zimmer gekommen war.

»Na«, fragte Frau Stein, »bist du zu einem Entschluß gekommen?«

»Noch nicht«, sagte Inge.

»Na, laß dir nur Zeit ... es wird noch zehn Minuten dauern, bis du abgeholt wirst.«

»Hast du ein Taxi bestellt?« fragte Inge Jorg gleichmütig.

»Nein. Ich habe Teddy Murnau angerufen ... nun spring mir bitte nicht gleich ins Gesicht! Schließlich bin ich deine Mutter und weiß, was ich zu tun habe! Teddy wohnt ja auch nur eben um die Ecke und war ohne weiteres bereit ...«

»O Mutti«, rief Inge, »Mutti ... wie konntest du das tun? Ich versuche dauernd, mir Teddy vom Hals zu halten, und du ...«

»Warum behandelst du ihn so schlecht? Er ist doch ein netter Junge, und ich erinnere mich gut, daß es einmal eine Zeit gab, wo du ihn sehr gern gesehen hast.«

»Aber damals war ich auch noch nicht verheiratet!«

»Stimmt. Doch wie ich die Dinge sehe, wirst du es bald nicht mehr sein ... und es wäre ganz gut, wenn du nicht gerade jetzt alle die Menschen, die es wirklich gut mit dir meinen, vor den Kopf stoßen würdest!«

Als Dr. Richard Jorg die Maximilianstraße hinuntersteuerte, bemerkte er schon im Vorbeifahren, daß das Schaufenster der Boutique zwar noch erleuchtet war, der Ladenraum aber im Dunkeln lag.

Er war enttäuscht, aber nicht allzusehr. Er hatte den Zwischenfall mit Lola immer noch nicht überwunden, und er war im Grunde erleichtert, die Begegnung mit seiner Frau noch etwas hinausschieben zu können. Die lange Fahrt nach Baldham hinaus würde ihm, wie er hoffte, Gelegenheit geben, sein seelisches Gleichgewicht wiederzufinden.

Nie mehr, schwor er sich, nie mehr würde er sich mit einem zweifelhaften Mädchen einlassen! Nie mehr würde er auch nur einer Einladung Olga Krügers folgen! Nie mehr allein in ein Lokal gehen und trinken!

Er hatte genug davon, bis zum Halse genug, er hatte sich selber beschmutzt und erniedrigt, er hatte Schlimmeres getan als Inge betrogen – er hatte sich im Dreck gewälzt und jedes Recht auf die Liebe seiner Frau verloren.

Aber das war jetzt aus und vorbei. Es würde nie mehr vorkommen, nie mehr, nie mehr!

Unwillkürlich drückte er tiefer auf den Gashebel. Er sehnte sich nach Inge, ihrer glasklaren Sauberkeit, ihrer reinen Leidenschaft, ihrer warmen Zärtlichkeit. Ihr helles Gesicht mit den übergroßen, weit auseinanderstehenden braunen Augen tauchte wie eine Vision in der Dunkelheit vor ihm auf.

Inge! Sie würde ihn ohne Fragen und ohne Vorwürfe in die Arme schließen und ihn alles Böse, das er selber begangen hatte, vergessen lassen, Inge, seine Inge!

Aber als Dr. Richard Jorg sein Auto vor dem kleinen Haus in Baldham bremste, sah er, daß kein Licht durch die Vorhänge schimmerte. Sonderbar, daß sie schon zu Bett gegangen sein sollte.

Dr. Jorg fuhr den Wagen in die Garage, schritt dann erst die wenigen Stufen zur Haustür hinauf. Kalte Angst umklammerte sein Herz, eine Angst, der er selber keinen Namen geben konnte.

Er wollte gerade den Schlüssel ins Schloß stecken, als er ein Auto vorfahren hörte. Er drehte sich um, wich unwillkürlich in den Schatten des Eingangs zurück.

Im fahlen Mondlicht des winterlichen Mondes konnte er alles, was nun geschah, wie auf dem Fernsehschirm beobachten. Die Tür des hochtourigen, langgestreckten Sportwagens wurde aufgerissen. Ein junger Mann stieg aus, kam um den Wagen herum – es war Teddy Murnau. Er war barhaupt, sein schwarzer Mantel stand offen, ließ eine blendendweiße Hemdbrust sehen, er schien im Smoking zu sein.

Er öffnete die dem Bürgersteig zugewandte Tür, half Inge aussteigen. Dicht voreinander blieben sie stehen.

Inge reichte Teddy Murnau die Hand. »Ich danke dir, Teddy«, sagte sie, »für alles!«

»Ich bin sehr froh, daß du gerade an mich gedacht hast«, antwortete er, »ist jetzt alles wieder zwischen uns in Ordnung?«

»Ja.«

»Keine Unklarheiten mehr?«

Sie lachte leise, und dieses Lachen ging Dr. Jorg durch Mark und Bein.

»Keine, Teddy«, sagte sie, »du bist wirklich ein guter Freund.«

»Und du weißt jetzt, daß du jederzeit und immer über mich verfügen kannst?«

»Lieb von dir, das zu sagen.«

Sie waren nebeneinander auf das Haus zugekommen, hatten den kleinen Vorgarten durchschritten und standen jetzt am Fuß der Treppe.

Dr. Jorg hielt es nicht länger aus. Er spürte den süßlich-metallischen Geschmack von Blut im Mund — während der letzten Minuten hatte er sich, ohne es selber zu merken, die Lippen zerbissen.

Mit einem einzigen Sprung flog er die Treppe hinunter, packte den überrumpelten Teddy an seiner blütenweißen Hemdbrust, schüttelte ihn.

»Sie Schweinehund!« keuchte er. »Sie ... Schuft!«

»Richard!« schrie Inge.

»Na, na, na«, sagte Teddy Murnau, »was ist denn in Sie gefahren?« Er versuchte sich dem eisernen Griff des anderen zu entwinden, hatte die Fäuste in Abwehrstellung erhoben.

»Wenn ich Sie noch einmal ... ein einzigesmal mit meiner Frau erwische ...!« tobte Dr. Jorg.

Inge Jorg sprang zwischen die beiden Männer. »Richard«, rief sie, »laß Teddy sofort los ... aber sofort!«

»Hast du Angst um deinen Liebhaber?« schrie Dr. Jorg, aber sein Griff hatte sich unwillkürlich gelockert.

Teddy benutzte die Gelegenheit, sich zu befreien. »Mann«, sagte er und schob sein Vorhemd wieder in den Smoking zurück.

»Ich würde diesem Burschen liebend gern eine Abreibung verpassen, und weiß Gott, er hätte sie verdient! Nur mit Rücksicht auf dich, Inge ...« — er machte eine formvollendete Verbeugung in ihre Richtung — »ziehe ich mich zurück. Aber wir sind noch nicht miteinander fertig, Herr Dr. Jorg!«

Er wandte sich um und ging zu seinem Auto.

Dr. Jorg wollte ihm nach, aber Inge vertrat ihm den Weg. »Findest du nicht, daß du dich genug zum Narren gemacht hast?« fragte sie. »Willst du ihn jetzt auch noch von hinten angreifen!«

Die aufgestaute Wut in Dr. Jorg war so heftig, daß er ihr Luft machen mußte. Er hob die Hand und schlug Inge ins Gesicht. Sie starrte ihn aus weitaufgerissenen, entsetzten Augen an. Dann lief sie an ihm vorbei, schloß die Haustür auf und verschwand im Haus.

Teddy, der schon seinen Motor angelassen hatte, schien von diesem letzten Zwischenfall nichts gemerkt zu haben. Dr. Jorg blieb stehen, wartete, bis der Sportwagen davonbrauste. Seine Wangen brannten, als wenn er es wäre, der den Schlag ins Gesicht bekommen hätte.

Als er ins Haus kam, hatte Inge sich im Schlafzimmer eingeschlossen. Sein Bettzeug lag auf der Couch im Wohnraum. Er schlug mit beiden Fäusten an die Tür, rief ihren Namen: »Inge, Inge! Mach auf! Ich verlange eine Erklärung!«

Und nach einer Weile: »Bitte, Inge, laß uns doch in Ruhe über alles reden!«

Aber von drinnen kam keine Antwort. Er preßte sein Ohr gegen die Tür, lauschte angespannt. Aber nicht einmal ein Schluchzen war zu hören.

Dr. Jorg erwachte davon, daß er ein Rumoren im Haus hörte, aber es dauerte einige Zeit, bis er sich in die Wirklichkeit zurückfand.

Er wunderte sich darüber, daß er auf der Couch im Wohnzimmer und nicht in seinem Bett erwachte, es fiel ihm schwer, sich die Ereignisse des vergangenen Tages zu vergegenwärtigen. Alles schien Jahrzehnte zurückzuliegen, war bis zu gänzlicher Bedeutungslosigkeit zusammengeschrumpft. Sein Kopf war klar, obwohl er nur wenige Stunden geschlafen hatte. Er stand auf, ging zum Fenster, zog die Vorhänge auf. Eine kalte gelbe Wintersonne leuchtete über den Dächern, die mit glitzerndem Schnee bedeckt waren.

Er breitete die Arme aus, atmete tief durch, ging ins Bad, um sich frisch zu machen. Dann trat er, noch im Schlafanzug, in die Küche.

Inge war fix und fertig angezogen. Sie trug ein hellblaues leichtes Wollkleid, das ihre jugendlich schlanke Figur betonte. Ihr blondes Haar schmiegte sich in schimmernden Locken um Stirn, Schläfen und Nacken. Dr. Jorg empfand sehr stark, wie bezaubernd und liebenswert sie war.

»Guten Morgen, Inge«, sagte er betont harmlos.

»Guten Morgen, Richard«, erwiderte sie höflich – aber ihr Ton machte es ihm deutlich, daß sie weit davon entfernt war, zu vergeben und zu vergessen.

Er setzte sich an den Küchentisch. »Wo ist denn Evchen?«

»Da du sie gestern abend nicht abgeholt hast«, erklärte Inge sehr akzentuiert, »ist sie diese Nacht bei meiner Mutter geblieben.«

Sie setzte die kleine Kaffeekanne vor sein Gedeck auf den Tisch, holte Butter und Büchsenmilch aus dem Eisschrank.

»Willst du dich nicht zu mir setzen?« fragte er.

»Danke. Ich habe schon gefrühstückt.«

Er sah sie an. »Inge ... ist es wirklich sinnvoll, daß wir in einem solchen Ton miteinander reden?«

»Ich frage mich«, sagte sie, »ob es überhaupt noch sinnvoll ist, mit dir zu sprechen.« Sie wandte sich ab.

»Inge!« Er stand auf, trat auf sie zu, legte ihr die Hand von hinten in den Nacken. »Inge, ich weiß, ich habe mich abscheulich benommen. Ich bitte dich hiermit feierlich um Verzeihung. Ist nun alles wieder in Ordnung?«

Sie hielt sich ganz starr unter seinem Griff. »Nein«, sagte sie, ohne ihn anzusehen.

»Verzeih mir!« bat er noch einmal.

Mit einem heftigen Ruck riß sie sich von ihm los, drehte sich zu ihm um, stand jetzt mit flammenden Augen vor ihm. »Und wenn ich dir verzeihe«, rief sie, »was ist damit gewonnen? Du wirst dich nicht ändern ...!«

»Ich schwöre es dir!«

»Deine Schwüre bedeuten mir nichts, weniger denn nichts ... du hast sie schon zu oft gebrochen.«

»Ich kann nichts dafür, Inge«, sagte er verzweifelt, »glaub mir doch! Ich tue Dinge, die ich selber gar nicht will!«

»Eben darum kann ich dir nicht mehr glauben.« Etwas wärmer fügte sie hinzu: »Vielleicht bist du wirklich krank. Aber auch dann geht es so nicht weiter. Du mußt zu einem Arzt ... oder zu einem Psychotherapeuten.«

»Wenn du darauf bestehst«, sagte er, »werde ich auch das tun ... nur, bitte, versuch es noch einmal mit mir! Ich liebe dich, Inge!«

Ihre Augen waren feucht geworden.

»Es ist deine Schuld, daß alles zwischen uns so weit gekommen ist«, sagte sie, »und es liegt nur in deiner Hand, daß alles wieder so wird wie früher. Wenn du mir versprichst, dich zusammenzunehmen ...«

»Ja, ja, ja!«

»... und wirklich zu einem Psychotherapeuten gehst!«

»Aber dazu bin ich ja schon entschlossen!«

»Ach, Richard«, sagte sie, und zum erstenmal war ihre Stimme wieder voll Liebe, »wenn du wüßtest, wie schrecklich das alles ist ... wie weh du mir getan hast. Ich liebe dich doch ... was ist nur mit uns passiert? Wir waren früher so glücklich!«

Er stand auf und nahm sie in seine Arme. Diesmal leistete sie ihm keinen Widerstand, sondern schmiegte sich an ihn. »Es wird alles wieder schön werden«, flüsterte er nahe an ihrem Ohr, »wir werden wieder glücklich sein ... ich werde dir keinen Kummer mehr machen, ich schwöre es dir!«

Er küßte ihr die Tränen aus den Augenwinkeln, küßte ihre Stirn, ihre Wangen, seine Lippen suchten ihren Mund.

Die Haustürklingel riß sie aus ihrer zärtlichen Versunkenheit.

»Das wird die Post sein«, sagte Inge, »ich werde ...«

»Nein, laß mich gehen!«

Dr. Jorg trat in die Diele hinaus, öffnete den Briefkasten, nahm die eingeworfene Post heraus. Es waren hauptsächlich Drucksachen und Prospekte, zwei Ansichtspostkarten von Kollegen, die im Winterurlaub waren, ein Brief für seine Frau, ohne Absender.

Er drehte ihn zwischen den Fingern hin und her, war nahe daran, ihn zu öffnen, überwand sich mit Mühe. Er ging in die Küche zurück, reichte ihn seiner Frau.

»Für dich«, sagte er, »wahrscheinlich von einem deiner Verehrer!«

Es sollte scherzhaft klingen, aber der Unterton von Mißtrauen und Eifersucht war nicht zu überhören.

Sie sah ihn schweigend, mit großen Augen an, nahm ein Messer vom Tisch, schlitzte den Umschlag auf, holte einen Bogen heraus. Er enthielt nur wenige Zeilen, mit Schreibmaschine getippt. Sie las, wechselte die Farbe.

»Na, was schreibt er?« fragte Dr. Richard Jorg.

Sie warf den Bogen auf den Tisch. »Lies selber«, sagte sie, »es geht dich an!«

Er ergriff das Stück Papier, die Druckbuchstaben tanzten vor seinen Augen auf und ab, es dauerte lange, bis sie sich so weit ordneten, daß er den Sinn des Schreibens entziffern konnte.

»Verehrte Frau Dr. Jorg, Sie scheinen über das Doppelleben Ihres Gatten bedauerlicherweise nicht orientiert zu sein. Oder hat er Ihnen gesagt, wo er gestern abend war? Falls es Sie interessiert, die Wahrheit zu erfahren, rufen Sie die Nummer 274 081 201 an. Ein Mensch, der es gut mit Ihnen meint.«

»Inge!« rief Dr. Jorg. »Inge!« Er riß die Tür zur Diele auf, rannte ins Wohnzimmer, suchte im Schlafzimmer, im Bad. Dann erst begriff er, daß seine Frau gegangen war.

Kalter Schweiß trat ihm auf die Stirn.

Er versuchte, sich zur Ruhe zu zwingen. Wer konnte diesen Wisch geschrieben haben? Wahrscheinlich handelte es sich um einen üblen Scherz. Sicher existierte diese Telefonnummer gar nicht.

Wie unter einem inneren Zwang ging er zum Apparat, wählte.

Eine Männerstimme meldete sich: »Hallo!«

»Hier spricht Dr. Richard Jorg, ich möchte ...«

»Ach, Sie sind es, Herr Doktor!« sagte der unsichtbare Gesprächspartner sehr freundlich. »Ich hatte Ihren Anruf erwartet.«

»Wie können Sie es wagen ...«

»Regen Sie sich nicht auf. Das würde Ihnen schlecht bekommen. Sie wollen doch nicht, daß ich drastischere Maßnahmen ergreife? Na also. Ich erwarte Sie heute abend Punkt neun Uhr in der Annengasse, Antiquitätengeschäft Kowalski. Privateingang. Und kommen Sie nur nicht auf die Idee, die Polizei zu informieren. Das können Sie sich nämlich nicht leisten, Herr Doktor!«

»Aber hören Sie mal ...«, protestierte Dr. Jorg schwach.

Dann ließ er den Hörer sinken. Der andere hatte schon aufgehängt.

Pfeifend stieg Teddy Murnau aus seinem Sportwagen, mit Schwung knallte er die Tür zu, nahm sich nicht die Mühe, sie abzuschließen.

Passantinnen beobachteten ihn, während er mit federnden Schritten auf das Appartementhaus am Herzogpark zuging. Er wirkte sehr anziehend, sehr elegant, sehr lässig in schwarzen Breeches, glänzenden Reitstiefeln und einer leuchtendroten Jacke, der braunen Haut, den lebhaften Augen, dem vollen, sorgfältig gebürsteten Haarschopf.

Er durchschritt pfeifend die Eingangshalle, winkte dem Pförtner mit der Reitgerte zu, verzichtete auf den Lift und ging die zwei Treppen zu Lizzi Gollners Wohnung zu Fuß nach oben.

Er war völlig mit sich und seiner Welt zufrieden.

Vor der Etagentür angekommen, klingelte er noch einmal, wartete mit der Geduld eines Mannes, für den die Zeit keine Rolle spielt. Er dachte nicht einmal an Lizzi Gollner, die er zum Reiten abholen wollte. Sie war die Tochter eines Geschäftsfreundes seines Vaters, ein nettes Mädchen, die seit einem halben Jahr in München lebte, angeblich um Kunstgeschichte und Archäologie zu studieren, tatsächlich aber wohl eher, um sich noch ein bißchen ihrer Jugend zu freuen, bevor sie heiratete. Wen, das stand noch nicht fest, nur daß er reich sein mußte, war selbstverständlich, denn in diesem Punkt waren sich der alte Paul Murnau und Lizzis Vater völlig einig – Geld gehörte zu Geld, und die einzige Sünde, die für sie zählte, bestand darin, sich gegen die finanziellen Interessen ihrer Firmen zu vergehen.

Er klingelte noch einmal. Nichts rührte sich drinnen in der Wohnung.

Na, dann nicht, dachte er, wandte sich ab, um wieder hinunterzugehen.

In diesem Augenblick wurde die Wohnungstür aufgerissen, und eine Sekunde lang hatte er den Eindruck, als wenn Lizzi ihn während der ganzen Zeit beobachtet und ihn absichtlich hatte warten lassen. Aber er vergaß diesen flüchtigen Eindruck sofort wieder.

Lizzi trug einen weißseidenen Hausanzug von Chanel, weite Hosen, enges Mieder, hochhackige Pantoffeln. Das sorgfältig aufgetragene Make-up ließ ihr Gesicht älter erscheinen, als es war, sie wirkte so makellos hübsch.

»He!« sagte Teddy Murnau erstaunt. »Waren wir nicht zum Reiten verabredet?«

Sie hob die glänzenden, sorgfältig gezupften Augenbrauen. »Ich konnte nicht damit rechnen, daß du deine Verabredungen einhältst!«

Teddy, der die meisten Jahre seines Lebens dem Studium der Frauen gewidmet hatte, spürte sofort, daß Lizzi einen Anlaß suchte, ihm eine Szene zu machen. Aber zu nichts war er weniger aufgelegt.

»Du hast also keine Lust mitzukommen?« fragte er.

»Das«, erklärte Lizzi mit künstlich tiefgeschraubter Stimme, »habe ich nicht gesagt!« Sie öffnete die Wohnungstür.

Teddy Murnau blieb nichts anderes übrig, als einzutreten. »Na, dann zieh dich um«, sagte er, »aber mach nicht zu lange.«

»Du hast wohl heute morgen noch einige Verabredungen zu absolvieren«, fragte sie spitz.

Er warf sich in einen der übermodernen Sessel, streckte die langen Beine von sich. »Trample nicht auf meinen Nerven herum, Mädchen«, sagte er, »du weißt genau, daß wir anschließend zusammen zum Tee gehen wollten.«

»Vielleicht hast du es dir inzwischen anders überlegt?«

»Nein, das habe ich nicht. Sei nett, mach mir einen Drink und zieh dich um.«

Lizzi rührte sich nicht von der Stelle. »Es ist aber immerhin möglich, daß ein Anruf dazwischenkommt?«

»Glaube ich nicht«, sagte Teddy Murnau und gähnte.

»Wenn es aber deiner Geliebten einfallen sollte ...«

Jetzt wurde Teddy Murnau munter. Er zog die Füße an, richtete sich auf. »Sag mal, was ist denn dir in die Krone gefahren?«

»Wunderst du dich, daß ich Bescheid weiß? Ah, ich bin nicht so dumm, wie du glaubst. Mir kann man so leicht nichts vormachen. Du hast eine Geliebte, und verheiratet ist sie auch noch. Daß du dich nicht schämst!«

Teddy schüttelte den Kopf, als wenn er eine Mücke verscheuchen müßte. »Du bist völlig auf dem Holzweg, Mädchen ...«

Lizzi stampfte sehr wenig damenhaft mit dem Fuß auf. »Lüg nicht auch noch! Ich hasse es, belogen zu werden! Wir sind schließlich noch nicht verheiratet!«

»Was heißt hier ... noch nicht? Ich hatte niemals die Absicht, dich zu heiraten!«

Lizzi fuhr sich mit beiden Händen in das sorgfältig frisierte Haar. »Du bist gemein!« schrie sie. »Wie kann man nur so gemein sein!«

Teddy schwang sich auf die Füße. »Und du bist vollkommen übergeschnappt! Was willst du eigentlich von mir?«

Ihre Lippen zitterten. »Daß du mich ein kleines bißchen gern hast!«

»Das hab' ich doch«, erklärte er ihr und klopfte sie kameradschaftlich auf den Rücken. »Du bist ein ausgesprochen nettes Mädchen, Lizzi ... wenn du nicht gerade spinnst.«

»Wir kennen uns jetzt ein halbes Jahr«, sagte Lizzi, »wir sind fast täglich zusammen! Es wird Zeit, daß du dich endlich erklärst!«

»Was soll ich dir denn erklären?« fragte er, äußerst unbehaglich.

»Teddy, Teddy ... mach es mir doch nicht so schwer! Du weißt doch ganz genau, was dein Vater und mein Papa planen ...«

»Sprichst du jetzt plötzlich von Geschäften?«

»Nein! Von unserer Heirat! Mama fragt in jedem Brief, wie es mit uns steht ... und ... und ...« Lizzi begann hilflos zu schluchzen.

Er war zu vorsichtig, sie in die Arme zu nehmen. »Also hör mal«, sagte er, »du bist ein wirklich nettes Mädchen .. ganz prima, alles in allem, und wenn ich mich entschließen würde zu heiraten, dann kämst du unbedingt in Frage! Großes Ehrenwort. Der Haken ist bloß der, ich bin noch nicht im heiratsfähigen Alter, und du würdest bestimmt nicht glücklich mit mir werden!«

»Weil du die andere liebst!« schluchzte Lizzi. »Aber ich werde noch herausbekommen, wer sie ist, und dann werde ich ...«

»Jetzt paß mal auf«, sagte Teddy Murnau, »ich glaube, mit dem Reiten wird es heute doch nichts mehr. Es ist besser, ich lasse dich jetzt allein ... beruhige dich doch, Lizzi! Ich weiß gar nicht, was in dich gefahren ist!«

Er zog sich unauffällig in Richtung Tür zurück.

Aber sie merkte, was er beabsichtigte. »Wenn du jetzt gehst!« schrie sie. »Dann ... dann tue ich mir etwas an! Ich springe aus dem Fenster!«

»Sei um Gottes willen nicht so kindisch, Lizzi! Mit jedem deiner Worte verrätst du nur, daß du selber noch hundert Jahre davon entfernt bist, heiratsfähig zu sein ...« Er hatte jetzt schon die Tür geöffnet.

»Bleib, Teddy. Ich flehe dich an ... ich ...«

»Mach's gut, Mädchen«, sagte er, »ich ruf' dich wieder an .. oder ich komm' vorbei! Vielleicht hast du nachher doch noch Lust, mit zum Tee zu kommen!«

Während dieser Worte war er schon halb draußen. Er verlor keine Sekunde mehr, sondern stob fluchtartig die Treppe hinunter.

»Teddy!« rief sie ihm nach. »Teddy!«

Aber er drehte sich nicht um.

Unten in der Halle grüßte er wieder den Pförtner, diesmal aber erheblich weniger unternehmungslustig. Bevor er in seinen Wagen stieg, fuhr er sich mit dem Taschentuch über die Stirn. Obwohl es ein eisig kalter Wintertag war, war er ins Schwitzen geraten.

Im zweiten Stock wurde ein Fenster geöffnet. »Teddy!« schrie Lizzi. »Teddy!«

Er winkte zu ihr hinauf, hielt sich die Hände vor den Mund, schrie: »Bis nachher!«

Aber sie schien es gar nicht zu hören. Voll Entsetzen sah er, daß sie sich auf das Fensterbrett geschwungen hatte.

»Lizzi!«

Mit ausgebreiteten Armen sprang sie herunter, flog durch die Luft und klatschte mit einem schrecklichen Geräusch auf das Pflaster. Er stürzte zu ihr hin. Sie lag auf dem Rücken, in ihrem weißen Chanelanzug, die Augen geschlossen. Die puppenhafte Bemalung wirkte seltsam unpassend auf ihrem leblosen, totenblassen Gesicht.

»Verdammte Schweinerei!« sagte Dr. Richard Jorg und beugte sich über die Schwerverletzte.

Lizzi hatte die Augen geöffnet, starrte ihn an.

»Können Sie sich erinnern, was passiert ist?« fragte er. »Los, reden Sie! Sie können doch reden!«

»Ich bin«, sagte Lizzi mühsam, aber doch durchaus verständlich, »aus dem Fenster gesprungen!«

»Kein schwerer Schock«, sagte Dr. Köhler, der neben ihm stand, »sehr merkwürdig!«

»Geben Sie trotzdem Dolantin!« ordnete Dr. Jorg an.

Er bewegte die Arme der Patientin, die Beine, sagte: »Nun versuchen Sie es mal selber ... linker Arm, ja, sehr gut! Rechter! Auch in Ordnung! Jetzt die Beine ...«

Lizzi machte krampfhafte Anstrengungen. Aber ihre Beine gehorchten ihr nicht. »Es geht nicht!« flüsterte sie heiser.

»Nun regen Sie sich nicht auf«, sagte Dr. Jorg, »es wird schon alles wieder werden. Sie müssen jetzt Geduld haben. Man springt eben nicht ungestraft aus dem Fenster.« Er wandte sich an die Sanitäter. »Zum Röntgen«, sagte er, »die Wirbelsäule ...«

In diesem Augenblick platzte Teddy Murnau in den Vorbereitungsraum, immer noch im Reitdreß, seine sonst so frische braune Haut hatte eine Farbe von schmutzigem Gelb angenommen.

Dr. Jorg traute seinen Augen nicht. »Sie! Ausgerechnet Sie?«

»Ich will mich nur erkundigen ...« Teddy Murnau sah Lizzi, stürzte zu der Trage. »Lizzi!« rief er. »Wie konntest du ... Lizzi, du bist wieder bei Bewußtsein?«

»Ich ... ja«, stotterte Lizzi, »ich ...«

»Lassen Sie die Patientin in Ruh!« brüllte Dr. Jorg.

»Aber, Lizzi und ich ...«

»Das hätte ich mir denken können! Sie sind also der Lump, der dieses Mädchen fast in den Tod getrieben hätte? Sie wollten sie loswerden, wie? Sie ...«

»Aber ... Sie mißverstehen die Situation vollkommen!« sagte Teddy.

»Davon kann doch keine Rede sein!«

Dr. Jorg war so außer sich, daß er nicht mehr wußte, was er sagte oder tat. »Es ist Ihnen nicht gelungen, Sie Schwein!« brüllte er. »Das Mädchen lebt noch, und ich werde dafür sorgen, daß Sie zur Rechenschaft gezogen werden! Ein Verbrecher wie Sie...«

Lizzi wimmerte. »Ich liebe ihn, Doktor... bitte, ich...«

Teddy stand völlig erstarrt. Es war zuviel, was in der letzten halben Stunde auf ihn eingestürmt war.

»Wissen Sie, was Sie diesem Mädchen angetan haben?« brüllte Dr. Jorg. »Sie ist erledigt! Für alle Zeiten erledigt... Sie wird den Rest ihres Lebens im Rollstuhl verbringen müssen! Die Wirbelsäule...«

Lizzi schrie auf und sank in Ohnmacht.

Alle im Raum, auch Oberarzt Dr. Müller, waren aufmerksam geworden. Dr. Müller eilte zu der Gruppe hin.

Teddy sah es nicht. Er sah nur Lizzis vor Schmerz und Entsetzen entstelltes Gesicht, vor das sich die schlanke Gestalt Dr. Jorgs schob, der mit erhobenen Fäusten auf ihn losging.

Teddy hob die Reitgerte, die er sinnloserweise mitgebracht hatte, schlug, in Schrecken, Zorn und Abwehr, dem Arzt damit über das Gesicht.

Dr. Jorg brüllte auf und stürzte sich auf den Rivalen.

Aber auch diesmal sollte ihm keine Genugtuung zuteil werden. Dr. Müller und Dr. Köhler rissen ihn gleichzeitig zurück, hielten seine Arme fest, daß er sich nicht mehr bewegen konnte.

»Unglaublich!« sagte Dr. Müller scharf. »Was ist in Sie gefahren, Kollege?«

Teddy wartete nicht ab, daß man ihn hinauswarf. Er drehte sich auf dem Absatz um und ging.

»Dieser Kerl«, keuchte Dr. Jorg, »dieser Schweinehund...«

»Sie sind weder Richter noch Rächer«, sagte Dr. Müller, »nur Arzt! Nehmen Sie sich gefälligst zusammen! Sie haben in erster Linie an das Wohl der Patienten zu denken... und ich muß Ihnen schon sagen, Sie haben dieses Gebot gröblich verletzt!«

Er gab Dr. Jorg frei, winkte dem Assistenzarzt zu, dasselbe zu tun.

»Unglaublich«, sagte er noch einmal, »ersparen Sie sich Erklärungen und Entschuldigungen, einfach unglaublich!«

9

Die Annengasse lag in der Altstadt, nicht weit vom Hofbräuhaus. Das Antiquitätengeschäft Kowalski war nicht schwer zu finden – ein Schaufenster voll verstaubter Nippes, Meißner Porzellan, Buddhas, chinesischer Figürchen, Taschenuhren, altmodisch gefaßtem Schmuck. Im Hintergrund Möbel, vorwiegend Biedermeier, eine gotische Truhe, ein Schaukelpferd mit dürftigem Schwanz.

Dr. Richard Jorg zog an der Glocke neben dem Privateingang. Schlurfende Schritte näherten sich, die Tür wurde einen Spalt breit geöffnet, dann weiter. Dr. Jorg sah nichts als die Silhouette eines kleinen und unglaublich fetten Mannes.

»Kommen Sie, Herr Doktor!« sagte die Stimme des Antiquitätenhändlers, die Dr. Jorg schon vom Telefon her kannte, »ich freue mich, daß Sie pünktlich sind ... ich liebe pünktliche Menschen!«

Er schlurfte einen langen, düsteren Gang entlang, Dr. Jorg folgte ihm stolpernd. Sie kamen in ein kleines, sehr nüchtern und kärglich eingerichtetes Büro.

»Setzen Sie sich, Doktor«, sagte der Antiquitätenhändler, »ich will Sie nicht lange aufhalten ... hier ist etwas, das Sie interessieren dürfte!«

Er warf ihm einen dicken, gelben Umschlag über den Schreibtisch hin zu.

»Öffnen Sie nur«, sagte er kichernd, »eine hübsche Sache ... etwas für Kenner!«

Dr. Jorg riß den Umschlag auf. Glänzende Fotografien fielen ihm entgegen, drei, vier, fünf, sieben Stück.

»Es waren zwölf«, sagte der Antiquitätenhändler, »aber fünf erwiesen sich als unbrauchbar ... nicht erstaunlich in Anbetracht der schwierigen Umstände! Sehen Sie sie sich nur gründlich an.«

Dr. Jorg nahm eines der Fotos, warf einen Blick darauf und – es war ihm, als wenn ihm der Atem wegbliebe.

Nie zuvor hatte er etwas Unzweideutigeres und Abscheulicheres gesehen. Ein Mann und eine Frau – in wilder, unzüchtiger Umarmung –, und dieser Mann mit dem verzerrten Mund, dem von Lippenstift verschmierten Gesicht, den gierigen Augen – dieser Mann war er, Dr. Richard Jorg.

Kowalski beobachtete ihn lauernd. »Ich darf wohl hoffen«, sagte er mit schleimiger Liebenswürdigkeit, »daß Sie Ihrer Patientin auch weiterhin helfen werden ...«

»Sie kann sich nur selber helfen«, sagte er rauh.

Kowalski hob die Augenbrauen. »Ah, wirklich? Wie das?«

»Sie gehört in eine Entziehungsanstalt. Das wissen Sie selber so gut wie ich.«

Kowalski lehnte sich behaglich zurück. »Ich finde es immerhin bemerkenswert«, sagte er genüßlich, »daß Sie für diese Patientin sehr wohl einen guten Rat bereit haben ... aber was, Herr Doktor, gedenken Sie in Ihrem eigenen Fall zu tun?«

Unwillkürlich fuhr Dr. Jorg mit zwei Fingern zwischen Kragen und Kehle, ihm war es, als wenn er keine Luft mehr bekäme. »Ich verstehe Sie nicht«, sagte er mühsam.

»O doch! Sie wissen genau, was ich meine ... wir beide haben uns von Anfang an sehr gut verstanden, und wir würden noch viel besser miteinander auskommen, wenn Sie sich endlich entschließen würden, den Tatsachen ins Gesicht zu sehen!«

»Was wollen Sie von mir?«

»Nun, um die Situation zu klären, möchte ich Ihnen erst einmal klarmachen, was ich nicht will! Ich achte Sie, Herr Doktor, und ich schätze Sie! Ich will keinesfalls, daß Sie ins Unglück geraten!«

»Sehr liebenswürdig von Ihnen«, sagte Dr. Jorg bitter.

»Sie befinden sich in einer sehr, sehr gefährlichen Situation! Nicht, daß ich Ihnen einen Vorwurf machen möchte ... o nein, davon bin ich weit entfernt! Wir sind alle Menschen.«

Er zündete sich eine Zigarette an, nahm ein, zwei Züge. Dann sagte er, ohne Übergang, in einem gänzlich veränderten Ton, scharf und zupackend. »Sie sind rauschgiftsüchtig, Herr Doktor!«

Dr. Jorg fuhr hoch. »Nein!«

Kowalski lächelte schon wieder. »O doch! Es hat wirklich keinen Zweck, mir etwas vorzumachen ... oder sollten Sie sich etwa selber noch nicht ganz über Ihren Zustand im klaren sein? Sie spritzen sich, Herr Doktor!«

»Die Wahrheit ist ...«

»Ich kenne die Wahrheit. Sie sind überarbeitet, Sie leiden unter einem Übermaß an Verantwortung, Sie haben häufig heftige Kopfschmerzen, Ihre Ehe ist nicht in Ordnung ... aber auf die Gründe, verehrter Herr Doktor, kommt es gar nicht an. Ich kenne keinen Süchtigen, der nicht sehr plausible Gründe nennen könnte, aus denen er diesem Laster verfallen ist! Aber Ihre Vorgesetzten werden nicht nach den Gründen fragen ... für die zählt nur die Tatsache, daß Sie süchtig sind. Nichts weiter.«

»Sie wollen mich erpressen!«

Kowalski schüttelte den Kopf. »Aber nein, Herr Doktor! Was für ein Wort ... was für ein Begriff! Für was halten Sie mich? Ich will Ihnen helfen ... nichts weiter!« Er legte die Fingerspitzen seiner schlanken, gepflegten Hände gegeneinander. »Ihnen und einigen Freunden von mir ... armen, gehetzten, verzweifelten Menschen. Machen Sie nicht so ein Gesicht, Herr Doktor! Verachtung steht Ihnen nicht zu! Sie sollten doch Verständnis für diese armen Menschen haben! Auch sie haben gute Gründe, zum Rauschgift zu greifen ... genauso gute wie Sie selber! Der einzige Unterschied besteht darin, daß Sie selber jederzeit und ohne Schwierigkeiten an den Stoff kommen können.«

Dr. Jorg war nicht bereit, klein beizugeben. »Für diese Menschen«, sagte er und straffte die Schultern, »gibt es nur eine einzige Hilfe ... die Entziehungsanstalt!« Er hatte das fatale Gefühl, daß sich das Gespräch in einem Kreis drehte, einem Kreis, der sich immer enger um ihn zusammenzog.

»Wollen Sie mit gutem Beispiel vorangehen?« fragte Kowalski, aber fast im gleichen Atemzug fügte er hinzu: »Entschuldigen Sie, Doktor, diese Frage war unfair. Ich bin kein Weltverbesserer. Bleiben Sie, wie Sie sind. Aber verlangen Sie auch nicht von anderen, daß sie sich ändern. Sie sollten doch eigentlich Verständnis für Ihre Leidensgenossen haben ... wenn schon nicht als Arzt, so doch als Mensch.«

»Ich habe durchaus Verständnis«, begann Dr. Jorg zögernd, »aber ...«

Kowalski fiel ihm ins Wort. »Na also! So gefallen Sie mir schon viel besser! Sie und ich, wir brauchen uns doch nichts vorzumachen, wir wissen doch beide ganz genau, daß eine Entziehungskur keine Wunder wirken kann. 80 Prozent aller Geheilten werden Monate, oft schon Wochen später wieder rückfällig. Was sich in der Abgeschlossenheit einer Anstalt hat durchführen lassen, hält nicht den Belastungen des Alltags stand. Die Entlassenen, wieder den alten Sorgen, den alten Leiden und der Qual ihrer Existenz ausgeliefert, suchen und finden Vergessen und Entspannung wieder in den alten Mitteln ...«

»Wozu erzählen Sie mir das?«

»Sie haben recht. Sie als Arzt müssen das ja noch besser wissen als ich. Und darum, nur darum, hoffe ich, daß Sie helfen werden!«

Dr. Jorg wollte protestieren, aber Kowalski schnitt ihm mit einer Handbewegung das Wort ab. »Sie sollen es nicht umsonst tun, Herr Doktor! Ich bin ein Geschäftsmann. Nichts auf der Welt ist umsonst. Wieviel verdienen Sie? Tausend? Zweitausend im Monat? Jedenfalls möchte ich wetten, daß es nicht genug ist. Ich bin sicher, daß Ihr Gehalt, wie hoch es auch immer sein mag, in keinem Verhältnis zur Dauer und Kostspieligkeit Ihrer Ausbildung steht. Es wäre, nein, es ist Ihr gutes Recht, sich einen Nebenverdienst zu verschaffen...« Er griff in die Tasche seines Jacketts, zog ein Scheckbuch heraus. »Passen Sie auf, ich gebe Ihnen 3000 Mark...«

»Wofür?«

»Als Vorschuß. Wir werden das später abrechnen.«

»Nein«, sagte Dr. Jorg. »Nein...«

Aber Kowalski hatte schon seinen goldenen Kugelschreiber gezückt. »Alles, was dafür zu tun haben«, sagte er, »besteht darin, mir hin und wieder ein paar Ampullen Morphium zu bringen. Oder auch nur die Rezepte. Seien Sie unbesorgt, ich werde vorsichtig damit umgehen. Es gibt in München Hunderte von Apotheken, wir werden sie nacheinander abgrasen, und erst dann... auf jeden Fall gehen Sie nicht das geringste Risiko ein, Doktor!«

»Und wenn ich mich weigere?«

»Aber, aber!« Kowalski lächelte. »Ich dachte, wir hätten uns verstanden?«

»Ich könnte zur Polizei gehen...«

»Nein, Doktor. Machen Sie sich keine Illusionen. Das eben können Sie nicht. Ich bin ein ehrenwerter Bürger. Niemand wird Ihnen glauben, wenn Sie mich beschuldigen... aber der Amtsarzt wird ohne weiteres feststellen, was mit Ihnen los ist. Wollen wir es auf einen Versuch ankommen lassen? Ich werde aussagen, daß Sie zu mir gekommen sind, um mir Morphium und Rezepte anzubieten, daß ich aber selbstverständlich nicht darauf eingegangen bin und es sich bei Ihrer Anzeige um einen Racheakt handelt.«

»Ich habe den Brief«, sagte Dr. Jorg, »den Brief, den Sie an meine Frau haben schreiben lassen...«

»Damit, lieber Doktor, habe ich nichts zu tun. Halten Sie mich wirklich für so dumm, daß ich diesen Brief auf einer Maschine in meinem Haus hätte schreiben lassen?«

Dr. Jorgs Hände zitterten, als er versuchte, sich eine Zigarette anzuzünden. Kowalski ließ sein goldenes Feuerzeug aufspringen und reichte es ihm rasch über den Tisch.

Dr. Jorg nahm einen tiefen Zug. »Sie haben mich also in der Hand.«

»Das ist etwas grob ausgedrückt«, sagte Kowalski lächelnd, »aber es entspricht den Tatsachen.«

»Sie werden meine Vorgesetzten auf mich aufmerksam machen, meine Frau mit weiteren Briefen beunruhigen...«

»Das haben Sie gesagt, nicht ich!«

»Sie werden mich zugrunde richten, wenn ich nicht mitmache!«

»Nehmen Sie den Scheck, Doktor, Sie sind alt genug, endlich einmal ans Geldverdienen zu denken! Es wird nicht bei der einen Zahlung bleiben, Sie können laufend bei mir verdienen... ohne Arbeit und ohne Gefahr!«

»Indem ich hilflose Menschen zugrunde richte.«

Kowalski verzog keine Miene. »Was für ein Unsinn, Doktor! Wer süchtig ist, findet immer Mittel und Wege, sich den Stoff zu verschaffen ... auch ohne Ihre und meine Hilfe! Warum sollen wir irgendwelchen Gaunern dieses Geschäft überlassen? Gaunern, die ihnen minderwertigen Stoff zu überhöhten Preisen verschaffen? Es ist eine Sache der Vernunft und der Menschenliebe ...«

»Danke«, sagte Dr. Jorg gepreßt, »das genügt!« Er stand mit einem Ruck auf, schob den Sessel zurück. »Sie sind der widerwärtigste, gewissenloseste Schuft, der mir je ...«

»Vorsicht, Vorsicht!« Kowalski drohte lächelnd mit dem Zeigefinger. »Nur keine Beleidigungen!«

»Ich habe Sie lange genug reden lassen, Sie Schwein!« brüllte Dr. Jorg. »Jetzt bin ich dran! Wissen Sie überhaupt, was Sie mir zumuten, mir, einem Arzt? Verdammt noch mal, ich hätte niemals hierherkommen, ich hätte Sie überhaupt nicht anhören dürfen, Sie widerlicher, grinsender, kleiner Erpresser, Sie!«

Nicht eine Sekunde wich das Lächeln aus Kowalskis Gesicht. »Das sind große Worte, Herr Doktor ... geben Sie acht! Sie wären nicht der erste, der den Mund so voll genommen hat!«

Dr. Jorg holte tief Atem, zwang sich, seine Stimme zu dämpfen. »Sie bilden sich ein, mich in der Hand zu haben – ... aber Sie irren sich! Ihre ganze kunstvolle Intrige steht und fällt mit der Annahme, daß ich selber spritze ...«

»Na und? Tun Sie es etwa nicht?«

»Ja, ja, ja, ich habe es getan! Aber ich kann damit aufhören! Von heute auf morgen! Ich brauche keine Entziehungskur, ich bin selber Arzt, ich kann ...«

»Na, dann tun Sie es doch!« Auch Kowalski war jetzt aufgestanden. »Tun Sie's nur, Doktor! Sie haben recht ... damit würden Sie mir meine Waffen aus der Hand schlagen! Ich wünsche Ihnen ehrlich, daß es Ihnen gelingt! Aber wenn nicht ... Sie wissen ja jetzt, wo ich zu finden bin! Ich erwarte Sie also. Es wäre mir sehr unangenehm, Doktor, wenn ich Ihnen noch einmal eine Aufforderung zukommen lassen müßte.«

Inge Jorg hatte wieder nachmittags gearbeitet. Aber heute war sie kurz nach halb acht mit dem Aufräumen der kleinen Boutique fertig geworden. Rena Kramer war gleich nach Ladenschluß gegangen, so daß Inge den Bus für die Heimfahrt benutzen mußte.

Sie stieg zwei Stationen früher aus, denn sie wollte Evchen noch bei ihrer Mutter abholen.

Das Mädchen öffnete ihr, aber fast gleichzeitig erschien Frau Stein in der geschmackvoll eingerichteten Diele.

»Da bist du ja endlich, Inge!« sagte sie herzlich. »Komm herein ... du wirst erwartet!«

Inge küßte ihre Mutter zur Begrüßung auf die Wange.

»Ist Evchen schon ungeduldig?« fragte sie.

»Aber nein, Kind«, erklärte Frau Stein, »sie ist doch gern bei ihrer Omi!«

Inge wollte an Frau Stein vorbei ins Wohnzimmer, aber die Mutter hielt sie zurück.

»Bitte, Inge ... bürste dir doch noch das Haar! Und leg ein bißchen Lippenstift auf!«

»Warum? Habt ihr Besuch?«

»Tu, was ich dir gesagt habe ... du wirst schon sehen!«

Inge zögerte eine Sekunde, hielt es dann aber doch für das Beste, den Wunsch der Mutter zu erfüllen. Mit einem leichten Seufzer machte sie sich zurecht. Aus dem Wohnzimmer herüber ertönte das Jauchzen ihrer kleinen Tochter.

»Na, Evchen scheint ja wirklich recht vergnügt zu sein«, sagte sie, während sie ihren Arm unter den ihrer Mutter schob.

»Sie ist ein Schatz«, erklärte Frau Stein, »du warst nicht halb so lustig als Kind ... und nicht halb so ausgeglichen!«

Inge zwang sich zu guter Laune. »Ob sie das nicht vielleicht doch von Richard hat?«

Aber das Lächeln schwand von ihrem Gesicht, als sie die Schwelle zum Wohnzimmer übertrat. Dabei war der Anblick, der sich ihr bot, an sich ein durchaus erfreulicher: Evchen ritt auf dem Rücken eines jungen Mannes, der sich auf allen vieren über den Teppich fortbewegte, zauste ihm jauchzend das lockige braune Haar. Es war ein reizendes Bild, aber es hatte in Inges Augen einen schweren Fehler – der Mann, der mit Evchen spielte, war Teddy Murnau.

»Sind sie nicht süß, die beiden?« fragte Frau Stein lächelnd.

Inge Jorg antwortete nicht. Mit wenigen Schritten war sie bei der kleinen Reiterin, hob sie mit beiden Armen hoch in die Luft.

»Mein Schätzchen!« rief sie. »Mutti ist da ... jetzt geht's nach Hause!«

»Gib mir die Kleine«, sagte Frau Stein rasch, »ich bring' sie zu Nana in die Küche, sie muß noch Abend essen!« Sie nahm Inge das Kind ab, küßte es zärtlich. »Nana hat ganz was Feines für dich gemacht, Engelchen ... einen süßen Obstsalat mit Bananen und Nüssen drin! Komm jetzt mit Omi!«

»Evchen kann doch zu Hause zu Abend essen!« protestierte Inge.

»Nein, nein, das wird zu spät! Besser, du steckst sie nachher gleich ins Bett!« erwiderte Frau Stein und wandte sich, Evchen an der Hand, zur Tür.

Teddy Murnau strich sich, ein wenig verlegen, mit beiden Händen durch seine zerzausten Locken. »Schau nicht so grimmig, Inge ... sonst fang' ich noch an, mich zu fürchten!«

»Soll ich mich darüber freuen, daß du mir auflauerst?« sagte Inge heftig.

»Tut mir leid, wenn ich dich überrumpelt habe. Aber ich mußte dich sprechen. Und ich wollte nicht, daß du wieder Schwierigkeiten bekommst!«

»Wenn du dir auch nur das Geringste aus mir machtest, würdest du ...«

»Das ist doch Quatsch, Inge«, sagte Teddy Murnau, »ich kann dich doch nicht einfach diesem Berserker überlassen!«

»Ich bin mit diesem Berserker, wie du ihn zu nennen beliebst, verheiratet!«

»Das ist ja eben das Elend!« Teddy Murnaus jungenhaftes Gesicht wurde sehr ernst. »Ich habe Angst um dich, Inge, ehrlich! Dieser Mann ist ja nicht mehr bei Sinnen!«

»Er ist nervös, das ist alles. Und ein bißchen eifersüchtig natürlich. Kannst du das nicht verstehen? Wie würde es dir gefallen, wenn ständig ein anderer Mann hinter deiner Frau her wäre?«

»Auf alle Fälle wäre das für mich kein Grund, mich wie ein Verrückter aufzuführen!« Er packte Inge beim Arm. »Du weißt ja gar nicht, was inzwischen alles passiert ist! Ich war heute in der Unfallklinik...«

Sie versuchte, sich aus seinem Griff zu befreien. »Du? Warum denn?« Das Blut schoß ihr in den Kopf – sie schämte sich bei der Vorstellung, daß Teddy Murnau doch noch mitbekommen haben könnte, wie ihr Mann sie gestern abend geschlagen hatte. »Du wolltest ihn doch nicht etwa zur Rede stellen?«

»Kein Gedanke daran. Mein Besuch in der Klinik hatte mit dir gar nichts zu tun... oder doch, aber nur ganz indirekt. Jedenfalls war ich überhaupt nicht darauf gefaßt, deinem Mann zu begegnen. Ich habe nur ein Mädchen begleitet, Lizzi Gollner, wenn dir der Name etwas sagt...«

»Nicht das geringste!«

»Sie ist verunglückt...«

Inge Jorg spürte, daß Teddy Murnau irgend etwas vor ihr verbarg. »Du hast sie überfahren?« fragte sie.

»Nein, sie ist aus dem Fenster gesprungen!« platzte Teddy Murnau heraus, aber er wagte nicht, sie dabei anzusehen.

»Das ist ja... schrecklich!« Inge Jorg preßte die Hand vor den Mund, ihre Augen waren vor Entsetzen weit aufgerissen. »Deinetwegen?«

»Glaub mir, Inge«, sagte er, eifrig bemüht, sich zu rechtfertigen, »es war nicht meine Schuld... oder doch, aber jedenfalls, ich hatte keine Ahnung, daß sie in mich verliebt war. Sie ist ein nettes Mädchen, und wir haben uns gut verstanden. Papa hat mir ans Herz gelegt, mich um sie zu kümmern. Sie hatte sich scheint's eingebildet, daß ich sie heiraten würde... aber ich schwöre dir, davon war nie die Rede, ich hatte ihr nicht das leiseste Versprechen gemacht...«

»Ist sie... tot?« fragte Inge.

»Nein, nur verletzt!«

»Gott sei Dank!«

»Aber dein Mann behauptet, sie würde... gelähmt bleiben!«

Inge blieb einen Augenblick ganz still, dann sagte sie, und jetzt hatte sie ihre Stimme wieder ganz in der Gewalt: »Das kann man nach einer ersten Untersuchung noch nicht sagen, soviel verstehe ich inzwischen schon...«

»Ja, das hat mir unser Hausarzt auch erklärt. Ich habe inzwischen mit ihm gesprochen. Aber dein Mann... er war einfach außer sich, wie ein Verrückter. Er hat mich angeschrien, er wollte mich verprügeln...« Teddy unterbrach sich. »Inge, du kannst und darfst mit diesem Mann nicht länger zusammenbleiben. Er ist nicht mehr normal, glaub mir. Er... er wird dir etwas antun!«

Teddy Murnaus Sorge war so echt, daß Inge im ersten Augenblick nichts auf seine Warnung zu erwidern wußte. Alles, was er aussprach, hatte sie selber schon empfunden, aber sie war davor zurückgeschreckt, es sich völlig klarzumachen. Sie ließ sich in einen Sessel sinken, bedeckte ihr Gesicht mit den Händen.

Er schwang sich zu ihr auf die Lehne, legte seinen Arm um ihre Schultern. »Du mußt dich von ihm trennen, Inge«, sagte er eindringlich, »denk doch auch an Evchen...!«

»Ihr würde er niemals auch nur ein Haar krümmen!«

»Nicht, wenn er bei Sinnen ist. Aber das ist er eben nicht. Er weiß nicht mehr, was er sagt und was er tut ... du hättest diese Szene erleben müssen, und das alles in Gegenwart Lizzis! Es war ... grauenhaft!«

»Hast du es meiner Mutter erzählt?«

»Nein, niemandem außer dir.«

Inge Jorg seufzte. »Das war lieb von dir.«

»Du darfst die Dinge nicht laufen lassen, Inge ... du mußt etwas tun, dich und das Kind in Sicherheit bringen!«

Ihr Gesicht verzog sich zu einem schwachen, wehen Lächeln. »Wie stellst du dir das vor?«

»Höchst einfach. Du packst deine Koffer ... natürlich zu einem Zeitpunkt, wo dein Mann in der Klinik ist ... ich hole dich und Evchen mit dem Wagen ab. Wir fahren irgendwohin, wo uns niemand kennt und dein Mann uns bestimmt nicht finden wird.«

»Also eine regelrechte Entführung?«

»Ich meine es ganz ernst, Inge. Wir fahren ins Ausland, und von dort betreibst du die Scheidung. Gründe hat er dir ja wohl genug gegeben. Und wenn du erst frei bist, werden wir heiraten ...«

Inge strich über Teddys Hand. »Ich weiß, du meinst es gut, Teddy ...«

»Ich liebe dich, Inge!«

»... aber ich kann meinem Mann nicht einfach davonlaufen. Mich fortstehlen und ihn allein lassen. Das wäre ... nicht anständig. Er ist krank. Man kann ihn nicht für sein Benehmen verantwortlich machen. Er hat mir versprochen, zum Arzt zu gehen ...«

»Das tut er niemals!«

»Doch, mir zuliebe wird er es tun. Er ... er liebt mich nämlich, Teddy. Wir beide lieben uns. Du warst noch nie verheiratet, deshalb kannst du das alles gar nicht verstehen. Eine Ehe ist mehr als ein Vertrag, den man lösen kann, wenn einer der beiden Partner sich nicht anständig benimmt. Verheiratet sein heißt, in guten und bösen Zeiten zusammenstehen ... gerade in den schlimmen Zeiten, denn in den guten ist es ja höchst einfach!«

»Du darfst dich nicht für diesen Mann aufopfern, Inge!«

»Dieser Mann ist mein Mann, Teddy, und ich gehöre zu ihm. Ich kann ihn nicht im Stich lassen.«

»Das ist ja Wahnsinn!«

»Nenn es, wie du willst, ich kann nicht anders.«

Teddy Murnau erhob sich, begann mit großen Schritten im Raum auf und ab zu gehen. »Gut«, sagte er, »ich beuge mich deinem Entschluß. Ich hätte ja wissen müssen, daß du so und nicht anders reagieren würdest. Aber versprich mir nur eines ...«

»Ja ...?«

»Wenn dir die Dinge über den Kopf wachsen, wenn du zu der Einsicht kommst, daß es so nicht weitergeht, daß eure Ehe nicht mehr zu retten ist ... wirst du dann zu mir kommen?«

Sie reichte ihm die Hand. »Nur zu dir, Teddy ... ich habe keinen besseren Freund als dich!«

Dr. Richard Jorg war fest entschlossen, nicht mehr zum Morphium zu greifen. Es schien alles ganz einfach. Er brauchte nur die Kraft aufzubringen, auf die Spritzen zu verzichten, dann konnte Kowalski ihm nichts mehr anhaben. Sollte er ihn ruhig anzeigen! Er, Dr. Jorg, würde imstande sein zu beweisen, daß er keineswegs süchtig war.

Zwei Tage lang hielt er durch – zwei schreckliche Tage. Die Kopfschmerzen kamen wieder, stärker denn je. Sie erreichten eine Heftigkeit, daß ihnen selbst mit den wirksamsten Mittelchen nicht mehr beizukommen war.

Aber das war es nicht allein. Sein Körper hatte sich bereits an das Morphium gewöhnt. Jetzt revoltierte er, da ihm die Spritzen von einer Stunde auf die andere entzogen wurden. Dr. Jorg war übel, er fühlte sich wie ausgehöhlt, matt, kraftlos, völlig erledigt.

An seiner Frau fand er in diesen Tagen keinen Halt. Da sie nicht ahnte, welch einen Kampf er durchfocht, konnte sie ihm auch nicht helfen. Sie verhielt sich freundlich, zurückhaltend, abwartend, und ihre distanzierte Höflichkeit verletzte ihn mehr, als ein heftiges Wort es vermocht hätte.

Zwischen ihnen klaffte ein Abgrund, und keiner von ihnen brachte die Kraft auf, ihn zu überbrücken.

In der Nacht vom Sonntag zum Montag hatte Dr. Jorg Nachtdienst. Er war, seit seiner Begegnung mit Kowalski und seinem Verzicht auf die erlösende Spritze, kaum noch imstande, seine Arbeit zu tun. Aber mit Verbissenheit hielt er durch, überzeugt, daß er, sobald er die schwere Zeit der Entwöhnung überstanden hätte, wieder ganz auf dem Posten sein würde.

Endlich, gegen fünf Uhr, wurde es stiller. Er konnte sich ins Ärztezimmer zurückziehen, trank gierig eine Tasse schwarzen, heißen Kaffee, rauchte eine Zigarette. Noch eine halbe Stunde, dann war Dienstschluß. Wenn er Glück hatte, braucht er nicht mehr nach vorn. Aber Dr. Jorg hatte kein Glück.

Seine Zigarette war noch nicht zu Ende geraucht, als das Signal – sein Signal – aufleuchtete: grün-rot, grün-rot, grün-rot.

Seine Beine zitterten, als er sich erhob, ihm war, als wenn der Boden unter ihm schwankte. Mit steifen Schritten ging er zur Tür, eilte über den langen Gang.

Ein Pfleger kam ihm entgegen.

»Was gibt es?« fragte Dr. Jorg – seine Stimme lallte vor Erschöpfung fast wie die eines Betrunkenen.

»Eine schwere Verbrennung, Herr Doktor! In der Ambulanz!«

Dr. Jorg riß die Tür zur Ambulanz auf und – prallte fast zurück. Eine kreischende Frauenstimme durchgellte den Raum, stieß einen Schwall unflätiger Schimpfworte aus. Gleichzeitig schrie eine andere Frauenstimme schmerzerfüllt: »Au, au, au! Wie das brennt! Helft mir doch ... helft mir doch endlich! Ich kann nicht mehr ... au, au!«

Dr. Jorg sah eine karottenrote Mähne. – Lola! schoß es ihm durch den Kopf. Das ist Lola! Kowalski hat sie auf mich gehetzt!

»Was soll das verfluchte Theater?« brüllte er.

Die Frau mit der karottenroten Mähne drehte sich zu ihm um. Es war nicht Lola. Oder doch? Hatte sie ihr Gesicht verändert, um nicht von ihm erkannt zu werden?

»Scher dich 'raus!« brüllte Dr. Jorg außer sich.

Die andere Frau – Dr. Jorg sah sie erst jetzt – riß sich vom Arm eines Funkstreifenbeamten los und stürzte auf ihn zu. »Herr Doktor!« schrie sie. »Helfen Sie mir! Mein Gesicht verbrennt! Ich sterbe!«

Ihr Gesicht unter dem blauschwarzen Haar war entsetzlich entstellt.

Dr. Jorg wich unwillkürlich einen Schritt zurück. »Mich legt ihr nicht herein!« tobte er. »Alles Theater! Verdammte Weiber! Mich legt ihr nicht herein!«

Die schwarzhaarige Frau tat ein paar Schritte auf ihn zu, brach vor seinen Füßen zusammen. Dr. Jorg starrte auf sie herab, mit stieren, blicklosen Augen, ohne irgend etwas von dem zu begreifen, was tatsächlich um ihn herum geschah.

Dr. Jorg wollte sprechen, Anweisungen geben, sich bewegen – aber er war wie gelähmt. Er hatte das Gefühl, einen Alptraum zu erleben, aus dem ihn nur das Erwachen retten konnte. Aber die Rettung kam von außen.

Die Tür wurde geöffnet, und Dr. Willy Markus trat herein. Mit einem Blick übersah er die seltsame Szene, fast in der gleichen Sekunde sagte er zu den Sanitätern: »Legen Sie die Frau auf die Trage!« Er fühlte den Puls, sagte: »Sie ist kollabiert. Spritze, bitte, Schwester!«

Noch bevor ihm die Schwester die aufgezogene Spritze reichte, trat er auf Dr. Jorg zu, schüttelte ihn leicht: »Was ist los, Kollege?«

Dr. Jorg öffnete den Mund, war aber noch unfähig, zu sprechen.

An seiner Stelle ergriff der Funkstreifenbeamte das Wort. »Wir sind vor einer Viertelstunde in die Jakobstraße gerufen worden. Dort war eine Schlägerei im Gange. Die beiden Frauen sind amtlich registrierte Prostituierte. Die da...« – er wies auf die stark geschminkte Frau mit dem karottenroten Haar –, »... hat der anderen angeblich Salzsäure ins Gesicht geschüttet. Die Flasche hatte kein Etikett, deshalb haben wir die Täterin gleich mitgebracht.«

Dr. Markus beugte sich über die noch immer ohnmächtige Patientin. Ihr Gesicht war durch größere und kleinere Flecken, teilweise spritzerförmig angeordnet, entstellt. An der Stirn und an der rechten Wange, wo sich auch Kratzspuren fanden, war der sonst weiße Schorf bräunlich verfärbt. Ein nahezu handtellergroßer Fleck bezog auch das rechte Augenlid mit ein.

Dr. Jorg hatte sich endlich wieder gefaßt. »Sieht übel aus«, sagte er.

»Ja, man hätte gleich nach dem Unfall an Ort und Stelle Spülungen machen sollen«, stimmte Dr. Markus zu.

»Wer denn?« protestierte der Funkstreifenbeamte. »Wir etwa? Wir sind ja schließlich keine Sanitäter!«

»Natürlich nicht«, sagte Dr. Markus, »das sollte kein Vorwurf sein. Sie können jetzt gehen, und nehmen Sie die Dame gleich mit. Wir brauchen Sie nicht mehr.«

Er warf einen raschen Blick in das aschgraue Gesicht Dr. Jorgs, sagte: »Wir werden Spülungen und Packungen machen, die verätzten Stellen mit Penicillingaze abdecken... hoffentlich ist die Hornhaut nicht verletzt!«

Aber Dr. Jorg sagte nichts. Er wandte sich schweigend ab, verließ langsam die Ambulanz.

Erst draußen begann er zu laufen. Er rannte ins Medikamentenzimmer, zog die Tür hinter sich ins Schloß, öffnete den Giftschrank, holte eine Schachtel mit Morphiumampullen heraus.

An Ort und Stelle gab er sich eine Spritze, ohne sich überhaupt der Gefahr bewußt zu werden, daß sich jeden Augenblick die Tür öffnen und ein Kollege oder eine Schwester eintreten könnte. Aber niemand störte ihn.

Er trug die Entnahme der Ampullen ein, unterschrieb, steckte die angebrochene Schachtel in die Tasche seines weißen Kittels.

Ganz allmählich wurde er ruhiger. Das lang entbehrte Wohlgefühl begann seinen Körper zu durchrieseln. Er konnte endlich wieder klar denken.

Er hatte sich wie ein Narr benommen. Diese beiden Prostituierten hatten nichts mit Kowalski zu tun gehabt. Er war einer Täuschung zum Opfer gefallen. Er begriff selber nicht mehr, wie ihm das passiert sein konnte.

Er war besiegt. Kowalski hatte ihn besiegt. Aber es peinigte ihn nicht mehr. Er begriff nicht einmal mehr, warum er sich so dagegen gesträubt hatte.

Es war etwas Wunderbares, Morphium zu spritzen und Morphium zur Verfügung zu haben. Warum sollte er diese Wohltat nicht auch anderen Menschen gönnen? Und dabei selber Geld verdienen?

Er fühlte sich ganz obenauf.

Mit Geld, dachte er, werde ich auch Inges Liebe zurückgewinnen. Was hat Teddy Murnau ihr schon anderes zu bieten als Geld? Und jetzt kann ich mit ihm konkurrieren.

Inge Jorg war beunruhigt, daß ihr Mann an diesem Morgen nicht gleich nach Beendigung seines Dienstes nach Hause kam. Ihre Angst um ihn verstärkte sich, aber sie wollte sich ihre Sorge nicht zugeben.

Sie hatte sich in eine starre, aufs äußerste beherrschte Haltung geflüchtet, die ihrem natürlichen, warmherzigen Wesen in keiner Weise entsprach und die aufrechtzuerhalten sie ungeheure Anstrengung kostete.

Sie lachte mit Evchen, plauderte freundlich mit Frau Maurer, aber ihr Herz war nicht bei der Sache. Es lag hart und schwer in ihrer Brust wie ein Stein.

Als die Putzfrau gegangen war, setzte sie das Essen auf, deckte den Tisch für drei Personen, obwohl sie innerlich gar nicht mehr damit rechnete, ihren Mann, bevor sie in die Boutique fahren mußte, noch zu sehen.

Inge Jorg hörte, wie die Haustür aufgeschlossen wurde, aber sie lief ihrem Mann nicht wie früher entgegen. Sie saß im Wohnzimmer und stopfte eine von Evchens ewig zerrissenen Strumpfhosen und hob nicht einmal den Kopf, als er eintrat.

»Papi! Papi!« krähte Evchen und lief auf ihren Vater zu.

»Hallo, mein Liebling!« rief Richard Jorg. »Bist du auch brav gewesen?«

Jetzt erst ließ Inge die Strumpfhose sinken und sah sich um. Die Stimme ihres Mannes hatte sie alarmiert. Sie klang so verändert, zum erstenmal seit langer Zeit wieder unbeschwert und fröhlich.

Er hielt das strampelnde Kind hoch in der Luft, drückte einen Kuß nach dem anderen auf ihre festen kleinen Bäckchen.

»Rat mal, was Papi dir mitgebracht hat!«

Er setzte Evchen zu Boden, trat auf Inge zu. »Na«, sagte er, »kriege ich keinen Begrüßungskuß?«

Fast wider Willen mußte sie lächeln. Aber als er sie küssen wollte, drehte sie den Kopf zur Seite, so daß seine Lippen nicht den Mund, sondern nur die Wange trafen.

»Warst du beim Arzt?« fragte sie.

Er lachte. »Ja, ich war!« Die Lüge kam ihm ganz leicht über die Lippen. »Ich hatte es dir ja versprochen.«

Jetzt sprang sie auf. »O Richard! Und was hat er gesagt?«

»Genau das, was wir selber gewußt haben. Ein leichter Nervenschock, nichts weiter. Therapie: so wenig Aufregung wie möglich und eine liebevolle Frau!«

Sie warf sich an seine Brust, schlang ihre Arme um seinen Hals. »Richard ... ich bin ja so glücklich!«

Er zog sie eng an sein Herz. »Ich auch!«

»Wenn du nur ahntest, was für Sorgen ich mir gemacht habe!«

»Dazu hattest du gar keinen Grund!«

»Bei welchem Arzt warst du?«

Er zog die Stirn kraus. »Bei einem Psychotherapeuten ... genau, wie du es verlangt hast! Willst du die Adresse wissen, damit du dich selber erkundigen kannst?«

»Nein, Richard, natürlich nicht!«

»Na also. Legen wir dieses Thema ad acta. Ich habe noch eine Neuigkeit für dich ...«

»Ja ...?« fragte sie gespannt. »Hast du Urlaub genommen?«

»Ganz falsch. Mach die Augen zu und warte ... es ist eine wirkliche Überraschung!«

Er lief aus dem Zimmer, und Inge sah ihm nach.

»Augen zu!« rief er aus der Diele.

Sie gehorchte rasch, rief: »Ja!«

Er kam ins Wohnzimmer zurück. »So ... jetzt sieh und staune!«

Er stand vor ihr, eine Nerzstola in der Hand.

Sie starrte mit weit aufgerissenen Augen von ihm auf den schimmernden Pelz, wußte nicht, ob sie lachen oder weinen sollte. »Aber Richard«, brachte sie endlich heraus, »das soll doch wohl nicht für mich sein?«

Er lächelte triumphierend. »Natürlich für dich! Ich pflege fremden Damen keine Nerze zu schenken!«

Sie berührte zaghaft mit der Hand das weiche Fell. »Aber ... das können wir uns doch gar nicht erlauben!«

»Wenn wir es uns nicht erlauben könnten, hätte ich ihn bestimmt nicht gekauft!«

Sie lief auf ihn zu, küßte ihn zärtlich und rasch. »Das ist sehr lieb von dir, Richard, aber wirklich ... nein, das kann ich nicht annehmen! Ich verstehe auch gar nicht ... wie kommst du auf einmal an soviel Geld?«

»Ich habe einen Auftrag für eine wissenschaftliche Zeitung, Liebling ... fünfhundert Mark Vorschuß!« log er. »Aber das ist nur der Anfang. Von nun an werde ich jeden Monat dazuverdienen!«

»Mein Gott«, sagte sie gerührt und erschreckt zugleich, »und da gehst du gleich hin und kaufst einen teuren Pelz!«

»Auf Raten natürlich!«

Tränen stiegen ihr in die Augen. »Was bist du nur für ein Kindskopf, Richard! Als wenn es nicht andere, viel wichtigere Dinge für uns gäbe! Denk an die Hypotheken auf unserem Haus ... an die Raten für unseren Fernseher! Du brauchst dringend einen neuen Anzug, und Evchen ...«

»Für Evchen habe ich auch etwas mitgebracht!« Dr. Richard Jorg legte die große Schachtel, aus der er die Stola genommen hatte, auf den Tisch, riß das Seidenpapier heraus und brachte einen kleinen Schaffellmantel zum Vorschein. »Für dich, Evchen! Gefällt er dir?« Die Kleine jubelte vor Freude, versuchte ihn heftig und ungeschickt gleich anzuziehen. Er half ihr hinein, drehte sie wie einen Kreisel.

»Piegel!« rief sie. »Evchen will in Piegel sehen!« Sie rannte davon.

»Wenigstens eine, die sich ganz einfach freut«, sagte Dr. Jorg.

»Das ist eine viel zu große Verwöhnung, Richard! Ein Fellmantel für ein dreijähriges Kind! Im nächsten Jahr wird sie herausgewachsen sein, und dann ...«

»Na, sie wird ja wohl nicht unsere Einzige bleiben? Ihr Schwesterchen wird sich später auch darüber freuen. Jetzt leg dir die Stola endlich mal um und schau auch einmal in den Spiegel! Und mein Wort darauf ... wenn du sie dann nicht haben willst, bringe ich sie wirklich zurück!«

Er legte Inge die Stola um die Schultern. »Na, wie fühlst du dich?«

»Wie eine Großfürstin«, sagte sie, »Richard ... weißt du eigentlich, daß ich mir eine solche Stola ganz im geheimen immer schon gewünscht habe?«

»Und ich habe mir von jeher gewünscht, sie dir eines Tages schenken zu können! Bist du glücklich?«

»Ja!« sagte sie. »Ja!«

Er zog sie in die Arme. »Ich weiß, ich habe vieles an dir gutzumachen ... die Stola soll nur ein ganz kleiner Anfang sein! Von nun an beginnt ein ganz neues Leben!«

10

Die Freude über die prächtigen Geschenke hatten Inges Bedenken zerstreut. Aber während sie mit dem Autobus in die Stadt fuhr, kamen die Sorgen zurück, wurden größer und größer, bis schließlich kaum noch etwas von der ursprünglichen Freude übriggeblieben war.

Rena Kramer verstand sie nicht. »Ich weiß gar nicht, was du hast«, sagte sie. »Ich finde es einfach großartig, daß Richard dir eine Nerzstola geschenkt hat. Ich an deiner Stelle würde bis zur Decke springen.«

»Es ist bloß«, versuchte Inge sich verzweifelt verständlich zu machen, »weil wir es uns doch eigentlich gar nicht leisten können!«

»Das zu beurteilen solltest du deinem Mann überlassen!«

»Aber ... ich kann doch nicht zulassen, daß er sich übernimmt.«

»Wenn er einen regelmäßigen Nebenverdienst hat ...«

»Ja, wenn! Aber er ist kein Realist, Rena, vielleicht stehen die Dinge gar nicht so rosig, wie er es sich jetzt einbildet, und dann ...«

»... mußt du den Pelz wieder zurückgeben!«
»Eben. Aber das wäre doch ganz schrecklich, nicht nur für mich, sondern auch für Richard.«
»Wie hoch sind denn die Raten, die er zahlen muß?«
»Keine Ahnung.«
»Erkundige dich danach. Schließlich verdienst du jetzt selber Geld ... wenn alle Stricke reißen, könnte ich dir auch einen Vorschuß geben ... im Notfall kannst du ja selber die Raten übernehmen.«
»Ich kann Richard nicht danach fragen. Das würde ihn doch beleidigen.«
»Sollst du auch nicht. Erkundige dich einfach im Geschäft.«
»Geht denn das?«
»Aber sicher. Weißt du wenigstens, wo er die Stola gekauft hat?«
»Bei Pelz-Bauer.«
»Dann geh jetzt sofort hin und frag nach. Die halbe Stunde komme ich schon allein zurecht, und solange du in Gedanken an diesem Problem herumkaust, bist du ja doch nicht zu gebrauchen.«

Sehr erleichtert zog Inge sich an und machte sich auf den Weg. Die Aussicht, Klarheit zu bekommen, wirkte sofort beruhigend auf sie.

Pelz-Bauer in der Luitpoldstraße war ein sehr vornehmes Geschäft, und Inge Jorg schoß es durch den Kopf, daß sie selber sich einen Pelz bestimmt in einem einfacheren Laden gekauft hätte, wo er preiswerter gewesen wäre.

Sie bestand darauf, die Direktrice zu sprechen, erzählte ihr, wer sie sei, und erklärte ihr den Fall.

»Es ist ein Geburtstagsgeschenk meines Mannes«, erzählte sie, »und ich habe mich sehr darüber gefreut. Die Stola ist ja auch wirklich wundervoll. Ich fürchte nur, daß er sich durch die Raten vielleicht zu sehr belastet haben könnte ...«

»Raten?« sagte die Direktrice und blätterte in dem dicken Kundenbuch. Nein, soviel ich mich erinnere ... Herr Dr. Jorg, nicht wahr? Es war kein Ratenkauf.«

»Aber ...«, sagte Inge Jorg fassungslos.

»Wie ich es Ihnen sagte ... hier steht es schwarz auf weiß. Eine Nerzstola und ein Kindermantel aus Schaffell. Beides bar bezahlt.«

Inge Jorg verstand nichts. Sie sah die Direktrice des Pelzgeschäftes mit weitgeöffneten Augen an, völlig verwirrt, unfähig, ein Wort über die Lippen zu bringen.

Die Direktrice deutete die Reaktion der jungen Frau falsch.

»Die Stola ist wirklich ein schönes Stück«, sagte sie, »erstklassig! Sie werden viel Freude daran haben, gnädige Frau!«

»Ja«, sagte Inge Jorg tonlos, »ja.« – Sie hätte gern gefragt, wieviel das alles – die Nerzstola und der Schaffellmantel für ihr Töchterchen – gekostet hatte. Aber sie schämte sich dieser Frage, unterdrückte sie.

»Oder wenn Sie sie vielleicht umtauschen möchten?« fragte die Direktrice. »Wir haben eine große Auswahl! Allerdings ...«

»Nein«, sagte Inge Jorg, »danke! Ich danke Ihnen sehr. Auf Wiedersehen!«

Sie wandte sich ab und trat auf die Straße hinaus.

Hier draußen, in der frischen Winterluft, wurde ihr besser, sie erwachte aus ihrer Betäubung, aber es war ein schmerzhaftes Erwachen. Jetzt erst wurde ihr ganz klar, wie ungeheuerlich die Auskunft war, die sie erhalten hatte.

Dr. Richard Jorg hatte sich, gleich nachdem seine Frau gegangen war, zu Bett gelegt. Nicht auf die Couch im Wohnzimmer, sondern, seit Tagen zum erstenmal wieder, in sein eigenes Bett. Er war überzeugt, daß er alles zwischen sich und seiner Frau wieder in Ordnung gebracht, daß er durch sein großzügiges Geschenk ihre Liebe zurückgewonnen hatte. Er hatte sich sehr müde, angenehm müde nach der durchwachten Nacht und den Aufregungen des Vormittags gefühlt und war sogleich eingeschlafen.

Er erwachte erst wieder, als die frühe Dämmerung des Wintertages durch den nur flüchtig zugezogenen Vorhang drang und die Umrisse der Möbel im grauen Licht verschwimmen ließ.

Gleichzeitig mit dem Bewußtsein kam der Kopfschmerz zurück, jetzt noch ein leises, nur ein gedämpftes Klopfen. Aber Dr. Jorg hatte gelernt, mit diesem Schmerz zu leben. Er wußte, daß er bald heftiger, schließlich unerträglich werden würde.

Aber das beunruhigte ihn nicht mehr. Eine einzige Spritze würde genügen, ihn in jenen Zustand von schwebender Gelöstheit zu versetzen, in dem es keinen Schmerz und keine Sorgen gab und in dem er gleichsam über sich selber hinausgehoben wurde.

Aber noch spritzte er nicht. Da er das immer wirksame Heilmittel bei der Hand hatte, bereitete es ihm fast Vergnügen, den Schmerz, der seinen Schrecken für ihn verloren hatte, eine Weile zu spüren und arbeiten zu lassen. Je elender er war, desto überwältigender würde die Erlösung sein.

Er rauchte, noch im Bett, die erste Zigarette, obwohl sie wie Stroh schmeckte und im Hals brannte. Dann erhob er sich, ging ins Bad, duschte sich, erst heiß, dann kalt, putzte sich die Zähne, rasierte sich mit Sorgfalt. Er nahm ein frisches Hemd aus dem Schrank, begann sich anzuziehen.

Als er seine Armbanduhr vom Nachttisch nahm, warf er einen Blick auf das Zifferblatt. Noch zehn Minuten, nahm er sich vor, dann –!

Er blieb lauschend stehen, als er das Öffnen der Haustür hörte. Er rührte sich nicht von der Stelle, fühlte sich unangenehm gestört.

Leichte Schritte näherten sich. Die Wohnzimmertür wurde geöffnet, die Küche, und dann trat Inge über die Schwelle. Ihre Wangen waren von der Kälte gerötet. Sie trug ein sehr elegantes moosgrünes Wollkleid, das er noch nie an ihr gesehen hatte und das das milchige Weiß ihrer Haut und ihr honigblondes Haar hervorhob.

»Inge«, sagte er, angestrengt bemüht, Freude zu mimen, »du bist schon zurück?«

»Ich muß mit dir sprechen, Richard!«

Er versuchte abzulenken. »Du siehst reizend aus«, sagte er, »ist das Kleid neu?«

»Aus der Boutique«, erwiderte sie kurz. Sie holte tief Atem. »Richard, ich war heute nachmittag bei Pelz-Bauer...«

Sein Kopfschmerz nahm zu, schneller, als er erwartet hatte. Weder ihre Eröffnung noch die unausgesprochene Drohung machte irgendeinen Eindruck auf ihn. Er hatte nur den einzigen Wunsch: jetzt und so schnell wie möglich an seine Spritze zu kommen.

»Warte, bis ich fertig angezogen bin«, sagte er, »vielleicht machst du uns inzwischen eine Tasse Kaffee...«

»Hörst du mir gar nicht zu?« fragte sie scharf.

»O doch. Natürlich. Du wolltest die Stola umtauschen...«

»Nein! Ich wollte mich erkundigen, wie hoch die Ratenzahlung ist!«

»Ach so«, sagte er, »das werde ich dir gleich erklären. Einen Augenblick noch...« Er wollte ins Bad.

Sie lief auf ihn zu, packte ihn beim Arm. »Richard!« rief sie mit flammenden Augen. »Begreifst du denn nicht? Ich habe alles erfahren, ich weiß Bescheid!«

»Wir werden gleich darüber reden... ja, gleich!« Unwillkürlich hob er die Hand und strich sich über die schmerzende Stirn.

Erst jetzt wurde ihr bewußt, wie elend er aussah. Seine Haut war graublaß, seine Züge seltsam verwischt. Die Nase stach spitz hervor, die Wangen waren eingefallen.

»Richard!« rief sie. »Was ist? Bist du krank? Um Gottes willen, warte... ich werde einen Arzt anrufen!«

»Nein, nicht!« sagte er erschrocken. »Ich... es ist nichts Schlimmes! In ein paar Minuten...« Unfähig, länger mit ihr zu reden, ihr eine glaubhafte Erklärung abzugeben, sich länger zu beherrschen, wandte er sich ab und taumelte ins Bad, zog die Tür hinter sich zu.

Sie lief ihm nach, rüttelte an der Klinke, bis sie begriff, daß er von innen abgeschlossen hatte.

»Richard!« rief sie. »Richard!« Sie trommelte mit den Fäusten gegen die Tür. Aber nach ein paar Sekunden gab sie es auf, blieb lauschend stehen. Sie hörte das Rauschen von Wasser, beruhigte sich. Ihre Besorgnis um die Gesundheit ihres Mannes ließ nach, das Entsetzen über den seltsamen Pelzeinkauf, das vorübergehend zurückgetreten war, packte sie aufs neue.

Sie öffnete den Kleiderschrank, nahm die Stola heraus. Der Pelz schmiegte sich federleicht, weich und zart in ihre Hand, aber jede Freude an seinem Besitz war in ihr erloschen. Die Berührung bereitete ihr nahezu Widerwillen.

Dann trat Dr. Jorg aus dem Bad, und sie blickte auf. Eine merkwürdige Verwandlung war mit ihm vorgegangen. Sein Gesicht hatte sich gestrafft, die Augen, deren Pupillen dunkel und sehr klein waren, glänzten. Er wirkte gesund und voller Spannkraft.

Er bemerkte ihren erstaunten Blick, sagte mit einem raschen Lächeln: »Ich war noch ganz verdöst vom Schlaf. Jetzt habe ich den Kopf unter den kalten Wasserhahn gesteckt, und das hat Wunder gewirkt. Wolltest du mir nicht etwas sagen? Raus mit der Sprache, jetzt bin ich ganz Ohr.«

»Du hast die Stola und den Kindermantel bar bezahlt«, sagte sie anklagend.

»Na und?« Er lachte unbekümmert. »Das ist doch wohl kein Verbrechen... oder?«

»Woher hattest du das Geld?«

Er trat auf sie zu, wollte sie in die Arme nehmen. Aber sie wich vor ihm zurück.

»Liebling«, sagte er, »nun mach keine Geschichten! Das Geld ist ehrlich verdient...«

»Womit?«

»Habe ich dir nicht erzählt, daß man mir die Mitarbeit an einer medizinischen Zeitschrift angeboten hat?«

»Doch. Du sagtest mir, daß du einen Vorschuß von fünfhundert Mark bekommen hättest... damit kann man aber keine Nerzstola bezahlen.«

»Stimmt auffallend«, sagte er ungerührt, »ich habe mehr bekommen! Das ist aber doch kein Grund, ein solches Theater aufzuführen.«

»Wenn das wahr ist... warum hast du es mir nicht gleich gesagt?«

Er ging zum Nachttisch, klopfte sich eine Zigarette aus seinem Päckchen, steckte sie zwischen die Lippen, zündete sie an. »Herrje, Inge«, sagte er, »du hast eine Art, mir aus jedem Wort einen Strick zu drehen...«

»Warum hast du mich belogen?«

»Sehr einfach. Ich wollte keine falschen Hoffnungen in dir wecken. Dreitausend sind viel Geld. Ich hatte Angst, du würdest dir einbilden, das müßte nun immer so weitergehen...«

Sie schwieg einen Augenblick. Dann sagte sie mit erzwungener Ruhe: »Richard, du mußt doch zugeben, daß du mich belogen hast. Du verfügst über Geld, von dem ich nichts weiß. Ich ahne nicht einmal, woher du es haben könntest... bitte, laß mich jetzt mal ausreden... Es sollte doch in deinem eigenen Interesse liegen, diese Angelegenheit jetzt gleich und endgültig zu klären. Es geht um unsere Ehe, Richard! Wie kann ich denn noch Vertrauen zu dir haben, wenn hinter meinem Rücken Dinge geschehen, von denen ich keine Ahnung habe.«

Er zuckte ärgerlich die Schultern. »Warum mußt du alles nur immer so verdammt dramatisieren? Ich habe dir das Ganze doch schon erklärt. Das Geld ist ein Vorschuß der wissenschaftlichen Zeitschrift... ich gebe zu, ich habe dir, was die Höhe betrifft, nicht die Wahrheit gesagt...«

»Zeig mir den Brief, Richard! Den Vertrag!«

»Was für einen Brief?«

»Es muß doch irgendeine schriftliche Abmachung zwischen dir und dem Verlag geben...«

»Natürlich. Aber die habe ich in der Klinik.«

Sie sah ihn aus großen, todtraurigen Augen an. »Tut mir leid, Richard... aber ich kann dir nicht mehr glauben.«

Sein schlechtes Gewissen ließ ihn heftiger reagieren, als er es im Sinn gehabt hatte. »Na, wenn schon«, sagte er wütend, »dann glaub mir eben nicht! Bildest du dir ein, ich würde mich deswegen aufhängen?«

»Bestimmt nicht«, sagte sie mit unnatürlicher Ruhe. Sie nahm die Stola, die sie über einen Stuhl gelegt hatte. »Hier, nimm!«

Er starrte mit zusammengezogenen Augenbrauen auf den Pelz in ihrer Hand. »Was soll ich damit?«

»Ich will ihn nicht haben.«

Jetzt war er doch erschüttert. »Aber Inge, du hast dir ihn doch gewünscht... das hast du mir selber zugegeben!

»Ich will ihn nicht! Ich will kein Geschenk von dir, von dem ich nicht weiß, woher du dir das Geld beschafft hast! Nimm ihn ... ich bitte dich, nimm ihn!«

»Nein«, sagte er, und statt ihr die Stola abzunehmen, verschränkte er die Hände auf dem Rücken und wich vor ihr zurück.

Mit einer wilden Bewegung, voller Zorn, Verachtung und Verzweiflung warf sie ihm die Stola vor die Füße. »Da!« schrie sie. »Bilde dir nicht ein, daß du meine Liebe kaufen kannst! Nicht durch ein Geschenk, das du vielleicht aus einem Verbrechen finanziert hast!«

Sie begriff erst, wie nahe sie an der Wahrheit war, als sie sah, wie heftig er zusammenzuckte.

Der Blick, mit dem er sie ansah, war von solch infernalischer Wut, daß ihr Herz erstarrte. Er machte eine Bewegung, und sekundenlang fürchtete sie, daß er sich auf sie stürzen würde. Aber er bückte sich nur, hob die Stola auf.

»Auch gut«, sagte er schneidend, »dann nicht. Ich kenne eine andere Frau, die glücklich sein wird, wenn ich ihr diesen Nerz um die Schultern lege.«

Ohne Inge noch einmal anzusehen, ohne einen Gruß oder ein weiteres Wort verließ er das Zimmer.

Olga Krüger war noch in Hut und Mantel, als er klingelte. Sie war gerade aus dem Büro nach Hause gekommen. Sie betätigte den Haustoröffner, legte ab, warf einen prüfenden Blick in den Garderobenspiegel, fuhr sich mit der Hand glättend über ihr blauschwarz schimmerndes Haar.

Zufrieden wandte sie sich ab, öffnete, als es jetzt noch einmal klingelte, die Wohnungstür. Ihre schwarzen Augen leuchteten auf, alle Müdigkeit schwand aus ihrem Gesicht, als sie Dr. Jorg erkannte.

»Ich freue mich«, sagte sie und reichte ihm die Hand. »Das ist wirklich mal eine nette Überraschung!«

Er verzog sein Gesicht zu einem gequälten Lächeln. »Ich habe Ihnen auch etwas mitgebracht, Olga!« Er reichte ihr den Nerz. »Statt Blumen!«

»Oh«, sagte sie beeindruckt. »Machen Sie keine Witze mit mir!«

»Ich bin weit davon entfernt!« Er nahm ihr die Stola aus der Hand, legte sie um ihre Schultern. »Sie steht Ihnen wunderbar, Olga!«

Sie hatte sich wieder gefaßt, sagte lächelnd: »Daran zweifle ich keinen Augenblick, Doktor ... welcher Frau würde ein Nerz nicht schmeicheln? Aber das ist ein viel zu kostbares Geschenk für mich.«

»Für Sie, Olga, ist das Beste gerade gut genug!«

Sie machte einen verspielten, kleinen Knicks. »Danke, Doktor! Aber ganz ehrlich ... seien Sie mir nicht böse ... das kann ich von Ihnen nicht annehmen!«

Sein Gesicht verdüsterte sich. »Und warum nicht?«

»Muß ich Ihnen das wirklich sagen?« Sie legte ihm ihre schmale Hand mit den langen orangerot lackierten Fingernägeln auf den Arm. »Doktor, Sie sind ein verheirateter Mann ...«

»Und das nimmt mir das Recht, Geschenke zu machen?«

»Solche Geschenke, Doktor! Denken Sie doch mal an Ihre Frau? Was würde sie sagen, wenn sie wüßte ...«

»Sie weiß es.«

»Ach«, sagte Olga Krüger verblüfft, aber gleich darauf schüttelte sie den Kopf. »Nein, nein, das nehme ich Ihnen nicht ab!«

»Ich habe ihr unmißverständlich zu verstehen gegeben, daß ich Ihnen die Stola schenken werde!«

»Und? Was hat sie gesagt? Sie müssen sie chloroformiert haben, wenn sie Sie ruhig mit dem Nerz hat abziehen lassen...«

»Sie wollte ihn gar nicht haben«, entfuhr es Dr. Jorg.

Olga Krüger biß sich auf die Lippen. Aber in Sekundenschnelle hatte sie sich auch schon wieder gefaßt. »Sie sind entwaffnend ehrlich, Doktor...«

»Sie werden den Pelz behalten, Olga?«

»Das ist ein ziemliches Problem für mich. Ich glaube, wir sollten das nicht hier zwischen Tür und Angel besprechen. Legen Sie erst mal ab und kommen Sie herein...«

Dr. Richard Jorg folgte Olga Krüger in den geräumigen, geschmackvoll und individuell eingerichteten Wohnraum. Mit Genugtuung konstatierte er, daß sie die Stola umbehielt, auch als sie an die Hausbar ging, um einen Cocktail zu mixen.

Inge Jorg brachte nicht die Kraft auf, Evchen von ihrer Mutter abzuholen. Nicht, daß das Kind sie gestört hätte, aber sie fürchtete das unausbleibliche Gespräch mit ihrer Mutter. Sie konnte über das, was geschehen war, nicht reden, nicht, bevor sie selber Klarheit gewonnen hatte.

Inge wählte die Telefonnummer ihrer Eltern, atmete auf, als die Hausangestellte sich meldete.

»Hier spricht Inge Jorg«, sagte sie. »Guten Abend, Nana... nein, es ist nicht nötig, daß Sie meine Mutter an den Apparat rufen! Würden Sie ihr bitte nur etwas ausrichten? Ich habe heute abend länger zu tun und werde Evchen erst morgen abholen! Wie geht es der Kleinen? Gut? Das ist fein. Also dann... bis morgen!«

Inge Jorg hängte ein, erleichtert, daß alles so glatt gegangen war.

Erst später wurde sie sich ihrer Einsamkeit bewußt. Das kleine, freundlich eingerichtete Haus erschien ihr wie eine Gruft. Ohne Richard und ohne Evchen war es, als wenn alle Gemütlichkeit daraus entwichen wäre.

Inge Jorg ging durch die Räume, wußte nicht, was sie mit sich anfangen sollte. Sie mochte nichts essen, nichts trinken, hatte keine Lust, den Fernseher anzustellen, nicht die Ruhe, etwas zu lesen. Sie rauchte eine Zigarette nach der anderen. Unentwegt kreisten ihre Gedanken um das ungelöste Problem ihrer Ehe.

Eine Viertelstunde nach zehn klingelte das Telefon. — Richard! schoß es Inge durch den Kopf. Sie stürzte zum Apparat, nahm den Hörer ab.

»Hier Unfallklinik zwo«, meldete sich eine weibliche Stimme. »Inge Jorg!« sagte sie und wartete mit angehaltenem Atem darauf, mit ihrem Mann verbunden zu werden.

Statt dessen drang die sonore Stimme Oberarzt Dr. Müllers durch die Leitung. »Hallo, gnädige Frau«, sagte er, »was ist los? Wir warten hier schon seit einer halben Stunde vergeblich auf Ihren Gatten. Ich hoffe doch, er ist nicht krank geworden?«

»Nein, nein, er ist . . . mein Mann hat das Haus schon lange verlassen!«
»Na, hoffentlich ist ihm unterwegs nichts passiert!«
»Das wäre schrecklich!«
»Entschuldigen Sie, gnädige Frau, ich wollte Sie nicht beunruhigen! Sicher wird er jeden Augenblick hier eintrudeln!«

Oberarzt Dr. Müller wechselte noch ein paar belanglose Worte mit Inge, die sie nur mit halbem Bewußtsein aufnahm. Sie hatte dem ganzen Gespräch nur das eine entnommen – daß ihr Mann seinen Dienst nicht pünktlich angetreten hatte. Zum erstenmal, seit er als Arzt an der Unfallklinik arbeitete. War es möglich, daß er es einfach vergessen hatte?

Ihr fiel die Drohung ein, die er ausgestoßen hatte, bevor er die Wohnung verließ. Daß es eine andere Frau gab, die dankbar für den Nerz sein würde.

Sie war plötzlich ganz sicher, daß ihr Mann bei Olga Krüger war.

Sie spürte eine jähe Eifersucht bei diesem Gedanken. Stärker aber noch war ihre Sorge, der Wunsch, ihm zu helfen, ihn zu warnen.

Inge Jorg überlegte nicht länger, sie bestellte sich ein Taxi.

Olga Krüger zeigte sich nicht überrascht, als die Frau des Arztes vor ihrer Tür stand.

»Guten Abend, Frau Jorg«, sagte sie mit einem leichten, überlegenen Lächeln, »ich freue mich, daß Sie kommen! Aber Sie hätten sich nicht zu beunruhigen brauchen! Ich hätte den Pelz so und so nicht angenommen.«

»Es geht nicht um den Pelz«, erwiderte Inge Jorg scharf.

Olga Krüger hob die schmalen, schön geschwungenen Augenbrauen. »Nicht? Und ich hatte gedacht . . .«

»Wo ist mein Mann?«

»Im Wohnzimmer. Aber . . . wollen Sie nicht ablegen?«

»Nein, danke!«

Olga Krüger zuckte die Achseln, ließ die andere vorausgehen. Bei ihrem Eintritt fuhr Dr. Jorg hoch.

»Du!« stieß er hervor. »Was willst du hier?«

Inge Jorg zwang sich zur Ruhe, aber sie konnte nicht verhindern, daß ihre Stimme bebte, als sie sagte: »Ich muß mit dir sprechen, Richard!«

»Doch nicht hier!«

»Und warum nicht? Du scheinst dich ja hier durchaus zu Hause zu fühlen.«

Olga Krüger mischte sich ein. »Bitte, Frau Jorg, lassen Sie sich erklären . . . mißverstehen Sie die Situation doch nicht! Der Herr Doktor hat mir einen kleinen Besuch gemacht . . .«

»Ja, ich weiß.« Inge Jorg warf einen raschen Blick auf den Nerz, der über einer Sessellehne hing. »Um Ihnen die Stola zu schenken . . . die Sie natürlich nicht annehmen können!«

Die Ader an Dr. Jorgs Schläfe begann zu pochen. »Was sagen Sie da, Olga? Sie weisen mein Geschenk zurück? Jetzt, auf einmal?«

»Das habe ich von Anfang an getan«, behauptete Olga Krüger kühl.

Dr. Jorg hob die Hände, als ob er auf sie losgehen wollte.

»Sie infame Lügnerin!« stieß er hervor.

»Sie wissen ja nicht, was Sie reden!« rief Olga Krüger. »Sie waren außer sich, als Sie zu mir kamen! Sie hatten sich mit Ihrer Frau gestritten ... Glauben Sie denn, das hätte ich nicht gemerkt? Am liebsten hätte ich Ihnen den Pelz vor die Füße geworfen, aber Sie taten mir leid, und nur deshalb ... schließlich habe ich Ihnen einiges zu verdanken!«

»Einiges? Ihr Leben!«

»Und Sie bilden sich ein, daß ich mich daraufhin endlos von Ihnen demütigen lasse?!«

»Bitte!« sagte Inge Jorg. »Bitte! Es geht hier gar nicht um den Pelz ... und auch nicht um Ihr Leben, Fräulein Krüger! Das sind Dinge, in die ich mich gar nicht einmischen will ... die nur Sie und meinen Mann angehen!«

Inge drehte sich zu ihm um. »Wenn du vorhast, wieder einmal eine Nacht hier zu verbringen, Richard«, sagte sie, »ich kann dich nicht daran hindern. Aber ich meine doch, du solltest wenigstens die Unfallklinik anrufen und erklären, wieso du heute nacht nicht zum Dienst kommst!«

Dr. Jorg zuckte zusammen wie unter einem Peitschenhieb. Von einer Sekunde zur anderen war es totenstill geworden.

Dann tat Olga Krüger einen tiefen, keuchenden Atemzug. »Sie haben Dienst, Doktor?«

Dr. Jorg fuhr zu ihr herum. »Und was geht Sie das an?«

Inge Jorg hatte ihre Fassung wieder zurückgewonnen. »Fräulein Krüger vielleicht nichts«, sagte sie beherrscht, »aber mich, Richard ... mich geht es eine Menge an, ob du deine Pflichten erfüllst oder unentschuldigt aus der Klinik wegbleibst. Es geht um deine Existenz, um den Bestand unserer Familie ...«

»Um mein Geld, meinst du wohl?« Dr. Jorg lachte böse auf. »Du verdienst wohl noch nicht genug, um dich auf eigene Beine zu stellen? Du brauchst mich wohl noch eine Weile als Goldesel, wie?«

»Doktor«, sagte Olga Krüger, »Sie sind im Unrecht, und Sie wissen das selber. Ziehen Sie sich schleunigst den Mantel an und fahren Sie los! Vielleicht ist es noch nicht zu spät. Sicher wird Ihnen unterwegs eine Entschuldigung einfallen, um ...«

Dr. Jorg ließ sie nicht aussprechen. »Sieh mal an, noch eine Dame, die mir sagen will, was ich zu tun habe! Nur keine Angst, schöne Olga, ich werde gehen ... aber nicht zur Klinik!« Er packte den Pelz. »Sie wollen die Stola also nicht haben?«

Olga Krüger schüttelte stumm den Kopf.

»Und du auch nicht, Inge?«

»Nein!«

»Na schön. Wer nicht will, hat schon gehabt.« Dr. Jorg schritt zur Tür. »Gute Nacht, meine Damen, amüsieren Sie sich weiter. Aber ohne mich.«

Die Frauen blieben allein zurück, sahen sich schweigend und entsetzt an.

»Sollten wir nicht doch noch einmal versuchen ...?« flüsterte Olga.

»Nein. Sinnlos.«

Sie hörten die Wohnungstür ins Schloß fallen.

Inge Jorg ging zum Telefon. »Darf ich von hier aus telefonieren?«

»Ja, natürlich ...«

»Ich werde die Unfallklinik anrufen, Richard entschuldigen. Ich werde sagen, daß es ihm auf der Fahrt zur Klinik übel geworden und er wieder nach Hause zurückgekommen ist.«

»Und wenn er nun doch hinfährt? Glauben Sie nicht, daß er draußen wieder zur Vernunft kommen wird?«

»Nein«, sagte Inge Jorg, »dazu gehört mehr als ein bißchen frische Nachtluft.«

Sie nahm den Hörer ab und wählte die Nummer der Unfallklinik.

Dr. Jorg wäre vielleicht dennoch zur Klinik gefahren, wenn nicht diese Nerzstola gewesen wäre, die ihm jetzt wie das Symbol einer Demütigung, seiner vergeblichen Hoffnung, seines völligen Versagens erschien. Er konnte den Anblick dieses schimmernden, leichten, schmiegsamen Pelzes, den er neben sich auf den Vordersitz des Autos gelegt hatte, nicht länger ertragen. Er war von dem Gedanken besessen, ihn loszuwerden.

Sinnlos, wie von Furien gepeitscht, fuhr er durch die Straßen, rang um Klarheit, um innere Ruhe, um Vergessen. Er fand erst wieder in die Wirklichkeit zurück, als er merkte, daß er auf dem Weg nach Schwabing war — er biß sich auf die Unterlippe, der Schmerz brachte ihn zur Besinnung.

Er nutzte die nächste Gelegenheit aus, um zu wenden, fuhr wieder zurück, bog von der Maximilianstraße in Richtung Altstadt ein, hielt vor dem Haus Kowalskis. Vor dem Schaufenster des Antiquitätenladens war ein schweres eisernes Rollo heruntergelassen, aber oben, in den Wohnräumen, brannte Licht, schimmerte durch die Spalten der Vorhänge.

Er fand einen Parkplatz, stieg aus, nahm den Pelz über den Arm — mit mühsam unterdrücktem Widerwillen —, schritt auf das Haus zu, klingelte lange und anhaltend.

Die Tür wurde von einem jungen Mann geöffnet, den Dr. Jorg noch nie gesehen hatte. Er musterte ihn mißtrauisch, und sekundenlang hatte der Arzt den Eindruck, als ob der andere eine Waffe unter der Jacke auf ihn gerichtet hielt.

»Was wollen Sie?« fragte der junge Mann rauh.

»Zu Herrn Kowalski«, erklärte Dr. Jorg mit Festigkeit.

»Wer sind Sie?«

»Der Doktor. Sagen Sie Kowalski nur, der Doktor möchte ihn sprechen. Er weiß Bescheid.«

»Na, dann kommen Sie! Auf Ihre eigene Verantwortung!«

Der junge Mann schob den Riegel vor die Tür, ließ Dr. Jorg den schmalen, dunklen Gang vorausgehen. Wieder hatte er das Gefühl, daß von hinten eine Waffe auf ihn gerichtet wurde.

Dann wurde er in das überraschend elegante, ja luxuriös eingerichtete Arbeitszimmer des Antiquitätenhändlers geschoben.

»Warten Sie hier«, sagte der junge Mann, »ich sage Bescheid.«

Dr. Jorg warf die Stola auf den Schreibtisch, setzte sich, schlug die Beine übereinander, zündete sich eine Zigarette an. Er spürte, wie seine Nerven sich entspannten. Ihm war, als wenn schon durch seinen Eintritt in dieses Haus die Entscheidung gefallen, alle Probleme gelöst wären.

Kowalski erschien im Smoking, begann schon in der Tür lebhaft, wie es seine Art war, zu reden. »Lieber Doktor, welch nette Überraschung! Ein Mann wie Sie ist mir jederzeit willkommen! Ich nehme an, Sie haben Ware mitgebracht?«

»Nein.«

»Schade, sehr schade. Was macht mir dann das Vergnügen?«

Dr. Jorg wies mit einer Kopfbewegung auf die Stola. »Das Ding da. Können Sie es mir abnehmen?«

Kowalski ließ den Nerz prüfend durch seine Finger gleiten. »Ganz hübsch«, sagte er lauernd, »wo haben Sie ihn her?«

»Gekauft.«

»Um es mir anzubieten?«

»Zum Teufel, nein! Ich habe ihn gekauft, weil ich dachte... aber ich kann ihn nicht gebrauchen!« Dr. Jorg fingerte in seiner Tasche, holte die Rechnung hervor, warf sie auf den Tisch. »Da, überzeugen Sie sich selber!«

Kowalski prüfte die Quittung. »Ja, ja, die Damen! Launische Dinger, schwer zufriedenzustellen! Hm, was machen wir denn da? Ich handle nicht mit Pelzen, na, immerhin, weil Sie mein Freund sind... ich werde das Ding schon irgendwie losschlagen. Sagen wir zweitausend, ja? Einverstanden?«

»Es hat zwei sieben gekostet.«

»Weiß ich, weiß ich. Im Geschäft. Aber aus zweiter Hand...«

»Ich denke nicht daran, auch nur einen Pfennig zu verlieren.«

»Aber Doktor, wie kann man denn so kleinlich sein! Ein Mann wie Sie! Wissen Sie was, geben Sie mir ein paar Rezepte dazu, und wir werden uns einig!«

Dr. Jorg zögerte noch.

»Na«, sagte Kowalski, »überlegen Sie nicht lange, was haben Sie schon zu verlieren? Auf ein Rezept mehr oder weniger kommt es doch auch nicht mehr an!«

Schweigend zog Dr. Jorg seinen Rezeptblock heraus, begann zu schreiben. Kowalski schob einen Teil der hölzernen Täfelchen hinter dem Schreibtisch zur Seite, öffnete einen Safe, zählte ein paar Geldscheine ab, steckte sie in die Tasche, schloß den Safe sorgfältig, ließ die Täfelung wieder davorgleiten.

Er nahm die Rezepte an sich, zählte das Geld auf den Tisch. »Na, sehen Sie«, sagte er, »Kowalski ist ein Mann, mit dem sich reden läßt!«

»Danke«, sagte Dr. Jorg kurz angebunden und stand auf.

»Sie wollen doch nicht schon gehen, Doktor? Oder haben Sie etwas Besonderes vor? Ich gebe gerade eine kleine Party, und die Damen wären sicher begeistert...«

»Nein!«

Kowalski zeigte lächelnd seine ebenmäßigen, weißen Zähne. »Schlechte Erfahrungen gemacht, wie? Ich verstehe schon. Wir verbrannten Knaben scheuen das Feuer. Aber wie wäre es mit einem Spielchen, Doktor? Sie wissen ja, Pech in der Liebe, Glück im Spiel! Sagen Sie nicht nein, ich meine es ja gut mit Ihnen... es wird Ihnen Spaß machen, ganz sicher!«

Dr. Jorg hatte keine Lust, sich an den Spieltisch zu setzen. Aber genausowenig konnte es ihn reizen, wieder in die dunkle Nacht hinauszufahren. Wohin? Für die Klinik war es zu spät. Und nach Hause? Er scheute zurück, wenn er nur an das traurige, anklagende Gesicht seiner Frau dachte, ihre Vorwürfe, ihre bohrenden Fragen, ihre Tränen.

»Einverstanden«, sagte er, »aber geben Sie mir erst was zu trinken.«

Kowalski lachte. »Daran soll es nicht fehlen! Bei mir hat noch kein Gast dursten müssen!«

Die Gesellschaft, die sich um den langen, mit grünem Filz belegten Tisch zusammengefunden hatte, war sehr gemischt. Es gab Herren, die offensichtlich der ersten Gesellschaft angehörten, dazwischen Männer, denen niemand gerne nachts begegnet wäre, mit schwerem Schmuck behangene ältere Damen und junge Mädchen in kühnen, großzügig ausgeschnittenen Kleidern.

Dr. Jorg hatte nur Augen für die kleine, elfenbeinerne Kugel, die im Roulette kreiselte und hüpfte, bis sie endlich in einem der numerierten Fächer zum Stillstand kam.

Anfangs hatte er vorsichtig gesetzt, nur auf einfache Chancen, hatte mal gewonnen, dann wieder verloren. Aber bald wurde ihm diese Methode zu langweilig. Er setzte einen Hunderter auf die 23, seine Jahreszahl, und gewann.

Der Croupier, ein Angestellter Kowalskis, schob einen ganzen Stoß Scheine auf die Nummer. Dr. Jorg ließ seinen Gewinn für das nächste Spiel stehen.

Bisher hatte ihn kaum jemand am Tisch beachtet. Jetzt, nachdem das Glück sich so sichtbar auf seine Seite geschlagen hatte, starrten alle ihn an. Aber Dr. Jorg bemerkte es kaum. Er fieberte dem nächsten Spiel entgegen.

»Nichts geht mehr«, rief der Croupier, und wieder warf er die elfenbeinerne Kugel auf die rotierende Scheibe.

Voll atemloser Spannung beobachteten alle ihren hüpfenden Tanz, und wieder fiel die Kugel auf die 23.

Dr. Jorg nahm seinen Gewinn an sich, setzte, einer plötzlichen Eingebung folgend, tausend Mark auf Null. Sein Gegenüber, ein hagerer Mann, auf dessen Wangen rote, hektische Flecken brannten, setzte auf die 23. Einige andere Spieler folgten seinem Beispiel. Ein junges Mädchen legte zögernd einen Zwanzigmarkschein mit auf die Null, zog ihn aber, nachdem der Croupier schon sein: »Nichts geht mehr!« gerufen hatte, hastig zurück.

Es ging Dr. Jorg nicht um das Gewinnen. Er hatte nicht die geringste Idee, was er mit dem Geld, das ihm da so unversehens zufloß, anfangen sollte. Aber der Reiz des Spiels, diese rauschhafte Erwartung, hatte ihn gefangengenommen.

Als die Kugel diesmal auf der Null liegen blieb, war er vielleicht der einzige am Tisch, der nicht überrascht war. Er ließ sich seinen Gewinn zuschieben, achtete nicht darauf, daß der hagere Mann ihm gegenüber aufstand und das Zimmer verließ. Dr. Jorg setzte auf die 13.

Die Kugel war noch nicht zur Ruhe gekommen, als Kowalski von hinten an ihn herantrat und ihm zuflüsterte: »Herr Doktor, bitte, kommen Sie!«

»Augenblick«, sagte Dr. Jorg und starrte auf die Kugel.

Kowalski versuchte ihn hochzuzerren. »Schnell! Es ist dringend!«

Aber Dr. Jorg rührte sich nicht vom Platz, bis sich das Spiel entschieden hatte. Die Kugel lag auf der 13.

»Na also«, sagte er tief befriedigt, stopfte sich die Taschen voll Geld und ließ sich von Kowalski beiseite nehmen. »Was gibt es?«

»Auf der Herrentoilette, kommen Sie mit ...« Und erst, als sie aus der Hörweite der anderen waren, fügte er hinzu: »Es hat sich jemand erschossen!«

»Und was soll ich dabei tun?«

Kowalski beantwortete diese Frage nicht, er zog Dr. Jorg mit sich. Im Vorraum der Toilette standen mehrere Herren um eine am Boden liegende Gestalt. Kowalski schob den Riegel vor.

Dr. Jorg empfand das Makabre der Situation. Aus den Gesellschaftsräumen tönte Gemurmel, Gläserklirren, Musikfetzen herüber. Hier, im gefliesten Raum, lag eine leblose Gestalt. Von Sekunde zu Sekunde vergrößerte sich die Blutlache und floß als ein fingerbreites Rinnsal in Richtung Abfluß.

Er beugte sich nieder, sah, daß es sich bei dem Verletzten um den hageren Mann handelte, der ihm am Spieltisch gegenübergesessen hatte. Jetzt waren die hektischen Flecken von seinen Wangen verschwunden, sein Gesicht war kalkbleich.

Mit seinen Ellbogen schob er, jetzt auf dem Boden kniend, die Umstehenden zur Seite. »Gehen Sie mir doch bitte aus dem Licht!«

Er hob das linke Augenlid an, es zuckte heftig. Der Puls war tastbar, zwar flach und fadenförmig, aber er war da.

Dr. Jorg ließ sich ein Handtuch reichen, preßte es, im Gegensatz zu jeglicher chirurgischen Asepsis, auf die stark blutende Stirn, hielt den Verletzten, der sich unruhig hin und her warf, dabei am Kinn fest.

Die Wunde ließ sich auch jetzt noch nur oberflächlich beurteilen. Unzweifelhaft war ein größeres Gefäß verletzt. Sobald er das Handtuch fortnahm, spritzte Blut aus der Wunde.

Dr. Jorg richtete sich auf, wandte sich an Kowalski. »Hier gibt's nur eins ... einen Kompressionsverband und ab in die Klinik. Soweit ich es beurteilen kann, hat sich der Mann einen Streifschuß an der rechten Schläfe beigebracht.«

»Er wird also ... nicht sterben?« fragte Kowalski.

»Wenn er jetzt sofort in klinische Behandlung kommt, sicher nicht.«

»Sie sind doch Chirurg«, sagte Kowalski, »oder? Warum können Sie nicht selber hier an Ort und Stelle ...«

»Haben Sie einen Operationsraum? Instrumente?«

»Einen Operationsraum nicht, aber einen wohlversehenen Medikamentenschrank ...«

»Nein.« Dr. Jorg stand auf. »Da mache ich nicht mit.«

»Wirklich nicht, Herr Doktor?« sagte Kowalski lächelnd. »Ich fürchte, das würden Sie bereuen!« Eine Sekunde lang standen die beiden Männer Auge in Auge. »Aber was rede ich da«, sagte Kowalski, »ich kenne Sie doch besser. Sie sind kein Unmensch, Doktor, nicht wahr? Sie werden diesem armen Teufel helfen ... denken Sie doch an die Schwierigkeiten, die er sonst bekäme. Und nicht nur er allein.«

Die anderen Herren standen wie eine Mauer um sie herum. Dr. Jorg begriff, daß es kein Ausweichen gab.

»Auf Ihre Verantwortung, Kowalski«, sagte er durch die Zähne.

»Aber sicher, Doktor...!« Kowalski wandte sich an die anderen. »Los, Jungens, packt an... bringt ihn, ja, wohin am besten? In die Küche, da haben wir gutes Licht. Sie, Peter, passen auf, daß die Luft während des Transports rein bleibt... und Sie, Schorsch, holen den Medikamentenschrank...«

Die Aktion verlief rasch und unauffällig. Trotzdem konnte nicht vermieden werden, daß der Weg aus dem Waschraum durch die Halle und in die helle, moderne Küche durch dicke rote Blutstropfen gezeichnet wurde.

Kowalski hatte nicht gelogen. Der Medikamentenschrank war für einen Privathaushalt bemerkenswert gut bestückt. Dr. Jorg zog eine Spritze mit Dolantin auf, injizierte. Der Patient wurde ruhiger, außerdem wurde auch der Schmerz dadurch gedämpft. An eine Narkose war unter den gegebenen Umständen natürlich nicht zu denken.

»Festhalten!« ordnete er an. »Nicht nur den Kopf, auch die Beine!«

Er zog sterilen Zellstoff aus einer Trommel, tupfte energisch die Stirn ab. Über der rechten Schläfe wurde die etwa fingerbreite Wunde sichtbar, sie zog sich zum Haaransatz hinauf. Die Wunde war einen guten Zentimeter tief, die Wundränder leicht zerfetzt.

Dr. Jorg zog seine Jacke aus, reichte sie Kowalski. Er breitete das kleine, chirurgische Besteck auf dem Tuch aus, in dem es eingeschlagen gewesen war.

Noch einmal tupfte er die Wunde trocken. Mit der linken Hand drückte er das spritzende Gefäß zusammen, mit der rechten griff er zu einer Klemme, zog die Hand mit dem Tupfer rasch zurück, erfaßte mit der Klemme das Gefäß im rechten Mundwinkel. Dann faßte er mit der zweiten Klemme den anderen, mehr zur Mitte hin gelegenen Gefäßstumpf. Die Wunde blutete jetzt nur noch schwach.

Sorgfältig untersuchte Dr. Jorg sie mit den Fingerspitzen. Der Schädelknochen schien nicht verletzt zu sein. Aus einer Alkoholflasche, in der eine Katgutrolle steckte, zog er einen Faden, schnitt ihn ab und warf ihn weg. Dann zog er wieder an dem Faden, bis er ein etwa zehn cm langes Stück heraus hatte, schnitt ihn ab. Er hob die Klemme hoch, führte den Faden durch den unteren Teil, ließ die Klemme wieder fallen, verknotete den Faden. Auf die gleiche Art versorgte er auch das Gefäß unter der anderen Klemme, nahm beide ab. Die Blutung stand.

Dr. Jorg schnitt die Enden der Fäden ab, nahm eine Wundschere und begradigte die zerfetzten Wundränder.

Er atmete auf. »So, das hätten wir«, sagte er. »Eine Schußwunde ist an sich steril. Wenn wir nur durch die Blutstillung keine Infektion in die Wunde gebracht haben!«

Der Patient öffnete die Augen, sah um sich. »Was ist los? Wo bin ich?«

»Sie haben sich verletzt«, sagte Dr. Jorg. »Bleiben Sie ruhig liegen! Wir sind gleich fertig.«

Zu dem kleinen chirurgischen Besteck im Medikamentenschrank gehörten sechs Metallklammern mit scharfen Zähnen, die auf einer Metalleiste aufgereiht waren. Fünf von ihnen brauchte Dr. Jorg, um die Wundränder zusammenzuklammern. Dann legte er eine dicke Schicht Zellwolle auf die Stirn des Patienten, fixierte sie mit einem festen Verband.

Ohne ein weiteres Wort ging er zum Spülbecken, zog die Gummihandschuhe aus, begann sich die Hände zu waschen. Sein Hemd war blutverspritzt.

Kowalski kam ihm nach. »Tadellos gemacht, Doktor!« sagte er. »Ich danke Ihnen!«

»Ich will nicht behaupten, daß es gern geschehen wäre!«

Kowalski grinste. »Kann ich mir denken! Sagen Sie mal, weiß denn dieser Mann nicht mehr, daß er versucht hat, sich zu erschießen?«

»Bestimmt nicht«, erklärte Dr. Jorg, »das hängt mit dem Schock zusammen. Es wird Stunden dauern, bis ihm alles wieder einfällt. Ist auch besser so. Erinnern Sie ihn bloß nicht daran!«

»Wo werd' ich denn!«

»Und sagen Sie das auch den anderen Herren! Lassen Sie ihn nach Hause bringen und ins Bett legen. Wenn er Fieber bekommt, muß er sofort einen Arzt aufsuchen ... das überhaupt, spätestens in drei Tagen!« Er trocknete die Hände ab. »Sagen Sie, Kowalski, könnten Sie mir ein frisches Hemd geben?«

»Gern. Ich verstehe schon. Sie wollen Ihre Frau nicht erschrecken.«

Dr. Jorg runzelte die Stirn. »Meine Frau? Nein, daran habe ich gar nicht gedacht. Ich möchte weiterspielen ... Verlassen Sie sich darauf, bevor ich Ihre Bank nicht gesprengt habe, bringen Sie mich nicht aus dem Haus!«

Kowalskis Augen blieben ganz ernst, während er lächelte. »Na, dann viel Glück, Doktor!«

II

Aber das Glück blieb Dr. Jorg nicht treu. In den nächsten Stunden verlor er alles, was er gewonnen, später auch, was er eingesetzt hatte. Er ließ sich von Kowalski noch einen Vorschuß geben, versuchte, den Zufall zu bezwingen. Aber je heftiger er sich bemühte, desto rascher verlor er.

Endlich, als der Morgen schon graute, löste sich die kleine Gesellschaft auf. Dr. Jorg blieb nichts anderes übrig, als sich anzuschließen. Er fühlte sich fiebrig und erschöpft, seine Augen brannten, sein Kopf hämmerte.

Er hielt die Heimfahrt nicht durch, hielt unterwegs an, gab sich eine Spritze. Das hätte ich früher tun sollen, dachte er, ich war nicht in Form. Nur deshalb habe ich verloren. Das nächstemal ...

Sein Haus war dunkel, aber das wunderte ihn nicht. Er hatte nicht damit gerechnet, daß Inge bis in die Frühe auf ihn warten würde. Er erschrak erst, als er den Brief mit der runden, weiblichen Schrift seiner Frau vor dem Garderobenspiegel liegen sah. Er fühlte das Unheil auf sich zukommen. Er riß ihn auf, las: »Ich kann nicht bei Dir bleiben, erwarte keine Erklärung von mir. Du weißt, warum ich fort muß. Ich bin mit Evchen bei meiner Mutter. Ich werde die Scheidung einreichen. Für eine Versöhnung ist es zu spät.«

Dr. Richard Jorg hatte das Gefühl, einen harten Schlag auf den Kopf zu bekommen.

»Nein!« schrie er. »Nein, nein, nein!«

Sein Schrei gellte durch das verlassene Haus. Er hämmerte mit dem Kopf gegen die Wand, als wenn er ihn zerschlagen wollte.

Der Anfall dauerte nur wenige Sekunden, aber danach fühlte er sich so erschöpft, daß er sich kaum noch auf den Füßen halten konnte. Mit zitternden Händen öffnete er seine Bereitschaftstasche, holte seine Spritze heraus. Es fiel ihm unendlich schwer, die Morphiumampulle aufzuziehen. Seine Hände arbeiteten nicht mehr miteinander, sondern gegeneinander.

Endlich hatte er es geschafft. Er ließ seine Hose herunter, stach sich in den Oberschenkel – zum ersten Male dachte er nicht daran, die Einstichstelle zu desinfizieren.

Mit zusammengebissenen Zähnen wartete er, daß die ersehnte Wirkung eintrat. Er starrte dabei in den Garderobenspiegel, ohne sich mit dem Mann, der ihm daraus entgegenblickte, wirklich zu identifizieren. Es war ihm, als wenn er in das Gesicht eines Fremden sähe – diese aschgraue Haut, die dunkel glühenden Augen, die eingefallenen Wangen, unter denen sich die krampfhaften Bewegungen der Kaumuskeln abzeichneten – nein, das konnte doch nicht er sein, der junge, erfolgreiche Chirurg Dr. Richard Jorg!

Aber dann – endlich, endlich! – tat das Morphium seine Wirkung.

Er warf keinen Blick mehr in den Spiegel, sondern ging mit zielbewußten Schritten in die Küche, goß sich eine Tasse Nescafé auf, trank ihn so heiß, daß er sich fast die Zunge verbrannte. Er fand in seiner Tasche ein zerdrücktes Päckchen Zigaretten, zündete sich eine an.

Mit einemmal war es ihm, als wenn er die Ereignisse der Nacht – die Szene bei Olga Krüger, sein hektisches Roulettespiel bei Kowalski, den Mann, der versucht hatte, sich durch einen Kopfschuß das Leben zu nehmen, den Abschiedsbrief seiner Frau – nur geträumt hätte.

Dr. Jorg ging in die kleine Diele zurück, hob den Abschiedsbrief seiner Frau auf, der seinen verkrampften Fingern entfallen war. Er glättete ihn sorgfältig, las ihn noch einmal, entdeckte jetzt erst das PS, das sie daruntergesetzt hatte: »Wegen der Klinik brauchst Du Dir keine Gedanken zu machen. Ich habe gestern abend noch dort angerufen und Dich entschuldigt!«

Er lächelte in sich hinein, als er das las. – Gutes Mädchen, dachte er. Mein tüchtiges kleines Mädchen! Und du willst mir weismachen, daß du mich nicht mehr liebst?

Er warf einen Blick auf seine Armbanduhr. Es ging auf sieben zu. Er hatte also gerade noch Zeit, sich zu baden, zu rasieren und umzuziehen.

Es war eine lange Nacht gewesen, aber er fühlte sich durchaus nicht mehr abgespannt.

Inge Jorg saß mit ihren Eltern und ihrem Töchterchen am Frühstückstisch.

Frau Stein, in einem eleganten, seidenen Morgenrock, ein Häubchen über dem Haar, unter dem sie ihre Lockenwickler verbarg, plauderte ununterbrochen, um die gespannte Stimmung aufzulockern.

Aber niemand ging darauf ein. Herr Stein hatte sich ganz hinter seiner Zeitung zurückgezogen und ließ nur hin und wieder, zwischen zwei Schlucken Kaffee, ein undefinierbares Brummen hören, das man sowohl als Zustimmung wie als Ablehnung ausdeuten konnte. Inge war vollauf damit beschäftigt, ein halbes Brötchen in winzigen Bissen und ohne jeden Appetit herunterzubringen. Ihr herzförmiges Gesicht mit den übergroßen braunen Augen war von einer milchigen, fast durchscheinenden Blässe. Sie wirkte an diesem Morgen so zart und zerbrechlich wie eine Porzellanfigur.

Evchen spielte mit ihrem Brötchen Segelboot, schob es auf ihrem Teller hin und her, anstatt zu essen.

Ein Klingeln von der Wohnungstür her drang in das Speisezimmer, und unwillkürlich horchten die Erwachsenen auf.

Wenig später kam die Hausangestellte herein. Halb verlegen, halb neugierig blickte sie zwischen Frau Stein und Inge Jorg hin und her.

»Der Herr Doktor ist da, gnädige Frau«, sagte sie.

Frau Stein erhob sich mit einem Ruck. »Wir können ihn nicht empfangen! Sagen Sie ihm ...«

Aber da stand schon Dr. Jorg, und Evchen trippelte jubelnd auf ihn zu. »Papi! Papi!« rief sie und streckte ihm die Ärmchen entgegen.

Er hob das Kind auf und schwenkte es hoch durch die Luft. »Ja, der Papi ist da!« rief er. »Und weißt du, warum er gekommen ist? Er wird die Mami und dich jetzt wieder mit nach Hause nehmen!«

Aber er hatte den Satz kaum zu Ende gesprochen, als Frau Stein schon bei ihm war. Sie riß ihm Evchen aus den Armen, drückte es für eine Sekunde fest an ihre Brust, dann gab sie es der Hausangestellten weiter.

»Bitte«, sagte sie, »nehmen Sie die Kleine mit in die Küche und lassen Sie sie nicht aus den Augen!«

Evchens Mäulchen verzog sich, ihre runden, blauen Augen füllten sich mit Tränen. Aber diesmal gelang es ihr nicht, das Herz der Großmutter zu rühren.

»Du gehst zu Nana«, sagte Frau Stein streng, »und bist brav, hast du mich verstanden? Ich will keinen Laut von dir hören!«

Aber die Drohung verfing nicht, Evchen brüllte los. Mit Händen und Füßen versuchte sie, sich dem Griff des jungen Mädchens zu entziehen. »Will nicht!« schrie sie. »Will nicht!«

»Wer gibt dir das Recht, so mit meiner Tochter umzuspringen?« sagte Dr. Jorg empört.

Er wollte Evchen dem Griff der Hausangestellten entreißen, aber er kam nicht dazu. Frau Stein vertrat ihm den Weg, schob Evchen und Nana aus dem Zimmer, schloß die Tür hinter ihnen.

Auch Inge war aufgestanden, die Serviette in der Hand. Aber sie ging nicht auf ihren Mann zu, sondern blieb beim Tisch stehen. »Richard!« sagte sie. »Bitte! Mach es uns allen doch nicht noch schwerer ...«

»Ich euch?« rief Dr. Jorg. »Du tust geradeso, als wenn ich dich verlassen hätte und nicht umgekehrt!«

»Du weißt, warum ich gehen mußte.«

»Niemand hat dich dazu gezwungen!«

»Ach, Richard«, sagte sie und wandte ihr Gesicht ab, damit er ihre aufsteigenden Tränen nicht bemerken sollte.

Herr Stein war als einziger sitzen geblieben. Er hatte seine Zeitung mit pedantischer Sorgfalt zusammengelegt und sah seinen Schwiegersohn aus kühlen Augen an. »Darf ich fragen, Richard, was du eigentlich hier willst?«

»Das habe ich wohl schon deutlich genug gesagt!«

»Entschuldige, möglicherweise habe ich dir nicht zugehört. Also ... was hast du vor?«

»Ich will meine Frau und mein Kind nach Hause holen.«

Herr Stein wandte sich an seine Tochter. »Und du, Inge, willst du mit ihm gehen?«

»Nein«, sagte sie beherrscht.

»Damit«, sagte Herr Stein, »dürfte der Fall ja wohl erledigt sein!«

Dr. Jorg tat einen tiefen Atemzug. Er wandte sich an Inge, wollte sie in die Arme nehmen, aber sie wich hastig vor ihm zurück.

Diese Reaktion brachte ihn zur Besinnung.

»Es tut mir leid, Inge«, sagte er mit veränderter Stimme, »es tut mir ehrlich leid ... ich weiß, ich habe mich schlecht benommen, und ich verspreche dir ... ach, Inge, warum können wir nicht wenigstens unter vier Augen miteinander reden?«

»Alles, was du mir zu sagen hast, können auch meine Eltern hören!«

»Ich liebe dich, Inge, und ich brauche dich! Bitte, komm mit mir zurück!«

Einen Atemzug lang schien es, als wenn Inge in ihrem Entschluß wankend werden würde. Aber dann biß sie sich auf die Lippen, ballte die Hände zu Fäusten. »Nein, Richard«, sagte sie, »nein. Es ist zuviel geschehen!«

»Ich werde mich ändern, Inge, ich schwöre es dir!«

»Ich kann nicht mit dir kommen, Richard«, sagte sie, »nicht, bevor du wieder zur Vernunft gekommen bist, bevor du dein Leben in Ordnung gebracht hast! Ich habe viel Verständnis gehabt, das weißt du, ich habe mit allen Kräften versucht, dir zu helfen ... aber gegen den Teufel, der dich in seinen Krallen hält, bin auch ich machtlos. Nur du selber kannst dir jetzt noch helfen, Richard ... Lebewohl!«

Sie drehte sich um und verließ das Zimmer.

»Ich hoffe, du hast jetzt endlich gemerkt, daß es Inge ernst ist«, sagte Herr Stein. »Glaub nur nicht, daß wir, meine Frau und ich, uns bemühen werden, sie von ihrem Entschluß abzubringen. Es ist immer traurig, wenn eine Ehe zerbricht ... aber Inge ist noch jung genug ... jetzt ist sie noch jung genug, sich ein eigenes Leben aufzubauen.«

»Du hast dir alles selber zuzuschreiben«, sagte Frau Stein, »glaub nur nicht, daß wir Mitleid mit dir haben!«

Dr. Jorg lächelte, doch in seinen Augen stand ein tiefer Schmerz. »Das«, sagte er, »habe ich auch gewiß nicht von euch erwartet! Ich hoffe, ihr werdet mich wenigstens hie und da mal meine Tochter sehen lassen?«

»Es ist besser«, sagte Herr Stein, »wenn du das Kind nicht beunruhigst! Schließlich wird Evchen ohnehin am meisten unter eurer Trennung zu leiden haben!«

»Aber ... ihr könnt mir doch nicht so einfach das Kind wegnehmen? Schließlich, ich bin der Vater und ...«

»Das kannst du alles dem Scheidungsrichter erzählen«, sagte Frau Stein. »Wir sind für diese Fragen wirklich nicht zuständig!« Sie wandte sich, als wenn Dr. Jorg endgültig für sie Luft wäre, an ihren Mann. »Bist du mit dem Frühstück fertig, Herbert? Es ist Zeit fürs Büro ... sicherlich wartet schon der Wagen unten ...«

Dr. Jorg hörte nicht mehr, was sein Schwiegervater darauf sagte. Ohne Gruß hatte er das Zimmer und die Wohnung verlassen. Er hatte begriffen, daß er geschlagen war.

Drei Tage lang ertrug Inge Jorg es tapfer. Sie gab sich alle Mühe, ihre Mutter nicht mit ihrem Kummer zu belasten. Sie kümmerte sich in jeder freien Minute um Evchen, um ihr den Verlust des Vaters zu erleichtern, sie erwähnte nie mehr ein Wort von ihrem Mann und kämpfte darum, ihn und alles Schwere der letzten Zeit zu vergessen.

Dann, am Abend des dritten Tages nach ihrer Flucht, hielt sie es nicht mehr aus. Rena Kramer war wieder einmal gleich nach Ladenschluß gegangen. Inge Jorg blieb allein zurück, um aufzuräumen.

Sie hatte das Gefühl, daß sie diese Gelegenheit, ungestört telefonieren zu können, einfach benutzen mußte. Sie versuchte Richard zu erreichen, erst in der Klinik, und als er nicht dort war, in ihrem alten Zuhause. Aber er meldete sich nicht.

Sie stand neben dem Telefon, versuchte ihre Ängste zu zerstreuen, aber es gelang ihr nicht. Sie entschloß sich, Olga Krüger anzurufen. Aber als die Sekretärin sich meldete, war sie so verwirrt, daß sie im ersten Augenblick nichts zu sagen wußte.

Erst, als Olga Krüger fragte: »Hallo, hallo ... wer ist denn da?« fand sie die Sprache wieder.

»Hier spricht Inge Jorg«, sagte sie.

»Frau Jorg«, sagte Olga Krüger überrascht, »ja, was gibt es?«

»Ich wollte nur fragen ... haben Sie meinen Mann noch einmal gesprochen oder gesehen? Seit ... seit jenem Abend?«

»Nein«, sagte Olga Krüger. »Ist er wieder ... fort?«

»Nein, nein, nur ... ich habe ihn verlassen. Ich bin zu meinen Eltern zurückgekehrt.«

Es entstand eine kurze Pause, dann sagte Olga Krüger: »Ich glaube, das war sehr richtig von Ihnen!«

»Ja, das denke ich auch, nur ... ich mache mir Sorgen um meinen Mann.«

»Das kann ich verstehen, Frau Doktor, aber schließlich ... er ist ein erwachsener Mann, nicht wahr? Ich habe die Erfahrung gemacht, daß Männer im allgemeinen sehr gut auf sich aufpassen können.«

»Schon möglich.«

»Jedenfalls werde ich Sie benachrichtigen, wenn er bei mir aufkreuzt.«

»Das wäre sehr nett!« sagte Inge Jorg und hastig fügte sie hinzu: »Aber erzählen Sie ihm bitte nichts von meinem Anruf!«

»Bestimmt nicht! Er könnte es womöglich falsch auffassen!«

Nach diesem Gespräch war Inge Jorg einigermaßen beruhigt. Zwar konnte sie sich nach wie vor keine Vorstellung davon machen, wie es ihrem Mann ging. Aber sie hatte jetzt das Gefühl, ihr möglichstes getan zu haben.

Sie löschte das Licht, trat aus der Boutique, ließ die eiserne Rollo herunter.

»Guten Abend, Inge«, sagte eine Stimme hinter ihr.

Eine Sekunde lang glaubte sie, daß es Richard wäre, dann aber, noch bevor sie sich umgedreht hatte, erkannte sie ihren Irrtum. Es war Teddy Murnau.

»Teddy«, sagte sie überrascht.

Er schob ungezwungen seine Hand unter ihren Arm. »War eine gute Idee von mir, dich abzuholen, wie?« fragte er.

»Eine der besten«, sagte sie lächelnd. »Jetzt brauche ich wenigstens nicht mit dem Bus nach Hause zu fahren!«

»Wer spricht denn vom Nachhausefahren? Jetzt gehen wir beide erst mal ganz groß essen.«

»Nein, Teddy«, sagte sie, »das geht nicht. Meine Mutter erwartet mich, und ...«

»Irrtum, mein Mädchen! Deine Mutter weiß Bescheid. Ich komme geradewegs von ihr.«

Inge verhielt unwillkürlich den Schritt. »Ach«, sagte sie, »dann weißt du also alles?«

»Ja!« Er drückte ihren Arm fester. »Und ich kann dir gar nicht sagen, wie froh ich darüber bin! Wirst du die Scheidung einreichen?«

»Das kommt darauf an.«

»Worauf? Du bist also doch noch nicht ganz entschlossen, endgültig Schluß zu machen? Wenn er wieder auftaucht und versucht, dich einzuwickeln ...«

»Das verstehst du nicht, Teddy«, sagte sie schroffer, als sie beabsichtigt hatte.

»Ich will dich ja nicht drängen, Inge«, sagte er rasch, »ich muß ja schon froh sein, daß du dich zu diesem ersten Schritt entschlossen hast! Du ahnst nicht, was das für mich bedeutet ... endlich ein Hoffnungsschimmer!«

Sie waren vor dem Portal des Hotels »Vier Jahreszeiten« angekommen, und er blieb stehen. »Gehen wir in den Grill?« fragte er. »Oder hast du was Besseres vor?«

Sie schüttelte lächelnd den Kopf. »Ich überlasse es ganz deiner Führung!«

In den ersten Minuten genoß sie die elegante Atmosphäre des Grillrooms, Teddy Murnaus besorgte Aufmerksamkeit, das lange nicht mehr gekannte Gefühl, verwöhnt und angebetet zu werden. Aber ehe sie sich noch recht entspannt hatte, war die Unruhe wieder da.

Teddy Murnau entging es nicht.

»Also, was ist los mit dir?«

Sie legte den Löffel hin, sah ihn an, suchte nach Worten, es ihm zu erklären.

»Schmeckt dir die Schildkrötensuppe nicht?«

»Doch, doch, Teddy, es ist nur ... du wirst mich sicher für eine Närrin halten«, sagte sie, »aber ... obwohl ich mir nichts in unserer Ehe habe zuschulden kommen lassen, wirklich nicht ...«

»Das brauchst du mir nicht zu beteuern!«

»Ich habe mich wieder und immer wieder in diesem Punkt geprüft. Es heißt ja doch, daß immer beide Teile an der Zerrüttung einer Ehe schuld sind ...«

»In deinem Fall bestimmt nicht, Inge!«

»Meine Eltern denken da anders, obwohl sie es anständigerweise bisher noch nicht angedeutet haben.« Inge seufzte. »Aber das ist nicht der springende Punkt. Ich habe wirklich ein gutes Gewissen, Teddy ... und trotzdem fühle ich mich für das, was passiert ist, mitverantwortlich.«

»Und ob«, sagte er. »Mir geht es selber ja ganz ähnlich ... ich meine natürlich, wenn man das überhaupt vergleichen kann! Diese Sache mit Lizzi Gollner neulich, die ist mir auch verdammt an die Nieren gegangen. Obwohl ich mir bis heute noch nicht richtig darüber klargeworden bin, was ich dabei oder ob ich überhaupt etwas falsch gemacht habe.«

»Lizzi«, sagte Inge Jorg nachdenklich, »war das das Mädchen, das aus dem Fenster gesprungen ist?«

»Genau die.«

»Wie geht es ihr denn? Ich meine ... ist der Fall wirklich so ernst, wie Richard damals vermutet hat?«

»Ernst genug. Leider. Aber ob die Lähmung bleiben wird oder nicht, ist immer noch nicht hundertprozentig heraus. Die Wirbelsäule ist angeknackt, aber das Rückenmark soll nicht verletzt sein.«

»Dann besteht unbedingt Hoffnung«, sagte Inge, »soviel verstehe ich als Arztfrau immerhin von diesen Dingen.«

»Na, jedenfalls ist sie in den besten Händen«, sagte Teddy Murnau, »ihre Eltern sind aus Wien gekommen, und sie werden natürlich Himmel und Hölle in Bewegung setzen, daß alles nur Menschenmögliche für Lizzi getan wird.«

»Haben sie dir Vorwürfe gemacht?«

Teddy Murnau zuckte die Achseln. »Sie werden sich ihr Teil gedacht haben. Massiv sind sie allerdings nicht geworden. Lizzi war anständig genug, ihnen zu erklären, daß sie ... ihre verrückten fünf Minuten gehabt hat.«

»Tatsächlich?«

»Ja. Der Schrecken war für sie selber anscheinend ganz heilsam. Sie hat sich sogar bei mir entschuldigt. Nettes Mädchen, diese Lizzi. Wenn sie nicht wieder auf die Beine käme, wäre es schade darum.« Das Gespräch über Lizzi Gollner tat Inge gut, und Teddy, dem es nicht entging, verbreitete sich noch des längeren und breiteren über dieses Thema. Es gelang ihm, Inge von ihren eigenen Sorgen abzulenken. Der gute Wein und das erstklassige Essen taten das Ihrige dazu, und als sie endlich gegen elf Uhr den Grillraum verließen, war Inge merklich entspannter.

»So wohl wie heute«, sagte sie ehrlich, als sie neben ihm im Wagen saß, »habe ich mich schon seit langem nicht mehr gefühlt ... ich danke dir, Teddy, für alles.«

Er sah sie rasch von der Seite her an. »Das könntest du jeden Tag haben, Inge ...«

»Vielleicht wäre es dann nicht mehr so schön.«

»Ganz im Ernst«, sagte er. »Hättest du nicht Lust, auf ein paar Wochen mit mir zu verreisen? In allen Ehren natürlich, nur, damit du hier mal aus allem herauskommst ...«

»Sehr lieb von dir, Teddy.«

»Aber?«

»Das weißt du doch selber. Vorläufig bin ich immer noch verheiratet ...«

»Du solltest etwas dagegen unternehmen.«

»Vielleicht hast du recht ...«

»Endlich ein Wort!« Er steuerte den Wagen in eine Nebenstraße hinein. Sie bemerkte es sofort. »Wo fährst du hin?«

Er stoppte. »Ich fahre nicht, ich halte. Ich möchte meinen Abschiedskuß haben, Inge. Vor eurer Haustür wird es doch wieder nichts werden!«

»Aber Teddy...«, begann sie.

Weiter kam sie nicht, denn er verschloß ihren Mund mit einem langen zärtlichen Kuß. Sie wehrte sich nicht. Erst in dieser Minute spürte sie, wie einsam sie in der letzten Zeit gewesen war, wie sehr sie sich nach Liebe gesehnt hatte.

»Ich liebe dich, Inge«, flüsterte er. »Noch nie habe ich einen Menschen so geliebt wie dich!« Seine Hände stahlen sich unter ihren Mantel, streichelten sie zärtlich.

Sie ließ ihn gewähren, gab sich mit geschlossenen Augen der Illusion einer Liebe hin, die ihr verwehrt war.

Erst als er leidenschaftlicher wurde, erwachte ihr Widerstand. »Inge«, keuchte er, »bitte, komm mit zu mir... nur auf eine halbe Stunde!«

»Nein«, sagte sie und war mit einem Schlag wieder ganz wach, »nein, Teddy, das geht nicht! Bitte, Teddy, bitte... wir dürfen das nicht tun!«

In dieser Nacht lag Inge Jorg noch lange wach, starrte mit offenen Augen in die Dunkelheit. Sie war bis ins Innerste verwirrt.

Niemals hätte sie für möglich gehalten, daß sie für einen anderen Mann auch nur etwas Ähnliches hätte empfinden können wie für Richard. Und doch wäre sie schon der ersten wirklichen Versuchung beinahe unterlegen.

Wie leicht war es, einen anderen Menschen zu verurteilen, und wie schwer war es, selber stark zu bleiben.

In den dunklen Stunden dieser Nacht wurde es Inge Jorg klar, daß sie ihrem Mann, dessen ganzes Leben ins Schwanken gekommen war, nicht jetzt noch einen Stoß in den Abgrund geben durfte. Sie war immer noch mit ihm verheiratet, immer noch für ihn verantwortlich. Sie selber konnte ihm nicht helfen, darüber war sie sich klar. Aber sie mußte einen Menschen finden, der ihm beistand.

Am nächsten Morgen rief sie nach dem Frühstück Dr. Willy Markus an, und der junge Arzt kam noch am gleichen Vormittag. Frau Stein war einsichtig und taktvoll genug, die beiden nach der ersten Begrüßung allein zu lassen. Evchen war im Kindergarten.

»Du weißt, daß ich Richard verlassen habe?« fragte Inge Jorg.

»Ah, wirklich?« sagte er unbeeindruckt. »Na, ich hatte schon so etwas geahnt.«

»Hat Richard dir nichts erzählt?«

»Wie sollte er? Ich habe ihn seit Tagen nicht mehr gesehen.«

Sie erschrak. »Heißt das... er war nicht mehr in der Klinik?«

»Aber nein, keineswegs. Du weißt ja, wir arbeiten in verschiedenen Teams und zu anderen Zeiten. Wenn er aber nicht mehr zum Dienst gekommen wäre, wüßte ich es bestimmt. So eine Klinik ist wie ein Dorf. Du hast also keinen Grund, dich zu beunruhigen.« Dr. Willy Markus bot ihr eine Zigarette an. »Wenn ich mir auch vorstellen könnte, daß ihn dein Entschluß schwer getroffen hat«, sagte er, als er ihr Feuer gab.

Sie hatte das Gefühl, sich verteidigen zu müssen. »Du weißt nicht, was unserer Trennung vorausgegangen ist«, sagte sie. »Richard hat sich unglaublich aufgeführt ... unerklärliche Dinge getan ...«

Er hatte sich selber eine Zigarette angezündet. »Das glaube ich dir aufs Wort«, sagte er ruhig.

»Und trotzdem«, sagte sie, »kann ich das Gefühl nicht loswerden, daß man sich um ihn kümmern müßte ...«

Er verstand sie sofort. »Du möchtest, daß ich mich um ihn kümmere, wie?«

»Ja«, sagte sie erleichtert, »bitte, Willy. Du warst doch immer sein Freund ... unser Freund!«

Dr. Willy Markus fuhr sich mit der Hand über das glatte schwarze Haar. »Das schon, Inge, nur ... Richard selber scheint das nicht so zu empfinden. Er ist mir in der letzten Zeit alles andere als freundschaftlich begegnet.«

»Er weiß nicht mehr, was er tut. Ich glaube, er lebt in dem Wahn, daß alle Welt sich gegen ihn verschworen hätte. Er kann Freund und Feind nicht mehr voneinander unterscheiden. Er ist krank, Willy ... ernstlich krank.«

»War er bei einem Psychotherapeuten?«

»Angeblich ja.«

»Na und? Was soll dieser Mann gesagt haben?«

Inge streifte die Asche ihrer Zigarette ab. »Es bestünde kein Grund zur Beunruhigung. Ein leichter Nervenschock, der sich in absehbarer Zeit überwinden ließe.«

»Genau meine Worte.«

»Ich weiß, Willy. Aber ich ... entschuldige, ich verstehe nichts davon ... ich kann einfach nicht an diese Diagnose glauben. Es steckt mehr dahinter, viel mehr.«

»Bist du sicher?«

»Glaubst du, ich hätte ihn sonst verlassen? Ich liebe ihn doch ... ich meine, ich habe ihn geliebt. Ich würde ihn bestimmt nicht in einer Nervenkrise allein gelassen haben. Aber ... er benimmt sich manchmal wirklich wie ein Wahnsinniger. Ich habe Angst ... auch um Evchen, Angst, daß er etwas ganz Furchtbares tun könnte.«

»Hm«, sagte Dr. Markus, »das liegt allerdings bedenklich. Und da ich weiß, daß du alles andere als hysterisch bist ... sag mal, könntest du mir nicht mal ein paar Symptome nennen?«

»Sein Gesundheitszustand scheint so schwankend zu sein. Mal ist er völlig abgespannt, sein Gesicht wirkt ganz verfallen, uralt ... und dann, fünf Minuten später, ist er wieder ganz obenauf!«

»Die Frage ist«, sagte Dr. Markus, »was in diesen fünf Minuten passiert. Nimmt er Tabletten?«

»Ich weiß nicht. Neulich ist er einfach ins Bad gegangen, hat seinen Kopf unter den kalten Wasserhahn gesteckt ...«

»Warst du dabei?« fragte er rasch.

»Nein. Aber als er wieder herauskam ...« Sie stockte. »Da ist noch etwas sonderbar«, sagte sie, »er hatte die Tür abgeschlossen. Das tut er sonst nie.«

Der Verdacht des Arztes verstärkte sich, aber er sprach ihn nicht aus, um Inge nicht noch mehr zu beunruhigen. »Ich werde mit Richard sprechen«, sagte er nur, »vielleicht kann ich ihm helfen ...«

»Aber, bitte sag nicht, daß ich . . .«

»Natürlich nicht. Wird auch gar nicht nötig sein. Ich schaue mir den Dienstplan an und sehe zu, daß ich ihn in der Klinik erwische. Ich habe ihn ja schon öfters mal früher abgelöst. Dabei wird ihm nichts auffallen.«

Dr. Richard Jorg hatte einen schweren Arbeitstag in der Unfallklinik hinter sich, aber unter dem Einfluß des Morphiums hatte er exakt und gut gearbeitet, wie in seiner besten Zeit. Selbst Oberarzt Dr. Müller, der ihn in letzter Zeit mit einigem Mißtrauen beobachtet hatte, mußte das anerkennen.

Aber jetzt, da die Dienstzeit zu Ende ging, begann auch die Wirkung der Spritze nachzulassen. Dr. Jorg fiel es schwer, sich zu konzentrieren, seine Bewegungen und Handgriffe zu kontrollieren. Er wurde fahrig, nervös, hatte nur noch den einen Wunsch, endlich fertig zu werden. Er brauchte zu der Untersuchung eines Oberschenkelbruchs doppelt so lange wie gewöhnlich.

Oberarzt Dr. Müller und der junge Dr. Köhler waren ins Ärztezimmer gegangen. Dr. Jorg war als einziger Arzt im Vorbereitungsraum zurückgeblieben.

Endlich konnte er den Sanitätern sagen: »Bringen Sie den Mann zum Röntgen! Den rechten Oberschenkel. In zwei Ebenen.«

Er wischte sich mit dem Handrücken über die Stirn, wandte sich zur Tür.

Aber in diesem Augenblick funkelten die Signallichter im Vorbereitungsraum auf, man hörte von draußen den aufreizenden Ton des Martinshorns. Die Rückwand des Raumes öffnete sich automatisch. Flinke Hände schoben eine Trage herein.

Ein neuer Fall! – Auch das noch, war alles, was Dr. Jorg in diesem Augenblick denken konnte.

Am liebsten wäre er geflohen, weit, weit weg, irgendwohin, wo niemand Anforderungen an ihn stellte, denen er nicht mehr gewachsen war, wo man ihn in Ruhe lassen würde. Er folgte seinem Impuls, war schon bei der Tür – irgend jemand im Haus würde sich schon finden, der sich des Falles annahm.

In diesem Augenblick fühlte er sich sanft, aber unerbittlich zur Seite geschoben. Dr. Willy Markus war, ohne daß er es bemerkt hatte, in den Vorbereitungsraum getreten.

»Überlaß mir den Fall«, sagte er ruhig, »du bist erschöpft!«

Aber Dr. Jorg hatte den Vorbereitungsraum schon verlassen.

Dr. Willy Markus kannte die Gegebenheiten der Klinik, und er ahnte, was der Freund vorhatte. Es war für ihn nicht schwierig, ihn ausfindig zu machen.

So kam es, daß sich Dr. Jorg, als er die Herrentoilette verließ, im Vorraum seinem Kollegen gegenübersah. Er wollte mit hastigem Gruß vorbei, aber Dr. Markus vertrat ihm den Weg.

»Wie lange geht das jetzt schon?« fragte er ernst.

»Tut mir leid, ich habe keine Zeit, ich muß . . .«

»Du wirst mich jetzt anhören, Richard! Ich habe dich etwas gefragt!«

»Und ich habe keine Ahnung, was diese Frage bedeuten soll.«

»Dann muß ich deutlicher werden. Seit wann spritzt du, Richard?«

»Ich!? Aber das ist doch absurd . . .«

»Lüg nicht, damit machst du nichts besser!« Er packte ihn am Arm.

Dr. Jorg riß sich mit einer heftigen Bewegung los. »Was fällt dir ein? Wer gibt dir das Recht!«

»Du kannst so nicht weitermachen, Richard! Du bist doch selber Arzt, du weißt doch so gut wie ich, wohin die Morphiumsucht führt...«

»Ich bin nicht süchtig!«

»Aber du spritzt!«

Dr. Jorg lächelte. Die Injektion, die er sich gerade gegeben hatte, begann zu wirken. Er fühlte sich jeder Situation gewachsen.

»Na, und wenn schon«, sagte er. »Hin und wieder mal. Wenn ich ganz am Ende bin. Das tut doch fast jeder.«

»Zeig mir deine Oberschenkel!«

»Warum? Ich denke nicht daran.«

»Also doch!« sagte Dr. Markus. »Ich hatte es mir ja gedacht!«

Wieder versuchte Dr. Jorg, an ihm vorbeizukommen, und wieder mißlang es. »Laß mich mit deiner verdammten Schnüffelei in Ruh!« sagte er aufgebracht. »Ich bin kein kleiner Junge mehr, den man gängeln kann...«

»Nein, du bist ein ausgewachsener Narr! Richard, Menschenskind, begreifst du denn nicht! Ich will dir doch nur helfen! Sag mir wenigstens den Grund... es muß doch irgendeinen Grund geben, warum du das tust!«

»Ich leide unter rasenden Kopfschmerzen. Ich bin nicht wehleidig. Aber das sind Schmerzen, wie ich sie meinem schlimmsten Feind nicht gönnen würde!«

»Aber Richard«, sagte Dr. Markus, »wenn das so ist... warum läßt du dich dann nicht mal gründlich untersuchen? Wir haben doch schließlich alle Möglichkeiten hier im Haus, es wäre doch eine Kleinigkeit...«

»Ja«, sagte Dr. Jorg böse, »das könnte dir so passen! Damit jeder hier in der Klinik über mich Bescheid weiß! Glaubst du, ich habe Lust, mich selber unmöglich zu machen?«

»Dann such ein anderes Krankenhaus auf. Begreifst du denn nicht, daß du vor die Hunde gehst, wenn du so weitermachst?«

»Wen würde das schon kümmern! Dich etwa? Mach mir doch nichts vor! Du hast es doch von Anfang an auf Inge abgesehen gehabt!«

»Richard!«

»Du kannst dir gratulieren. Jetzt hast du es bald geschafft. Ich wette, ihr beide lacht euch jetzt schon ins Fäustchen!«

Dr. Jorg stieß ihn beiseite und rannte an ihm vorbei auf den Gang.

Dr. Willy Markus war von tiefer Sorge erfüllt.

Er begriff, daß mit dem Freund nicht zu reden war. War es seine Schuld?

12

Als Dr. Jorg auf sein Auto zuging, tauchte ein Mann vor ihm auf – Kowalski. Er war elegant wie immer, in einem steingrauen Mantel mit dunkler Melone, und wer ihn nicht kannte, hätte sein Lächeln für freundschaftlich halten können. »Guten Tag, Doktor«, sagte er. »Wollen Sie nicht lieber in meinem Wagen fahren? Er ist bequemer.«

»Ich denke nicht daran.«

»Aber, aber! Man kann auf ein gutgemeintes Angebot auch liebenswürdiger reagieren!« sagte Kowalski mit sanftem Tadel.

»Was wollen Sie von mir?«

»Sie zu einer kleinen Spazierfahrt einladen.«

»Ich habe keine Zeit für solche Späße!«

Dr. Jorg wollte weitergehen, da fühlte er sich links und rechts von eisenharten Fäusten gefaßt. Auf einen Wink von Kowalski waren ihm zwei seiner Männer zu Hilfe gekommen.

»Und bist du nicht willig, so brauch ich Gewalt!« zitierte Kowalski lächelnd.

»Sie können schreien, wenn Sie wollen, Doktor! Ich würde es Ihnen aber nicht raten. Sie sitzen schon dick genug in der Tinte, finden Sie nicht auch?«

Dr. Jorg sah ein, daß jeder Widerstand zwecklos war. Er ließ sich zu Kowalskis Auto, einer eleganten Limousine führen, stieg wortlos ein.

Auch Kowalski verzichtete während der folgenden Fahrt quer durch die Stadt darauf, ein Gespräch in Gang zu bringen. Auf Dr. Jorg wirkte dieses Schweigen mehr als bedrohlich, und er war froh, daß er sich wenigstens vorher noch eine Spritze hatte geben können, denn sonst hätten seine Nerven bestimmt versagt.

Endlich hielt der Wagen vor einem Miethaus im Osten der Stadt. Die beiden Burschen führten Dr. Jorg in eine Wohnung im Erdgeschoß. Kowalski folgte.

Die Wohnung war gutbürgerlich eingerichtet, aber es herrschte eine gewisse Unordnung. Alles wirkte verwahrlost. Die Möbel waren verstaubt.

Kowalski stieß die Tür zu einem Nebenzimmer auf, gab Dr. Jorg den Blick frei.

Auf dem Teppich neben der Couch lag ein Toter.

Dr. Richard Jorg hatte mehr als genug Leichen während seiner Ausbildungszeit und seiner Dienstjahre gesehen, an sich hatte ein solcher Anblick kaum noch etwas Erschütterndes für ihn. Aber in diesem Augenblick war er nicht darauf gefaßt gewesen, mit einem Toten konfrontiert zu werden. Unwillkürlich verhielt er den Schritt. Mord! schoß es ihm durch den Kopf.

»Na, weiter, weiter!« drängte Kowalskis ölige Stimme in seinem Rücken »Nur keine Müdigkeit vorschützen, Doktor!«

Er schob Dr. Jorg, der sich nicht von der Stelle rührte, beiseite und trat neben die Couch. »Wie wär's, Jungens«, sagte er und wandte sich den beiden Figuren zu, die Dr. Jorg zum Mitkommen gezwungen hatten, »wenn ihr unseren Freund wieder auf sein Lager betten würdet? Es wäre ein Gebot der Menschlichkeit, und unser Doktor könnte ihn besser untersuchen!«

Dr. Jorg war bei der Tür stehengeblieben.

»Wenn Sie Ihren Patienten nicht untersuchen wollen, Doktor ... auch recht«, erklärte Kowalski. »Zum Leben können Sie ihn so und so nicht mehr erwecken, ich erwarte keine Wunder von Ihnen.« Er zog ein zusammengefaltetes Formular aus der Tasche, hielt es Dr. Jorg hin. »Es genügt völlig, wenn Sie den Wisch hier ausfüllen und unterschreiben ... es handelt sich um die ärztliche Totenbescheinigung.«

Dr. Jorg straffte die Schultern. »Ich denke nicht daran!«
Kowalski verlor keine Sekunde seine schleimige Freundlichkeit. »Und warum nicht, Doktor?«
»Wie soll ich wissen, woran der Mann gestorben ist? Ich habe ihn nie behandelt...«
»Aber ja doch, Doktor. Sie haben! Schauen Sie ihn sich nur näher an! Ich hätte Ihnen den Anblick gern erspart, aber wenn Sie darauf bestehen...«
Zögernd trat Dr. Jorg näher, und erst jetzt, als er das fahle, noch vom Todeskampf verzerrte Gesicht des Verstorbenen deutlich sah, erkannte er, wen er vor sich hatte. Es war der Mann, der sich auf der Toilette in Kowalskis Haus in selbstmörderischer Absicht einen Streifschuß beigebracht hatte. Verband und Klammern waren entfernt, der Wundhof und die Wunde selbst stachen rötlich von der blassen Stirn des Toten ab.
»Ja, aber das ist doch...«, sagte Dr. Jorg.
»Genau! Es ist Ihr Patient! Ich möchte Sie ja nicht beleidigen, Doktor, aber immerhin hat es ganz den Anschein, als wenn er an den Folgen Ihrer Behandlung gestorben wäre!«
Dr. Jorg protestierte. »Das ist nicht wahr! Ich habe für ihn getan, was ich konnte...«
»Aber, aber, Doktor, nun regen Sie sich doch nicht auf«, sagte Kowalski gelassen. »Ich wollte Sie ja nur darauf aufmerksam machen, daß wir beide im gleichen Boot sitzen. Mir wäre eine polizeiliche Untersuchung der Angelegenheit mindestens so unangenehm wie Ihnen... und ich würde mich ja ins eigene Fleisch stechen, wenn ich die Herren von der Kripo darauf aufmerksam machen müßte, daß mein guter Freund Dr. Jorg süchtig ist.«
»Sie Schuft! Sie verdammter Schuft!«
Dr. Jorg war drauf und dran, sich auf Kowalski zu stürzen, aber die beiden Männer schienen etwas Ähnliches geahnt zu haben – ehe er noch einen Schritt auf den anderen zu tun konnte, hatten sie ihn schon gepackt und ihm die Arme auf den Rücken gedreht. Dr. Jorg stand noch so sehr unter dem Einfluß des Morphiums, daß er den Schmerz kaum spürte.
Kowalski setzte sich auf den Couchtisch, schlug die Beine übereinander und zündete sich eine Zigarette an. »Wie wäre es«, schlug er gelassen vor, »wenn wir alle gefühlsmäßigen Momente einmal vergäßen und versuchten, den Fall kühl und vernünftig zu betrachten? Laßt meinen Freund los, Jungens, ihr wißt, ich liebe keine Gewaltmaßnahmen! An was, lieber Doktor, ist der Mann nun Ihrer Meinung nach gestorben?«
Dr. Jorg massierte sich die Arme.
»An einer Sepsis. Durch die offene, nur unzulänglich steril behandelte Wunde sind Fäulniserreger eingedrungen und haben das Blut vergiftet.«
»Und an einer solchen Blutvergiftung stirbt man unweigerlich?«
»Ja. Wenn der Herzkreislauf zusammenbricht.«
»Na, da haben wir's ja, Doktor!« rief Kowalski. »Das ist doch blendend! Geben Sie als Todesursache einfach an: Versagen des Herzkreislaufs, und der Fall ist erledigt. Dabei haben Sie sich noch streng an die Wahrheit gehalten!«
Dr. Jorg kämpfte mit sich. »Die Wunde läßt sich nicht kaschieren«, sagte er zögernd.

»Wozu auch? Auf Ihre Unterschrift hin werden wir den amtlichen Totenschein bekommen, Doktor! Damit ist der Mann zur Beerdigung freigegeben. Meine Männer stecken ihn in einen Sarg, und kein Mensch wird ihn je wieder zu Gesicht kriegen.«

»Das klingt alles höchst einfach.«

»Klingt nicht nur, sondern ist es auch! Weshalb machen Sie sich Skrupel? Ich habe den Mann nicht umgebracht und Sie auch nicht ... keiner von uns trägt die Schuld an seinem Tod, nur er selber. Weshalb sollen wir uns seinetwegen in Schwierigkeiten stürzen, die ihm doch nicht mehr helfen können?«

Kowalski reichte Dr. Jorg noch einmal das Formular.

»Geben Sie her!« Dr. Jorg riß es an sich, trat zum Schreibtisch, setzte sich. »Name des Toten?« fragte er. »Daten?«

Auf einen Wink Kowalskis hin gab ihm einer der Männer einen aufgeschlagenen Paß. Sinnloserweise prüfte Dr. Jorg das Foto – es zeigte den Verstorbenen.

Er begann zu schreiben, mechanisch, mit zusammengebissenen Zähnen. Dann, als er an die Rubrik »Anzeichen für einen unnatürlichen Tod«, kam, setzte er noch einmal ab, sah sich nach Kowalski um. Aber der beachtete ihn gar nicht, stand mit dem Rücken zum Raum, rauchte.

Dr. Jorg dachte krampfhaft nach. Aber er sah keinen Ausweg. Das Netz hatte sich schon zu dicht um ihn zusammengezogen.

»Keine«, schrieb er, und es war ihm, als wenn er damit sein eigenes Todesurteil unterzeichnete.

Dr. Egon Winters, ein schwerer Mann mit dunkler Hornbrille und beginnender Glatze, war der langjährige Anwalt der Familie Murnau, und er war stets bemüht, diese lohnende Verbindung nach besten Kräften zu pflegen. Der alte Herr Murnau war kein Mann, der zu Kompromissen neigte, im Streitfall war ihm stets ein harter Prozeß lieber als ein sanfter Vergleich, wenn es um sein gutes Recht ging – er war ein Klient, wie ihn sich jeder Anwalt gewünscht hätte.

So empfing Dr. Winters die junge Frau Inge Jorg, die ihm durch Teddy Murnau angemeldet worden war, mit größter Liebenswürdigkeit und nahm sich, obwohl sein Wartezimmer voll war, Zeit für das einleitende Gespräch.

Erst als er merkte, daß es Inge Jorg schwerfiel, von sich aus auf den Grund ihres Besuches zu kommen, entschloß er sich, eine direkte Frage zu stellen. »Wenn ich den jungen Herrn Murnau richtig verstanden habe, gnädige Frau, dann sind Sie zu mir gekommen, weil Sie sich scheiden lassen wollen?«

»Sie dürfen nicht glauben, daß es mir leichtgefallen ist, zu Ihnen zu kommen, Dr. Winters«, sagte Inge Jorg. »Aber ... unsere Ehe ist wirklich zerrüttet. Ich kann nicht länger mit meinem Mann zusammen leben.« Sie hielt ihre Handtasche auf dem Schoß so krampfhaft umklammert, als wenn sie ihr einen Halt bieten könnte.

»Aber jetzt wohnen Sie noch bei Ihrem Mann?« fragte Dr. Winters.

»Nein. Ich bin zu meiner Mutter gezogen. Mit meiner kleinen Tochter.«

»Das ist möglicherweise übereilt gewesen, gnädige Frau«, erklärte der Anwalt bedenklich. »Der Gegenanwalt könnte Ihnen dieses Verhalten als böswilliges Verlassen auslegen. Ich würde Ihnen deshalb raten ... bitte, verstehen Sie mich nicht falsch ... bis zur Durchführung der Scheidung wieder zu Ihrem Gatten zurückzukehren. Allein dadurch, daß Sie ihn verlassen haben, haben Sie sich schuldig gemacht.«

»Diese Schuld will ich gern auf mich nehmen. Aber zurück kann ich nicht.«

Dr. Winters spielte mit seinem dicken, goldenen Drehbleistift.

»Sie wären also, wenn ich Sie richtig verstanden habe, gnädige Frau, auch mit einer Scheidung auf Grund beiderseitigen Verschuldens einverstanden?«

»Ja«, sagte Inge Jorg, »das wäre mir egal.«

»Nein ... entschuldigen Sie, daß ich das berichtige, egal ist es nicht. Es würde sich vor allem auf die späteren Unterhaltszahlungen Ihres Gatten auswirken.«

»Ich will kein Geld von meinem Mann«, erklärte Inge Jorg, »nicht mehr, wenn wir geschieden sind. Ich arbeite selber und meine Tochter und ich, wir können bei meinen Eltern leben. Ich habe schon mit meinem Vater darüber gesprochen. Die ganze Scheidung ist kein finanzielles Problem. Wichtig ist nur, daß meine kleine Tochter mir zugesprochen wird.«

»Wie alt ist sie?«

»Drei Jahre.«

»Dann werden wir damit unschwer durchkommen. Das Gericht neigt dazu, unabhängig von der Schuldfrage, die jüngeren Kinder den Müttern zuzusprechen.« Er machte eine kleine Pause. »Es sei denn, es sprächen schwerwiegende Gründe gegen eine solche Entscheidung.«

»Was für Gründe?« fragte Inge Jorg.

»Darf ich ehrlich zu Ihnen sein, gnädige Frau? Es wäre richtig, wenn Sie mir die ganze Wahrheit sagen würden, denn nur dann kann ich Maßnahmen und Anschuldigungen der Gegenpartei voraussehen und abfangen ...«

»Sie nehmen an, daß ich Ihnen etwas verschweige?«

»Sie sind eine junge und ...« Dr. Winters räusperte sich, »attraktive Frau. Sie fühlen sich von Ihrem Gatten vernachlässigt und schlecht behandelt. Da ist die Annahme doch wohl nicht allzuweit hergeholt, daß Sie einen Freund haben könnten ...«

Inge Jorg lächelte über die Verlegenheit des Anwalts. »Ja«, sagte sie, »ich habe Freunde, Gott sei Dank. Aber nicht so, wie Sie meinen, Herr Doktor!«

»Na schön«, sagte er, »packen wir die Sache mal von einer anderen Seite an ... Was haben Sie Ihrem Gatten im einzelnen vorzuwerfen?«

»Er ist nächtelang nicht nach Hause gekommen.«

Dr. Winters machte sich Notizen. »Er hat also eine Geliebte?«

Inge Jorg zögerte. »Das weiß ich nicht.«

»Schade ... und weiter?«

»Er hat mir einen Nerz geschenkt. Er hat behauptet, ihn auf Raten gekauft zu haben. Aber als ich mich im Pelzgeschäft erkundigte, erfuhr ich, daß er ihn bar bezahlt hat.«

»Ich verstehe nicht ...«

Inge Jorg beugte sich vor. »Dr. Winters ... mein Mann verdient nicht genug, um einen Nerz bar bezahlen zu können. Und er war nicht bereit, mir eine einleuchtende Erklärung über die Herkunft des Geldes zu geben!«

»Wenn ich Sie recht verstehe, gnädige Frau ... Sie meinen also, **daß dieses** Geld aus ... sagen wir ... irgendwelchen dunklen Quellen kommt?«
»Ich habe jedenfalls keine klare Vorstellung, woher es stammt.«
»Nun, ja«, sagte Dr. Winters. »Ich verstehe natürlich, daß Sie das alles sehr beunruhigt, gnädige Frau! Aber dem Scheidungsrichter werden diese Gründe nicht genügen. Ja, wenn er Sie geschlagen hätte!«
»Doch«, sagte Inge Jorg, »das hat er auch, und zwar ohne jeden Grund.«
»Haben Sie Zeugen?«
»Nein.« Inge Jorg spürte selber, daß ihre Argumente, jetzt, da sie versuchen mußte, sie klar zu fassen, ihr unter den Händen zerrannen.
»Er hat mich furchtbar beleidigt ... in Gegenwart einer anderen Frau ...«
»Schon besser«, sagte Dr. Winters. »Wie heißt diese Dame?«
»Ich möchte nicht gern ...«
»Nur keine falschen Rücksichten. Wir werden jeden Zeugen brauchen können!«
»Olga Krüger. Mein Mann hat ihr einmal das Leben gerettet, und seitdem ... er hat auch eine Nacht in ihrer Wohnung verbracht!«
»Na also, warum haben Sie das nicht gleich gesagt?«
»Sie behaupten beide, daß ... daß nichts geschehen wäre. Daß er auf der Couch in ihrem Wohnzimmer geschlafen hätte.«
Dr. Winters sah Inge Jorg prüfend an. »Und Sie glauben das?«
»Ja«, gab sie zu.
Dr. Winters legte seinen goldenen Drehbleistift aus der Hand und lehnte sich zurück. »Also, passen Sie mal auf, gnädige Frau, das alles ist ja gut und schön. Ich bin sogar überzeugt, daß hinter dem ... nun sagen wir ... sonderbaren Verhalten Ihres Gatten mehr steckt, als wir im Augenblick überschauen können. Aber es wird sehr schwer sein, auf Grund dieser Angaben eine Scheidung durchzudrücken ... verstehen Sie mich richtig! Ich sagte schwer ... nicht unmöglich! Ich fasse solche Fälle, ehrlich gestanden, nicht gern an. Es wird dabei nämlich so viel Schmutz aufgewirbelt, daß man Gefahr läuft, darin zu ersticken.«
»Aber ... was soll ich dann ...«
»Versuchen Sie doch, sich mit Ihrem Gatten außergerichtlich zu einigen! Setzen Sie sich zusammen und finden Sie einen sauberen, eindeutigen Scheidungsgrund ... eheliche Untreue etwa. Dann, das verspreche ich Ihnen, kriegen wir die Geschichte glatt über die Bühne.«
»Darauf wird er nicht eingehen.«
»Auch nicht, wenn Sie sich bereit erklären, einen Teil der Schuld auf sich zu nehmen?«
»Herr Dr. Winters«, sagte Inge Jorg, »ich fürchte, Sie haben immer noch nicht verstanden, um was es eigentlich geht ... man kann mit meinem Mann nicht vernünftig und in Ruhe sprechen ... ich kann es jedenfalls nicht! Ich habe sehr viel Verständnis für ihn gehabt, immer wieder Entschuldigungsgründe für ihn erfunden, ihm mehr als einmal verziehen ... und doch war es mir unmöglich, in Frieden mit ihm auszukommen! Wie soll ich ihm da klarmachen, daß es jetzt zu Ende ist? Daß es das Beste für uns beide und auch für meine Tochter ist, wenn wir uns scheiden lassen?«

»Und wenn ich mal mit ihm spräche?«

Inge Jorg seufzte unwillkürlich. »Sie werden auch nichts erreichen...«

»Wer weiß. Ich bin ein Mann, und zwischen uns besteht keine gefühlsmäßige Spannung. Wären Sie damit einverstanden, wenn ich es wenigstens versuchte?«

»Ich wäre Ihnen dankbar, Doktor Winters!«

Der Rechtsanwalt drückte auf einen Signalknopf auf seinem Schreibtisch. »Fein, dann werde ich jetzt in Ihrer Gegenwart eine entsprechende Mitteilung an Ihren Gatten diktieren...«

Dr. Richard Jorg erhielt den Brief des Rechtsanwalts zwei Tage später mit der Morgenpost. Er hatte sich gerade vor einer halben Stunde eine Spritze gegeben und befand sich in einer jener gehobenen und leicht berauschten Stimmungen, in denen er sich jeder Schwierigkeit gewachsen fühlte. Er las aus dem Brief Dr. Winters nicht nur heraus, daß seine Frau jetzt zur Scheidung entschlossen war, sondern auch, daß ihre Klage gegen ihn auf schwachen Füßen stand, sonst hätte Dr. Winters nicht versucht, mit ihm Kontakt aufzunehmen, sondern er hätte ihm sofort einen Schriftsatz ins Haus geschickt.

Warum sollte er nicht zu Dr. Winters gehen, schließlich hatte er nichts zu befürchten, und vielleicht würde es ganz gut sein, wenn seine Frau auf diesem Weg über seinen unerschütterlichen Standpunkt orientiert würde.

Er rief den Rechtsanwalt an, bekam einen Termin.

Als die Sekretärin ihn in das Empfangszimmer führte, hob Dr. Winters seinen schweren Körper mit bemerkenswerter Elastizität von seinem Sessel und kam dem Arzt auf halbem Weg entgegen.

Dr. Jorg drückte ihm lächelnd die Hand. »Ich nehme an, daß meine kleine Frau bei Ihnen war und sich über mich beschwert hat, wie?« fragte er.

»Ihre Gattin hat mit mir gesprochen«, bestätigte der Rechtsanwalt.

»Und Ihnen gesagt, daß sie die Scheidung einreichen will?«

»Allerdings! Aber setzen Sie sich doch, damit wir die Sache in Ruhe besprechen können.«

Dr. Jorg nahm gegenüber dem Schreibtisch Platz, zündete sich eine Zigarette an. »Eigentlich gibt es da gar nichts zu besprechen«, behauptete er, »Sie werden ja wissen, wie Frauen so sind... von Zeit zu Zeit kriegen sie eben einen kleinen Rappel! Und wenn dann die Schwiegermutter noch dahintersteckt... also, eines weiß ich sicher, wenn Inge nicht aufgehetzt worden wäre, würde sie auf die Idee mit der Scheidung nie gekommen sein.«

»Ich hatte den Eindruck, daß sie es ziemlich ernst meinte.«

Dr. Jorg stieß ein gekünsteltes Gelächter aus. »Na, was hat sie denn gegen mich vorgebracht? Die Sache mit dem Nerz wahrscheinlich? Also sagen Sie mal selber... ist man als Ehemann verpflichtet, über jeden Pfennig seiner Einnahmen Rechenschaft abzulegen? Und beweist nicht die Tatsache, daß ich ihr den Nerz geschenkt habe, mehr als alles andere, daß ich sie liebe?«

»Mag sein. Aber dagegen spricht doch entschieden, daß Sie sie in Gegenwart einer Zeugin gröblich beleidigt haben...«

»Ach, Sie meinen den Abend bei Olga Krüger?«

»Sie geben das also zu?«

»Daß ich ausfallend geworden bin? Ja. Aber kann man mir daraus einen Vorwurf machen? Hätten Sie es gern, wenn Ihre Frau Ihnen nachspioniert? Wenn sie, während sie in einem harmlosen Gespräch mit einer guten Bekannten sind, hereingestürzt käme wie eine rächende Furie?«

Dr. Winters zog es vor, diese Frage nicht zu beantworten. »Fräulein Olga Krüger ist also für Sie wirklich nicht mehr als eine gute Bekannte?«

»Natürlich nicht.«

»Wird diese Dame das auch unter Umständen bei einem Scheidungsprozeß beeiden können?«

»Aber ja! Und zwar mit dem besten Gewissen.«

»Sehen Sie«, sagte Dr. Winters, »ich möchte weder Ihnen noch Fräulein Olga Krüger einen Ehebruch unterschieben ... aber immerhin möchte ich doch eine Eheverfehlung für denkbar halten. Sie haben die Dame nie umarmt, in der Öffentlichkeit geküßt ...?«

»Aber nein!«

»Immerhin haben Sie aber, wenn ich nicht falsch unterrichtet bin, eine Nacht lang auf ihrer Couch geschlafen?«

»Stimmt. Aber die Sache war wirklich ganz harmlos. Das habe ich meiner Frau ja wieder und wieder erklärt, ich war auch überzeugt, daß sie es verstanden hätte. Daß sie diese Sache jetzt wieder gegen mich vorzubringen sucht, scheint mir doch recht merkwürdig.«

Dr. Winter malte gedankenverloren Kreise auf seine Schreibtischunterlage.

»Sie sehen also keinen Anlaß zu einer Scheidung?«

»Ganz bestimmt nicht. Und ich kann mir auch nicht vorstellen, daß es meiner Frau ernst damit ist. Hören Sie, Dr. Winters, könnten Sie nicht auf sie einwirken, daß sie wieder zu mir zurückkommt?«

»Sie können eine entsprechende Klage auf Wiederherstellung der ehelichen Gemeinschaft einreichen. Allerdings nicht bei mir. Ich bin der Anwalt Ihrer Frau.«

»Aber Sie werden ihr doch wenigstens sagen, daß ich nie und nimmer in eine Scheidung einwilligen werde?«

»Ja, das werde ich tun. Aber versöhnen müssen Sie sie schon selber ...«

»Glauben Sie denn nicht, daß ich das schon hundertmal versucht habe?«

»Dann versuchen Sie es eben noch ein hundertundeinsmal!«

»Das werde ich«, sagte Dr. Jorg und erhob sich. »Vielen Dank für den Tip.«

In diesem Augenblick wurde an die Tür geklopft, und eine Sekretärin trat ein.

»Entschuldigen Sie bitte, daß ich störe, Herr Doktor«, sagte sie, »aber Sie wissen ja, der Fall Murnau gegen Brüggemann ...« Sie legte dem Rechtsanwalt eine Akte auf den Schreibtisch.

»Danke«, sagte der Rechtsanwalt kurz und wandte sich wieder Dr. Jorg zu. »Wir beide haben uns also ...«, begann er.

Dann erst sah er Dr. Jorgs verzerrtes Gesicht und stockte mitten im Satz.

»Ist Ihnen nicht gut?« fragte er.

»Danke für Ihr Mitgefühl«, stieß Dr. Jorg hervor, »aber Sie können es sich sparen! Sie verdammter Heuchler, Sie! Das ist also die Wahrheit! Teddy Murnau bezahlt Sie, dieser widerliche kleine Playboy, der es auf meine Frau abgesehen hat! Und Sie stecken mit ihm unter einer Decke, Sie Halunke, Sie gemeiner!« Dr. Jorgs Gesicht hatte sich gefährlich gerötet, seine Augen hatten sich wie in einem Anfall verdreht, so daß fast nur noch das Weiße sichtbar war.

Er wollte auf den Rechtsanwalt losgehen, aber der breite Schreibtisch stand zwischen ihnen. In seiner maßlosen Wut packte Dr. Jorg den ersten besten Gegenstand — es war eine Schreibtischgarnitur aus Zinn — und schleuderte ihn nach Dr. Winters.

Aber der Rechtsanwalt hatte sich geduckt, und das schwere Geschoß verfehlte sein Ziel.

»Verschwinden Sie!« donnerte Dr. Winters. »Aber sofort, oder ich rufe die Polizei!«

Plötzlich ernüchtert, ließ Dr. Jorg die Fäuste sinken. Das Blut schwand aus seinem Gesicht, machte einer fahlen Blässe Platz. Er griff sich an die Stirn, murmelte »Entschuldigen Sie ...« und verließ mit schwankenden Schritten das Zimmer.

Dr. Winters holte tief Atem, wischte sich mit einem Taschentuch über die Stirn. Dann griff er zum Telefonhörer und ließ sich mit Inge Jorg verbinden.

»Ihr Gatte war eben bei mir«, sagte er. »Jetzt kann ich mir ein Bild von der Zerrüttung Ihrer Ehe machen. Wir werden die Scheidung durchdrücken, verlassen Sie sich darauf. Geistige Störung ist ein Scheidungsgrund. Damit kommen wir durch.«

Am Samstag, nach der Besprechung mit Dr. Winters, hatte Dr. Jorg Frühdienst. Nach einem warmen Vortag war die Temperatur in der Nacht wieder unter Null gesunken, die Folge war Glatteis, und das bedeutete für die Männer und Frauen der Unfallklinik pausenlose Arbeit, denn die Straßenunfälle häuften sich.

Dr. Jorg hatte gerade zwei schwere Brüche verarztet und wollte sich endlich im Waschraum die wohlverdiente Zigarette anzünden, als sein Signallicht ihn in den großen OP rief.

Er unterdrückte einen Fluch, nahm sich Zeit für zwei, drei hastige Züge und folgte der stummen Aufforderung.

Im Vorraum des Operationssaales erwartete ihn Oberarzt Dr. Müller. »Sind Sie fertig, Kollege? Das ist großartig. Ich möchte Ihnen nämlich einen Fall übergeben. Ich wollte eigentlich selber operieren, aber inzwischen ...« Er machte eine Kopfbewegung zu der Signallampe über der Tür, die ihn selber unentwegt in den Vorbereitungsraum rief.

»Um was handelt es sich?« fragte Dr. Jorg.

»Eine schwere Gallenkolik. Der Mann ist auf der Straße zusammengebrochen und hierhergebracht worden. Ich habe ihn röntgen lassen. Cholelithiasis.«

Dr. Jorg wußte nur zu gut, was das bedeutete: Gallensteine, die den Ausführungsgang der Gallenblase verschlossen und außerordentlich schmerzhafte Koliken verursachen.

»Eine Zertrümmerung der Steine kommt nicht in Frage«, erklärte Dr. Müller hastig weiter, »die ganze Gallenblase scheint prall gefüllt ...«

»Also Cholezystektomie?«

»Ja«, sagte Oberarzt Dr. Müller, »natürlich nur, falls Sie nicht nach der Eröffnung doch ein anderes Bild gewinnen.«

»Ich verstehe. Und das Allgemeinbefinden des Patienten?«

»Das wird Ihnen die Schwester sagen! Sie hat alles aufgeschrieben. Ich muß jetzt ... also machen Sie es gut, Kollege, ich schicke Ihnen einen Assistenten!«

Während Dr. Jorg sich die Hände unter fließendem, heißem Wasser wusch und gründlich desinfizierte, bemühte sich die Schwester, ihre Notizen zu entziffern.

»Patient ist 44 Jahre alt«, las sie. »Name: Kowalski ...«

Dr. Jorg hob den Kopf und starrte die Schwester an. »Kowalski?« wiederholte er.

»Ja«, sagte die Schwester, »oder so ähnlich ... nein, ganz bestimmt Kowalski. Kennen Sie den Mann?«

Dr. Jorg hatte sich schon wieder gefaßt. »Na, ich nehme an, es wird mehr als einen Kowalski in München geben. Lesen Sie weiter!«

»Herz gesund, Kreislauf leicht geschwächt.«

Aber Dr. Jorg hörte nicht mehr richtig zu. Er kam nicht von dem Gedanken los, daß das Schicksal ihm vielleicht ausgerechnet den Antiquitätenhändler und Obergauner Kowalski auf den Operationstisch gelegt hatte, der ihn so skrupellos erpreßte und seine ganze Existenz in Frage gestellt hatte.

Er schüttelte den Kopf, als wenn er so diese Vorstellung abstreifen könnte. Nein, nein, das war ja nicht möglich!

Aber als er Minuten später, gefolgt von dem Assistenten, den ihm Dr. Müller geschickt hatte, in den OP trat, verdichtete sich in ihm die seltsame Vorstellung fast zur Gewißheit.

Dr. Jorg warf einen Blick auf das Gesicht des Patienten und – prallte fast zurück. Er war wirklich Kowalski. Aber jetzt lächelte er nicht mehr, sondern sein gelblich-bleiches Gesicht zeigte noch in der Bewußtlosigkeit die Spuren der überstandenen Schmerzen.

Obwohl Dr. Jorg darauf vorbereitet gewesen war, traf es ihn wie ein Schlag. Ich kann nicht! Hätte er beinahe gerufen und sich auf der Stelle umgedreht.

Aber die sachliche Stimme des Anästhesisten, der eine letzte Auskunft über das Allgemeinbefinden des Patienten gab, riß ihn zurück.

»Skalpell!« hörte Dr. Jorg sich selber sagen, mit einer Stimme, die aus weiter Ferne zu kommen schien.

Den ersten Schrägschnitt im Bereich des rechten Oberbauches durchzuführen, kostete ihn noch Überwindung, aber während er die Muskulatur durchtrennte, das Bauchfell öffnete, vergaß er, wer da unter seinem Messer lag. Die Routine war stärker als seine Gefühlserregung, seine geschickten Finger arbeiten wie von selber.

Er ertastete den unteren Pol der Gallenblase, spürte eine Unmenge kleiner und kleinster Steinchen im dünnhäutigen Sack. Sorgfältig begann er mit der Präparation.

Die Gallenblase hatte die Form einer kleinen Birne, ihr dickes Ende überragte den unteren Leberrand. Nach innen, in Richtung der Wirbelsäule, verjüngte sie sich zum Gallenblasenhals.

Dr. Jorg löste die Gallenblase behutsam aus ihrem Leberbett, unterband dann den Gallenblasenhals an der Stelle, wo er in den Lebergang mündete. Dann war es soweit – er konnte die Gallenblase insgesamt abtragen.

Das Schwierigste war geschafft. Seine Spannung schwand, und in diesem Augenblick, als die Konzentration der Operation nachließ, kam ihm wieder voll zum Bewußtsein, daß dies nicht der Körper eines gleichgültigen Menschen war, sondern daß es sich um Kowalski handelte, seinen Feind.

In der Tiefe der Leibeshöhle sah er die Gefäße ziehen, die die Leber versorgten. Wie leicht würde es sein, den Erpresser für immer zu erledigen, Kowalski heimzuzahlen, was er ihm angetan hatte.

Dr. Jorg wußte, er brauchte nur eines dieser Gefäße zu unterbinden, ein Gangrän würde die Folge sein, das Gewebe würde absterben, der Tod des Patienten wäre unvermeidlich. Und niemand würde ihm je etwas nachweisen können! »Deschamps!« verlangte Dr. Jorg.

Die Schwester reichte ihm das gebogene Instrument, das dazu diente, die Gefäße zu umfassen, um sie dann zu unterbinden.

Dr. Jorg setzte es an und – ließ es sinken, reichte es der Schwester zurück.

Er konnte es nicht. Er würde es niemals können. Er hatte gelobt, menschliches Leben immer und um jeden Preis zu erhalten, und er war viel zu sehr Arzt, um sich selber und diesem Schwur untreu zu werden.

Entschlossen richtete er sich auf und begann mit dem fachgerechten Verschluß der Bauchdecke.

Als Dr. Jorg am frühen Nachmittag die Klinik verließ, fühlte er sich erschöpfter denn je zuvor.

Er wußte, daß sein Haus leer sein würde, keine Frau und kein Kind auf ihn warten würden, kein Mittagessen auf dem Tisch stand – er wußte, daß es eigentlich ganz unsinnig war, überhaupt nach Hause zu fahren.

Aber er brachte nicht mehr die Kraft auf, ein Lokal aufzusuchen, mit fremden Menschen zu sprechen. Er hatte nur noch das Bedürfnis nach Ruhe, Dunkelheit, Einsamkeit. Er wollte sich in eine Höhle verkriechen wie ein zu Tod verwundetes Tier.

Mit sich und der Welt zerfallen, schloß er die Tür seines kleinen Hauses auf und – prallte auf der Schwelle fast zurück, denn er sah sich Frau Maurer, der Zugehfrau, gegenüber.

»Was wollen Sie denn hier?« fragte er grob.

»Entschuldigen Sie, Herr Doktor«, stammelte Frau Maurer, durch seinen bösen Blick aus der Fassung gebracht, »ich wußte ja nicht ... ich meine ...«

»Sie hatten mich nicht so früh zurückerwartet?«

»Ja, ich dachte ... aber ich bleibe nicht lange und werde Sie auch bestimmt nicht stören.«

»Was wollen Sie hier?« fragte Dr. Jorg noch einmal.

»Nur ... ein bißchen aufräumen und staubwischen! Frau Jorg bat mich darum ... und dann, ein paar Sachen für die Kleine zusammenpacken ...«

Dr. Jorgs Stirn hatte sich gefährlich gerötet, und er war schon entschlossen,

Frau Maurer kurzerhand hinauszuwerfen. Da öffnete sich die Küchentür, und Olga Krüger trat auf die Diele.

»Doktor«, sagte sie unbefangen, »da sind Sie ja endlich ... legen Sie ab und kommen Sie herein! Ich habe uns schon einen Kaffee gekocht!«

Sie war elegant wie immer, mit ihrem glänzendschwarzen Haar, dem sorgfältig hergerichteten Gesicht, und die Küchenschürze, die sie sich über ein goldbraunes, tief ausgeschnittenes Kleid gebunden hatte, gab ihr eine liebenswert frauliche Note.

Aber Dr. Jorg begrüßte sie nicht. Er stand nur und sah sie an.

»Sie scheinen sich nicht sehr über meinen Besuch zu freuen«, sagte sie mit leichtem Schmollen.

»Hatten Sie das erwartet?«

»Aber ja, natürlich! Sonst wäre ich doch nicht gekommen!«

Sie hatte den Tisch für zwei Personen gedeckt, jetzt nahm sie die Kaffeekanne aus dem Wasserbad, schenkte ein. »Na, hoffentlich schmeckt Ihnen wenigstens mein Kaffee ... nehmen Sie Milch? Zucker?« Sie gab sich alle Mühe, die Hausfrau zu spielen.

»Woher wußten Sie, daß ich allein bin?« fragte er.

»Oh, so etwas spricht sich rund«, behauptete sie.

Sie nahm sich eine Zigarette aus dem Päckchen, das er ihr zuschob, wartete, bis er ihr Feuer gab.

»Hat es eine böse Verstimmung gegeben?« fragte sie und beobachtete ihn durch den Rauch ihrer Zigarette. »Das tut mir leid.«

Er nahm einen Schluck aus seiner Tasse. Der Kaffee war nicht mehr sehr heiß, aber stark und gut. »Meine Frau will sich scheiden lassen.«

»Und warum?«

Er zuckte die Schultern. »Anscheinend ist sie nicht mehr zufrieden mit mir.«

»Und ... Sie sind traurig darüber?«

»Ja«, sagte er nur.

»Aber, Richard ... das brauchen Sie doch nicht zu sein!« sagte Olga Krüger warm. »Natürlich, sie ist eine nette Frau, reizend anzusehen und überhaupt, aber sie ist doch bestimmt nicht einmalig! Daß sie Sie jetzt verläßt, das beweist doch, daß sie Sie nicht richtig liebt ... Sie nie verstanden hat!«

Er schwieg.

Sie gab nicht auf. »Sie selber, Richard, Sie sind doch ein noch junger Mann, Sie sehen fabelhaft aus, stehen weit über dem Durchschnitt ...«

»Ach, Unsinn.«

»Ich sage das nicht, um Ihnen zu schmeicheln, Richard, wirklich nicht, sondern weil ich es ganz ernst meine. Mir zum Beispiel waren Sie auf Anhieb sympathisch ... nicht nur deshalb, weil Sie mir das Leben gerettet haben. Ich hätte Ihnen das längst schon viel deutlicher gezeigt ... nur, Sie waren ja ein verheirateter Mann! Aber jetzt ...«

Er hob den Blick und sah sie mit einem sonderbaren Ausdruck an.

»Jetzt ist doch alles ganz anders geworden«, fuhr sie fort. »Sie werden bald frei sein, und dann ... dann können Sie sich ein neues Leben aufbauen!«

»Mit Ihnen?« fragte er ungläubig.

Sie deutete seinen Ton falsch, faßte ihn als Ermutigung auf. »Ja, mit mir«, sagte sie. »Warum denn nicht?« Sie beugte sich über den Küchentisch, so daß er, ob er wollte oder nicht, einen tiefen Einblick in ihren Ausschnitt tun mußte.

Er sah ihre festen bräunlichen Brüste. Der Duft ihres exotischen Parfüms stieg ihm in die Nase. Unwillkürlich wich er zurück.

Sie lächelte wissend, stand auf und legte ihren schlanken Arm um seine Schultern. »Richard«, flüsterte sie nahe an seinem Ohr, »du magst mich doch auch, nicht wahr? Ich weiß es ... ich hab' es vom ersten Augenblick an gespürt! Wir beide ... wir werden sehr glücklich miteinander sein!«

Er stieß sie mit einer so unbeherrschten Bewegung von sich, daß der Tisch ins Schwanken geriet und der Kaffee in den Tassen überschwappte, sprang auf.

»Aber, Richard!« rief sie entsetzt. »Was hast du denn? Ich liebe dich doch, ich will ja nur ...«

Aber da stürzte er sich schon auf sie. Sie versuchte sich gegen seinen Überfall zu schützen, wich in die äußerste Ecke der Küche zurück.

»Du Hure!« schrie er. »Du gottverdammte Hure! Du bist schuld, an allem bist du schuld, du Miststück, du liederliches! Du hast meine Ehe kaputtgemacht, du hast Inge gegen mich aufgehetzt ... du, du, Luder, du!«

Sie schrie gellend auf, aber da umklammerten seine Finger schon ihren Hals. Sie trat, schlug um sich, zerkratzte ihm das Gesicht. Aber sein unbarmherziger Griff lockerte sich nicht.

Frau Maurer kam, von Olga Krügers Schrei alarmiert, die Treppe vom Kinderzimmer herunter. Sie stieß die Küchentür auf, sah, was vor sich ging, schrie gellend.

»Herr Doktor!«

Dann, von panischer Angst getrieben, stürzte sie ins Wohnzimmer, wählte die Nummer der Funkstreife. »Schnell!« schrie sie in den Hörer. »Hilfe ...! Der Doktor bringt eine Frau um ... Kommen Sie sofort!«

Sie rannte zur Haustür, lief schreiend auf die Straße hinaus. Als der Funkstreifenwagen wenige Minuten später eintraf, war sie nicht imstande, eine Erklärung abzugeben. Die Polizeibeamten drangen in das Haus, traten in die Küche.

Olga Krüger lag, ein lebloses Bündel, in der Ecke, in die sie Dr. Jorg gedrängt hatte, auf dem Fußboden. Er stand mit stierem Blick mitten im Raum, betrachtete ungläubig seine schlanken, kräftigen Finger, die so vielen Menschen geholfen und nun so Furchtbares getan hatten.

Die Situation war eindeutig. Die Beamten stellten keine Fragen, sondern handelten. Der eine hielt den Arzt fest, während der andere die Handschellen über seinen Gelenken zusammenschnappen ließ.

»Dr. Richard Jorg ... im Namen des Gesetzes, Sie sind verhaftet!«

An diesem Samstag – um die gleiche Stunde, da Dr. Jorg verhaftet wurde, saß Inge Jorg mit ihren Eltern und ihrer kleinen Tochter beim Nachmittagskaffee zusammen in dem schönen, geschmackvoll eingerichteten Speisezimmer. Es hätte eine gemütliche Stunde sein können, wenn nicht eine spürbare Spannung in der Luft gelegen hätte.

»Nun erzähl doch Vater mal, was Dr. Winters gesagt hat, Inge«, sagte Frau Stein. »Ich bin sicher...«

»Mein Gott, was für eine Geheimnistuerei!« sagte Herr Stein ungehalten. »Um was geht es denn eigentlich?«

»Wenn wir dich die letzten Tage öfters zu Gesicht bekommen hätten«, sagte Frau Stein spitz, »wüßtest du längst...«

»Nur keine Vorwürfe bitte! Du weißt, ich war geschäftlich unterwegs!«

»Das will ich hoffen«, sagte Frau Stein, »aber jetzt bist du da, und... na, ich kann es dir ja ebensogut selber sagen! Dr. Winters behauptet, daß Richard geistesgestört ist.«

»Unsinn«, sagte Herr Stein schroff.

»Also, so einfach kannst du das nicht abtun, Otto! Dr. Winters ist ein sehr ruhiger und überlegter Mensch, und wenn er sagt...«

»Beweist das nur«, fiel ihr Herr Stein ins Wort, »daß Richard...« er räusperte sich, »nun, daß er sich wieder einmal sehr schlecht benommen hat! Wenn die Behauptung des Rechtsanwalts aber stimmt, so kann das die Scheidung doch nur erleichtern.«

»Aber, Vati«, rief Inge, »begreifst du denn nicht, daß das die ganze Situation verändert!«

»Nein, wieso?«

»Otto, nun sei doch nicht so begriffsstutzig!« sagte seine Frau. »Stell dir nur vor, du würdest krank... wie würde es dir dann gefallen, wenn ich dich im Stich lassen würde?«

»Was für ein Vergleich! Ich für mein Teil bin geistig völlig normal... und ich hoffe es auch in Zukunft zu bleiben.«

»Ich hatte immer angenommen«, sagte Frau Stein, »daß er einen schlechten Charakter hätte, daß er Inge aus reiner Bosheit so gequält hat! Wenn er aber gar nichts dafür kann, wenn er ein Kranker ist... also wirklich, Inge, ich finde, du solltest in diesem Fall nicht auf deinen Vater hören! Du mußt zu Richard zurück.«

»Zu einem Geistesgestörten?« sagte Herr Stein. »Dazu werde ich meine Erlaubnis niemals geben.«

»Na, glücklicherweise ist Inge mündig und verheiratet und braucht deine Genehmigung nicht«, sagte Frau Stein.

Inge schwieg und starrte mit zusammengepreßten Lippen auf ihren Teller.

»Nun, rede doch endlich, Kind«, drängte ihre Mutter, »hör nicht einfach zu, wie dein Vater und ich uns streiten... es geht ja schließlich um deine Ehe!«

»Ich habe immer gewußt«, sagte Inge mühsam, »daß es unrecht war, ihn zu verlassen. Ich habe gewußt, daß er krank ist, daß es meine Pflicht gewesen wäre, bei ihm auszuharren, ihm zu helfen... aber ich konnte es nicht. Ich

... ich hatte einfach Angst.« Mit zitternden Lippen fügte sie kaum hörbar hinzu. »Ich habe versagt.«

»Aber zum Donnerwetter«, sagte Herr Stein, »deshalb brauchst du dich doch nicht zu schämen! Jeder normale Mensch hat Angst vor einem Irren ... das ist ja nur natürlich! Und jetzt will ich dieses ganze dumme Gerede von Zurückkehren und Bei-dem-Kranken-Ausharren und so weiter nicht mehr hören! Mein eigenes Kind steht mir immerhin wesentlich näher als ein überkandidelter Schwiegersohn! Also nehmt euch zusammen, alle beide, und hört auf, in Sentimentalität zu machen. Inge bleibt hier, und basta!«

Das Telefon klingelte, und Frau Stein nahm den Hörer ab, meldete sich.

»Nein«, sagte sie dann, »oh, nein!« Sie lauschte, ihr Gesicht war von Entsetzen verzerrt. »Das ist ja ...«, stammelte sie. »Nein!«

Frau Stein sah mit blindem Blick von ihrem Mann zu ihrer Tochter. »Richard ist verhaftet worden!«

Inge sprang auf. »Wegen dem Geld? Hat er ... Oh, ich habe es ja geahnt!«

»Nein«, sagte Frau Stein, »es hat nichts mit Geld zu tun! Er ist ... er hat ... eine Frau getötet! Olga Krüger!« Und dann brach sie ohnmächtig zusammen.

Der Funkstreifenwagen hatte Dr. Richard Jorg ins Polizeipräsidium gebracht. Jetzt saß er in einem grauen, unfreundlichen Zimmer einem Kriminalbeamten gegenüber. Man hatte ihm die Handschellen abgenommen, aber ein Polizist stand neben ihm, nur einen Schritt von ihm entfernt, und beobachtete ihn mißtrauisch.

Aber Dr. Jorg wirkte nicht mehr gefährlich. Er saß, in sich zusammengesunken, auf dem Stuhl vor dem Schreibtisch. Sein Gesicht war aschgrau, verfallen und schmerzverzerrt. Seine Stirn war mit Schweiß bedeckt. Er hatte noch keine einzige Frage beantwortet.

»Also, nun hören Sie mal zu, Doktor«, sagte der Kriminalbeamte, ein gut aussehender Mann Anfang der Vierzig, mit scharfgeschnittenem Gesicht, hoher Stirn und kühlen, grauen Augen. »Sie sind doch ein gebildeter Mann, also müssen Sie auch wissen, daß ich absolut nicht vorhabe, Sie zu quälen! Es ist einfach meine Pflicht, Sie zu verhören. Das ist doch klar! Warum machen Sie es mir so schwer? Erzählen Sie mir, wie es passiert ist und warum Sie es getan haben ...«

Dr. Jorg schwieg. Er starrte zu Boden. Seine Zähne knirschten.

»Leugnen können Sie nicht«, sagte der Kriminalbeamte, »und mit Schweigen verbessern Sie Ihre Situation bestimmt nicht! Sie sind ja auf frischer Tat ertappt worden ... also reden Sie schon!«

Dr. Jorg hatte den Mund geöffnet, mühsam brachte er ein paar unverständliche Worte hervor.

»Was haben Sie gesagt?« fragte der Kriminalbeamte. »Wiederholen Sie noch mal ...«

Dr. Jorg hob die geballte Faust und pochte sich gegen die Stirn. »Schmerzen ...«

»Sie haben Kopfschmerzen?« fragte der Kriminalbeamte. »Nun, das kann ich verstehen. Sie haben ja auch allerhand heute durchgemacht. Ich will Sie gar nicht aufhalten ... je schneller Sie meine Fragen beantworten, je eher sind Sie erlöst. Sie dürfen sich dann hinlegen.«

»Spritze«, sagte Dr. Jorg, und mit merklicher Anstrengung wiederholte er deutlicher: »Ich brauche eine Spritze!«

Der Kriminalbeamte musterte ihn scharf. »Sie sind Morphinist? Ach so, das hätte ich mir denken können ...«

»Bitte«, sagte Dr. Jorg gequält.

Der Kriminalbeamte machte sich eine Notiz. »Wir sind hier keine Unmenschen, Doktor! Sie werden Ihre Spritze bekommen, sobald wir Ihre Aussagen haben, das verspreche ich Ihnen! Also nun mal los ...«

Dr. Jorg schwieg, preßte beide Hände gegen die Schläfen. Der Kriminalbeamte seufzte. »Ich werde Ihnen Fragen stellen. Passen Sie auf ... Olga Krüger war Ihre Geliebte?«

»Mein Kopf«, stöhnte Dr. Jorg.

Der Kriminalbeamte holte tief Luft. »Jetzt werde ich Ihnen mal etwas verraten, was Sie eigentlich noch gar nicht wissen sollten! Ihr Opfer ... diese Olga Krüger ... ist nicht tot! Sie ist in der Unfallklinik ... Sie haben doch selber dort gearbeitet, wie? Na, dann wissen Sie doch auch, was diese Burschen dort fertigbringen. Ich habe noch keine Nachricht, aber ich möchte wetten, daß sie mit dem Leben davonkommt ... Sie werden also nur wegen Totschlagversuch, vielleicht auch nur wegen schwerer Körperverletzung vor Gericht kommen! Die Sache sieht also schon anders aus. Wenn Sie sich jetzt zu einem vernünftigen Geständnis bequemen ...« Er sah Dr. Jorg erwartungsvoll an.

Aber der Inhaftierte hatte nicht einmal mit der Wimper gezuckt. Es sah ganz so aus, als wenn das, was der Kriminalbeamte ihm erklärt hatte, gar nicht in sein Bewußtsein gedrungen wäre.

»Sie wollen also nichts sagen?«

»Ich ...«, sagte Dr. Jorg hilflos. Dann verstummte er.

»Na schön«, sagte der Kriminalbeamte. »Ganz wie Sie wollen. Ich werde Sie also ins Gefängnislazarett überweisen. Dort wird unser Psychiater Sie in die Mangel nehmen ...«

Er unterbrach sich, denn es wurde an die Tür geklopft. Ein junger Mann in Zivil trat ein und kam zum Schreibtisch.

»Ja, was gibt's?« fragte der Kriminalbeamte.

Der junge Mann beugte sich vor und flüsterte seinem Vorgesetzten etwas zu, so leise, daß weder Dr. Jorg noch der wachhabende Polizist ein Wort verstehen konnten.

»Sehr gut!« Der Kriminalbeamte stand auf. »Ich komme!« Er wandte sich an den Polizisten: »Passen Sie gut auf den Mann auf, ich mache Sie verantwortlich ...«

Im Nebenzimmer warteten Inge Jorg und Rechtsanwalt Dr. Winters. Inges zartes Gesicht war von durchsichtiger Blässe, aber in ihren klaren, braunen Augen flammte unbeugsame Energie. Dr. Winters hatte sich eine Zigarette angezündet. Beide starrten auf die Tür.

Dann trat der Kriminalbeamte ein. »Gut, daß Sie da sind, Dr. Winters«, sagte er und reichte dem Rechtsanwalt die Hand. »Nanu?« sagte der. »Solche Töne bin ich von Ihnen ja gar nicht gewöhnt...«

Er machte Inge Jorg und den Kriminalbeamten miteinander bekannt.

»Das ist auch ein ganz extremer Fall«, sagte der Kriminalbeamte, »ein schwieriger Kunde, Ihr Klient. Nichts aus ihm herauszubringen. Ich habe ihm mit Engelszungen gepredigt. Aber wie man es auch anstellt, man beißt auf Granit.«

»Und da soll ich jetzt...«

»Ja. Ich hoffe, Sie können ihn zur Vernunft bringen. Diese Frau, die er überfallen hat, diese Olga Krüger, sie ist nicht tot...«

»Gott sei Dank!« sagte Inge Jorg inbrünstig.

Der Kriminalbeamte sah Inge Jorg an. »Ihren Mann«, sagte er, »hat diese Nachricht vollkommen kaltgelassen. Anscheinend hat er sich in den Kopf gesetzt, den Geisteskranken zu spielen...«

»Ich fürchte, Herr Oberinspektor«, sagte Dr. Winters, »er spielt nicht. Er ist krank.«

»Was? Sie wollen mir jetzt auch damit kommen? Aber das ist doch blödsinnig! Wenn er zu seiner Tat steht, wenn Sie ihn vernünftig verteidigen, dann kann er mit ein paar Jahren davonkommen! Wenn er aber auf Geisteskrankheit macht, müssen wir ihn in die Heil- und Pflegeanstalt überweisen...«

»Ja, ich weiß«, sagte Dr. Winters, »und ich kann nur hoffen, daß er wieder zur Vernunft kommt. Allerdings...« Er zuckte die Achseln.

Der Kriminalbeamte sah ihn an. »Wie kommen Sie eigentlich darauf, daß er geisteskrank wäre?« fragte er mißtrauisch. »Haben Sie ihn denn nach der Tat schon gesprochen?«

»Wie sollte ich? Nein, er war vor ein paar Tagen bei mir. Und da hat er sich höchst sonderbar benommen. Ich hatte damals gleich diesen Verdacht... und ich teilte ihn auch Frau Jorg mit.«

»Stimmt das?«

»Ja«, sagte Inge Jorg. »Ich fürchte... mein Mann ist wirklich krank. Man kann ihn nicht zur Verantwortung ziehen.«

»Und was für eine Krankheit soll das sein, wenn ich fragen darf?«

»Er hat eine Frau aus dem Wasser gerettet. Diese Olga Krüger, die er...« Inge Jorg unterbrach sich... »Dabei hat er einen Nervenschock erlitten.«

»Ach so«, sagte der Kriminalbeamte, »darauf wollen Sie hinaus. Vorübergehende Trübung des Bewußtseins, Unzurechnungsfähigkeit während der Tat ... aber damit werden Sie nicht durchkommen, das kann ich Ihnen jetzt schon sagen!«

»Kann ich meinen Klienten jetzt sprechen?« fragte Dr. Winters.

»Doch, das können Sie. Aber ich rate Ihnen gut, im Interesse Ihres Klienten ... bringen Sie ihn zur Vernunft! Sie täten ihm sonst einen schlechten Dienst!«

»Darf ich mitkommen?« fragte Inge Jorg.

Der Kriminalbeamte sah sie an. »Gut. Wenn Dr. Winters nichts dagegen hat. Ich möchte sogar vorschlagen, daß Sie zuerst mit ihm sprechen...«

»Bestimmt«, sagte Inge mit einer Überzeugung, die nicht ganz aufrichtig war und mehr ihrer Hoffnung als ihrem Verstand entsprach, »auf mich wird er sicher hören ...«

»Also versuchen wir es!« sagte der Kriminalbeamte. »Gehen Sie dort hinein!«

»Aber lassen Sie die Tür offen«, sagte Dr. Winters. »Wie ich Ihren Mann beurteile, ist er unberechenbar ...«

Inges Herz klopfte bis zum Hals, als sie ins Nebenzimmer trat.

Dr. Richard Jorg hatte sich nicht von seinem Platz gerührt. Er saß zusammengekauert, die Hände gegen die Schläfen gepreßt. Er schien nichts von dem, was um ihn herum vorging, zu bemerken.

»Richard!« sagte Inge Jorg. »Richard ... ich bin da! Deine Frau!« Sie legte die Hand auf seine Schulter.

Er fuhr herum, starrte sie an, und ein Funken des Erkennens leuchtete in seinen stumpfen Augen auf. »Du?«

»Ja, Richard. Ich habe gehört, was passiert ist ... aber ich mache dir keine Vorwürfe, Richard. Ich bin ja selber mit schuld, ich hätte dich nicht allein lassen sollen ...«

»Inge«, stammelte er, »Inge ...«

Er riß sie an sich, klammerte sich an sie wie ein Ertrinkender.

Eine Zeitlang ließ sie ihn gewähren, dann machte sie sich frei.

»Richard«, sagte sie, »versprich mir, daß du vernünftig sein wirst ... erzähle Dr. Winters, was passiert ist. Er muß es wissen, damit er dich richtig verteidigen kann.«

Auf dieses Stichwort trat der Rechtsanwalt ein. »Hallo, Doktor!« sagte er. »Sie werden sehen, es wird alles halb so schlimm! Lassen Sie mich nur ...« Er erstarrte mitten im Wort, sah Dr. Jorg voll Entsetzen an, wollte fliehen, hatte aber nicht die Kraft, sich von der Stelle zu rühren.

Mit Dr. Jorg war beim Eintreten des Rechtsanwalts eine seltsame Wandlung vor sich gegangen. In seinem kranken Hirn war die Erinnerung an jene erste Begegnung in Dr. Winters' Kanzlei aufgeblitzt, bei der ihn der Name Murnau außer Fassung gebracht hatte.

Mit wütendem, bis zur Unkenntlichkeit verzerrtem Gesicht stürzte er auf Dr. Winters zu. »Sie wollen mir meine Frau nehmen! Aber ich lasse mich nicht scheiden! Ich bringe Sie um ... Sie und Teddy Murnau! Ich werde ...«

Inge Jorg warf sich vor den Rechtsanwalt, sie schrie gellend. Der Polizist stürzte sich auf Dr. Jorg, aber es gelang ihm nicht, den Rasenden zu bändigen. Erst als der Kriminalbeamte ihm zu Hilfe kam, konnten sie ihn mit vereinter Kraft packen. Aber Dr. Jorg wehrte sich immer noch mit verzweifelter Wut.

Beamte aus den anderen Zimmern stürzten herbei. Jemand verpaßte ihm einen Kinnhaken. Er sackte zusammen, und endlich konnte man ihm Handschellen anlegen.

»Bringt ihn ins Gefängnislazarett!« sagte der Kriminaloberinspektor. »Ich werde einen schriftlichen Bericht nachreichen.« Er wischte sich den Schweiß von der Stirn.

Dr. Winters war totenblaß auf einem Stuhl zusammengebrochen. »Ich danke Ihnen, Frau Jorg«, sagte er. »Sie haben mir das Leben gerettet.«

»Nein«, sagte sie, »Sie brauchen mir nicht zu danken. Ich habe es nur für meinen Mann getan ... ich wollte ihn nur vor sich selber schützen!« Sie wandte sich an den Kriminalbeamten. »Kann ich bitte von hier aus telefonieren?«

»Ja, bitte!«

Inge Jorg rief in der Wohnung von Dr. Willy Markus an. Aber es meldete sich niemand. Sie versuchte es in der Unfallklinik und erfuhr, daß Dr. Willy Markus über das Wochenende Urlaub bekommen hatte und fortgefahren war.

Enttäuscht legte sie den Hörer auf.

»Machen Sie sich nicht zuviel Sorgen«, sagte der Kriminalbeamte. »Unser Gefängnispsychiater, Dr. Bühler, ist ein hervorragender Spezialist. Wenn einer Ihrem Mann helfen kann, dann ist er es ...«

»Ich danke Ihnen«, sagte Inge Jorg tonlos. »Kommen Sie, Dr. Winters, gehen wir ...«

»Leider«, sagte der Kriminalbeamte, »muß ich Sie bitten, noch ein paar Minuten zu bleiben. Sie kennen Ihren Mann, und Sie kennen ja auch diese Olga Krüger. Vielleicht können Sie mit Ihrer Aussage doch ein wenig Licht in das Dunkel bringen ...«

Als Inge Jorg zögerte und einen fragenden Blick auf den Rechtsanwalt warf, fügte er hinzu: »Sie würden Ihrem Mann einen Dienst damit erweisen, Frau Jorg!«

»Das stimmt«, bestätigte Dr. Winters.

»Gut«, sagte Inge Jorg und setzte sich, »fangen wir also an. Ich werde Ihnen erzählen, was ich weiß ...«

Im Gefängnislazarett bekam Dr. Jorg die langersehnte Spritze. Er durfte sich ausruhen, ehe er zur Untersuchung zum Psychiater geführt wurde.

Nach zehn Minuten fühlte er sich besser. Er hatte das Gefühl, wieder ganz klar denken zu können, über der Situation zu stehen, gleichzeitig aber das bedrückende Empfinden, irgend etwas Wichtiges vergessen zu haben.

Der Psychiater Dr. Bühler war ein kleiner, rundlicher Mann mit einer goldgeränderten Brille. Er begrüßte Dr. Jorg freundlich, bat ihn, Platz zu nehmen, gab dem begleitenden Polizisten einen Wink, sich in einigem Abstand im Hintergrund des Zimmers aufzuhalten.

»Nun, lieber Kollege«, sagte Dr. Bühler, »wir beide machen ja unter recht seltsamen Umständen Bekanntschaft ...«

»Ja«, sagte Dr. Jorg und lächelte fast vergnügt, »es ist alles ein bißchen sonderbar ...«

»Nu sagen Sie mir mal zuallererst, wie Sie heißen, ja?«

»Richard Jorg.«

Der Psychiater räusperte sich. »Und wo sind Sie hier?«

»In der Klinik natürlich.«

»In welcher Klinik?«

»In der Unfallklinik.«

»Nun schauen Sie mal an sich herunter, Kollege!« sagte Dr. Bühler. »Fällt Ihnen nicht auf, daß Sie nicht wie ein Arzt, sondern wie ein Patient gekleidet sind?«

Dr. Jorg betrachtete lange den gestreiften Schlafanzug, den man ihm angezogen hatte. »Ha«, sagte er, »ich bin eingeliefert worden.«
»Und weshalb?«
»Ich habe diese Frau aus dem Wasser gezogen. Dabei habe ich mich verletzt.«
»Das entbehrt nicht einer gewissen Logik«, sagte Dr. Bühler und machte sich Notizen. »Sagen Sie mal, was für ein Datum haben wir heute?«
»Das weiß ich nicht genau, aber es ist Dezember.«
»Sind Sie sicher?«
»Natürlich. In ein paar Tagen ist Weihnachten.«
»Und was für Wetter haben wir?«
»Dichten Nebel. Die Straßen sind sehr glatt.«
»Dann«, sagte Dr. Bühler, »schauen Sie doch mal zum Fenster hinaus! Was sehen Sie da?«
Dr. Jorg warf einen Blick durch das vergitterte Fenster. Eine helle, gelbe Wintersonne stand über dem gegenüberliegenden Dach und war von hier aus deutlich zu sehen.
»Draußen in der Kulisse brennt eine Lampe«, sagte er. »Sie können mich nicht 'reinlegen, Doktor.«
»Das habe ich auch gar nicht vor«, sagte der Psychiater.
Dr. Jorg erhob sich. »Kann ich jetzt gehen? Ich muß nämlich nach Hause!«
Unvermittelt sprang Dr. Jorg auf und stürzte zur Tür.
Aber der Polizist war bei ihm, packte ihn bei den Handgelenken und wollte ihn zurückdirigieren.
»Danke«, sagte Dr. Bühler. »Nicht mehr nötig. Führen Sie ihn ab. Aber nicht in den Krankensaal, sondern in eine Einzelzelle. Der Mann muß ständig bewacht werden.«
»Lassen Sie mich los!« brüllte Dr. Jorg. »Sie haben kein Recht! Ich muß nach Hause! Ich will nicht ...«
Seine Stimme war noch zu hören, als der Polizist ihn längst mit unerbittlichem Griff aus dem Zimmer gezerrt hatte.

Als Dr. Willy Markus am Sonntag abend gegen neun Uhr, sein Wochenendköfferchen in der Hand, nach Hause kam, saß Inge Jorg auf der Treppe vor der Tür seines Appartements.
Er traute seinen Augen nicht. »Inge!« sagte er entgeistert. »Was machst du denn hier?«
Sie erhob sich ein wenig mühsam, denn die Glieder waren ihr steif geworden. »Ich habe auf dich gewartet«, sagte sie ruhig.
»Aber woher wußtest du denn, wann ich nach Hause kommen würde?«
»Ich wußte es nicht. Ich habe einfach gewartet.«
Er schüttelte den Kopf, verstand immer noch nichts. »Ich freue mich natürlich, dich zu sehen«, sagte er, »ich freue mich immer ... warte nur einen Augenblick! Ich will nur eben meinen Koffer fortbringen und dann gehen wir ...«
»Nicht nötig«, unterbrach sie ihn, »ich komme mit herein.«
»Aber du kennst doch Richard? Wenn er erfährt ...«

»Er wird nichts erfahren«, sagte sie. »Er ist verhaftet.«
»Was?«
»Ja. Er hat einen Mordversuch gemacht. Aber das ist noch nicht das Schlimmste. Es scheint, er hat den Verstand verloren.«
»Um Gottes willen! Inge!« Einen Augenblick sah es so aus, als wenn er sie tröstend in die Arme nehmen wollte. Dann wandte er sich von ihr ab, schloß die Tür auf, knipste Licht an, ließ sie vorgehen. »Komm herein, Inge ... das ist ja grauenhaft! Setz dich ... ich geb' dir was zu trinken! Sag nicht nein, ein Cognac wird dir guttun ... und mir auch!« Ohne den Mantel auszuziehen, ging Dr. Willy Markus zum Wandschrank, holte eine Flasche Cognac und zwei Gläser heraus, schenkte ein.
»Ich bitte dich, trink ...«, sagte er, »kränk mich nicht!«
Er leerte sein Glas mit einem Zug, warf dann den Mantel mit Schwung auf einen Sessel, setzte sich zu ihr. Inge Jorg hatte erst nur genippt, nahm dann doch einen kräftigen Schluck. Er schenkte nach, zündete zwei Zigaretten an, eine für Inge, die andere für sich selber.
»Also erzähl«, sagte er.
»Unser Rechtsanwalt, Dr. Winters«, sagte sie, »und auch der Kriminalbeamte, sie meinen beide, daß er ... verrückt geworden ist ...«
»Und du, was meinst du?«
»Er ist krank, Willy ... aber das wissen wir doch schon seit langem. Aber es ... es kann keine wirkliche Geisteskrankheit sein. Woher sollte denn das kommen? Er hat doch nie eine Syphilis gehabt oder so etwas ... und ich habe gestern lange mit seiner Schwester in Bergisch Gladbach telefoniert. Sie hat mir bestätigt, daß es nie eine Geisteskrankheit in ihrer Familie gegeben hat ... sie hat mich nicht angelogen, bestimmt nicht, ich habe ihr ja klargemacht, worum es geht!«
»Es muß also mit dieser Lebensrettungsaktion damals ... und mit seinem Fall auf den Hinterkopf zusammenhängen. Das willst du doch sagen?«
»Meinst du das nicht auch«, fragte sie zaghaft.
»Doch«, sagte er, »er hat mir selber gesagt, daß er seitdem wahnsinnige Kopfschmerzen hat. Deshalb hat er ja auch zum Morphium gegriffen.«
»Es muß da ein Zusammenhang sein«, sagte sie, »nur, ich verstehe nicht, eine Gehirnerschütterung ... eine äußerliche Einwirkung kann doch nicht eine Geisteskrankheit hervorrufen? Oder doch?«
»Ich habe mir schon seit langem Sorgen um Richard gemacht«, sagte Dr. Willy Markus. »Ich habe sämtliche greifbare Fachliteratur gelesen, und da bin ich auf etwas gestoßen ... ich weiß natürlich nicht, ob es stimmt, das kann nur eine spezielle Untersuchung erweisen ...«
»Bitte, sag es mir!«
»Es ist möglich, daß es sich um einen Tumor handelt, einen Hirntumor. Du weißt doch, was das ist?«
»Krebs?«
»Nein. Ein Tumor ist eine Geschwulst. Ob er bösartig ist oder nicht, könnte sich erst bei der Operation erweisen ...«
»Der durch den Stoß gegen den Kopf entstanden ist?«
»Nein. Das nicht. Der Tumor müßte schon früher dagewesen sein. Ein

kleiner, vielleicht winziger Tumor, der sich in keiner Weise bemerkbar gemacht hat, der vielleicht nie in Erscheinung getreten wäre. Aber es hat Fälle gegeben, wo ein Stoß gegen den Kopf einen solchen Tumor zum Wachsen gereizt hat...«

»Und du meinst?« fragte Inge. »Ein solcher Tumor würde alles erklären?«

»Ja«, sagte Dr. Markus. »Die Kopfschmerzen, die Unbeherrschtheit, die Charakterveränderung, das Nachlassen des Willens und auch der Verlust der ethischen Maßstäbe. Wenn es ein Tumor ist, Inge, und wenn er nicht bösartig ist, dann läßt er sich durch eine Operation entfernen...«

»Und Richard wird wieder werden wie früher?«

»Ja. Wahrscheinlich. Wenn die Operation durchgeführt werden kann, ohne daß das Gehirn verletzt oder gar Teile des Hirns entfernt werden müssen.« Er sah ihr erschrockenes Gesicht und fügte schnell hinzu: »Aber darüber wollen wir uns jetzt noch keine Gedanken machen, Inge ... erst müssen wir einmal feststellen, ob meine gewagte Diagnose überhaupt stimmt.«

»Und wie können wir das?«

»Wir müssen alle Hebel in Bewegung setzen, daß Richard in eine neurochirurgische Klinik kommt. Wo ist er jetzt?«

»Im Gefängnislazarett.«

»Ich werde sofort anrufen und mich mit dem dortigen Psychiater in Verbindung setzen...«

»Er heißt Dr. Bühler«, sagte Inge Jorg.

»Sehr gut. Das vereinfacht die Sache.«

Dr. Markus schlug das Telefonbuch auf, suchte die entsprechende Nummer, wählte. Inge hatte ihre Zigarette gelöscht.

Nach längerem Hin und Her bekam Dr. Markus den Psychiater an den Apparat. Er erklärte seinen Verdacht, horchte, was der andere zu sagen hatte, dankte, hängte ein.

»Wir sind zu spät gekommen«, sagte Dr. Markus. »Richard ist schon in Haar. Im Irrenhaus.«

»Dann müssen wir uns dorthin wenden«, sagte Inge entschlossen. »Kannst du mich nicht begleiten, Willy? Du bist Arzt, für dich ist es leichter...«

»Gut«, sagte Dr. Willy Markus. »Morgen nachmittag. Ich werde dich, gleich wenn ich aus der Klinik komme, abholen. Du wohnst doch noch bei deinen Eltern?«

14

Es war viel schwerer, eine Sprecherlaubnis mit dem Patienten Dr. Richard Jorg zu erhalten, als Inge Jorg und auch Dr. Markus sich das vorgestellt hatten. Denn Dr. Jorg galt in der Heil- und Pflegeanstalt nicht nur als gefährlicher, sondern auch als krimineller Geisteskranker.

Endlich, nach mehr als einer Woche, hatte es Inge doch geschafft. Dr. Markus hatte sie auch diesmal begleitet, aber sie bat ihn, nicht mit in das Sprechzimmer zu kommen, denn sie fürchtete, daß seine Gegenwart den Kranken aufregen könnte.

Der Raum, in dem Inge Jorg auf ihren Mann wartete, war hell und freundlich, aber sämtliche Fenster waren vergittert, der Tisch und die Stühle waren am Boden festgeschraubt.

Als sich endlich die Tür öffnete und sich schlurfende Schritte näherten, mußte sie sich überwinden, ihren Mann anzusehen, und obwohl sie auf das Schlimmste gefaßt war, konnte sie kaum ihr Entsetzen verbergen.

Dr. Richard Jorg war mager geworden, der graue, trostlose Drillichanzug schlotterte um seine Glieder, aber sein Gesicht wirkte ungesund aufgedunsen. Er war schlecht rasiert, sein Haar war glanzlos, die Augen lagen tief in den Höhlen, sein Blick war stumpf.

Ein Irrenwärter, ein großer, klotziger Mann, hielt sein Handgelenk, als wenn er jeden Augenblick einen Ausbruch fürchtete.

»Guten Tag, Richard«, sagte Inge und nahm all ihren Mut zusammen. »Wie geht es dir?«

Der Kranke sagte nichts, an seiner Stelle antwortete der Wärter. »Gut geht es ihm«, sagte er, »heute war er sehr brav ... nur keine Sorge, langsam wird er sich schon eingewöhnen.« Er klopfte Dr. Jorg auf den Rücken. »Na, immerhin ist es hier besser als im Kittchen. Wie, alter Junge?«

»Richard«, drängte Inge, »nun sag doch selber etwas. Hast du einen Wunsch? Kann ich etwas für dich tun?«

»Machen Sie sich keine Mühe«, sagte der Wärter, »der redet nicht mit jedem!«

Inge wandte sich dem Mann zu. »Könnten Sie uns nicht allein lassen? Wenigstens für ein paar Minuten?«

»Ausgeschlossen. Das wäre schade um Sie.«

Inge trat einen Schritt näher. »Richard«, sagte sie, »du brauchst nicht zu verzweifeln. Ich hole dich hier heraus, ganz bestimmt ... du kommst wieder nach Hause! Zu mir und Evchen!«

Der Kranke starrte sie nur an, ohne eine Miene zu verziehen.

Inge sah ihn aus großen Augen an – dieses seltsame Wesen in der groben Anstaltskleidung, das kaum noch dem Mann zu gleichen schien, den sie geliebt und geheiratet hatte.

»Richard«, stieß sie fassungslos hervor, »o Richard!« Dann straffte sie die Schultern, zwang die aufsteigenden Tränen zurück. »Ich ... ich werde jetzt gehen«, sagte sie zu dem Wärter.

»Das einzig Vernünftige«, sagte der Mann. »Sie tun ihm keinen Gefallen, wenn Sie ihn aufregen!«

Zögernd wandte Inge Jorg sich ab und ging auf die Tür zu.

In diesem Augenblick kam plötzlich Bewegung in den Patienten. »Inge!« brüllte er – es klang unartikuliert, wie der dumpfe Aufschrei eines Tieres.

Sie fuhr herum. »Richard!«

Er hatte sich von dem Griff des Wärters befreit und stürzte auf sie zu. Sie lief ihm entgegen. Aber bevor sie ihn erreichte, riß ihn der Wärter zurück.

Dr. Jorg wandte sich von seiner Frau ab, ging auf den Wärter los, traktierte ihn mit wilden, aber ungezielten Fausthieben, von denen die meisten ihr Ziel verfehlten. Schnell hatte der klotzige Mann ihn überwältigt, ihm beide Arme auf den Rücken gedreht, so daß er sich nicht mehr rühren konnte.

»Da haben wir den Salat!« sagte er schwitzend. »Nun verschwinden Sie aber rasch, Frau Doktor, sonst...«

»Aber... er wollte mich doch nur in die Arme nehmen!« rief Inge Jorg, entsetzt über diese Brutalität.

»Sind Sie so sicher?« sagte der Wärter. »Schließlich hat er ja schon eine abgemurkst!«

Sie drehte sich auf dem Absatz um und lief hinaus. Erst draußen auf dem Gang überwältigte sie die Erschütterung. Sie wäre zusammengebrochen, wenn Dr. Willy Markus sie nicht aufgefangen hätte.

Er nahm sie in seine Arme und hielt sie ganz fest. Jetzt endlich brauchte sie ihre Tränen nicht länger zurückzuhalten. Sie weinte hemmungslos, und er machte keinen Versuch, sie zu beruhigen. Er wußte, daß ihre Tränen ihr eine weit größere Erleichterung verschafften als jedes Wort des Trostes.

Dr. Kilius, Oberarzt in der Heil- und Pflegeanstalt, empfing Inge Jorg und Dr. Willy Markus in seinem hellen, freundlichen, kleinen Sprechzimmer. Er war ein beleibter Mann mit blassem, teigigem Gesicht, einem runden, kleinen Mund und sehr klugen, überaus wachen Augen.

Er bat sie, vor seinem Schreibtisch Platz zu nehmen. »Ich verstehe, daß die Begegnung mit Ihrem Mann Sie erschüttert hat, gnädige Frau«, sagte er zu Inge Jorg. »Der Wärter sagte mir, daß er sich nicht gerade von seiner besten Seite gezeigt hat...«

Inge Jorgs Augen waren immer noch gerötet, aber ihre Stimme zitterte nicht, als sie sagte: »Er hat mich erkannt.«

»Stimmt«, sagte Dr. Kilius, »aber das besagt gar nichts. Fast jeder Geisteskranke hat hin und wieder lichte Momente. Und es hat ja lange genug gedauert, bis er reagiert hat, wie?«

»Kann das nicht auch daran liegen, daß er gedopt ist?« fragte Dr. Willy Markus vorsichtig.

»Wollen Sie mir einen Vorwurf daraus machen, Kollege? Selbstverständlich halten wir ihn ständig unter Medikamenten. Wir müssen das tun, weil er sonst mit dem Kopf gegen die Wand rennt.«

Inge Jorg erschauderte. »Sie halten den Fall also für hoffnungslos?«

»Das möchte ich nicht sagen, gnädige Frau. Wir haben auch in solchen Fällen schon Heilerfolge erzielt. Mit Elektroschocks, chemischen Reizstoffen...«

»Ich fürchte nur«, sagte Dr. Willy Markus, »mit einer solchen Therapie werden Sie bei diesem Patienten nicht weiterkommen. Sie wissen, Dr. Jorg ist ein alter Freund und Kollege von mir. Ich hatte Gelegenheit, den Verlauf seiner Krankheit von den allerersten Anfängen an zu beobachten...«

»Sehr interessant«, sagte Dr. Kilius. »Vielleicht kann uns das tatsächlich ein Stück weiterhelfen.«

»Glauben Sie mir, Herr Kollege«, sagte Dr. Markus, »auch ich habe lange Zeit vor einem Rätsel gestanden. Aber ich bin überzeugt, ich habe die Lösung gefunden...«

Dr. Kilius lächelte unmerklich. »Da bin ich aber wirklich gespannt!«

»Nehmen wir einmal an, der Patient hatte schon vor der Kopfverletzung einen Tumor, der sich aber in keiner Weise bemerkbar gemacht hat. Durch den Fall auf den Kopf könnte er zu einem beschleunigten Wachstum angeregt worden sein ...«

»Das ist eine Theorie«, sagte Dr. Kilius, »aber keine Diagnose. Oder haben Sie den Patienten wirklich gründlich untersucht und sind dabei zu einem Ergebnis gekommen?«

»Dazu hatte ich leider keine Gelegenheit«, mußte Dr. Markus zugeben.

»Schade.«

»Aber es muß so sein«, sagte Inge Jorg, »es gibt gar keine andere Möglichkeit. Er war früher immer vollkommen gesund, ein klar denkender Mensch, charakterlich hochanständig ...«

»Nur, daß er eben einen Tumor hatte ... nicht wahr, das wollen Sie doch sagen? Er war also schon früher nicht gesund, nur, daß seine Erkrankung nicht deutlich in Erscheinung getreten ist.«

»Wenn Sie es so ausdrücken wollen«, sagte Dr. Markus.

»Nun, ich fürchte, daß ich Ihrer Theorie, verehrter Kollege, eine andere, mindestens ebenso einleuchtende entgegensetzen kann. Nehmen wir einmal an, der Patient war schon früher geistig krank, unterschwellig natürlich ... und durch den Fall auf den Kopf ist diese Erkrankung erst richtig zum Ausbruch gekommen ...«

»Nein«, sagte Inge Jorg, »ausgeschlossen. Geisteskrankheiten sind doch vererblich, nicht wahr? Und seine Schwester hat mir ausdrücklich bestätigt, daß es in der Familie Jorg niemals etwas Derartiges gegeben hat.« Sie sah den Irrenarzt triumphierend an.

»Das besagt nichts. Schon möglich, daß sie die Auskunft nach bestem Wissen und Gewissen gegeben hat. Wahrscheinlich hat man ihr selber eine derartige Erkrankung in der Familie bewußt verborgen gehalten.«

»Ich fürchte«, sagte Dr. Markus, »so kommen wir nicht weiter. Ich verstehe Ihre Argumente durchaus, Herr Kollege ... aber Klarheit können wir doch auf keinen Fall hier am Schreibtisch finden. Der Patient muß auf einen Tumor hin untersucht werden, das heißt, ein Elektro-Enzephalogramm und Arteriographie müssen durchgeführt werden.«

»Dazu besteht hier in unserem Haus keine Möglichkeit.«

»Das weiß ich«, sagte Dr. Markus. »Gerade deshalb möchten wir Sie bitten, den Patienten in eine neuro-chirurgische Klinik zu überweisen.«

Dr. Kilius legte die Fingerspitzen seiner weißen Hände gegeneinander. »Ich verstehe Sie sehr gut, lieber Kollege ... und auch Sie, gnädige Frau ... aber versuchen auch Sie zu begreifen, daß meine Befugnisse gerade in diesem Fall sehr beschränkt sind. Der Patient ist uns als Kriminell-Geistesgestörter eingewiesen worden. Das heißt, jede Ortsveränderung bedarf der Genehmigung des Staatsanwalts.«

»Aber«, rief Inge Jorg, »der Staatsanwalt muß doch einsehen ...«

»Dr. Kilius hat ganz recht«, fiel Dr. Markus ihr ins Wort, »er muß gar nichts. Die Gedankengänge eines Juristen sind oft sehr kompliziert. Wenn wir ihm keinen Beweis liefern können ...« Er unterbrach sich. »Aber vielleicht können wir es doch! Es gibt eine relativ einfache Möglichkeit, einen Tumor festzustellen ...«

»Stimmt«, sagte Dr. Kilius und lächelte, »ich warte schon seit einiger Zeit darauf, daß Sie mir endlich diesen Vorschlag machen würden! Ich werde also, wenn Sie beide einverstanden sind, eine Spiegelung des Augenhintergrundes durchführen...«

»Genau das wäre das Richtige«, stimmte Dr. Markus zu.

»Und Sie glauben«, sagte Inge Jorg unsicher, »man kann den Tumor durch das Auge entdecken?«

»Nicht unbedingt«, erklärte Dr. Kilius, »aber in der Mehrzahl aller Fälle. Das heißt, ein negatives Ergebnis schließt einen Tumor zwar nicht aus, ein positives bestätigt jedoch sein Vorhandensein.«

»Aber ein Staatsanwalt«, sagte Inge Jorg, »versteht doch von all diesen medizinischen Dingen gar nichts. Vielleicht gibt er Ihren Antrag erst an einen Gutachter weiter, und wir verlieren kostbare Zeit.«

»Olga Krüger ist heute aus der Unfallklinik entlassen worden«, berichtete Dr. Markus. »Sie ist wieder völlig gesund. Wenn man sie dazu bringen könnte, keine Anzeige gegen Richard zu erstatten, oder, falls das schon geschehen ist, sie zurückzuziehen...«

Inge Jorg stand entschlossen auf. »Ich fahre sofort zu ihr.«

»Sehr gut«, sagte Dr. Kilius, »und ich werde inzwischen die Augenspiegelung durchführen.« Er wandte sich an Dr. Markus. »Wenn Sie mir dabei assistieren wollen, Kollege...«

»Ja, tu das, Willy«, bat Inge Jorg, »und ruf mich sofort an, wenn das Ergebnis vorliegt... du kannst auch meiner Mutter Bescheid sagen, falls ich noch nicht zu Hause sein sollte.«

Sie reichte Dr. Kilius die Hand. »Ich danke Ihnen für Ihre Hilfe und Ihr Verständnis, Herr Doktor!«

»Nichts zu danken«, sagte Dr. Kilius, »es ist ja meine Pflicht, alles nur Menschenmögliche zu versuchen. Ich hoffe nur, wir werden keine Enttäuschung erleben.«

Olga Krüger öffnete in einem rotseidenen Morgenrock die Wohnungstür.

Als sie Inge Jorg erkannte, erschrak sie sichtlich. »Sie, Frau Doktor?« sagte sie. »Es tut mir leid, ich bin... Sie sehen ja... ich habe keinen Besuch erwartet!« Sie wollte die Tür rasch wieder zuwerfen.

Inge Jorg stellte ihren Fuß dazwischen. »Ich muß mit Ihnen sprechen, Fräulein Krüger«, sagte sie mit Nachdruck.

Olga Krüger gab nach. »Na schön«, sagte sie, »wenn Sie darauf bestehen.«

Die beiden Frauen standen sich in der kleinen Diele gegenüber und musterten sich mit kaum verborgener Spannung.

»Meinen Sie nicht, wir sollten erst einmal hineingehen und uns setzen?« fragte Inge Jorg.

Olga Krüger zuckte die Schultern. »Bitte, von mir aus.«

Sie ging voraus in den großen, geschmackvoll eingerichteten Wohnraum, nahm in einem der tiefen modernen Sessel Platz. Inge Jorg setzte sich, ohne eine weitere Aufforderung abzuwarten, ihr gegenüber.

»Was auch immer zwischen Ihnen und meinem Mann vorgefallen sein mag...«, begann Inge Jorg.

Olga Krüger fiel ihr ins Wort. »Nichts ... es war gar nichts! Und wenn ich nicht sicher gewesen wäre, daß Sie ihn verlassen hatten, wäre ich niemals zu ihm gegangen. Ich wollte mich um ihn kümmern ... sehen, wie es ihm geht ... war das nun wirklich ein so großes Verbrechen?«

»Niemand hat das Recht, Ihnen Vorwürfe zu machen«, sagte Inge Jorg, »ich am allerwenigsten, denn schließlich hatte ich ihn ja wirklich verlassen. Es geht hier auch gar nicht um Recht oder Unrecht, Schuld oder Unschuld ... sondern es geht um das Leben meines Mannes. Er ist schwer krank.«

»Ach ... wirklich?« sagte Olga Krüger betroffen.

»Ja. Er war schon seit langem nicht mehr gesund ... deshalb auch sein merkwürdiges Benehmen ... deshalb auch der Überfall auf Sie! Ich bin gekommen, um Sie für ihn um Verzeihung zu bitten ... Sie müssen Furchtbares durchgemacht haben!«

Unwillkürlich fuhr sich Olga Krüger an den Hals. »Das kann man wohl sagen!«

»Sie dürfen ihm das nicht übelnehmen. Er war nicht Herr seiner Sinne.«

»Ach so«, sagte Olga Krüger, »jetzt begreife ich endlich. Es geht Ihnen darum, daß er nicht vor Gericht gestellt wird? Aber daran habe ich sowieso kein Interesse.«

»Er kann weder zur Rechenschaft gezogen noch bestraft werden«, sagte Inge Jorg. »Man hat ihn ins Irrenhaus gesteckt.«

»Was?«

»Ja. Ich war heute bei ihm. Er hat mich kaum erkannt. Er ... er ist in einer schrecklichen Verfassung.

Die Ärzte vermuten, daß es sich nicht um eine Geisteskrankheit handelt, sondern um einen Tumor ... eine Geschwulst im Hirn, das bestimmte Partien zusammendrückt, ausschaltet, und dadurch die geistige Verwirrung und auch die charakterliche Veränderung verursacht. Wenn sich diese Diagnose bestätigt, muß er in eine neuro-chirurgische Klinik überwiesen und operiert werden. Die Operation muß so rasch wie irgend möglich durchgeführt werden ...«

»Das ist völlig klar!«

»Und deshalb brauche ich Ihre Hilfe, Fräulein Krüger! Mein Mann ist aus der Untersuchungshaft in die Heil- und Pflegeanstalt überwiesen worden, er untersteht also sozusagen noch dem Staatsanwalt. Zu jedem Schritt, den wir jetzt für ihn unternehmen, brauchen wir also die Genehmigung der Behörden ... und, Sie werden sich vorstellen, wie sehr dadurch alles verzögert wird ...«

»Ja, natürlich! Aber was kann ich dabei tun?«

»Ich habe mit meinem Rechtsanwalt gesprochen. Der Fall würde nicht weiter verfolgt werden, wenn Sie Ihre Anzeige zurückziehen.«

»Aber ich ...«, sagte Olga Krüger überrumpelt, »ich habe ihn doch gar nicht angezeigt!«

»Sind Sie sicher?«

»Aber ja. Ich weiß nicht einmal, wer die Polizei alarmiert hat ... als ich wieder zu mir kam, lag ich in der Unfallklinik und ...« Sie hob die Hand. »Warten Sie! Da fällt mir etwas ein! In der Klinik war ein Kriminalbeamter bei mir. Er hat mich ausgefragt und mich dann alles unterschreiben lassen ... ob das die Anzeige war?«

»Wahrscheinlich.«

»Sie müssen mir glauben, das hatte ich nicht gewollt. Nur ... ich war einfach am Boden zerstört und wollte meine Ruhe haben.«

»Das verstehe ich vollkommen«, sagte Inge Jorg. »Aber jetzt, da Sie wissen, worum es geht, werden Sie die Anzeige zurückziehen?«

»Ja. Wenn Sie wollen, ziehe ich mich jetzt sofort an und gehe mit Ihnen zum Polizeipräsidium.« Olga Krüger stand auf.

Inge Jorg atmete erleichtert auf. »Ich bin so froh«, sagte sie. »Ich weiß gar nicht, wie ich Ihnen danken soll ...«

Dr. Willy Markus hatte an diesem Tag Spätdienst in der Unfallklinik. Als er das Vorbereitungszimmer betreten wollte, wurde er von der Oberschwester aufgehalten.

»Sie möchten bitte gleich zu Herrn Oberarzt Dr. Müller kommen! Er erwartet Sie in seinem Sprechzimmer. Dr. Baier vertritt Sie so lange, Herr Doktor!«

Dr. Markus ahnte nicht, worüber der Oberarzt mit ihm sprechen wollte, aber er hatte kein gutes Gefühl dabei, als er in das Sprechzimmer seines Vorgesetzten trat.

Dr. Müllers Gesicht verriet gar nichts. »Entschuldigen Sie, daß ich Sie Ihrem Dienst fernhalte, Kollege«, sagte er. »Bitte, setzen Sie sich doch!«

Dr. Willy Markus verkniff sich die Fragen, die ihm schon auf der Zunge lagen. Er nahm Platz, sah seinen Chef an und wartete ab.

»Wie geht es unserem Kollegen Jorg?« fragte der Oberarzt. Dr. Markus fiel ein Stein vom Herzen. »Danke. Er ist heute in die neuro-chirurgische Klinik überwiesen worden.«

»Tumor?«

»Ja. Jedenfalls ist eine Stauungspapille festgestellt worden.«

»Na, immerhin«, sagte Oberarzt Dr. Müller. »Das erklärt manches.«

Dr. Markus schwieg. Er hatte eigentlich etwas mehr Begeisterung und Interesse erwartet. Aber das ließ er sich nicht anmerken.

»Sie waren doch ... ich meine, Sie sind ein Freund Dr. Jorgs?«

»Jawohl, Herr Oberarzt.«

»Dann kennen Sie sicher auch die Menschen, mit denen er verkehrt hat?«

»Im großen ganzen ... ja!«

»Sagt Ihnen der Name Kowalski etwas?«

»Natürlich. Das war doch die Gallenblasenoperation mit nachfolgendem Exitus?«

»Stimmt. Aber das meine ich nicht. Um genauer zu sein ... Hat Dr. Jorg diesen Mann privat gekannt?«

»Keine Ahnung. Was hatte er denn für einen Beruf?«

»Antiquitätenhändler.«

»Also, ehrlich gestanden ... ich kann mir beim besten Willen nicht vorstellen, daß Richard Jorg mit einem Antiquitätenhändler befreundet war. Vielleicht könnte man seine Frau fragen. Wie kommen Sie eigentlich darauf?«

Oberarzt Dr. Müller rieb sich ein wenig verlegen das Kinn. »Also, um Ihnen reinen Wein einzuschenken ... es ist eine Anzeige gegen Dr. Jorg eingelaufen.«
»Von der Staatsanwaltschaft?«
»Aber nein. Privat. Anonym, um genau zu sein.«
»Ach so«, sagte Dr. Markus erleichtert. »Also, wenn ich Ihnen einen Rat geben darf, Herr Oberarzt ... werfen Sie den Wisch in den Papierkorb, wohin er gehört.«
»Das hätte ich unter normalen Umständen auch getan. Aber die Umstände sind nicht normal, das werden Sie wohl zugeben. Ein Arzt unserer Klinik, der unter Mordverdacht verhaftet und dann in die Heil- und Pflegeanstalt abgeschoben worden ist ...«
»Diese Anzeige ist inzwischen hinfällig geworden, Herr Oberarzt«, erklärte Dr. Markus hitzig, »es wird kein Verfahren eingeleitet, und Dr. Jorg befindet sich inzwischen ...«
»Ja, ich weiß ... auf dem Weg in die Neuro-Chirurgische, wo er an einem Hirntumor operiert werden soll. Aber Sie wissen so gut wie ich, daß ein solcher Tumor nicht nur geistige Schäden, sondern auch charakterliche Veränderungen mit sich bringt. Warum soll ein Mensch, der fähig ist, eine wehrlose Frau anzufallen, nicht auch imstande sein, einen Patienten umzubringen?«
»Steht das in dem anonymen Brief?«
»Ja, und noch mehr. Zwischen Jorg und Kowalski sollen enge Beziehungen bestanden haben. Jorg soll rauschgiftsüchtig gewesen sein ... wissen Sie etwas davon?«
»Er war nicht süchtig«, behauptete Dr. Markus. »Er litt an rasenden Kopfschmerzen und hat gelegentlich gespritzt ...«
»Und über seine Beziehungen zu Kowalski sind Sie also nicht informiert?«
»Nein. Aber selbst wenn er ihn gekannt, ja, selbst wenn er ihn gehaßt oder gefürchtet hätte ... nie würde es ihm einfallen oder eingefallen sein, ihn von dem Operationstisch ins Jenseits zu befördern.«
»Sind Sie dessen so sicher?«
»Vollkommen.«
Oberarzt Dr. Müller war durchaus überzeugt. »Na ja«, sagte er, »Ihre Stellungnahme ehrt Sie ... und Ihren Freund. Aber wenn er diesen Kowalski tatsächlich gekannt hat ...«
»... ist das noch lange kein Beweis, daß er ihn getötet hat.«
»Immerhin wäre es dann ein ziemlich merkwürdiges Zusammentreffen, nicht wahr? Außerdem sieht es ganz so aus, daß er zu diesem Zeitpunkt nicht mehr Herr seiner Sinne war.«
»Stimmt. Und gerade deshalb kann man ihn für nichts, was er im Endstadium seiner Krankheit vielleicht getan oder nicht getan hat, verantwortlich machen.«
»Ich sehe, Sie ziehen ein Versagen also auch in Betracht«, sagte Dr. Müller.
»Ein Versagen, ja«, gab Dr. Markus zu, »einen Kunstfehler, vielleicht ... aber keinen Mord.«
»Ich sehe da keinen so gewaltigen Unterschied. Wenn es sich herausstellen

sollte, daß Dr. Jorg am Ableben dieses Patienten schuld ist, dann ... so leid es mir tut ... ist er für unsere Klinik nicht mehr tragbar.«

»Und Sie wünschen, daß ich ihm das ausrichte?«

»Aber nicht doch, Kollege! Warum so bitter? Versuchen Sie doch auch einmal meinen Standpunkt zu verstehen. Sie sehen nur das Wohl Ihres Freundes ... aber ich trage schließlich die Verantwortung für die Patienten.«

»Sie wollen also eine Obduktion vornehmen lassen?«

»Halten Sie das für falsch?«

»Im Gegenteil. Ich bin sehr froh darüber«, behauptete Dr. Markus, »ich bin überzeugt, daß eine Öffnung der Leiche die völlige Schuldlosigkeit meines Freundes beweisen wird.«

Aber trotz dieser mutigen Worte war Dr. Markus außerordentlich bedrückt, als ihn der Oberarzt endlich entließ und er ins Vorbereitungszimmer eilen konnte. Er war sich in der Sache Dr. Jorgs gar nicht so sicher. Es würde ein furchtbarer Schlag für ihn sein, wenn er, endlich wieder gesund und nach Hause entlassen, erfahren mußte, daß er seine Stellung in der Unfallklinik verloren hatte. Und es würde sehr schwer für ihn sein, nach dem, was geschehen war, eine neue Stellung zu finden.

Dr. Markus entschloß sich, von alledem nichts zu Inge Jorg zu sagen.

Nachdem Olga Krüger die Anzeige gegen Dr. Richard Jorg zurückgezogen und die Diagnose von Dr. Markus sich bestätigt hatte, war es Inge Jorg gewesen, als wenn ein Alpdruck von ihr genommen wäre.

»Mutti«, sagte sie eines Morgens zu Frau Stein, »ich bin zu einem Entschluß gekommen ... ich werde mit Evchen nach Hause gehen.«

Frau Stein musterte mit einem mitleidigen Blick das schmalgesichtige Gesicht ihrer Tochter, die tiefen Schatten unter den übergroßen braunen Augen. »Ich verstehe dich, Liebling«, sagte sie, »aber was soll das für einen Sinn haben? Es fehlt dir doch hier bei uns an nichts, und du bist nicht allein. Richard nutzt es nichts, ob du zu Hause bist oder ...«

»Ich weiß«, sagte Inge, »aber ich habe einfach das Gefühl, daß ich zu Hause auf ihn warten müßte. Dort, wo ich hingehöre.«

»Überschlaf es noch mal ... auf einen Tag mehr oder weniger kommt es doch nicht an!«

Nana, die Hausangestellte, kam herein und meldete: »Herr Teddy Murnau ist gekommen ...«

Inge stand brüsk auf. »Ich will ihn nicht sehen!«

»Nun hör einmal, Kind«, sagte Frau Stein, »ich finde es ganz richtig, daß du in dieser schweren Zeit zu deinem Mann hältst! Deshalb brauchst du aber doch nicht deine alten Freunde vor den Kopf stoßen!«

»Aber Teddy Murnau bedeutet mir nichts! Ich will ihn nicht sprechen.«

Frau Stein hatte sich erhoben. »Gut, gut! Aber, bitte, sag ihm das alles selber! Ich glaube doch, daß er darauf ein Recht hat!«

Sie verließ das Zimmer. Inge zögerte einen Augenblick, aber dann entschloß sie sich, zu bleiben. Sie nahm Evchen auf den Schoß und zog sie eng an sich. Aus dem festen, warmen Körperchen des Kindes ging Kraft und Trost auf sie über.

Es dauerte einige Zeit, bevor Teddy Murnau eintrat, und dann wirkte er sehr gefaßt und ganz ungewohnt ernst. Er beugte sich über Inges Hand, streichelte Evchen über die Wange.

»Du brauchst mir nichts zu erzählen, Inge«, sagte er. »Ich weiß alles.«

Sie atmete auf. »Dann wirst du auch verstehen...«

»Ja«, sagte er, »daß du jetzt nicht in der Lage bist, dich zu entscheiden.«

»Ich habe mich längst entschieden, Teddy. Es gibt für mich nur einen Mann auf dieser Welt... Richard.«

»Glaub mir doch, ich will dich nicht drängen...«

»Dann begreif endlich und laß mich in Frieden. Es ist aus zwischen uns... wenn überhaupt je etwas bestanden hat. Es muß aus sein für immer.«

»Inge«, sagte er, »bitte...«

Im Nebenzimmer klingelte das Telefon und Evchen rannte los. »Papi, Papi!« rief sie hoffnungsvoll.

Inge Jorg lief hinter ihr her, nahm sie auf den Arm. »Papi ist krank, Liebling«, sagte sie. »Wir müssen Geduld haben... die Onkel Doktor werden ihn schon wieder gesund machen!«

Sie nahm den Hörer auf, meldete sich. »Ja«, sagte sie, »ich komme sofort!«

Teddy war ihr nachgekommen. »Was ist?« fragte er.

»Ich muß sofort in die neuro-chirurgische Klinik.

Die Untersuchungen sind abgeschlossen. Dr. Neuhoff, der Chirurg, möchte dringend mit mir sprechen.«

15

Inge Jorg ließ sich von Teddy Murnau in die neuro-chirurgische Klinik fahren, aber das Sprechzimmer des Chirurgen betrat sie allein.

Dr. Neuhoff, ein schlanker, leicht gebeugter Mann, kam ihr zur Begrüßung an die Tür entgegen. »Ich freue mich, daß Sie so rasch gekommen sind, gnädige Frau...«

»Ich habe stündlich auf Ihren Bescheid gewartet. Das Untersuchungsergebnis liegt also jetzt vor?«

»Ja. Aber bitte, nehmen Sie doch Platz...« Er führte Inge Jorg in die Besucherecke, wo es einen niedrigen Tisch und einige bequeme Sessel gab. »Darf ich Ihnen einen Cognac anbieten?«

»Nein, danke!« Inge Jorg saß, die Knie zusammengepreßt, und starrte ihn aus angstvollen Augen an.

»Nun ja, also dann«, sagte Dr. Neuhoff. »Die erste Diagnose der Kollegen Markus und Kilius hat sich wirklich bestätigt. Alle Untersuchungen haben eindeutig das Vorhandensein eines Tumors ergeben...«

»Gott sei Dank!« sagte Inge Jorg.

Er sah sie mit einem merkwürdigen Blick an. »Es handelt sich um einen Tumor im Bereich des hinteren Stirnhirns und vorderen Schläfenlappen rechts ... aber das wird Ihnen wohl nicht viel sagen.«

»Nein«, sagte Inge, »wirklich nicht.«

»Nun, gerade Stirntumore pflegen meist eingreifende Wesensveränderungen mit sich zu bringen ...«

»Also ... wenn der Tumor entfernt ist, wird mein Mann wieder so werden wie früher?«

Dr. Neuhoff zögerte. »Nun, um die Wahrheit zu sagen ... ich bin nicht sicher, ob ich zu einer Operation raten soll.«

»Aber eine Chance«, drängte Inge Jorg, »eine winzige Chance besteht doch?«

»Ja«, gab Dr. Neuhoff zu, »aber, wie Sie sehr richtig sagten, sie ist wirklich winzig. Ich fürchte, um ganz ehrlich zu sein, daß es uns nicht gelingen wird, den Tumor vollständig zu entfernen ...«

»Und dann?« fragte Inge Jorg. »Was dann?«

»Der Zustand des Patienten würde sich vorübergehend bessern ...«

»Aber das wäre doch schon ein Gewinn!«

»Nein«, sagte Dr. Neuhoff, »denn das würde ihn erst zum Bewußtsein seiner Krankheit bringen. Er würde begreifen, was mit ihm geschehen ist und was ihn erwartet. Das wäre schrecklich, glauben Sie mir, gnädige Frau, denn nach absehbarer Zeit würden die gleichen Symptome, die erschreckende Charakterveränderung wieder auftreten ... in dem gleichen Maß, wie der Tumor erneut zu wachsen beginnt. Natürlich könnte man dann noch einmal operieren, falls der Allgemeinzustand des Patienten es zuläßt ... aber die gleiche Qual würde immer wieder von neuem beginnen. Wollen Sie das wirklich Ihrem Gatten ... wollen Sie das sich selber zumuten?«

»Ich will, daß er wieder gesund wird!« erklärte Inge Jorg mit verzweifelter Hartnäckigkeit.

Dr. Neuhoff stand auf, trat zu seinem Schreibtisch. »Ich gebe Ihnen jetzt ein Formular ... die Einverständniserklärung zur Operation. – Unterschreiben Sie das bitte. Auf alle Fälle. Dann werde ich Ihnen ein paar Zahlen aufschreiben, das sind die Unkosten, die sich nicht vermeiden lassen, auch wenn mein Assistent und der Anästhesist auf ihr Honorar verzichten, woran ich eigentlich nicht zweifle. Aber die Leitung der Klinik wird auf ihrer Forderung bestehen, und das macht allein schon eine erhebliche Summe aus. Ich würde Ihnen raten, erst einmal nachzuprüfen, wieviel Ihre Krankenversicherung davon übernimmt ...«

»Ich möchte nicht«, sagte Inge Jorg, »daß Sie und Ihre Kollegen umsonst arbeiten!« Sie war aufgestanden und kam zum Schreibtisch.

»Darüber können wir uns gern noch einmal unterhalten, wenn Sie sich erst einen Überblick verschafft haben.« Er reichte Inge Jorg seinen Kugelschreiber.

Sie unterschrieb die Einverständniserklärung.

»Danke«, sagte Dr. Neuhoff. »Und hier ist mein Überschlag der Unkosten ... es kann auch teurer werden, billiger aber bestimmt nicht.«

Inge Jorg steckte den Zettel ein. »Wann werden Sie also operieren?«

»Sobald Sie sich alles noch einmal in Ruhe überlegt haben, rufen Sie mich an. Aber warten Sie nicht zu lange ... Sie wissen ja, jede Stunde zählt jetzt.«

Herr und Frau Stein hörten sich Inge Jorgs Bericht mit gespannter Aufmerksamkeit an. Ihre Tochter war, gleich nachdem sie Evchen ins Bett gebracht hatte, zu ihnen gefahren.

»Dieser Dr. Neuhoff«, sagte Herr Stein, »scheint wirklich ein Ehrenmann zu sein ... keiner von den üblichen Halsabschneidern.« Er legte die Hand auf den Arm seiner Tochter. »Du solltest dir, glaube ich, alles doch noch einmal sehr gründlich überlegen ...«

»Das habe ich getan«, sagte Inge Jorg entschlossen.

Herr Stein zündete sich eine Zigarette an. »Und wie stellst du dir das mit den Kosten vor? Schließlich werden es mehr als zweitausend Mark sein.«

»Rechne ruhig noch einen Tausender dazu«, sagte Inge Jorg, »ich möchte nämlich keinesfalls, daß die Ärzte umsonst arbeiten.«

»Hast du dieses Geld?«

»Ich habe mir sechshundert Mark erspart.«

»Und der Rest?«

Zum erstenmal wurde Inge Jorg unsicher. »Ich dachte ... ich wollte euch darum bitten, daß ihr ...«

»Kommt überhaupt nicht in Frage!«

Jetzt, zum erstenmal, ergriff Frau Stein, die während dieses Gesprächs ganz ungewöhnlich still gewesen war, das Wort. »Natürlich bekommst du das Geld, Inge«, sagte sie, »es wäre ja noch schöner, wenn wir dir nicht helfen würden!«

Herr Stein hob die Augenbrauen. »Sehr interessant«, sagte er, »und woher willst du diese Summe nehmen, wenn ich fragen darf?«

»Wir haben uns doch etwas zurückgelegt, Otto ... für die geplante Urlaubsreise nach Teneriffa.«

»Und dieses Geld willst du opfern?«

»Ja. Was ist denn wichtiger ... das Glück unseres Kindes oder solch eine dumme Reise?«

»Fragt sich nur, ob das wirklich Inges Glück sein wird«, murmelte Herr Stein. Aber die beiden Frauen hörten nicht mehr auf ihn.

»O Mutti, Mutti!« sagte Inge Jorg überwältigt und schloß Frau Stein in die Arme. »Ich wußte ja gar nicht ... du bist so gut! So verständnisvoll!«

Frau Stein errötete. »Na«, sagte sie, »vielleicht sind meine Beweggründe gar nicht so edel. Vielleicht habe ich einfach ein schlechtes Gewissen ... Richard gegenüber. Ich weiß jetzt, daß ich ihm sehr unrecht getan habe.«

Noch am gleichen Abend rief Inge Dr. Neuhoff in der neuro-chirurgischen Klinik an.

»Ich habe mit meinen Eltern gesprochen«, erklärte sie, »sie werden die Kosten der Operation übernehmen ... mit allen ärztlichen Honoraren!«

»Sie haben sich also die möglichen Folgen klargemacht und bestehen nach wie vor auf einem chirurgischen Eingriff?«

»Ja, ja und noch mal ja! Wann wird es sein?«

»Morgen früh um neun!«

»Ich werde dort sein!«

»Das ist absolut nicht nötig, gnädige Frau, wir werden Sie sofort benachrichtigen, wenn ...«

»Nein, bitte, verbieten Sie es mir nicht! Ich möchte in der Nähe sein, wenn es geschieht!«

»Nun ja«, sagte Dr. Neuhoff, »ich verstehe. Daran kann ich Sie natürlich nicht hindern!«

Das rote Licht leuchtete über der breiten Doppeltür zum Operationssaal, als Inge Jorg, begleitet von Dr. Willy Markus, der sie zur neuro-chirurgischen Klinik hinausgefahren hatte, den langen Gang entlangeilte.

Sie preßte die Hand vor die Brust. »Mein Gott, sie haben schon begonnen!«

Dr. Markus gab sich Mühe, seine Stimme unbefangen und natürlich klingen zu lassen. »Aber sicher«, sagte er, »was hattest du denn gedacht?«

»Ich weiß nicht, ich . . . ich hätte Richard so gern vorher noch gesehen!«

»Gedulde dich, bald siehst du ihn ja wieder und . . . wenn alles gut geht . . . gesund.«

Er faßte sie sacht beim Arm. »Komm, setzen wir uns! Die Operation wird Stunden dauern. Du kannst doch nicht so lange hier stehen bleiben und das rote Licht anstarren?«

Sie wandte ihm ihr blasses, gequältes Gesicht zu. »Stunden?«

»Ja. Und wenn du mich fragst, wir könnten genausogut in das kleine Café gegenüber gehen und . . .«

»Nein, ich will hierbleiben.«

»Schön. Dann setzen wir uns!«

Sie setzten sich nebeneinander auf die harte Bank, schweigend und ohne sich anzusehen.

Die Operationsschwester hatte Dr. Neuhoff ein Skalpell gereicht. Der Chirurg zögerte eine Sekunde, dann setzte er zum ersten bogenförmigen Hautschnitt an.

Der erste Assistent betätigte den Sauger, entfernte das Blut aus dem Operationsgebiet. Dr. Neuhoff schnitt weiter, es blutete stärker. Der Sauger arbeitete. Ein stark blutendes Gefäß wurde sichtbar, Dr. Neuhoff ergriff es mit einer Pinzette.

»Strom!« forderte er.

Der zweite Assistent legte das Diathermiemesser an die Pinzette, betätigte das Pedal. Das blutende Gefäß wurde verödet, die Blutung stand.

Langsam wurde der Hauptlappen zurückpräpariert, der Knochendechel lag frei.

Dr. Neuhoff reichte das Skalpell der Schwester zurück, griff zum elektrischen Bohrer, legte einige Löcher in der Anordnung eines Vierecks in der Knochendecke an. Das böse Geräusch war selbst für die Männer vom Operationsteam, denen es nur zu vertraut war, schwer zu ertragen.

Dann war es geschafft.

»Säge!«

Die OP-Schwester nahm Dr. Neuhoff den Bohrer ab, reichte ihm die Handsäge. Es bedeutete eine schwere körperliche Arbeit, das vorbereitete Viereck aus der harten Knochendecke herauszusägen.

Als Dr. Neuhoff es endlich abheben konnte, stand ihm Schweiß auf der

Stirn. Er reichte das Knochenstück der OP-Schwester, die es bis zur Beendigung der Operation in eine physiologische Kochsalzlösung legte.

Dann pausierte er einen Augenblick, während ihm eine jüngere Schwester mit einem sterilen Tuch den Schweiß von der Stirn wischte.

Die Hirnhaut lag jetzt frei.

Die Finger des Operateurs — er arbeitete ohne Handschuhe — tasteten vorsichtig das Gebiet ab, das die Assistenten von den Knochenresten befreit und ausgespült hatten. Knirschend griff er mit der Knochenzange ein, um die Öffnung noch um einige Zentimeter zu erweitern.

Die Operationsschwester gruppierte die Instrumente um: Skalpell, Pinzetten, Haken, Knochensäge und Knochenzange wurden beiseite getan. Auf feuchter, gepreßter Watte wurden jetzt besonders feine Pinzetten in Reichweite gelegt, die sogenannten Durapinzetten, dazu Hirnspatel, Duraskalpell und Scheren. Der erste Assistent ersetzte den bisher benutzten Sauger durch einen feineren, der zweite Assistent verringerte die Stromstärke des Diathermieapparates.

»Duraeröffnung«, wiederholte der Anästhesist und kritzelte einen Vermerk auf seine Tabellenkurve.

»Wie geht es dem Patienten?« fragte Dr. Neuhoff.

»Gut. Cocktail bekommt er stündlich, Kreislauf ist in Ordnung.«

»Blutdruck?«

»120/70.«

»Der Blutdruck muß noch 'runter. Sehen Sie zu, daß Sie ihn auf etwa 90 kriegen. Geht das?«

»Ja.«

Während der Anästhesist mit der Blutdrucksenkung beschäftigt war, ging die Operation weiter. Mit Hilfe von Skalpell und Schere wurde die Hirnhaut aufgeklappt, die Hirnwindungen lagen jetzt frei. Kleine Blutungen wurden durch den Verschluß der Gefäße mit Silberclips gestillt.

»Blutdruck jetzt 100/70«, meldete der Anästhesist.

»Sehr schön«, sagte Dr. Neuhoff, »aber versuchen Sie, ob Sie ihn noch etwas 'runterkriegen!«

Wieder glitten die Fingerspitzen des Chirurgen über das Operationsgebiet. Die Hirnwindungen waren etwas abgeplattet und zeigten vermehrte Gefäßzeichnungen. Endlich spürte er an einer bestimmten Stelle eine leichte Verhärtung — darunter mußte der Tumor sitzen.

»Kanüle!«

Die Oberschwester reichte ihm das stumpfe Instrument, vorsichtig sondierte Dr. Neuhoff das verdächtige Gebiet. In drei Zentimeter Tiefe stieß er auf einen deutlichen Widerstand.

Auf einen Wink Dr. Neuhoffs schob die Operationsschwester ihm die Stirnlampe über den Kopf. Jetzt kam es auf äußerste Genauigkeit an.

Dr. Neuhoff führte einen kleinen Schnitt mit dem Diathermiemesser aus. Ohne eine Aufforderung abzuwarten, reichte ihm die Operationsschwester die Duraspateln. Vorsichtig drängte Dr. Neuhoff mit Hilfe der Spateln das Hirngewebe zur Seite. Er mußte mit äußerster Behutsamkeit arbeiten, denn jeder Hirnteil hat eine besondere Funktion und besondere Bedeutung, und auch die geringste Verletzung kann weittragende Folgen haben. Endlich wurde ein Stück des Tumors sichtbar. Graurötlich schimmerte er aus dem Hirngewebe hervor.

Dr. Neuhoff wechselte einen raschen Blick mit seinem ersten Assistenten. Der Tumor schien gutartig zu sein – noch stand die Diagnose zwar nicht fest, aber er war gut abgegrenzt gegen das umgebende Hirngewebe.

Der Operateur arbeitete weiter. Langsam und sehr vorsichtig löste er den Tumor aus seiner Umgebung, schob Gefäße zur Seite, oder, wenn das nicht möglich war, durchtrennte er sie.

Dann war ein Teil des Tumors freipräpariert, und jetzt zeigte es sich, daß Dr. Neuhoffs Befürchtungen begründet gewesen waren – der Tumor war ungewöhnlich groß, etwa wie ein mittlerer Apfel. Es war nicht möglich, ihn ganz herauszuholen. Dabei hätte man riskieren müssen, das umgebende Hirngewebe zu verletzen.

»Strom!«

Mit der Diathermieschlinge entfernte Dr. Neuhoff Stück um Stück, eine mühselige, nervenzerreibende Arbeit. Plötzlich blutete es stärker.

»Sauger!«

Der zweite Assistent arbeitete verbissen. Die Blutung kam nicht zum Stillstand.

»Blutdruck?« fragte Dr. Neuhoff.

»Abgesunken auf 70.«

»Kreislauf?«

»Puls flau. Ich schließe Blutkonserve an.«

Endlich gelang es, die Blutung zu stillen, und die Reste des Tumors konnten entfernt werden.

Dr. Neuhoff inspizierte aufs genaueste die Tumorhöhle. Es schien alles in Ordnung. Kein krankhaftes Gewebe war zu entdecken. Die Tumorhöhle wurde ausgespült und dann mit Flüssigkeit aufgefüllt.

Behutsam schob Dr. Neuhoff das beiseitegedrängte Hirn wieder an seinen alten Platz, vernähte die Hirnhaut.

Dr. Neuhoff stand auf. »Wie geht's dem Patienten?«

»Blutdruck und Puls in Ordnung«, meldete der Anästhesist. »Nichts Auffälliges!«

»Danke, meine Herren!«

Dr. Neuhoff verließ den OP, ging in den Waschraum. Seine Arbeit war getan. Das Einfügen des Knochendeckels und die Naht der Operationswunde überließ er seinen Assistenten.

Das rote Licht brannte immer noch über der Tür des Operationssaales, als Dr. Neuhoff auf den Gang hinaustrat.

»Gratuliere, gnädige Frau«, sagte er und reichte Inge Jorg die Hand, »Sie haben recht behalten!«

»Wird Richard ... wieder ganz gesund werden?« fragte Inge Jorg mit bebender Stimme.

»Aller menschlichen Voraussicht nach ... ja.«

»Der Tumor war also doch ... gutartig?«

»Ja«, sagte Dr. Neuhoff. Einschränkend fügte er hinzu: »Jedenfalls hatte ich den Eindruck. Ich habe ihn vorsichtshalber noch zur histologischen Untersuchung geschickt. Wir haben ihn restlos entfernen können.«

»Gott sei Dank«, sagte Inge Jorg inbrünstig, »o Gott sei Dank!«

»Glauben Sie, daß mein Kollege wieder voll arbeitsfähig werden wird?« fragte Dr. Markus.

»Warum nicht? Natürlich muß er sich jetzt erst einmal schonen ... etwa drei Monate Urlaub wären das Richtige, aber dann ... das Hirngewebe selber ist nicht angegriffen worden.«

Jetzt endlich fand Inge Jorg die Kraft, sich zu erheben. »Darf ich meinen Mann sehen?« fragte sie.

»Das hat keinen Sinn, gnädige Frau! Warten Sie zwei Tage, bis er wieder ganz bei Bewußtsein ist. So lange werden wir ihn noch in einem leichten Schlaf halten. Aber dann werden Sie ihn nicht nur sehen, sondern auch sprechen können!«

Als Dr. Neuhoff sich verabschiedet hatte, um sich um seine anderen Patienten zu kümmern, hängte sich Inge Jorg unbefangen bei Dr. Markus ein.

»Ich bin ja so froh, Willy«, sagte sie, »ich kann dir gar nicht sagen, wie unendlich glücklich ich bin!« Noch stand die ausgestandene Angst in ihrem Gesicht, aber ihre schönen braunen Augen strahlten wieder voll Lebensfreude.

Dr. Markus konnte erst am nächsten Tag mit Oberarzt Dr. Müller sprechen.

»Ich möchte Ihnen nur mitteilen, Herr Oberarzt«, sagte er, »daß Richard Jorg operiert worden ist ...«

»Es war also wirklich ein Tumor?« fragte Dr. Müller.

»Ja, und zwar ein ausgewachsenes Exemplar. Aber er hat bis auf den letzten Rest entfernt werden können. Dr. Neuhoff hat mir versichert, daß Jorg wieder vollkommen gesund und auch arbeitsfähig werden wird.«

»Das freut mich«, sagte der Oberarzt, »das freut mich wirklich. Haben Sie eine Ahnung, was er für Pläne für die Zukunft hat?«

Dr. Markus hatte etwas Ähnliches erwartet, aber er erschrak dennoch. »Soll das heißen, die Obduktion von Kowalski hat irgend etwas ergeben, das ...«

Der Oberarzt fiel ihm ins Wort. »Nein, glücklicherweise nicht. Es kann weder von einem Verbrechen noch von einem Kunstfehler die Rede sein ...«

»Das habe ich Ihnen ja gesagt!«

Dr. Müller lächelte. »Na, ganz so überzeugt waren Sie bei unserem letzten Gespräch nicht, lieber Kollege ...«

»Jorg kann also wieder an die Unfallklinik zurück?«

Dr. Müller brauchte unverhältnismäßig lange, um sich die Antwort zurechtzulegen. »Da bin ich nicht so sicher«, sagte er, »ich habe mit dem Chef über den Fall gesprochen, und der Herr Professor meint, daß diese seltsame Krankheit zumindest dem Ruf Jorgs geschadet hätte, und ... bitte, hören Sie mich erst einmal an ... ich muß ihm da in gewisser Weise zustimmen.«

»Aber Herr Oberarzt ...«

Dr. Müller rieb sich, etwas verlegen, die Hände. »Nun, er könnte immerhin eine Privatpraxis aufmachen ...«

»So? Könnnte er das wirklich? Man kann vor seiner Vergangenheit nicht fliehen, sie läuft einem nach.«

Oberarzt Dr. Müller sah auf seine Armbanduhr. »Glauben Sie mir, ich verstehe Sie vollkommen und, bitte, halten Sie mich nicht für herzlos oder unkollegial. Daß das Ganze eine Tragödie ist, begreife ich durchaus ... ein so befähigter Chirurg, ein hochanständiger Mensch! Also, ich verspreche Ihnen, ich werde noch einmal mit dem Chef reden ... vielleicht findet sich doch noch ein Posten für ihn, wo er, sagen wir, etwas mehr im Hintergrund bleiben kann ... in einem unserer Labore vielleicht.«

»Das wäre für ihn eine furchtbare Kränkung!«

»Na, etwas Einsicht können wir ja wohl auch von ihm erwarten! Ich bin der Meinung, er müßte froh über eine solche Lösung sein. Jedenfalls werde ich alles dazutun, die Angelegenheit auf diese Weise zu arrangieren.«

Als Inge Jorg ihren Mann zum erstenmal nach der Operation besuchte, war sein Zimmer voller Blumen.

Sein Kopf steckte in einem dicken Verband, sein Gesicht wirkte blaß und erschöpft. Er lag mit geschlossenen Augen.

»Richard«, sagte sie leise.

Er sah sie an, und sein Blick war klar und ruhig. »Inge«, sagte er, »meine liebe Inge!« Er streckte ihr die Hand entgegen.

Sie ergriff sie, bedeckte sie mit Küssen. »Wie froh ich bin«, stammelte sie, »o wie froh!«

»Wie geht es Evchen!?«

Inge lächelte unter Tränen. »Gut. Ich habe ihr erzählt, daß ihr Papi im Krankenhaus ist und bald wieder ganz gesund sein wird ... jetzt quält sie mich jeden Tag, wann du endlich heimkommen wirst.«

»Ich werde in drei Wochen entlassen, und dann ...«

»Dann machen wir zuerst eine Erholungsreise, irgendwohin aufs Land, wo die Sonne scheint. Ich wälze schon Reiseprospekte. Es wird herrlich werden ... wir drei, ganz allein ...«

»Weißt du, wie mir zumute ist?« fragte er. »Wie jemandem, der von den Toten auferstanden ist!«

»Ja«, sagte sie. »Du warst auch nicht mehr du selber ... monatelang.«

Er lächelte. »Eigentlich ist das Ganze eine Blamage für mich ... ein Tumor! Darauf hätte ich doch wirklich kommen können. Für was habe ich denn Medizin studiert? Aber statt mich untersuchen zu lassen, irgend etwas zu unternehmen, habe ich Morphium gespritzt ...«

»Denk nicht mehr daran«, sagte sie und strich ihm sacht über die Stirn, »jetzt ist es ja vorbei.«

»Das sagst du! Aber ich möchte doch gern wissen ... an das meiste kann ich mich gar nicht mehr erinnern! Das letzte, was ich wirklich noch ganz klar weiß, ist, daß ich dieses Mädchen aus dem versinkenden Auto gezogen habe ... und wie ich dann nach Hause kam, und alles war so verändert ...«

»Du warst verändert, Liebling!«

»Was habe ich getan?«

»Ich werde es dir erzählen, wenn du erst wieder ganz gesund bist. Ich verspreche dir, du sollst alles erfahren ... denk jetzt nicht darüber nach. Du warst ja nicht dafür verantwortlich.«

»Ob meine Chefs auch so denken werden?« fragte er nachdenklich.

»Aber sicher«, sagte sie rasch. »Gerade sie müssen doch einsehen...«

»Da bin ich nicht so sicher, Inge. Wäre es sehr schlimm für dich, wenn ich nicht mehr an die Unfallklinik zurück könnte?«

»Für mich? Nein, überhaupt nicht. Mir ist die Klinik bestimmt nicht ans Herz gewachsen. Wenn sie dich nicht mehr haben wollen, fangen wir eben was Neues an... wenn es sein muß, gehe ich mit dir ans Ende der Welt.«

»Es wird schwer werden, Inge, darüber darfst du dich nicht täuschen. Vielleicht kann ich überhaupt nicht mehr in meinen Beruf zurück... vielleicht kann ich nur eine Arzneimittelvertretung übernehmen...«

»Es wäre bestimmt nur ein Übergang«, sagte sie rasch, »und wer weiß, ob es überhaupt dazu kommen wird!« Sie zerbrach sich den Kopf nach einem Thema, das ihn von diesem gefährlichen Gebiet ablenken konnte. »So viele herrliche Blumen«, sagte sie, »von wem sind denn die alle?«

»Der Ginster von Willy Markus... er war dir wohl eine große Stütze?«

»Ja. Er hat als erster die Diagnose Tumor gestellt.«

»Der Flieder von Olga Krüger... das war doch das Mädchen, das ich aus dem Wasser gezogen habe?«

Inge Jorg unterdrückte mühsam ihre Bewegung. »Ja, das ist sie!«

»Und diese hübschen Forsythien von Teddy Murnau.«

»Du warst sehr eifersüchtig auf ihn.«

»Ich?« fragte er erstaunt. »Wirklich?«

»Ja. Du hättest ihn am liebsten zusammengeschlagen. Und du hast es auch versucht.«

Er lachte. »Also jetzt weiß ich... ich muß wahrhaftig komplett verrückt gewesen sein. Du hast dir doch nie etwas aus ihm gemacht?«

»Natürlich nicht, aber das wolltest du mir nicht glauben!«

Er ergriff ihre beiden Hände. »Verzeih mir, Inge«, bat er. »Bitte verzeih mir alles, was ich dir angetan habe... du mußt eine schreckliche Zeit mit mir durchgemacht haben!«

»Es war nicht deine Schuld, Richard. Und es ist endgültig vorbei.«

Inge Jorg löste sich von Richard, als sich die Tür des Krankenzimmers öffnete. Dr. Neuhoff trat ein.

»Na, ich sehe«, sagte er lächelnd, »dem Patienten geht es bestens!«

»Ja«, sagte Inge, »nur... er macht sich Gedanken über die Vergangenheit und Sorgen um die Zukunft!«

»Sorgen?« fragte Dr. Neuhoff. »Wollen diese Banausen von der Unfallklinik Sie etwa nicht wieder haben?«

»Ich fürchte, daß so etwas Ähnliches auf mich zukommen wird.«

»Na, wenn es dazu kommen sollte, dann sagen Sie mir Bescheid. Dann habe ich Ihnen nämlich einen Vorschlag zu machen.«

»Was für einen Vorschlag?« fragte Inge Jorg.

»Na ja«, sagte Dr. Neuhoff und zog sich einen Stuhl an das Bett, »ich kann es ja auch geradesogut gleich sagen. Haben Sie schon einmal eine Hirnoperation durchgeführt, Kollege?«

»Ja, schon, Unfallchirurgie. Es hat sich natürlich immer nur um eine vorläufige Versorgung gehandelt... meistens subdurale Hämatome...«

»Und hat Sie das interessiert?«

»Sehr. Seit Sie mich von dem Tumor befreit haben, werde ich mich noch intensiver mit diesen Dingen beschäftigen...«

»Gerade das wollte ich Ihnen vorschlagen.«

»Wieso?«

»Aber Richard, verstehst du denn nicht? Dr. Neuhoff möchte, daß du bei ihm anfängst, hier in der neuro-chirurgischen Klinik, nicht wahr, Doktor?«

»Genau das. Ich suche dringend einen fähigen Assistenten. Hätten Sie nicht Lust, sich auf Gehirnchirurgie zu spezialisieren?«

»Ich? Sie würden mich nehmen? Trotz allem, was geschehen ist? Und Sie glauben, die Patienten würden Vertrauen zu mir haben?«

»Aber unbedingt! Es würde ihnen Auftrieb geben, Sie überhaupt nur zu sehen... den Mann, dem man einen faustgroßen Tumor aus dem Hirn geholt hat und der jetzt gesund, munter und ohne die geringsten Nachwirkungen durch die Welt schreitet!«

»Und du selber, Richard«, sagte Inge Jorg, »du würdest eine ganz besonders verständnisvolle Einstellung zu euren Patienten haben... weil du am eigenen Leib durchgemacht hast, was sie leiden.«

»Sehr richtig, gnädige Frau.« Dr. Neuhoff erhob sich. »Also... lassen Sie sich das durch den Kopf gehen, Kollege! Im übrigen, kommen Sie bloß nicht auf den Gedanken, daß ich Ihnen dies Angebot aus reiner Menschenfreundlichkeit gemacht habe... ich habe mich über Sie erkundigt und von allen Seiten bestätigt bekommen, daß Sie ein äußerst fähiger, begabter und gewissenhafter Chirurg sind.«

Der Neuro-Chirurg war schon an der Tür, als Dr. Richard Jorg ihn zurückrief.

»Einen Augenblick noch«, sagte er, »ich hab's mir überlegt... ich sattle um und komme zu Ihnen!«

»Auch wenn Ihre Chefs von der Unfallklinik Sie wieder haben wollen?«

»Auch dann. Halten Sie mich bitte nicht für sentimental... aber mir ist es, als wenn ich auf einem gefährlichen Umweg erst zu meiner wahren Berufung gefunden hätte!«

Inge Jorg war zum Fenster getreten, hatte es weit geöffnet.

»Richard«, sagte sie, »weißt du eigentlich, daß es Frühling geworden ist? Der lange, harte Winter ist vorüber, und wir dürfen wieder glücklich sein!«

»Ohne dich, Inge«, sagte er, »hätte es für mich keinen Frühling mehr gegeben!«

Über alle bei Heyne erschienenen Marie Louise Fischer-Romane informiert ausführlich das Heyne-Gesamtverzeichnis. Sie erhalten es von Ihrer Buchhandlung oder direkt vom Verlag.

Wilhelm Heyne Verlag, Postfach 20 12 04, 8000 München 2